KB068242

밀당의 요정 3

# 밀당의 요정 ③

천지혜 장편소설

# 차 례

| 제1화 | 내 맘을 싹 다 재개발해주세요 | 008 |
| 제2화 | 가짜 다이아로 얼룩진 부부의 세계 | 018 |
| 제3화 | 나 이혼하는 방법 좀 알려줘 | 029 |
| 제4화 | 언니는 결혼하지 말아요 | 040 |
| 제5화 | 왜 나한테 기대질 않아? | 049 |
| 제6화 | 이 결혼에서 다이아 말고 뭐가 진짜여야 할까 | 063 |
| 제7화 | 헤어지면 나한테 와요 | 073 |
| 제8화 | 내가 아직도 비혼주의자로 보이나? | 083 |
| 제9화 | 매일 그대와 | 095 |
| 제10화 | 박력 터지지만 괜찮아 | 106 |
| 제11화 | 오늘 상냥이랑 자고 갈래? | 116 |
| 제12화 | 살짝 젖었어요 | 128 |
| 제13화 | 특명! 당신과 결혼하는 방법! | 139 |
| 제14화 | 결혼을 위한 세 가지 전략 | 151 |
| 제15화 | 사내 실시간 검색어 1위 | 163 |
| 제16화 | 우리 사이는 혹시 S 파트너? | 174 |
| 제17화 | 프로포즈 받아준 적 없으니까 파혼 아니지? | 186 |

제18화   금단의 판도라 상자                                      197

제19화   윌 유 메리 미?                                        207

제20화   권지혁이라는 치트키                                     217

제21화   저 푸른 초원 위에 그림 같은 집을 짓고                     228

제22화   결혼은 돈 앞에 부딪히는 냉철한 현실이기에                 239

제23화   결혼이란 게 그렇잖아, 어마어마한 빚잔치의 시작            251

제24화   결혼은 미친 짓이다? 미친 건 아파트 값                    263

제25화   우리가 잊고 있는 사랑                                   273

제26화   부모님께도 밀당이 필요해                                284

제27화   우리 헤어졌어요?                                       294

제28화   갈등 폭발, 눈물 폭발, 억하심정도 폭발                    305

제29화   기다리고 있다는 거 잊어도 되니까                        316

제30화   우리 서로 사랑했는데                                   328

제31화   선순환이 필요해                                       340

제32화   결혼 준비 두 번은 못 하겠다                            352

제33화   우리 딩크할까?                                        362

제34화   언니는 이혼하지 말아요                                 373

| 제35화 | 구 썸녀의 청첩장 화형식 | 383 |
|---|---|---|
| 제36화 | 워터파크 웨딩 | 393 |
| 제37화 | 일 년 후에 | 402 |
| 제38화 | 그 남자의 변화 | 411 |
| 제39화 | 파국의 쌍둥이 자매 | 420 |
| 제40화 | 넌 마, 끝났어 | 430 |
| 제41화 | 어바웃 타임 | 441 |
| 제42화 | 사랑하는 사람과 함께 산다는 것 | 450 |
| 제43화 | 천 분의 일 초, 그 타이밍 | 461 |

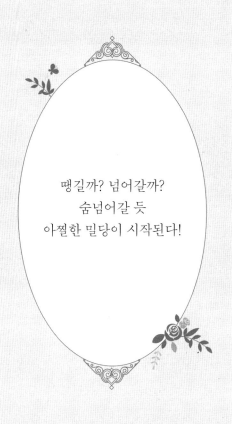

땡길까? 넘어갈까?
숨넘어갈 듯
아찔한 밀당이 시작된다!

# 1

내 맘을 싹 다
재개발해주세요

대체 언제부터 사귄 거야? 뭐야, 어떻게 된 거야? 나는 진작에 눈치챘지. 둘이 지나치게 앙숙 콘셉트를 잡더라고. 대표님도 너무하지 뭐야? 어쩜 그렇게 감쪽같이 속인대? 특종 특종 특종.

이 소식은 하루 종일 로안과 소울 직원들 사이에서 이슈가 되었다.

전세련 결혼 준비해주면서부터야? 아니면, 소울에 멘토 멘티로 들어왔을 때? 아니면, 웨딩쇼로 둘이 엮였을 때? 언제든 무슨 상관이야. 둘이 이렇게나 잘 어울리는데. 그래, 둘이 잘 어울리긴 해.

근데 권 대표님 비혼주의자라 그러지 않았어? 우리 이 팀은 결혼 못 해서 안달 난 귀신이 쓰였는데 둘이 잘 만날 수 있을랑가 몰라? 아냐 아냐, 요새 이 팀도 많이 변했어. 이젠 그렇게까지 결혼 생각 없다 그러더라구. 둘이 결혼하면 아주 세기의 결혼식 되겠다. 로안에 소울에, 대한민국 최고의 웨딩 전문가들이 모일 거 아니야. 어머 어머, 우리 이새아 팀장님, 재벌 집에 시집가고, 팔자 고쳤네. 아니야, 재벌가 입성해서 고현정처럼 갑질 당할지 어떻게 알아? 둘이 애 낳으면 귀엽겠다. 아우, 김칫국도.

그렇게 두 사람이 온갖 썰의 중심에 놓인 가운데, 수치심에 두 눈을 가리고 도망을 가버린 새아와 황급히 그 뒤를 따라간 지혁의 행방이 묘연했다.

아니, 너무 쪽팔려서 서울 가버린 거 아니야? 권 대표님, 차도 안 끌고 왔는데? 설마, 직원들 냅두고 혼자 갈 사람은 아니다. 왜, 이 팀이 도망가서 쫓아갔을 수도 있지.

♩

다행히도, 그들의 예측은 빗나갔다. 지혁이 의외의 장소에서 발견된 것이다. 오늘은 술판 벌이는 건 좀 자제하고, 리조트 지하에 마련된 노래방에서 가무를 즐기며 저녁을 보내기로 한 날이었다. 대형 룸에는 넓은 테이블에, 무대 장치, 화려한 조명까지 마련되어 있었다.

와, 이런 데가 다 있어? 양사 직원들이 살짝 들뜬 마음으로 룸에 들어가는 가운데…… 갑자기 불이 탁 - 꺼지고, 무대에만 조명이 화아아 - 들어왔다. 둥기둥기 깔리는 익숙한 전주. 어? 이 노래는? 비트부터 몸을 들썩이게 하는 마이클 잭슨의 'Billie Jean'이었다. 어? 그리고 곧 팔에 상주처럼 완장을 찬 남자가 등장했다. 지혁이었다. 그가 거꾸로 걸어가기 시작한다. 이거 혹시, 문워크?

직원들 모두가 무대 앞으로 몰려들어 환호하기 시작한 건 물론이었다. 생각보다 지혁은 굉장히 춤을 잘 췄다. 정확한 안무 동작에, 딱딱 맞는 각에, 그런데 뭔가 웃겨. 양미간을 팍 구기고서 진지한 표정으로 열심히 춤을 추는 게, 왠지 모르게 자꾸 폭소가 터진다. 뭐지? 춤사위의 끝자락이 미역처럼 흐느적한 이 느낌은? 무대 매너와 표정은 월클인데, 요로케 조로케 열심히 움직이는 게 뭔가 귀엽다. 열심히 선글라스를 벗었다 꼈다 하는 것도. 아니, 권 대표님. 이렇게 춤도 잘 췄어요?

춤꾼의 카테고리에 들어간다기보단, 노력파의 카테고리에 들어가는 편이긴 하지만. 이것 또한 대기업의 복지 서비스인가? 아니면 대표님의 재롱 잔치?! 권 대표, 권 대표, 권 대표!

직원들이 그를 연호하는 가운데, 칼같이 각 잡힌 그의 집게손가락이 군중 가운데 한 사람을 푸우욱 - 찌른다. 어느새 직원들 틈에 섞여 있던 새아다. 크흡 - 지목당했으니, 어쩔 수가 없다. 새아는 마지 못해 무대로 나가…… 나름의 막춤을 추기 시작했다. 그리고 환호라는 것이 폭발했다.

어쩐지 지혁의 각 잡힌 댄스보다, 마음 가는 대로 코믹하게 움직이는 새아의 댄스가 반응이 더 좋았다. 높아지는 응원 소리에 새아는 무대를 휩쓸고 다니며 점점 와일드한 코믹 댄스를 추기 시작했다. 그녀를 지목했던 지혁도 웃음이 터지는 바람에 제대로 안무를 할 수 없을 정도였다. 안 시켰으면 큰일 날 뻔했네. 이 완성된 무대 매너 뭐냐고. 찢었다, 진짜.

이새아, 이새아, 이새아! 이제는 사람들이 그녀의 이름을 연호하는 가운데, 지혁도 각 잡힌 춤을 집어치우고, 그녀를 따라 커플 댄스를 선보이기 시작했다. 사람들의 함성은 더 높아졌다. 화려한 조명이 감싸는 가운데, 흥이라는 것이 폭발하고 사람들 모두가 신명 나게 몸을 흔들며 춤판이 벌어진다.

"그동안 비밀이 많았죠? 미안해요~"

다음 곡이 이어지기 전, 지혁이 마이크에 대고 한 말이었다.

"우리 이제 이쁘게 싸랑할게용, 응원해줘요~"

그의 센스 있는 사과에, 직원들은 환호로 보답했다.

"뽀뽀해, 뽀뽀해, 뽀뽀해!"

분위기가 달아오르니 어쩔 수가 없었다. 지혁은 새아의 이마에 입술을 쭈욱- 맞추고, 다음 곡으로 넘어갔다. 다음 곡은 바로 바로 트로트.

"다 갈아엎어 주세요. 머리부터 발끝까지~ 모조리 싹 다♪"

"뭐야, 노래도 잘하면 어떻게 해?"

그 구성진 가락마저 완벽하게 소화하는 지혁이었다. 영희와 명희, 두 쌍둥이가 유독 열광을 하며 몸을 열정적으로 흔들어댔다.

지금만큼은 지혁이 유산슬, 임영웅보다도 슈퍼스타였다.

"싹 다 갈아엎어 주세요. 나비 하나 날지 않던 나의 가슴을 재개발해주세요♪"

능청스럽게 고급 꺾기 스킬 들어가는 지혁의 무대와 이 흥을 이어받은 직원들의 들썩이는 춤판으로 워크숍의 마지막 날이 저물어가고 있었다.

♪♪

"아우, 둘이 같이 앉아서 가요. 뭘 이제 와서 내외를 해."

다음 날 오전, 서울로 돌아가는 버스 안. 새아가 다른 곳에 앉으려고 하자 직원들이 아예 그녀를 가로막고 지혁의 옆자리에 꾸욱 눌러 앉힌다.

지혁도 새아도 부끄러워하며 머쓱해했지만, 이제는 직원들도 공식적인 커플이 된 두 사람을 제대로 응원해주는 분위기였다. 버스가 시동을 걸자 어제 광란의 춤판을 벌이며 체력 소모를 했던 직원들이 무섭게 렘수면 상태에 들어가기 시작했다.

어느새 지혁과 새아 두 사람만이 깨어 수줍은 눈빛을 교환하고 있었다.

'좋다.'

지혁이 그녀의 귀에 속삭인 한마디였다.

'뭐가?'

왠지 그래야 할 것 같아서 새아도 그의 귀에 속삭여주었다.

'그냥 같이 있어서.'

괜히 막 가슴결을 깃털로 후빈 것처럼 간지러워지는 말이었다. 뭘 또 옆에 앉은 것만으로도 이렇게 좋아하고 그래, 후훗.

'안 자? 안 졸려?'

'쪼끔 졸려.'

새아와 지혁이 정답게 고개를 포개고는 두 손을 꾸욱 마주 잡았다. 아주아주 슈퍼듀퍼 민망한 과정을 거쳐 우리의 비밀 연애가 만천하에 공개되어버렸다. 첨엔 정말 지구 끝까지 도망가 몸을 숨기고 싶었는데, 지금은 차라리 속이 편했다. 주변 사람들도 생각보다 응원해주는 분위기고, 진정한 합병은 두 사람이 이루어냈다면서 축하해주고, 또 앞으로도 잘 만나보라고 격려를 많이 해주었다. 아직은 사람들의 시선이 좀 부끄럽기는 하지만 그래도 뭐, 이왕 공개되어버린 거 차라리 당당하게 사귀는 게 좋을 것 같았다.

새아는 지혁의 어깨에 고개를 기대고, 그녀의 머리 위에 지혁이 고개를 기대었다. 그녀의 손을 꾸우욱 맞잡고 온기를 느끼고 있는 지금, 지혁은 차라리 모든 게 잘되었다고 생각하고 있었다. 그냥 이 느낌이 좋았다. 이제는 우리 둘이 함께인 걸 남들도 이상하게 여기지 않는다는 것. 함께 있는 모습이 자연스러워졌다는 것. 그렇게 그녀의 인생에 내가 편입될 수 있다면, 나의 인생을 그녀와 함께할 수 있다면, 그럼 참 좋겠다. 이렇게 자연스럽게, 영원히 오래오래 쭉.

바로 이때, 상후에게서 메시지가 왔다. 몸을 뒤척이면 새아가 깰까 봐 최대한 한 손으로 조심조심 휴대폰을 보는데 뜻밖의 소식이 전해졌다. 서울에 도착하면 성진 건설 본사부터 가봐야 할 것 같았다.

☾

"지금 이 계약서 조항이랑 이 계약서 조항이랑 엉킨 부분이 있거든. 이게 까다롭게 들어가면 좀 큰 문제가 될 수도 있어. 근데 알잖아. 법적으로 들어가면 국제법에, 소송에, 복잡해지는 거."

그, 그걸 왜 나한테 말해? 생뚱맞게? 마카오 공사 건은 너네가 알아서 잘하고 있대매. 나 같은 거 필요 없이 잘만 되고 있대매.

"그럼 법률팀이 가서 풀어야지. 그런 일이 발생하지 않게."

"고작 사원급이 가서 어떻게 수정 계약서를 받아오냐. 결정권자가 가야지."

에엥? 딱 봐도 이건 삼 개월은 끙끙거려야 할 문제였다. 러프하게 말하자면, 공사에서 특정한 사고 발생 시 책임을 묻는 조항이라 양쪽 모두가 민감한 일이었다. 건축주 입장에선 쉽게 수정 계약서나 합의서를 써줄 이유가 없었다.

"혹시 오늘 저녁에 갈 수 있어?"

"뭐어어어어?"

상후의 말은 진정 청천벽력과 같았다.

"오늘 저녁어어억? 내가 왜? 나는 뭣도 아닌데? 그냥 웨딩홀 대표인데?"

"복직시켜주지, 그럼. 그냥 보낼까."

"와, 내쫓을 땐 언제고, 인제 와서 복직이래. 성진 건설 토사구팽 클라스 보소?"

"그거야 그때고……."

어랍쇼? 이 환장할 것을 보았나. 친구야, 내가 어떻게 갑자기 마카오 공사에 투입이 되니. 웨딩홀 사장이 공사장엔 왜 가?

"너야말로 건설 엄청 돌아오고 싶어했잖아."

"그거야말로 그때 얘기지!"

"그럼, 평생 손바닥만 한 웨딩홀 운영하게? 그것은 너의 클라스가 아니라고 니 입으로 얘기했잖아. 이제 건설 안 할 거야? 그럼 나가서 건축학 석사 박사는 왜 따고 왔어?"

"인제 웨딩학 석사 박사 딸 거다, 왜!"

상후가 내민 두 개의 계약서를 보자, 이건 절대 풀기 쉬운 문제가 아니었다. 그걸 갑자기 내가 왜? 안 해, 안 해, 안 해, 절대 안 해! 지혁의 결심은 단호했다. 무슨 저녁 비행기야. 안 가, 안 가, 안 가, 절대 안 가!

오늘은 워크숍 후 복귀 날이니 간단하게 회사에 들러 노트북만 들고 퇴근하려고 했다. 그런데 사건 사고가 터져버리고 말았다.

"네에에? 가짜 다이아요?"

새아는 그 자리에 눌러앉아, 지금 이슈가 되고 있다는 해당 게시물을 확인했다.

'가짜 다이아 판매한 로＊ 쥬얼리, 사과하세요!'

국내 최대 웨딩 카페에 글이 올라와 있었다. 조회 수는 거의 십만 건. 댓글은 지하 삼십 미터 매장급. 여기 언급된 곳이 청담동 로스 쥬얼리라는 건, 댓글을 조금만 읽으면 알 수가 있었다.

잠깐, yenny0908…… 이 아이디는? 뭔가 익숙한데? 고객 정보를 검색해보니, 바로 이메일 주소가 나왔다. 글을 쓴 사람은 바로…… 예니였다. 어찌하여 예니가 이런 글을 썼담? 웬 가짜 다이아?

이 글 때문에 로스 쥬얼리는 해명 요구에, 계약 파기에, 손해 배상 청구에, 온갖 난리 부르스를 겪고 있다고 했다. 설마설마 이게 내 신부에게서 벌어진 일이라니 기함하지 않을 수가 없었다. 새아는 바로 예니에게 전화를 걸었다.

"여보세요? 예니 신부님! 무슨 일 있어요?"

그녀에게서 돌아온 대답이, 아주 충격적이었다.

"저 윤경훈하고 이혼하려구요!"

네에에에에? 두, 둘이 벌써요? 이렇게나 빨리? 한 육 개월 살았나, 둘이?

"신혼집에 그 여자가 왔었어요."

"누구요?"

자, 자, 자, 잠깐! 혹시 그 여자?

"채선하?!"

예니는 그 이름 석 자에 울음을 터뜨렸다.

오, 마이, 갓! 한 번 쓰레기는 영원한 쓰레기구나?

전전 여친을 왜, 왜, 왜 신혼집에 데려와?

# 2

가짜 다이아로 얼룩진
부부의 세계

"강아지 땜에 집에 CCTV를 설치해놨었거든요."

예니는 서럽게도 울먹거리며 말했다.

"근데, 갑자기 그 여자가 집에 들어오더라구요."

지, 진짜, 채선하가? 하, 한국 들어왔대요?

"막, 이것저것 뭘 대접하더니…… 둘이 같이 안방으로 들어가더
라구요."

새아는 턱이 그만 바닥으로 떨어질 뻔했다. 워크숍 갔다 와서
아직 짐도 못 풀고, 대충 주워 입은 티셔츠에 청바지도 갈아입지
못한 상태였다.

"안방에 들어가서 뭐했을까요, 언니?"

글쎄요, 뭘 했을까요. 으헝헝.

"설마, 무슨 일 있었겠어요."

"무슨 일이 있든 없든, 안방 침대는 나에 대한 모욕 아니에요?"

모욕…… 맞죠. 생각만 해도 치가 떨리고 치욕스럽네요. 세상에, 세상에, 아무리 정신이 병신이라 한들 전전 여친을 신혼집 안방으로 데려가? 윤경훈, 이 도른자를 진짜!

"너무 화가 나서 홧김에 종로 가서 다이아 가격을 물어봤는데……."

진짜 팔 생각은 아니었고 다이아 가격을 들으면서 감정을 좀 진정시킬 생각이었다고 했다. 그전까지는 이게 억대 다이아인 줄 알았다. 친구들과 친척들한테도 다 그렇게 자랑을 했었고. 그러나 감정원에서는 이게 가짜라 말했다. 보증서도 다 가짜라고 말했다.

'네에에엥?' 예니는 기함했다. 친정 엄마에게 전화해서 온몸의 모든 수분이 빠져나갈 때까지 울었다. 억대 다이아를 받은 줄 알았더니 그게 오십만 원도 안 하는 가짜였다니. 세상 이보다 더 큰 충격이 없었다.

꾜

"으아아악! 사장님, 이게 뭐예요?"

새아가 급히 로스 쥬얼리로 갔을 때, 그곳은 이미 난장판이었다.

가구나 집기, 화분 등이 모두 넘어져 엉망이 되었다. 언제나 밝던 서 사장님도 완전히 망연자실한 얼굴이었다

"친정 엄마랑 그 여자랑 완전 난리 피우고 갔어. 어떻게 가짜 다이아를 팔 수 있냐면서."

아이고, 이럴 수가, 이런 막장이. 다이아 바꿔치기는 범죄 중에서도 중대 범죄인데! 내가 아는 서 사장님은 절대 절대 그럴 분이 아니다. 그렇게 신랑 신부 속여 먹여가지고 어떻게 이 바닥에서 장사하겠는가. 그래도, 진실을 물어봐야 했다.

"그거 진짜 가짜예요?"

서 사장은 탄식했다.

"가짜야."

네에에에에? 어, 어, 어떻게 이런 일이?

"재감정 해보면 안 돼요?"

"재감정 해볼 필요도 없어. 딱 봐도 큐빅이야."

"그럼 그게 진짜 로스 쥬얼리 착오로 벌어진 일이에요?"

"세팅은 우리가 한 게 맞는데 알이 가짜야. 근데, 나도 그런 알은 처음 봐. 우리가 다루는 게 아니거든."

경악하지 않을 수가 없었다. 로스 측에서 이게 가짜 다이아인 걸 인정했다면 예니에게 이 업체를 소개해준 새아도 책임을 피해 갈 수가 없다.

"이, 이, 이때 담당자 누구였죠? ……김 실장님이었나?"

사실 사장님이라고 모든 고객을 다 응대한 게 아니었기 때문에,

소상한 사정은 담당자에게 물어봐야 했다. 이때 새아에게 전화가 쏟아졌다. 웨딩 카페 글을 본 다른 고객들의 전화였다.

– 팀장님! 로스 쥬얼리 다이아 가짜라는데, 혹시 제 것도 가짜 아니에요? 저희 시어머님 날뛰시고 난리가 났어요.

그저 머리가 하얘지는 말이었다. 일단 감정 비용은 내가 대겠다고 빠른 시일 내에 같이 감정받으러 가자고, 걱정하게 해서 너무너무 죄송하다고 말하고 전화를 끊었다.

"기, 기, 김 실장님. 어디 가셨어요?"

"퇴사하고 연락 끊긴 지 한참이야."

"어어? 진짜 전화 안 받네요?"

그때의 장면이 새록새록 생각난다. 예니와 함께 상담받을 때, 김 실장님에게 다이아 확인받고, 감정서 확인했을 때가. 그, 그게 가짜일 수가 없는데. 아니야. 작정하고 속이면 어떻게 알겠어. 이거 제대로 해결하지 않으면 나 또한 한패라는 오명을 쓸 수도 있다.

일단은 경찰의 도움을 받아서라도 사라진 김 실장님을 찾는 게 우선이었다.

♩

오늘은 지혁이 예쁜 데서 저녁을 먹자면서 새아를 초고층 레스토랑으로 안내했다. 제대로 집에 가서 옷을 갈아입을 새도 없어,

아직도 그녀는 청바지에 티셔츠 차림이었다. 밥을 먹으면서도 웨딩 업계와 예물 쪽에서 일하는 사람들한테 김 실장님이 혹시 어디로 이직했는지 수소문을 하면서 계속 메시지를 읽고 쓰느라 정신이 1도 없었다.

"먹고 해. 체하겠어."

그런 새아의 모습을 지혁이 조금 안쓰럽게 바라보았다. 지금 그녀는 이 트러플 리조또가 입으로 들어가는지 코로 들어가는지도 모를 지경이었다.

"미안해, 일단 급한 불 좀 끄느라."

사실 하도 속이 시끄러워서 오늘 지혁과 함께 저녁 먹기로 한 걸 취소해야 하나 고민도 했었다. 많이 놀라기도 했었고. 사라진 김 실장에 대한 소재가 파악되기 전까지 딱히 할 수 있는 게 없었기에 여기까지 나왔지만 아직도 가슴이 막 벌렁벌렁했다.

"아니, 어쩌다 가짜 다이아가 들어갔대?"

"단순 착오는 아닌 것 같애. 김 실장님이 이렇게 깨끗하게 사라진 걸 보면, 중간에서 횡령이든 도난이든, 뭐 그런 게 있지 않았을까 싶어."

너무너무 큰 부담감에 새아의 마음이 무거워졌다. 서 사장님 이 바닥에서 정말 친절하시고, 디자인도 예쁘게 하는 분이라 신랑, 신부님들한테도 가성비 짱이라고, 비싸고 알 작은 브랜드에서 하느니 여기서 세팅비 아껴서 알 키우라고 많이 권했는데. 이렇게 문제가 발생했으니 그 모든 게 내 책임이 되었다. 애지중지 소중하게 간직해온 결혼반지가 가짜이길 바라는 사람이 누가 있겠는가. 한두 푼짜리도 아니고. 나라도 울고불고 난리 날 일이다. 점점 더 새아의 얼굴에 수심이 깊어지자 지혁이 조심스럽게 한마디를 꺼냈다.

"내가 돈으로 갚아줄까?"

순식간에, 새아의 얼굴에 실금이 갔다.

"……뭐?!"

"아니, 그렇잖아. 예물숍이야 가짜 다이아 해줬으니까 백 퍼센트 환불을 해주는 게 맞는데, 그리고 진짜 다이아 하나 더 해주면 신부 마음이 풀리지 않겠어?"

"지금 그 문제가 아니잖아? 예니가 지혁 씨가 해준 다이아를 왜 받아?"

그녀가 순식간에 날카로워졌다.

"그 뜻이 아니라……."

"지금 문제는 조예니가 자기 혼인 파탄 난 스트레스를 예물숍에다가 풀고 있다는 거야. 윤경훈한테 내야 할 화를 서 사장님한테 내고 있다고. 다이아가 가짜인 것처럼, 자기 결혼 생활이 실패로 돌아간 게 분하고 억울해서."

"아니, 그래도 플래너가 무슨 '감정 쓰레기통'도 아니고. 그 신부 울분 다 받아주는 것도 좀 그렇잖아."

지혁으로선 사실 좀 화가 나서 한 말이었다. 나에겐 너무너무 소중한 사람이었다. 누군가에게 막말 들을 사람도 아니고. 근데 하필 전 남친의 와이프다. 한창 어린 그 여자에게 새아가 온갖 소리를 듣고 있다는 게 너무너무 속상했다. 왜 그런 말을 가만히 듣고 있어. 차라리 돈으로 갚아주고 말지.

"그럼 어떻게 하게?"

"가짜 다이아 건은 인정하고 예니 화는 풀릴 때까지 달래봐야지. 안 그러면 나까지 고소당하게 생겼어."

생각만 해도 답답한 일이었다. 어쨌건 윤경훈과 조예니 사이에 계속 끼어야 되는 거잖아.

"근데 지혁 씨는 이렇게 모든 문제를 돈으로 해결해?"

문득 새아의 목소리가 조금 차가워졌다.

"……돈으로 해결할 수 있으면 쉬운 문제야."

그게 지혁의 생각이었다. 돈 몇 푼 아끼려다가, 안 주려다가, 오히려 문제가 더 커지는 상황을 많이 보았다. 건설 쪽은 이러저러한 돈 씨름하다가 공기가 늦어지는 게 더 큰 손해라 지나치게 큰 금액이 아니라면 상대방이 손해 본 금액 정도는 갚아주고 일을 진행하는 경우가 많았다.

다 그런 건 아니지만 지혁은 그게 차라리 일을 쉽게 처리하는 거라 생각했다. 그러나 새아의 생각은 다른 모양이었다. 왜 일을 해결할 생각을 안 하고 돈으로 덮으려 하는지, 그거에 대해서 말하고 있었다.

"그래. 그건 내가 좀 오버한 것 같다."

지혁의 인정에도 새아의 표정은 쉽사리 펴지질 않았다.

"근데 그 새끼는 진짜 끝까지 짜증 나게 군다. 무슨 구 여친이 이런 문제까지 해결해줘?"

"그 역시 나의 고객이었으니 책임질 부분은 책임져야지. 진짜 의미 없다. 결혼이란 거."

새아의 마지막 말에 지혁의 가슴이 왠지 모르게 서늘해졌다. 의미 없다는 게 경훈과 예니의 결혼을 말하는 거겠지만 그녀가 결혼이라는 것에 대해서 이렇게 차갑게 말하는 게 좀 낯설어 보였다. 과한 책임감으로 스스로를 더 몰아세우고 있는 건 아닌지 걱정이 되기도 하고.

♪♪

침대에 누워 이불을 덮고 나서도, 자꾸 그 일이 마음에 걸린다. 사실 좀 억울하다. 나는 그녀가 이렇게 속상해하지 않길 바라는 마음에서 꺼낸 말이었는데, 걱정이 되어서 했던 말인데, 그게 좀 성의가 없어 보였나. 재벌 2세는 뭐든 돈으로 해결한다고 생각하는 거 아니야? 그렇게 이런저런 생각으로 잠을 못 이루고 있을 때…….

'띵동─'

형에게서 메시지가 왔다.

"어?!"

지혁은 그 자리에서 그대로 굳어졌다.

"공주님이네?!"

아주 꼬물꼬물 쪼끄만 신생아 사진이 날아왔다. 몇 시 몇 분 몇 킬로로 아주 예쁜 공주님이 태어났다고. 형수님도 무사하고, 뭐 형이야 당연히 무사하고, 아가도 너무너무 건강하다고. 이 꼬물이가 내 조카야? 신기하기도 하고, 좀 낯설기도 하고, 얼떨떨했다. 진짜, 우리 핏줄이 세상에 나왔다고? 괜한 울컥함에 막 눈물이 고이려고 했다. 애 나오는 게 이렇게 감동이었어? 놀랍게도 꼬물이는 아주 예뻤다.

어버버— 하며 통화 버튼을 누르자 바다 건너 지한이 기쁜 목소리로 전화를 받았다.

— 무, 무슨 신생아가 이렇게 예뻐? 천사를 낳았어?

— 누구 닮은 것 같은데?

— 나?

— 무슨 소리야. 너네 형수 똑 닮았지.

— 아냐, 신생안데도 귀티가 좌르륵 나는 게 나를 좀 닮았어.

— 푸흡, 웃기는 소리 하지 말고.

— 아버지한테도 소식 전했어?

— 응, 지금 비행기 타고 오고 계셔.

— 으으으으응? 아버지가 LA로? 어, 언제 티켓 끊으셨대?

— 너무 보고 싶어서 어쩔 수가 없었대.

— 사실 나도 지금 출발할 뻔했어. 형수님은, 괜찮아? 아버지 보기?

– 응, 보고 싶대. 시아버님.

그것 또한 왠지 좀 울컥하는 말이었다. 형이랑 형수가 결혼은 했지만 아버지까지 해서 우리가 가족이라는 울타리로 묶인 적이 없었다. 아버지는 끊임없이 형수를 내치기만 했고 그래서 형이 아예 외국 나가서 터를 잡았으니. 그날 이후 왕래도 없었고 연락도 잘 없었고.

그런데 아버지가 LA로 떠났다는 소식을 들으니 가슴이 좀 뭉클했다. 우리 손녀가 너무너무 보고 싶으셨나 보다. 그렇게 아버지가 병원에 가시면, 형수랑 화해하실까? 이 쪼그만 애기가 우리 가족을 진짜 하나로 만들 수 있을까? 이제 우리 가족은 화목해질 수 있을까?

– 삼촌이란 말을 어떻게 가르치지? 삼초오온~ 매일 영상 통화에 대고 말해야 하나?

– 보고 싶으면 티켓 끊어서 와. 끊어. 면회 시간이랜다.

– 어, 어!

전화를 끊고도 가슴이 막 둥둥거렸다. 내가 애를 낳은 것도 아닌데도 막 들뜨는 게, 말로 형용할 수 없는 오묘한 기분이었다. 애를 그렇게 좋아하는 것도 아닌데, 평소에 애기들 보고 이쁘다 이쁘다 하는 성격도 아닌데, 우리 조카는 뭔가 좀 달랐다. 너무너무 소중하고, 또 영원히 지켜주고 싶고.

아까 형이 보낸 그 사진을 새아에게 보내주려다가 멈칫했다. 너무 좋은 소식이긴 하지만 오늘의 피곤한 소식들로 그녀가 일찍 잠에 들었을 것 같아서. 이걸로 깨우긴 좀 그래서. 내일 말해줘야지. 애기가 너무너무 예쁘다고. 그러고 보니 좀 이상하다. 나는 요새, 좀 달라지고 있는 것 같다.

# 3

나 이혼하는 방법
좀 알려줘

"신부님!"

카페에 먼저 앉아 있던 예니의 이름을 반갑게 부르며 안으로 들어가는데,

"그렇게 부르지 마세요."

세상 쌀쌀하고 차가운 소리가 돌아온다. 순간, 심장이 철렁- 내려앉았다. 상처다. 아무리 그래도, 나한테 너무 쌀쌀맞은 거 아니야?

"아이, 왜 이러세요."

상처받지 않은 척, 부러 능청을 떨며 그 앞에 앉았지만 실은 마음이 너무 조마조마했다. 벌써 고객 상대한 지 구 년 차가 다 되었지만 잔뜩 화가 난 고객들 다루는 일은 여전히 이렇게 심장 떨리고 너무너무 무섭다.

"이게 대체 어떻게 된 일이에요?"

짧은 가죽 미니스커트를 입고 다리를 꼬고 있던 예니가 날카롭게 목소리를 높였다.

"보면 몰라요? 어떻게, 어떻게, 가짜 다이아를?! 나, 원, 참!"

"윤경훈은 지금 어딨어요?"

"몰라요, 예전에 내쫓았어요."

보아하니, 둘이 크게 싸운 이후로 서로 연락을 안 한 지 꽤 지난 것 같았다.

"요샌 본가 가서 잔대요?"

"몰라요. 오늘 띵동― 소리 나길래 화 풀고 얘기 좀 해보려고 했더니, 부동산에서 집 보러 왔다고…… 문 열어달라 그러더라구요."

시종일관 까칠하던 예니의 목소리가 가늘게 떨리기 시작했다.

"이 집, 전세 내놨다고."

"……네에에에에에? 전세요오오?!"

나라고 해도 기가 막히고 코가 막힐 일이었다. 둘이 사는 신혼집을 상의도 없이 부동산에 내놔? 이 자식이 진짜 미쳤네?!

"일단 상의가 안 됐다고 사람들 다시 돌려보내긴 했는데……."

"……!"

"나, 나, 진짜 끝인가봐요."

이때부터 예니의 표정이 본격 무너지기 시작했다.

"언니, 나 어떻게 해야 돼요? 이럴 땐 어떻게 해야 돼?"

하지만, 절망스럽고 답 없기는 새도 마찬가지였다.

"내가 결혼 상담사지, 이혼 상담사는 아니잖아요."

"결혼부터 첫 단추가 잘못 끼워졌잖아요."

"일단, 그동안 둘 사이가 어땠는지부터 얘기해봐요."

이에, 예니의 울음보가 팡ㅡ 하고 터져버렸다.

"시댁에서, 시댁에서 나를……!"

"어머님, 저희 왔어요!"

예니 나름대로는 시부모님께 최대한 살갑고 정겹게 대했다. 시댁에만 가면 괜히 위축되는 기분이었지만 그래도 아랑곳하지 않고 최대한 밝게 지내려고 했다.

"너는? 안 춥니?"

어머님은 예니를 보자마자 옷차림부터가 마음에 들지 않는다는 표정이었다.

"할 일도 많은데, 좀 갈아입지 그러니."

평창동 자택, 멋들어지게 차려입은 시부모님과 경훈, 그 가족 사이에서 예니는 어머님이 내어주신 몸뻬 바지를 입고 있어야 했다. 일부러 안 꿀리려고 되게 비싼 옷 입고 온 거였는데, 내 몸매의 자신감을 한껏 드러낼 수 있는 그런 옷이었는데, 이렇게 아줌마 패션으로 옷을 갈아입으니 나 또한 시장 아줌마와 다름없는 존재가 된 것 같았다.

점심을 먹고 나서는 실제로 아주머니들과 섞여 김장을 해야 했다. 모든 게 처음 해보는 일이라 하나하나가 너무 서툴고 어색했다. 배추 사이사이에 양념 속을 끼워 넣으면 되는 쉬운 일이라고 했는데, 옆에 있던 아주머님들은 예니의 솜씨가 마음에 안 드는지 그녀가 양념해놓은 김치들을 다시 탁탁, 매만지며 투덜거렸다.

경훈은 아버님 따라서 골프 자세를 교정받으러 밖으로 나갔다. 하아, 이게 남편인지, 남의 편인지. 어쩌다 고무장갑 손등으로 눈가를 훔치자 눈에 매운 양념이 들어가 마구 난리를 피우고 말았다. 아주머님들이 물수건으로 눈을 닦아주는데도 눈가가 너무너무 아팠다.

"아우, 정신없어. TV 좀 꺼봐."

그렇게 잠시의 고요가 찾아오자 안방 건너편에서 시어머님이 큰소리로 누군가와 통화를 하는 소리가 들려왔다. 그것은 놀랍게도 며느리를 흉보는 소리였다.

"무식하게 자빠질 줄만 아는 애가 어쩌다 경훈일 홀려갖고 며느리로 들어와서. 아유, 요샌 며느리가 상전인데 어떻게 대놓고 구박을 하니? 좀 궂은 일 시키면 남편한테 달려가서 징징대겠지. 아우 아우, 그렇게도 못해. 그 모델 일이나 그만두래도 그만두지도 않고. 그게 일은 무슨 일이야. 돈 얼마나 벌어온다고. 이쁜 척하고 화장하고 밖에 돌아다닐려고 그러는 거 내가 모를 줄 알아?"

순식간에 몰려오는 수치심과 모멸감에 예니의 얼굴이 새빨개졌다. 같이 있던 아주머니들도 함께 뻘쭘해져 서로 눈치를 보았다. 아주머니들이 황급히 휴대폰으로 트로트를 재생하는 가운데. 그 찢어지는 가락 사이 예니는 자신의 자존감이 한없는 바닥으로 추락하는 걸 느꼈다. 잔뜩 구겨진 얼굴로 막 울어버리지도 못하고, 그렇다고 시어머님께 따지러 갈 수도 없고. 그저 어정쩡한 자세로 계속 김장을 하고 있어야만 했다. 몇 백 포기씩 쌓여 있는 절인 배추는 줄어들지도 않고 내부에서 자가증식을 하고 있는 것 같았다.

"경훈이한테 보약을 좀 먹일까? 애 배서 몸 불으면 못 돌아다닐 거 아니야. 그래야 집에 붙어서 살림도 좀 하고 내조도 할 거 아니니. 사업하는 남편 만나면 지가 뭘 해야 되는지, 1도 몰라요. 그게."

흥겨운 트로트 가락 사이로도 시어머님의 목소리는 잘만 들렸다. 그저 영원한 점이 되어 사라지고 싶은 순간이었다.

♪♪

"아우, 피곤해, 피곤해."

하루종일 스윙 연습하다가, 마지막에야 조금 도와주는 척 장갑을 끼며 생색을 내던 경훈이었다. 이 집 장남이 김치 담그는 모습은 또 보기 싫으셨는지 시어머님은 경훈이네는 이만 돌아가라고 둘을 놓아주셨다.

"그거 하고 뭐가 피곤해."

돌아오는 차 안, 대단한 일이라도 하고 온 양어깨를 뚜둑거리며 돌리고 있는 남편의 모습이 예니는 참으로 꼴 보기가 싫었다.

"우리 예니가 왜 이렇게 또 까칠할까. 오늘 힘들어서 그래?"

"……."

"야, 이것도 줄인 거야. 예전엔 천 포기씩 하고 그랬어. 몇 백 포기면 양반이지, 양반."

"……."

"아우, 그때 우리 엄만 어떻게 천 포기씩 담그고 그랬나 몰라. 아줌마들도 없이. 대단해, 우리 엄마? 포기도 모르고. 그지? 큭 큭큭."

아주아주 할 말은 많으나 하지 않고 넘어가기로 한다.

"너는 엄마가 그렇게 잘해주는데, 왜 집에만 갔다 오면 입이 댓 발 나오냐?"

그다음 이어진 말에서 쓰린 속을 참고 참던 예니는 결국 파아아 앙- 폭발하고 말았다.

"엄마가 얼마나 너를 위한다고. 이번엔 보약해주겠대. 너랑 내 거."

뭐라고오?!

"지금, 그 안에 뭐가 들었는지 알고서 얘기하는 거야?"

"뭐, 힘내라고? 파이팅하라고?"

"어우, 이 등신아! 세상 속없는 것아! 그걸 좋다고 받니? 그 안에 뭐가 들었는지는 알고나 받니?"

"야야, 운전하잖아!"

결국은 운전하는 경훈에게 주먹이 나갔다. 집에 와서 있는 힘껏 펑펑− 울어도 도저히 분이 풀리지가 않았다. 며칠 뒤, 진짜 보약은 도착했고 예니는 그 팩들을 북북 찢어 싱크대에 모두 쏟아버렸다. '너 미친 거 아니야?' 목소리를 드높인 경훈과 또다시 한바탕하고 말았다. 아직도 뭐가 문제인지 전혀 모르는 남편이다.

※

"언니는 결혼 같은 거 절대 하지 마요."

예니가 잔뜩 울먹이면서 한 말이었다.

"……!"

"빡세게 자기 커리어 챙겨야 할 나이에 뭣 하러 결혼을 해서 시댁의 종으로 살아요? 내가 뭐 애 낳는 기계가? 왜 내 몸에 대한 문제를 자기네들이 결정하냐구요."

듣자 하니 그 몇 개월의 기간 동안 예니는 쌓인 게 아주아주 많은 것 같았다.

"윤경훈은 뭐래요."

"그냥 악처 취급이에요. 왜 시댁 가서 스트레스를 받는지 자체를 이해 못 해요. 그냥 나만 미친년이지. 연애할 땐 생글거리고 잘

웃더니, 왜 결혼하고 나선 헐크가 됐냐고. 왜 밖에서 열심히 일하고 온 사람한테 성질이냐고. 그럼 중간에서 잘하던가. 허구한 날 지네 엄마 편만 들고."

결국 예니는 두 손으로 얼굴을 가리고서 한참 눈물을 쏟고 말았다. 울지 마요, 울지 마요, 새아는 계속 휴지를 갖다주며 그녀를 달래고 또 달랬다. 이대론 문제를 해결할 수가 없을 것 같았다. 대충 달래서 예니 속이 풀릴 것 같지도 않고. 휴, 방법이 없다. 아무래도 윤경훈을 만나봐야 할 것 같았다.

경훈의 사무실로 올라가는 계단,

"내가 여기 또 올 줄이야."

새아에게선 매머드급 한숨 폭탄이 쏟아졌다. 사귈 땐 야근하는 경훈을 위해 도시락 싸 들고 매일매일 왔던 곳이다. 물론 헤어지고 나서는 처음이지. 하아, 내가 여기 다시 오다니. 것도 이혼 위기의 윤경훈 부부 문제를 해결하러.

"뭘 여기까지 왔어?"

사무실 안으로 들어온 새아의 모습에 경훈은 뜻밖이라는 듯 자리에서 일어났다.

"내가 톡 보냈잖아. 일로 넘어오겠다고."

"진짜 올 줄은 몰랐지."

"일단 차분하게 얘길 좀 해봐야 할 것 같아서."

"무슨 얘기가 필요해, 나 이혼할 거야."

오, 마이, 갓! 새아의 입이 딱 벌어졌다. 인덕션의 물이 끓듯 순식간에 스팀이 부글부글 끓어오른다. 이런 미친 개새끼를 봤나.

"이렇게 쉽게 이혼할 거면 결혼은 왜 했어?"

맘 같아선 더 심한 욕을 해주고 싶지만, 평소 언어생활이 고운 편이라 바로바로 생각이 안 나는 게 한스럽다.

"결혼을 한 건 내 인생 최대의 실수야."

"뭐어어어?"

이맛단의 혈관이 피아노 해머처럼 빠딱 – 서는 게 느껴진다.

"내가 미쳤었나봐. 조예니랑 결혼이란 걸 하게. 나는 이제 개 잔소리도 듣기 싫고, 바가지 긁어대는 것도 지겹고, 싸우기도 싫고, 숨소리도 싫고, 여튼 개에 관련된 건 다 싫어."

"채선하가 집에 왔었대매?"

"오, 오, 오, 오해야. 온 적 없어."

발뺌해봐야 소용없단다, 이 개자식아.

"왔어, 안 왔어? 팩트만 말해!"

그짓말하면 이 책상 확 다 부숴버릴 테니까. 새아의 험악한 으름장에 경훈이 살짝 꼬리를 내렸다.

"아, 아니. 잠깐 한국 들어왔다는데, 얘기할 데가 없어서……."

"그렇다고 전 여친을 신혼집으로 불러? 너 이 새끼 진짜 미친 거 아니야?"

"아무 일 없었어. 그리고 예니는 그거 어떻게 알았대니? 뭐, 의부증 같은 거 있어서 CCTV 설치했다니?"

"개 티비 보다가 알았대."

"그노무 개새끼가 결국 내 발목을 잡는구나."

"그래, 둘이 아무 일 없었다니까 하는 말인데, 이제라도 예니한테 미안하다고 손 모아서 싹싹 빌어. 솔직히 전 여친 안방까지 들인 건 니가 잘못했잖아? 무슨 일이 있건 없건 간에. 와이프에 대한 예의가 있지."

"나, 선하랑 다시 잘 해볼 거야."

이, 이, 이, 후레놈이, 뭐라 그랬니? 새아는 그만 할 말을 잃은 채 멍해지고 말았다.

"내가 왜 선하도 못 잊고 결혼을 했을까. 그때 나 좀 말려주지 그랬어. 예니가 바가지 긁을 때마다 더 선하가 생각나. 선하라면, 안 그랬을 텐데."

와, 이 차원이 다른 도른자를 봤나. 이제는 새아도 이 결혼에 미련이 없어지려고 했다.

"그냥 이혼해라. 너 같은 거 그냥 혼자 살아."

"아무리 생각해도 선하가 진짜 내 인생 여자인 것 같애. 진짜 사랑할 수 있는 사람."

"아니, 정략 결혼한 것도 아니고 니가 니 발로 예니랑 같이 식장 들어갔으면 예니를 인생 여자로 만들어줬어야지!"

"새아야. 어떻게 하면 예니가 이혼해줄까?"

와, 얼탱! 와, 얼척! 윤경훈, 이 새끼는 대화를 할 가치가 없는 새끼다.

"그걸 왜 웨딩 플래너한테 묻지? 일단 난 반지 문제부터 해결하러 왔으니까 이것부터 얘기해. 지금 로스 쥬얼리 뒤집어지고 난리 났어. 가짜 다이아 팔았다고. 예니랑 얘기 좀 해봤어?"

"다, 다, 다, 다, 다이아?"

갑작스러운 다이아 얘기에 경훈이 식겁 식겁을 하며 기함을 했다. 영원히 숨기고 싶었던 비밀을 들킨 표정이었다. 너, 너? 뭔가 있구나?

"예니가 종로 가서 다이아 감정까지 해봤대. 서 사장님은 감정할 필요도 없이 가짜라고 하고."

새하얘지는 경훈의 얼굴에서 뭔가 촉이 온다. 이 새끼, 혹시?

"일단 서 사장님이 직접 그런 건 아니니까 사라진 김 실장님부터 수배 때려야 할 것 같애. 횡령, 배임, 도난, 뭐든 간에."

"……! 그, 그게 말이야."

더욱더 새하얗게 질리는 경훈의 얼굴에 새아는 확신했다.

"……니가, 가짜 다이아 넣어달라고 했구나?"

# 4

## 언니는
## 결혼하지 말아요

"아니, 내가 못할 말 했어? 예단 생략하고 싶음, 예물도 생략하는 거지. 오는 게 있어야 가는 게 있는 거고. 무슨 도둑놈 심보도 아니고, 뭘 우리 보고만 다 해달래?"

이곳은 경훈의 평창동 본가. 예니와의 급 결혼 준비로 인해 아직 정리되지 못한 양가 문제들이 태산처럼 쌓여 있을 때였다.

"아아, 엄마까지 왜 이래에!"

경훈은 아이처럼 바닥에 다리를 비비며 목놓아 소리쳤다.

"까놓고 말해봐. 요새도 남자가 집 백 프로 해오고 그러니? 집값이 얼만데, 육 대 사로 안 나누니? 정 그러면 그 집 인테리어 비용이라도 내라고 하던가!"

"엄마, 지금 집 때문에 그래?"

"집 때문도 아니고 이불 꺼적데기 받자고 그러는 것도 아니야. 예단이야말로 시부모님께 보이는 예의야. 근데 뭐어? 감히 어따 대고 예단을 생략하재? 그게 우리 입에서 나와야 맞는 말이지. 여자 쪽에서 나와야 맞는 말이니?"

"요새 트렌드가 그렇잖아. 불필요한 거 줄이고 간소하게 하는 거."

"우리가 해가는 집이 간소해? 일 억짜리 식장이 간소해? 지금 간소한 건 신부 나이밖에 없네요. 젊음도 한철이라더니 그 집 한철 장사 참 잘하네. 어린 게 무슨 자랑이라고 다 꽁으로 먹으려고 들어. 왜, 그러고도 다이아는 받아야겠대?"

"반지 없음 결혼 안 한다 그러겠지!"

"그럼, 그러라고 해!"

"아우, 엄마 진짜 왜 이래? 아들 장가 안 보내려고 그래?"

"그럼 예단 해오든가! 너는 그 정도도 조율 못하면서 무슨 결혼을 하겠다 그러니?"

"당사자 뜻을 존중을 좀 해줘야, 일이 해결이 되지!"

"것도 다 예에 맞게 해야지. 전통이 괜히 있고 절차가 괜히 있어? 양가 간에 서로가 기본적으로 지켜야 할 도리가 있는 거야."

엄마의 뜻이 정 그렇다면 나도 방법이 있다. 경훈은 혼자 무언가 결심을 하면서 이를 앙다물었다.

"진짜? 진짜, 예단 생략해도 된대?"

로스 쥬얼리, 경훈이 전해준 뜻밖의 소식에 예니의 얼굴이 환해졌다.

"그럼, 울 엄마, 생각보다 그렇게 꽉 막히신 분 아니야."

옆에 있던 예니 친정 엄마의 표정도 밝아졌다.

"그래, 사부인 말씀도 잘 통하고, 열린 분인 건 내가 진작에 알았어."

두 여자의 얼굴은 훤한데, 경훈의 속만 썩어들어간다. 해결은 무슨. 뭐, 내가 돈이 없는 것도 아니고 간단한 반지야 내가 사주면 되지. 그 마음으로 여기에 왔다. 그러나, 우리 장모님 되실 분의 스케일은 그야말로 상상 이상이었다.

"여기, 여기, 이 세트 좀 줘봐요."

잠깐 새에 어느덧 온갖 쥬얼리들이 예니의 목과 귀와 손가락에 주렁주렁 매달려 있었다. 어, 어, 어, 그만 꺼내요, 김 실장님!

"어쩜, 너는 안 어울리는 게 없니?"

"어머님, 저, 저는 좀 별로인 것 같은데."

"무슨 소리야. 우리 예니는 하도 화려하게 생겨서 알이 한두 개 박혀서는 티도 안 나. 이 정도는 되어야 빛이 좀 나지. 옆에 것도 꺼내줘봐요."

친정 엄마의 요청에 김 실장님은 쇼윈도 안에 있던 모든 보석들을 다 꺼내어 예니에게 걸쳐줄 기세였다.

"좀 사는 집은 9개 세트로 하고 그러지 않나?"

김 실장이 뭐라 화답하려는 걸 에헴 에헴 경훈이 큰소리로 기침을 하며 막았다.

'실장님, 잠시 저 좀 보죠?'

그리고 잠시 후, 김 실장은 아주아주 큰 왕 다이아 반지를 들고와 예니의 손가락에 철썩 끼워주었다. 반짝반짝, 영롱영롱.

"너무 예쁘다아아!"

예니와 친정 엄마의 눈이 뒤집어진 건 물론이었다.

"요새 젊은이들은 예물 잘 안 하고 다니잖아요. 액세서리 유행도 금방 바뀌구요. 그래서 요새는 다이아 하나에만 힘 빡ー 주시는 경우가 많습니다. 이렇게요."

아, 그래요? 이미 두 여자들은 그 번쩍이는 광채에 완전히 넋이나가 있었다. 그래, 이걸로 하자. 귀찮게 패션 세트들 해서 뭐 해. 잘 끼고 다니지도 않을 거. 다이아 하나가 낫지. 이게 몇 캐럿이라구요? 조명을 받은 다이아가 번쩍번쩍 환하게 빛을 내는 가운데,

♩

덩달아 새하얘진 건, 새아의 얼굴이었다.

"그래서, 김 실장님이랑 짰어?"

경훈의 사무실, 그에게서 그간의 사정을 듣는 내내 새아는 턱이

빠질 뻔했다. 그, 그, 그래서 가짜 다이아를 넣었다고?

"그럼, 어떻게 해? 여자 둘이 거기 있는 보석들을 다 쓸어올 각이었는데."

"아니, 너야 그렇다 치더라도 김 실장님은 어떻게 가짜 보증서를 다 만들어줬다니?"

"김 실장님한테도 좀 찔러줬어. 그게 더 싸게 먹히겠더라고."

오, 마이, 갓. 지금 내가 듣는 소리가 실화입니까? 온몸에 소름이 쫙 – 돋으면서, 심지어 막 오들오들 추워지려고 한다. 이것이 바로 가짜 다이아 사건의 전말이었다.

그 와중에 놀라운 건 내가 이 새끼랑 결혼을 생각했었다는 거고 그 와중에 다행인 건 내가 이 새끼랑 결혼을 안 했다는 거였다. 지금이야말로 내 결혼병에 대해서 아주아주 심각하게 다시 생각해 봐야 할 때였다. 정말, 나는 이런 새끼와 결혼을 하고 싶어 했다고? 왜? 왜? 왜? 그때는 이놈 자식 인성이 이 정도 쓰렉쓰렉인지 몰랐나? 아니야, 나는 알고도 외면했을걸? 결혼병이 심각 단계에 이르러서? 그럼 어디에 홀린 거지? 회사 매출액? 나한테 펑펑 써 대는 돈? 이놈 자식이랑 결혼하면 풍요롭게 살 것 같았나? 와, 하루를 살아도 이런 개새키랑은 못 살지. 없던 병도 생기겠네. 하아. 김 실장한테 돈까지 줘가면서 가짜 보증서를 만들었다는 건 진짜 충격 충격 그 자체였지만……

"들어봐. 지금 이 사건 때문에 로스 쥬얼리는 완전 망하게 생겼거든?"

새아는 남은 평정을 되찾아, 다시 오늘의 사건 얘기를 꺼냈다.

"뭐어어어?"

뭘 이렇게 놀래? 보아하니 경훈은 이조차 처음 들은 소식인 듯했다.

"예니가 로스 쥬얼리에서 가짜 팔았다고, 카페에 글 올리고, 가게에 깽판 놓고, 고소하겠다고 난리 났어!"

"헉?! 정말?!"

하이고, 이 순진한 개자식은 제 거짓말이 완전히 뽀록난 걸 이제야 알았나보다.

"일단, 예니한테 사정 얘기하고 글부터 내리라고 해."

"에엥? 그 사정을 어떻게 얘기해?"

어어? 이 샹노무 자식이?

"내가 김 실장한테 가짜 다이아 넣으라고 시켰다, 너 같음 그런 얘기 할 수 있겠니? 만약 이혼 소송까지 가면 나한테 다 불리해질 거 아니야."

이혼 소소옹? 거 참으로 멀리도 보십니다.

"있을지 없을지 모르는 이혼 소송보단 손해 배상 소송부터 막는 게 낫지 않겠니? 계약 취소 건에 대한 손해 배상이랑, 악플로 인한 이미지 타격이랑, 명예 훼손이랑, 싹 다 때려서 한번 걸어볼까? 너네 쇼핑몰, 실검 가는 게 꿈이었지? 쇼핑몰 대표가 와이프한테 가짜 다이아 줘서 억대 피소당했다고! 한번 가봐! 실검!"

"……!"

045

새아는 오늘 자정까지 글이 내려가지 않으면 김 실장님 수배 때리든 하겠다고, 그럼 너도 형사 사건으로 엮어버리겠다고 협박 아닌 협박을 했다. 완전 험악하게 으름장을 놓고 나서야 경훈은 예니와 통화해보겠다고 했다.

그렇게 당부 당부를 하고 돌아서 집으로 가는 길, 새아는 정말로 기분이 너무너무 이상했다. 만약 나라면 어떨까. 내 남편이 결혼의 약속으로 선물해준 다이아가 가짜로 판명이 난다면. 그게 어떤 이유가 되었건 간에 나는 그를 용서할 수 있을까? 아니, 나는 못할 것 같다. 가짜를 진짜라고 기망을 하는 건 정말 질이 나쁜 사기 범죄가 아닌가. 어떻게 그 범죄를 용서하고 계속 같이 살 수 있겠는가. 그 사람에 대한 신뢰가 완전히 무너졌으니, 이후론 단 한순간도 얼굴 보기가 싫을 것 같다. 지금 예니의 마음이 딱 그렇겠지?

정말, 그때 결혼을 말렸어야 했을까? 예니와 경훈이 결혼하겠다고 나를 찾아왔던 그때, 헤어지고 나서야 이 자식이 쓰렉쓰렉인 거 알았다고? 이제라도 정신 차리고 앞으로 결혼 준비는 올스톱 하시라고? 그럴 수 없을 것이다. 나에게 개그지 같았던 윤경훈이 예니에겐 아닐 수도 있으니까. 플래너가 되어서 둘 사이 헤어지라고 할 수도 없고. 전 여친이 둘 사이에 간섭하는 것도 오지랖이고.

신혼여행 가서 예니가 나에게 전화했을 때, 그때라도 그만두라 그랬어야 했을까? 신혼여행지를 전전 여친 집 근처로 잡는 그 행태에 대해서, '이놈은 더 이상 희망이 없는 것 같습니다. 더 살다 가는 파국만 볼 것 같습니다.' 그렇게 냉정하게 말해줘야 했을까? 그럴 수 없다. 둘이 어떻게 화해하고 한국에 돌아왔는진 몰라도, 이후로 꽤나 다정한 사진들이 SNS에 올라왔었다. 근데 거따 대고 어떻게 헤어지라고 하나. 쓰레기라도 보석같이 때 빼고 광내서 데리고 살라고 해야지.

하지만 결국은 슬픈 예감 그대로 되고 말았다. 모두가 힘들어지게 된 것이다. 두 사람이 잘 못 지내면 두 사람만 힘들어지는 게 아니다. 양쪽 가족들 모두에게 둘의 이혼은 고통이 될 것이다. 중간에 낀긴 나도 이렇게나 힘든데. 게다가 뜬금포 벼락을 맞은 로스 쥬얼리 사람들은. 사랑과 행복의 약속으로 로스와 계약했던 신랑 신부들은. 두 사람의 잘못된 만남으로 일이 너무 커져버렸다. 정말 모두에게 괴로운 일이 되고 만 것이다.

'흑흑, 언니는 결혼하지 말아요.'

오늘 눈물을 펑펑 쏟으며 예니가 한 말이었다. 그 말에 머리를 죽비로 내리치듯 정신이 번쩍 들었다. 그래, 내가 결혼을 너무 낭만적으로 생각했던 것 같애. 이런 게 결혼의 실태인데. 그냥 추상적으로 외로우니까 결혼하고 싶다, 노래를 불렀던 거야. 결혼이 정확하게 뭔지 알지도 못하면서.

어떻게 보면 결혼이란 거, 내 인생의 안정감을 찾는 방식이라 생각했다. 월급은 매달 실적에 따라 널을 뛰었다. 이번 달 계약이 부진하면 당장 카드값이 펑크날 지도 몰랐다. 인센티브직이란 게,

내가 잘하면 더 받아갈 수 있다는 게 장점이겠지만 실상 매달 월급이 달라지니 제대로 적금 한번 부을 수가 없었다. 결혼을 하면 이런 수입 구조에서 벗어날 수 있을 거라고 생각했나. 혼자 사는 이 열 평짜리 빌라에서 탈출할 수 있을 거라고 생각했나. 어쩌면, 윤경훈과 사귀었던 이유가 예니가 윤경훈과 결혼했던 이유와 다르지 않을 수 있다. 아니, 내 인생이 예니처럼 되었을 수도 있다. 한강변의 그 널따란 한남동 빌라. 뻐까뻔쩍한 인테리어, 거기서 고급 식기들을 꺼내놓고, 사진 찍고, 그냥 '새댁 놀이' 하고 싶었을 수도 있다. 남들에게 과시하고 싶은 삶, 과시하려고 사는 삶, 막상 돌아보면 내가 이루어놓은 것은 없는 알맹이는 없는 그런 삶. 어쩌면 나도 그런 걸 원했을 수도 있다.

지혁은 예전의 나에게 그랬었다. 이새아 씨가 원하는 거, 결혼이 아니라고. 그때는 발끈했는데, 돌이켜보면 맞는 말인 것 같기도 하다. 그냥 다른 사람에게 기대어 내 인생 뒤바꾸려 했던 거잖아, 바보 같이. 나 지금이라도 다시 생각해봐야 할 것 같다. 지혁이 비혼주의자니까, 그런 그에게 결혼을 강요하기 싫어서 결혼 욕심 버리자, 버리자, 하고 애써 마음 정리하고 그의 곁으로 간 거였는데 지금은 내 모든 걸 다시 생각해봐야 할 때인 것 같았다. 대체 인생에서 뭐가 부족해서 뭐가 결핍이라고 여겨서 그렇게 결혼 결혼, 노래를 불렀던 건지.

5

왜 나한테
기대질 않아?

로안, 지혁의 집무실 책상 위에는 두 개의 계약서가 펼쳐져 있었다. 다시 건축 현장으로 돌아가는 일은 절! 대! 없을 거라고 상후에게 못 박고 왔지만, 그럼 해결 방향이라도 좀 알려달라는 말까지는 차마 거절할 수가 없었다. 이건 법률적으로 풀어야 할 문제가 아니라, 설계 변경으로 풀어야 할 문제였다. 법적으로 가기전에 누군가 책임지거나, 손해 볼 일이 안 생기게 하는 게 우선이니까. 보내준 자료를 토대로 변경할 구석들을 살펴보는데…… 후우, 상후의 말대로 이건 여기서 이렇게 저렇게 설계도만 봐서 해결될 문제가 아니었다. 가서 리조트 부지 보고, 주변 빌딩들 살펴

보고, 직접 봐야 알 수 있는 부분이 많았다. 어떡하지. 이렇게 자꾸 한두 개씩 도와주다간, 언젠간 마카오로 빨려 들어가겠는데. 이때, 집무실 문이 열리면서 명희가 들어왔다.

"CS 건 보고 때문에요."

이제는 소울에서 일어난 주요 컴플레인까지 로안 대표인 지혁에게 보고를 하게 되어 있었다. 어떤 CS 건인지는 알고 있었다. 그 가짜 다이아 사건. 새아가 며칠째 잠도 푹 못 자고 살만 쪽쪽 빠지고 있는 그 사건.

"죄송합니다. 앞으로는 예전 소울에 있었던 일로 로안에 문제 되는 일 없게 할게요."

"아니에요. 대체 어떻게 된 거예요?"

"신랑이 사주했대요. 신부 반지에 가짜 다이아 넣어달라고."

네에에에? 아우, 이 쓰레기! 순식간에 지혁의 표정이 썩어들어 갔다. 자기 여자한테 결혼반지를 주는데, 가짜를 넣어달라고 부탁 했다고?

"뭐, 그런 미친놈이 다 있어?"

"쓰레기도 고객이면, 결혼을 시켜야 하는 게 우리 일이죠?"

"아우, 이 팀 스트레스 엄청 받았겠네. 부부끼리 해결할 문제 사이에 껴서."

그것 땜에 로스 쥬얼리 난리 나고 소울에서도 전전긍긍한 걸 생각하면. 아우 아우, 이걸 확!

"상황적으로도 좀 특수하잖아요?"

단순히 새아가 플래너로만 엮여 있지 않다는 걸 이야기하는 것
이었다.

"컨설팅에선 이런 일이 자주 있어요?"

"매일매일이 사건 사고죠. 아무래도 식장은 원데이지만 컨설팅
은 육 개월 넘게 신랑 신부 케어하는 거니까요. 그래도 보통은 결혼
시키고 나면 끝인데 이렇게 끝나고도 말썽인 경우는 많진 않아요."

"이 팀 머리 아프겠다."

예니가 웨딩 카페에 썼던 글은 내려갔지만, 이미 로스 쥬얼리의
명성은 추락했다고 한다. 신랑이 직접 '가짜 넣어달라고 한 게 나
다.'라고 써주지 않는 이상, 혹은 예니가 직접 '알고 보니 신랑이
가짜 넣어달라고 했네요.'라고 글을 올리지 않는 이상, 로스 쥬얼
리의 명성은 예전으로 돌아가기 힘들었다. 손해가 매우 매우 막심
할 것이었다.

"잘해줘요, 이 팀한테."

명희는 지혁에게 그렇게 당부했다. 이 사건으로 마음 상한 새아
의 멘탈을 지혁에게 부탁하는 것이었다. 그 말에 지혁도 고민이
되기 시작했다. 하아, 어떻게 해야 새아가 기분이 좀 풀릴까.

♩♩

다시 여기에 왔다. 조예찬 스튜디오, 예찬의 작업실에. 아무리
멘탈 붕괴될 만한 일이 빵빵 터졌다 한들 이미 스페셜 멘토를 맡

기로 한 것, 이제 와서 그 일을 태만히 할 수 없다. 이 역시 책임감을 갖고 마무리해야 할 일이다.

"멘토님, 오셨어요."

안에선 예찬이 기다리고 있었다. 참 잘생기고 멋지고 따뜻하고 스윗한 인상 그대로. 이상하다. 예전엔 예찬을 보면 설레기도 하고 조금 기대감도 생기고 그랬는데 지금은 그렇지가 않다. 그에게 생겼던 감정들이 그새 과거가 되었다. 아직 그대로인 건 '미안한 마음' 뿐이다. 진짜 아무리 봐도 너무너무 괜찮은 남잔데 그런 그를 거절한 게 너무너무 미안하다.

"네, 안녕하세요. 스페셜 멘토는 뭐하면 돼요?"

새아가 부러 맑은 목소리로 말을 걸자 예찬 역시 예의 그 부드러운 미소로 답했다.

"내가 취재했던 사진 본 적 없죠? 전시회에 나갈 사진들, 최종적으로 골라야 해서요."

"내가 고른 대로 나가는 거예요?"

"투표해야죠. 여기에 빨간 스티커 붙여주면 돼요."

예찬이 가리킨 한쪽 벽면에는 그가 찍었던 사진 판넬들이 쭈우욱 붙어 있었다.

"음, 보자."

새아는 적극 임하겠다는 자세로 웃으며 그 앞에 섰지만…… 사진들을 보자 웬일인지 더 이상 웃음이 나오지가 않았다. 음, 그냥 평범한 웨딩 사진이 아닐 줄은 알았다. 그런데 사진은 그보다 더 훨씬 직접적이었다. 동영상도 아닌데, 정지된 사진이 움직이면서 말을 하고 그 상황들을 전해주고 있었다. 신기하네. 이런 게 취재 사진이란 거구나.

화려한 결혼식을 올리며 주변 사람들에게 축복을 받던 신랑, 신부들이 신혼여행을 떠나는 공항에서부터 소리를 드높이며 싸우고 있었다. 심지어 비슷한 앵글이라 더더욱 비교가 되었다. 둘은 대체 무슨 일 때문에 공항에서부터 싸우고 있을까.

결혼식장 로비, 축의금 액수를 두고 고심하고 있는 친구들의 모습이 보인다. 각자의 표정만으로도 알 수가 있었다. 야, 너는 얼마 넣었냐? 나는 얼마 넣어야 되지? 쟤 결혼하면 내 결혼식 오겠냐? 애 낳는 순간, 끝이야. 혹시 모르니까 적당히만 넣자. 야, 너도 이 금액에 맞춰.

관광버스에서 하객들이 터덜터덜 내리고 있는 모습들도 보였다. 결혼식장에 온 건지, 장례식장에 온 건지, 하나같이 너무나도 지치고 힘든 모습이었다. 그 하객들은 식장에서 축의금 내고, 혼주에게 인사만 하고, 허겁지겁 피로연장 찾아 내려가 밥 먹기 바빴다.

신부 대기실에서 신부가 커다란 다이아 반지를 친구들에게 자랑하고 있는 사진도 있었다. 수줍은 듯하지만, 그건 자랑이 확실했다. 친구들은 뭔가 과장된 표정으로 이를 축하해주고 있었다. 언뜻 코믹한 사진이었지만, 새아는 웃을 수가 없었다. 가짜 다이아 사건으로 눈물 쏟은 예니가 생각나서. 그녀도 그랬었겠지. 이게 가짜라는 상상조차 하지 못한 채, 딱 이 모습 이 포즈로 친구들에게 이 커다란 반지를 자랑했었겠지. 결혼으로써 내가 상류층에 진입한다는 걸 과시하고 싶었겠지. 앞으로의 인생이 이 반지처럼이나 화려할 줄만 알았겠지.

새아의 표정이 점점 어두워지고 있는 걸, 옆에 선 예찬이 알아채고는 말했다.

"왜요? 사진 별로예요?"

"아, 아뇨. 최근에 비슷한 일들이 있어서."

아차차, 예니와 예찬은 사촌 지간이었지. 어쩌면 경훈과 예니가 이혼한다는 소식이 그의 귀에 들어갔을지도 모르니, 괜한 말은 하지 않는 게 좋았다.

"신기하다. 사진이 다 말을 하네요."

새아는 부러 웃어주며 그렇게 말했다.

"지금까지 제 사진들이랑은 좀 다르죠?"

"이걸 다 어떻게 찍었어요?"

"쉽지는 않았죠. 연출이 들어가면 안 되는 사진들이라서요. 사진 찍는다 그러면 사람들이 평소의 자신과는 다른 표정, 다른 포즈를 취하잖아요. 근데 그런 거 없이 진실된 표정을 담아내야 하니까. 또 좋은 사진도 아닌데 일일이 초상권 허락받아야 하는 것도 그렇고."

그러다 새아의 시선이 머문 사진이 있었다. 웨딩 박람회. 신랑, 신부들을 한 명이라도 더 계약하기 위해 열변을 토하고 있는 한 웨딩 플래너의 사진이었다. 얼굴이 다 화끈거렸다. 이건 내 모습이었다. 신랑, 신부들을 그저 돈으로 보았던, 내 계약률을 달성하기 위한 목표물로 보았던 내 속물 같은 모습.

"이, 이건."

"좀 불편해요? 이건 뺄까요?"

"아, 아뇨. 이것 또한 조 작가님의 시선이잖아요."

"어떤 의도로 찍었건 간에 특정 직업군을 비하하거나 비방하는 것처럼 읽히는 사진이면 굳이 논란이나 오해를 만들 필요는 없다고 생각해요."

"그렇다기엔 모든 사진이 다 논란거리예요."

"흠, 많이 불편해요?"

말하자면, 그런 거죠. 나도 화장 지운 내 민낯을 오래 보고 있긴 싫은걸요. 특히나 내 맨 얼굴 사진이 벽에 크게 떡하니 붙어 있으면 얼마나 민망해요. 내가 숨기고 싶은 모습인데. 보여주고 싶은 모습이 아닌데. 내 스스로의 꾸밈 없는 모습을 직시하기가, 그렇게나 힘든 거죠. 인간이란 게. 다 그런 사진들인 것 같아요. 너무 적나라해서 외면하고만 싶었던, 그런 모습들.

"다 의미 있는 문제 제기인 것 같아요. 긴 기사나 설명 없이도. 딱 직관적으로 이해되고 공감되는 그런 사진들. 모호한 게 없어서 좋은 거 같아요."

"새아 씨가 별로 안 좋아할까 봐 걱정했는데."

"사실은, 놀라는 중이에요. 지금껏 조 작가님 사진들 진짜 예뻤잖아요. 근데 이건 예쁜 사진들은 아니니까."

"진실과 소통하고 싶었던 거죠, 나름."

보다 보니 뭔가 좀 아이러니한 것 같기도 했다.

"좀 이상하다. 이게 다 얼른 장가가고 싶다는 분이 찍은 사진이란 게."

"아무래도 결혼에 관심이 있으니까, 이런 주제로 찍었겠죠?"

"현직 웨딩 플래너가 멘토로 있다는 것도 좀 아이러니하고."

"왜요, 너무 웨딩 시장을 까는 것 같아요?"

"그 이상이에요. 제가 멘토링 했다고 하기엔 이 사진들은 너무 대단해요. 내가 지금껏 수없이 봤던 웨딩 스냅 사진들과 같은 장소에서 찍었다는 게, 믿기지가 않아요. 사람들은 얼마나 자기 보고 싶은 것만 보고 살길래 시선만 조금 달라져도 이렇게나 불편해할까요."

마지막쯤엔 경훈과 예니의 결혼사진이 붙어 있었다. 경훈은 멋있었고 예니는 아름다웠지만 사진은 그녀에게 쓸쓸한 감정만 불러일으켰다. 이 결혼식에서 나는 그들을 축복했던가, 저주했던가. 기뻐했던가, 슬퍼했던가. 신랑 헤어부터, 턱시도, 구두, 신부 베일부터, 메이크업, 부케, 드레스, 웨딩 슈즈까지. 무엇 하나 내 손이 닿지 않은 게 없는데. 이렇게나 예쁘고 완벽하게 그들을 꾸며주었는데. 왜 그들은 결국 행복하지 못했을까. 왜 그들은 지금 와서 사네 마네 하고 있는 걸까.

"어떡하지? 새아 씨 지금 발 빼긴 너무 늦었는데. 스페셜 멘토

해주기로 한 거, 아차 싫죠?"

"아뇨, 안 뺄래요. 나 조 작가님 이런 시선들, 너무 좋아요. 지지해줄 수 있으면 지지할래요."

"후원금이라도 줄 기세다."

"계좌 번호 불러봐요. 지금이라도 적금 깨서 보낼게요."

새아의 실없는 농담에 그렇게 피식 웃고 마는 두 사람이다. 입은 웃었지만, 사진이 전하는 메시지는 아직도 그녀의 가슴을 거센 펀치로 두드리고 있었다.

내가 생각해왔던 결혼이란 건 대체 무엇이었을까. 그 아득한 물음을 남기면서.

＊

로안의 사무실, 외근을 나갔던 새아가 돌아왔다. 꽤나 사무적인 웃음을 지으면서.

'컴플레인 해결하느라 바빴다며, 괜찮아?'

유준이 챙겨주자 새아는 아무것도 아니라는 듯 어깨를 으쓱했다. 아무래도 그녀가 걱정되었던 지혁은 새아에게 잠깐 대표실로 들어오라고 눈짓을 했다.

"네. 무슨 일이세요, 대표님?"

그녀가 지혁의 책상 앞 의자에 앉으며 말했다.

"괜찮아?"

"네, 왜요?"

"그, 가짜 다이아 건."

"네. 잘 마무리하고 있습니다."

"여기선 긴장 풀고 얘기해도 돼."

"진짜 아무 일 아니에요. 완전히 다 종료되면 최종 보고할게요."

물어볼 게 그것밖에 없다면, 나는 가서 내 일 하겠다고. 새아는 끝끝내 지혁에게 웃음만 보이면서 제자리로 돌아갔다. 흠, 나는 그 걸음 하나하나가 왠지 편해 보이지가 않는단 말이야. 계속 긴장하고 있는 것 같고. 유리 파티션 너머로 새아의 자리 쪽을 보는데도 그녀는 애써 애써 버티고 있는 것처럼만 보였다. 근데 왜 자꾸 나한테는 괜찮다고만 하지. 회사라서 그런가. 그냥 남친으로서 기대도 되는데. 퇴근하고 얘길 좀 해봐야 되나.

퇴근할 때쯤, 새아가 가방을 들고 주변에 인사하고 나오는 시간에 맞춰 지혁도 일을 마치고 그녀를 따라갔다. 같은 엘리베이터, 새아가 일 층을 누르자 지혁이 한 번 더 버튼을 눌러 이를 지우고 지하층을 눌렀다. 주차장에서 차 타고 같이 퇴근하자는 것이었다.

"알아서 간다니까."

지혁에겐 조금 서운한 말이었다. 소울에 있을 때도 항상 내가 근처에서 기다려서 같이 퇴근하고 그랬잖아. 아무리 피곤해도 저녁 시간은 거진 나랑 같이 보냈고. 오히려 같은 사무실이라서 더 조심을 하는 건지 새아는 굳이 대중교통을 이용하겠다고 고집을 부렸다. 왠지 자신에게 더 거리를 두려는 행동인 것 같아 지혁은 마음이 편치가 못했다.

"할 말 있어서 그래. 일단 차에 타."

새아가 어쩔 수 없다는 듯 차에 타고 나서야 지혁은 제 본심을
얘기했다.

"왜 자꾸 괜찮다고만 그래?"

"진짜 괜찮으니까 그러지."

"안 괜찮잖아."

"어떻게 알아, 지혁 씨가."

"그 정도로 강철 멘탈, 아니잖아."

"……!"

"왜, 나한테 기대질 않아?"

계속 웃음으로 넘어가려던 새아의 표정이 문득 차분하게 가라
앉았다. 아주 잠시 툭, 치면 무너질 것처럼 인상이 구겨졌다가 다
시 평정을 되찾으려는 듯 침착하게 입술을 다졌다.

"나, 지혁 씨한테 이런 모습, 보이기 싫어."

"어떤 모습?"

"일 힘들다고 징징대는 거."

"내 옆이 아니면 어디서 울 건데?"

"지혁 씨가 보기에, 이거 별 문제 아닐 거잖아."

"뭐가 별 문제가 아니야? 자기가 상처를 받는데."

"원래 결혼이란 거에 회의적인 사람이잖아. 왜 이런 걸로 싸우
는지 이해 잘 못하잖아. 첨부터 아슬아슬하던 사람들이 결국은 그

렇게 끝난 거다, 쉽게 얘기할 거잖아. 신랑 신부 사정 같은 거, 이해할 생각도 없잖아?!"

"⋯⋯!"

지혁은 잠시간 말을 잇지 못했다.

"⋯⋯내가 왜 그렇게 시니컬할 거라고 생각해?"

"남자들, 여자가 이렇게 징징대는 거 싫어하잖아."

"대체 어느 남자들을 얘기하는 거야? 지금껏 너 제대로 사랑해주지도 않은 남자들? 지 여자한테 가짜 다이아 해준 윤경훈 같은 놈?"

"내가 삭이고 묵혀야 할 감정들까지 다 지혁 씨한테 터놓기 싫어. 좀 시간 주면 내가 알아서 가라앉힐게."

새아는 고여 있던 눈물을 쭈욱 짜내고서 재빨리 손부채질을 했다.

"미안해. 내일부터 다시 밝은 모습만 보여줄게."

그 말도 지혁은 이해가 가지 않았다.

"사랑하는 사람한테 누가 밝은 모습만 보이래?"

"⋯⋯!"

"왜, 어두운 모습 보이면 내가 떠나갈까 봐? 어떻게 서로 좋은 모습만 보여. 안 좋은 모습까지 같이해야 사랑이지! 자기가 그렇게 나쁜 감정들 삭이고 묵히면, 그게 어디로 가? 썩어서 곪기밖에 더해? 그걸 왜 혼자 삭이고만 있는데?"

"다 터놓고 징징댔다간, 지혁 씨 나한테 질려 할 거야. 나는 지혁 씨 믿고 기댔는데, 날 떠나면. 그때 난 어떻게 하라고?"

"내가 왜 떠나?"

"헤어질 거 알고 만난 거잖아!"

"······!"

뭐라고? 새아의 말은 지혁에게 진심 충격이었다.

"헤어지려고 만나는 사람이 어딨어? 그냥 스쳐 지나가는 인연과 썸, 극혐한다며! 아무나 팔랑팔랑 만나고 싶지 않다며! 그렇게 인연에 무게감 두는 사람이, 갑자기 왜 그렇게 가벼워졌어? 날 대충 만나다가 헤어질 사람으로 생각해? 그럼 날 잘못 봤어. 난 그 정도 각오로 시작한 게 아니야."

새아의 얼굴이 참담하게 구겨졌다. 어차피 당신은 나에게 약속이란 걸 해줄 수 있는 사람이 아니잖아. 그와의 사랑은 한계를 정해야 한다고 생각했었다. 그에게 가는 사랑이 내 욕심을 넘지 말아야 한다고, 그토록 경계하고 경계했다. 그런데 그 선을, 그 한계를, 이 남자가 또 무너뜨리려 한다. 모든 걸 자기에게 기대라 한다. 겁이 난다. 아주 잠시라도 믿음 주었던 사람, 내 마음 기댔던 사람이 떠나는 건 지긋지긋하니까.

"지혁 씨 조카 태어났다는 소식 들었어. 회사 사람들이 다 얘기하더라."

"······!"

"사람들은 다 알고 있는 지혁 씨 소식, 혼자 모르고 있는 게 좀 민망하더라. 그런 경조사 소식 전하기엔 내가 지혁 씨한테 너무

먼 사람인가봐."

새아는 그 말을 하고서 가방을 그러쥐고 차에서 내리려 했다.

"성진 건설에서 다시 돌아오래."

차 문을 여는 새아에게 지혁이 한 말이었다. 이 말도 나중에 누구에게 전해 듣게 되면, 경우가 아닌 것 같아서.

"안 기대길 잘했네."

그녀는 그 말을 마지막으로 주차장을 또각또각 걸어 사라졌다. 지혁은 죄 없는 핸들에 화풀이를 할 뿐이었다.

6

이 결혼에서 다이아 말고
뭐가 진짜여야 할까


로안의 창고. 다람은 혼자 그 어두운 곳에서 플라워 스탠드들을 정리하고 있었다. 오래되고 낡은 플라워 스탠드들을 꺼내고, 버릴 것들 사진 찍어놓고, 수량 체크하고, 새로 주문해야 할 게 몇 개인지 세어놓고. 스탠드가 얼마나 많은지 오늘 하루 종일 했는데도 도저히 끝날 기미가 보이지 않았다. 어느덧 저녁 시간이 되어 저편 사무실 쪽에서는 사람들이 하나둘씩 퇴근하는 소리가 들리는데 누구도 창고에 들어와서 그녀에게 아는 척해주지 않았다. 당연한 건데도 왠지 모르게 서글퍼졌다. 그냥 이대로 사람들에게 잊혀지고 있는 것 같은 느낌 때문에. 내가 여기서 죽거나 쓰러져도 아무도 모를 것 같은, 그 기분에.

사실 힘들지 않을 수가 없었다. 웨딩홀 막내가 이렇게나 몸 쓰는 일이 많을 줄은 상상도 못 했다. 아름다운 웨딩홀에서 예쁘게 입고 예쁘게 서비스를 제공하는 그런 일인 줄 알았는데, 유니폼은 유니폼대로 몸을 옥죄었고, 스타킹은 스타킹대로 제멋대로 올이 나간다. 화장은 오래전에 흘러내렸고, 잔뜩 부은 발에 하이힐 따위 던져버린 지 오래다. 그야말로 엉망진창인 꼴인 바로 그때, 창고에 유준이 들어왔다.

"이거 밖으로 옮겨놓으면 되지?"

그리고 과묵하게 그녀의 일을 도와주기 시작한다.

'또 어떻게 알고 여기까지 왔대.'

차라리 아무도 오지 않은 편이 나을 뻔했다. 나의 절망을 이렇게 당신에게 들키느니.

"나가요. 도와줄 필요 없어요."

다람은 다짜고짜 창고에서 유준을 밀어내고 문을 닫았다.

"밀고 싶으니까 꺼지라구요."

그때, 워크숍 가서 있었던 일이 생각이 났다. 사라진 나를 찾으러 온 그에게 내가 따졌었지.

'내가, 뭘 그렇게 잘못했어요?'

한참을 망설이던 그는 이렇게 말했었다.

'니가 잘못한 거 없어. 다 내 문제지.'

'뭐요, 무슨 문제. 그냥, 내가 싫다고 말하는 게 그렇게 어려워요? 그냥 싫다고, 꺼지라고 그래요. 뭘 자꾸 그렇게 미적거려!'

'안 싫어! 안 싫으니까 문제지!'

안 싫다니. 그게 좋다는 거야? 싫다는 거야? 다람은 도저히 유준의 의중을 알 수가 없었다. 답답한 자식. 안 싫은 게 뭐야. 차라리 미련 안 남게 내가 싫다고 하지. 왜 좋다고도 안 하고 싫다고도 안 해. 왜 그렇게 사람 애타게 하는데. 어차피 나를 거절할 거잖아. 이젠 정말 아는 척 안 할 거야. 친한 오빠 동생 사이고 뭐고, 멘토 멘티고 뭐고, 다 필요 없으니까. 친한 척 하지 마. 아는 척도 하지 말고. 결국 다람은 그의 어깨를 거세게 밀치며 그 자리를 박차고 나왔다. 그렇게 한동안 그를 외면하며 지냈었는데……

내가 힘들어할 때마다. 그는 여지없이 나타나 이렇게 도움을 주려 한다. 그것만으로도 가파르게 흔들리는 내 마음이 싫었다. 또 헛된 기대를 걸고 틈이 있진 않을까 기웃거리는 내가 싫었다. 내일은 내가 알아서 할 테니까 당신은 제발 아는 척하지 마. 내 절망도, 슬픔도, 괴로움도, 아예 관심 가지질 말라고! 그러나, 창고 문 밖 유준에게선 의외의 목소리가 들려왔다.

"내가 널 너무 해맑게 봤어."

"……?!"

"삶이 달아서 니가 웃은 게 아닌데 니 삶은 단 줄 알았어. 그렇게 해서라도 웃어야 하는 걸 몰랐어."

내 삶이 어떻게 달 수가 있어! 사회생활 처음 시작해서 버텨 나가는 게 얼마나 힘든데. 봐봐요. 지금도 얼마나 막노동 중이야. 세상일이 이렇게 힘들 줄 알았으면 내가, 내가……! 목에서 울컥 뜨거운 울분이 솟았다. 잔뜩 화가 나 문을 열고 매섭게 그를 쏘아보는데, 놀랍게도, 그의 눈가가 젖어 있었다.

"……?!"

"며칠 니가 안 웃는 거 보니까 그제서야 그런 생각이 들더라. 웃게 해주고 싶다."

"뭐라구요?"

"나랑 있을 땐 자주 웃었잖아. 너."

"아직도 내가 그렇게 빵끗빵끗 웃어줄 것 같아요? 내가 속도 없이, 왜?"

"내가 냥이를 집에 들였잖아."

"……?"

집에 냥이가 들어오니까, 사야 할 게 정말 많더라. 냥이 화장실부터 식기, 사료, 장난감, 각종 고양이 용품. 병원 데려가야 할 일도 진짜 많고. 어디 아픈 데는 없는지 싹 다 검사해봐야 되고, 아픈 데 있으면 계속 약 먹이면서 보살펴야 하고, 암컷이라 중성화도 해야 하는데, 병원비는 보험이 안 돼서 한번 갈 때마다 몇 십만 원씩 숙숙– 나가고. 근데 그게 하나도 아깝지가 않더라. 나는 그 월세방 살면서 스팸 살 돈이 없어서 이 나이에 이렇게 라면 끓여 먹고 사는데, 그런데 냥이한테는 그 돈이 하나도 아깝지가 않았어. 이렇게 돈이 많이 들어가는 존재인 줄 알았으면 내가 냥이를 안 데려왔을까 생각해봤는데 아마 데려왔을 거야. 매일 굶는 냥이를 골목에 그냥 방치할 수는 없으니까. 그때 안 것 같애. 냥이를 사랑해주는 건 돈이랑은 다른 문제구나. 내 현실이 어떻든 간에 그래서 사랑을 할 수 없다는 건 다 핑계더라, 싶더라고.

"다람아, 이건 내일 하고."

"……네?"

"나랑 냥이 보러 갈래?"

"……!"

다람은 멈칫했다.

"내일 한다고 안 죽어. 내가 내일 도와줄게."

"그래도……."

"놀자, 우리 집 냥이랑."

유준은 다람의 손을 끝끝내 잡아 이끌었다. 그녀는 그저 혼란스러웠다. 그의 집에 같이 가자는 게 대체 무슨 의미일까, 알 수가 없어서.

혼자 집에 가며 새아는 떠올렸다.

아무것도 모른 채 남자 친구에게 내 힘든 얘기 다 했던 그 시절을. 처음엔 고객 상대하는 게 너무너무 힘들어서 남친에게 정말 많이 징징댔고, 정말 많이 울었다.

'나는 웨딩 플래너랑 안 맞나봐. 이제라도 다른 직업 찾아야 할까. 으헝헝.'

'아니야, 괜찮아. 넌 잘할 수 있어.'

남자 친구가 밤새 달래놓아 출근하면 다시 원래의 절망 속으로 돌아가기 일쑤였다.

결국은 남친도 그 회사 그만두라고, 너랑은 안 맞는 것 같다고, 크게 화를 냈고, 그렇다고 진짜 그만둘 수가 없어서 꾸역꾸역 회사를 다니자 결국은 이별이 왔다. 기댔던 그가 사라졌을 때 충격은 더욱더 컸다. 시간이 지나자 점점 일은 할 만해졌고, 이 직업에도 점차 적응해나갔지만 그렇다고 새로운 남친에게 내 속 얘기를 다 하는 건 아니었다. 그냥 캔디 버전의 나를 만들었던 것 같다. 힘든 일 있어도 웃고, 내색 안 하고, 힘든 얘기 잘 안 하는 나를. 타인에게 기댔다가 무너지는 게 더 힘든 일이었으니까. 그런 나 자신을 이제야 발견한다. 힘들어 곪아 터질 때까지 혼자 삭이고 또 삭이는 나를.

밤거리를 운전하면서 지혁은 생각했다.

새아가 나를 잘못 본 게 아니라고. 나는 원래 그런 놈이었으니까. 여자가 지나치게 징징댄다거나, 관계가 구질구질해질 때쯤이면 미련 없이 떠났던 것 같다. 나도 바쁘고 죽겠는데 그런 부정적인 감정까지 받아줄 여력이 없었으니까. 즐겁고 짜릿하지 않으면 연애할 필요가 없다고 생각했으니까. 그런데 그건 그만큼 사랑했던 사람을 못 만났을 때의 얘기다. 사랑하는 사람의 모든 감정을 품어주고 싶은 마음이 없었던 어리석었던 때. 이제 나는 달라졌다. 앞으론 새아가 울어도 슬퍼도 괴로워해도 내 곁에서 그랬으면 좋겠다. 내가 안 보이는 곳에서 울고 있는 건 견딜 수가 없다. 이제는 당신의 모든 걸 사랑하고 싶다. 내가 당신의 쉴 곳이 되어주고 싶다. 어떻게 하면 힘들어하는 당신을 진심으로 위로할 수 있을까.

다람과 함께 버스를 타고 가면서 유준은 생각했다.

그간은 나만 힘든 줄 알았다. 그래서 해맑은 사람을 경계했다. 그런 사람 옆에서 내가 억지로 괜찮은 척, 웃어야 하는 게 싫어서. 어떻게든 괜찮은 모습을 꾸며내야 하는 게 싫어서. 내 절망과 슬픔을 숨겨야 하는 게 지겨워서. 거짓된 나를 꾸며내고 싶지 않아서. 그런데 그녀 역시 나와 같은 사람이었다. 행복해서 웃는 게 아니었고, 웃어야 해서 웃는 것뿐이었다. 사실은 같은 이유로 이 사회에서 허덕이고 있는 보잘것없는 미생이었다. 우리 둘 다. 오히려 내가 보살펴줘야 할 존재였다. 우리 집 냥이처럼. 서로가 위로가 되어줘야 할 그런 존재였다.

그런 유준의 곁에서 다람은 생각했다.

그저 높디높은 선배인 줄로만 알았다, 당신은. 나같이 초보적인 실수는 안 하는 사람. 모든 걸 다 어른스럽게 가르쳐줄 수 있는 사람. 그냥 다 존경스럽고, 따라가기만 하면 되는 사람. 그런데 당신은 선배가 아니었다. 이 사회에서 표정을 감추는 법을 배웠을 뿐이다. 마주 잡은 손에서 따뜻한 온기가 느껴졌다. 애써 얼려버린 내 마음을 녹일 것만 같은 온기가.

♪

다음 날, 예니에게서 급박하게 전화가 걸려왔다.

– 언니, 모르는 사람들이 자꾸 집 보러 와요!

뒤에선 연신 띵동 띵동 소리가 들렸다. 예니는 문을 잠그고서 열어주지 않고 버티고 있는 모양이었다.

– 집 보여주고 이혼 절차 밟아요. 윤경훈이랑 계속 같이 살 거 아니잖아요?

– 가짜 다이아 해준 인성의 남자랑 어떻게 더 살아요?

– 더 이상 내가 시시비비를 가려줄 수가 없어요. 이혼 컨설팅은 더 잘하는 분이 있을 거예요.

경훈에게 로스 쥬얼리에 직접 가서 사과하라고 했지만 그는 끝끝내 그러지 않았다. 나중에 법적으로 갈 때를 대비해서 함부로 사과를 하면 안 된다는 이유 때문이었다. 로스 쥬얼리 서 사장님께 가서 얘기했더니 사장님도 직원 관리 잘못한 우리 측 책임이 있으니 사과는 필요 없다고 하셨다. 김 실장은 어느 예물숍에서 또 보증서를 조작하다가 도망가서 아예 한국을 떴다고 했다. 계약 취소에 이미지 하락에 손해가 막심하였지만 서 사장님은 직원을 잘못 들인 잘못이라 생각하겠다고 하셨다. 가짜 다이아 사건은 그렇게 일단락되었지만 그렇다고 예니와 경훈의 이혼에까지 자꾸 엮이는 건 곤란했다. 이혼을 하든 말든 그건 이제 둘의 선택이 되어야 했다. 내가 이래라저래라 참견할 일이 아니었다.

– 언니, 언니!

불안한 예니의 온갖 감정을 받아주는 '감정 쓰레기통' 역할도 이제는 그만두어야 했다. 계속 끌려다니면 나 또한 불안하고 불행해질 것이었다. 나는 그녀가 의지할 수 있는 언니가 아니다. 사실 윤경훈과의 연은 진작 끊어내야 옳았다. 하지만 문득 그런 생각이 들었다. 이 결혼에서 다이아 말고 뭐가 진짜여야 했을까.

내 삶에도 감정서가 있었으면 좋겠다. 널뛰는 내 감정 중 뭐가 진짜인지, 가짜인지, 알려주는 감정서. 지금껏 나의 이 결혼 욕심이 진짜인 줄로만 알았다.

하지만, 돌이켜보니 그건 가짜 배고픔과 같은 거였다. 진짜 배고프지도 않은데, 그냥 달고 짠 게 땡기는 기분. 안 먹으면 당 떨어져 쓰러질 것 같은데, 그래서 마구 퍼먹고 나면 그렇게 기분이 좋지도 않은 거. 그 '결혼 욕심'이라는 가짜 배고픔 같은 게, 지금껏 나를 속여왔다. 윤경훈 같은 쓰레기를 꽤 괜찮은 남자로 보이게 했던 것이다. 그런 쓰레기와 꽤 구체적인 미래를 상상했다니. 도끼로 제 발등이라도 찍고 싶은 기분이다.

아니, 어쩌면 나 역시 결혼이라는 거대한 거짓말에 묵시적으로 동참해왔는지 모르겠다. 예찬의 사진들을 보고 나니 정신이 든다. 결혼식장의 스냅 사진 작가들이 오로지 좋은 모습만 찍었던 것처럼, 나도 지금껏 그런 모습만 보려고 애썼던 것 같다. 예찬이 찍었던 그런 진실의 장면들을 보고도 애써 외면하고, 애써 시선을 돌리고서. 이제는 정말 정신 차리고 다시 생각해봐야 할 때였다. 결혼에서 중요한 건 다이아가 아니다. 그건 얼마든지 가짜일 수 있으니. 내 외로움도 아니다. 누군가와 함께 있을 때 외로운 게, 가장 슬픈 거라고 하지 않나. 그럼, 대체 뭐가 진짜여야 할까.

## 7

헤어지면
나한테 와요

로안 그랜드홀에서 한창 예식이 진행되고 있을 때였다. 별 의미 없이, 그냥 다 잘 진행되고 있나 해서, 지혁은 영상실로 슬쩍 들어가 오늘의 예식을 지켜보았다. 항상 그렇듯 식은 너무나도 뻔했다. 까만 턱시도를 입은 신랑, 그리고 새하얀 웨딩드레스를 입은 신부. 요새는 주례 없는 예식, 많이들 하니까. 신부 아버님이 직접 나와서 성혼 선언문을 읽어주실 때도 그냥 그런가 보다 했다.

그런데 마이크 앞에 설 때부터 신부 아버님의 목소리가 파들파들 가늘게 떨리기 시작했다. 긴장해서도 그렇겠지만, 새하얀 웨딩드레스를 입은 딸과 까만 턱시도를 입은 사위가 이렇게 눈앞에 서 있는 것 자체에 많이 감격을 하신 듯했다.

"안녕하세요. 신부 아버지 누구누구입니다."

그렇게 떨리는 목소리로 신부 아버님은 성혼 선언문 낭독을 시작하셨다. 딱딱한 선언문이라기보단 둘을 위한 축사, 혹은 편지와 같은 분위기였다.

"맹세, 저는 이 말이 참 굳건하면서도 아름다운 단어라고 생각합니다. 살면서 무언가를 맹세할 일이 흔치 않을 거라고들 생각하는데요. 저는 의외로 맹세를 많이 했습니다. 일찍 들어오겠다, 술 줄이겠다, 약속들도 좀 줄이겠다."

이에 하객들 사이에서 웃음이 터져 나왔다.

"아마, 우리 사위, 박성진 군은 술을 마시지 않으니 그런 맹세는 할 일이 없을 거라고 생각합니다. 이 때문에 장모님은 환호하고 이 장인어른은 조금 아쉽다는 사실만 알아두시기 바랍니다. 사위랑 한잔 캬~ 하고 싶은데 아직도 그게 아쉽네요."

아무 생각 없이 들어와 예식을 지켜보던 지혁도 신부 아버님의 너스레에 쿡- 미소를 짓게 되었다.

"우리 잘생긴 사위가 우리 예쁜 딸을 평생 사랑하겠다고, 평생 아껴주겠다고 맹세를 하려 한답니다. 가끔은 둘이 너무 닭살스러워서 얼마나 가나 보자, 농담으로 얘기할 때도 있었지만, 본심은 그렇습니다. 우리 성진이 같은 사위면 정말이지 우리 딸을 맡겨도 되겠다. 이놈은 한번 약속한 걸, 어길 놈이 아니겠구나. 정말 평생 가겠구나. 저놈 입에서 '맹세'라는 단어가 나왔다면, 그건 정말 허튼소리가 아니겠구나. 상견례 때 우리 사돈 어르신들을 뵙고서 또 생각했습니다. 이런 따뜻한 가정이라면 지혜를 보내도 되겠구나. 지혜가 이 집에 가면 며느리로서 정말 듬뿍 사랑받겠구나. 저는 신부 아버지로서 둘의 맹세에서 할 수 있는 건 이제 하나밖에 없다고 생각합니다. 그런 너희 둘을 믿어주겠다. 나는 언제나 너희 편일 테니 둘은 둘이서 맹세한 길을 가거라. 둘이 궁지에 간들, 진흙밭에 뒹군들, 둘이 선택한 길이라면 믿어주겠다. 믿고 기다려주겠다. 이건 제가 지혜가 크면서도 자주 해주지 못한 말이기도 합니다.

'믿는다.'

'니가 잘 해낼 거라 믿는다.'

'이제는 성진이랑 같이 있으니, 더 잘 해낼 거라고 믿는다.'

그래서 저는 오늘 이 말로 성혼 선언을 대신하려 합니다.

'나는 너희를 믿는다.'

우리 하객 여러분들께서도, 둘이 잘 해낼 거라고 믿습니까?"

신부 아버지의 힘찬 물음에 하객들 역시 힘차게 답했다.

"믿습니다!"

그러고는 신부 아버님께서 한층 더 의연해진 목소리로 마무리를 하셨다.

"우리들의 믿음으로 두 사람의 성혼이 이루어졌음을 엄숙히 선언합니다. 고맙습니다."

신부 아버님의 마음은 너무나도 진심이었다. 하객들 사이 곳곳에서 코를 훌쩍이는 소리가 났고 뒷모습으로 보이는 신부는 이미 어깨를 들썩이고 있었다. 그리고 이걸 보던 지혁도 어느새 울고 있었다. 어, 내가 왜 이러지? 하는 순간, 그 역시 몇몇의 하객들처럼 함께 눈물을 찍고 있었다. 양가 부모님들께서 두 사람의 앞날을 응원해주는 모습이 너무 보기 좋아서. 어떤 상황이 있어도 두 사람을 믿는다고 말씀해주는 게 너무 듬직해서. 되게 좋은 거구나. 양가 부모님의 축복 아래, 하나의 가정을 이룬다는 게.

바로 이때, 상후에게서 전화가 걸려왔다.

– 뭐하냐?

얼른 복도로 나가서 전화를 받는데 살짝 훌쩍이는 콧소리를 들키고 말았나 보다.

– 너, 우냐?

그러게, 내가 왜 울고 있지.

– 아니이.

일단 잡아떼긴 했지만, 스스로도 영문을 알 수가 없었다. 신부 아버님이 축사를 해주신 게 그렇게 감동이었나. 어떻게 보면 로안에서 주말마다 반복되는 결혼식의 형태인데. 양가 부모님의 그런 축복이 너무너무 부러워서 그랬나 보다. 우리 형은 그렇게 결혼하지 못했으니까. 한국에선 제대로 결혼식도 올리지 못했고 미국 교회에서 열린 아주 작은 결혼식엔 나도 우리 아버지도 참석하질 못했었으니까.

– 계약서 봤지? 어떡하면 좋겠냐.

상후는 역시나 마카오 건으로 전화를 한 것이었다.

― 어떡하긴 어떻게 해. 너 이거 알고 준 거지. 가서 푸는 방법밖에 없는 거 알고서.

― 니가 혹시나 다른 방법을 찾아내나 해서 준 거지. 없지? 아무래도 니가 가야겠지?

― 풀든 말든 나는 안 가.

― 너 진짜 로안에 눌러앉을 거야?

왜, 로안이 어때서. 사람들이 누군가를 축복하는 공간이잖아. 음, 축복이라. 축복.

― 상후야, 있잖아. 축복이라는 말, 되게 좋지 않냐?

― 엥, 뭔 소리야?

― 신랑 신부 결혼한다고 축복해주고, 우리 조카 태어났다고 사람들이 축복해주고, 그런 거 말이야.

― 그게 뭐가?

― 그 축복이 직업이라고 생각하면 멋지지 않냐? 낭만적이고? 나 축복이 좀 체질인 것 같애.

상후는 얘가 대체 뭔 소리를 하나, 하는 반응이었다. 축복이 뭐? 직업? 체질? 그 연결 안 되는 말들을 종합하여 내릴 수 있는 결론은 이것이었다.

― 그러면 그냥 예식장 대표로 눌러앉겠다고? 건설로 안 돌아오고?

― 축복을 내 업으로 하겠다는 거지.

- 너네 아버지는 뭐라고 설득을 하려고?

지혁은 뭔가의 결심을 한 듯, 씨이익- 웃으며 말했다.

- 그러게. 나 우리 아버지 좀 보고 와야겠다.

♩♩

"자꾸 이런저런 일로 불러내서 미안해요."

예찬의 작업실, 스페셜 멘토인 새아가 예찬의 전시회 팸플릿에 들어갈 추천사를 써줘야 했다. 그 추천사에 어떤 내용이 들어가면 좋을지 방향에 대해서 회의하기 위해 온 자리였다.

"아니에요. 내가 당연히 해야죠."

새아는 웃었지만 예찬은 따라 웃지 못했다. 이때, 드르릉- 가방 안에 있던 새아의 휴대폰에 진동이 왔다. 지혁에게서 온 전화였다. 지금 여기서 전화를 받기는 좀 뭐해 일단 수신 거절을 하고 지금 미팅 중이라고 메시지를 찍어 보냈다.

"왜요, 전화 받아도 되는데."

예찬의 말에 새아는 별일 아니라는 듯 어깨를 살짝 으쓱했다.

"아뇨, 괜찮아요."

어쩐지 휴대폰을 내려다보는 새아의 표정이 밝지가 않아서, 예찬은 눈치를 채고 말았다.

"둘이…… 싸웠구나."

이런 거 모른 척해줬어야 했는데. 예찬은 말하고도 아차 싶은 얼굴이었다. 그에게 거짓말을 하기는 뭐해, 또 숨겨봤자 금방 들통이 날 것 같아 새아는 사실 그대로 고개를 끄덕였다.

"잠깐 그런 거예요. 곧 화해할 거예요."

"그러지 말지. 나한텐 귀한 사람이었는데."

"음…… 나 부담스러우면 여기 못 와요."

"미안해요. 부담스러우라고 한 말은 아니었어요."

문득 새아는 여기 이 예찬의 작업실 소파에서 그동안 지나칠 정도로 마음을 터놓으며 이런저런 얘기를 했던 걸 떠올렸다. 내 가정 환경에 대한 얘기도 솔직하게 털어놓았었고, 이 속물적인 결혼병과 윤경훈으로 인한 트라우마와 그 외 솔직한 얘기들. 그에겐 이렇게 속마음을 털어놓는 게 아무렇지가 않았는데 왜 권지혁에게는 이렇게 내 마음을 기대게 되질 않는 걸까. 도저히 알 수가 없었다. 왜 그렇게 선이 생긴 건지.

지금도 마찬가지였다. 예찬이 정신과 의사도 아닌데 그가 조금만 더 물어보면 내가 고민하고 있는 문제들을 다 훌훌 털어놓아버릴 것 같다. 지혁이 내 걱정을 하며 다가올 때, 자꾸 마음을 숨기던 때와는 달랐다. 왜 그럴까. 오히려 예찬에게 마음이 없어서일까. 그래서 더 솔직해지는 걸까. 예찬은 말하고 싶은 게 생기면 언제든지 털어놓으라고, 다 들어주고 상담해주겠다는 듯한 눈빛이었다. 결국, 새아는 한숨을 툭― 쉬고는 제 속마음을 말했다.

"그냥, 반성하고 있는 거예요. 내 결혼 욕심을."

"그게 왜 욕심이에요. 나이 차서 결혼 생각하는 게 당연한 거지."

"그동안 내가 남자들을 똑바로 못 봤다고 말했었잖아요. 자꾸 색안경 끼고 보게 되는 거요. 근데 지금도 모르겠어요. 내 눈이 제대로 된 건지, 아닌지."

"왜요, 이젠 결혼 생각 안 들어요?"

"나 진짜 많이 내려놨어요. 혼자 막 보채지 않으려구요."

"그게 사랑하는 거예요?"

"……?"

"제 욕심 다 눌러 감추고 쿨한 척, 욕심 따위 없는 척하면 그게 진짜 사랑인가? 자기 마음 가는 대로도 못 하는데?"

마음 가는 대로 하는 게 사랑인가요? 그렇게 자유로운 게 사랑인가요? 새아는 오히려 되묻고 싶어졌다.

"사랑하는 사람 앞에서 솔직해지지 못하면, 세상 누구한테 솔직해져요?"

"그게 생각만큼 안 되네요."

"자기 그대로 본 모습을 보이면, 사랑받지 못할까 봐 그래요?"

"……그럴 수도 있을 것 같아요. 나, 사실은 되게 속물이었으니까. 되게 욕심쟁이고. 안 그런 척, 그런 나를 감추고 포장하고 싶은 것 같기도 해요. 실은 스스로를 별로 마음에 안 들어 하고 있는 것 같아요. 그런 내 모습을 사랑하지 않으니까, 그 사람한테 드러내지 않으려고 하는 거고. 그간 결혼 욕심에 저질렀던 실수들을 내가 부끄러워하고 있으니까. 어쩌면, 다 자기 혐오에서 시작한 걸 수도 있겠네요. 근데, 그것마저 내가 솔직해질 수 있을까요?

다 드러냈다가, 다 기댔다가 그 사랑이 변하면 더 상처받을 것 같은데."

"그걸 받아들일 수가 없다면, 진짜 사랑이 아닌가보죠."

묘하게 가슴이 일렁이는 말이었다. 권지혁, 그 남자가 이 모든 걸 받아들일 수 있는 사람이라 생각하지 않았나보다. 특히나 결혼 문제에 있어서. 그는 비혼주의자였으니까. 그래서 물어보지도 않았던 것 같다. 당신은 당연히 이렇게 생각하겠지, 먼저 오판하고 결론을 내려버린 모양이다.

"클래식대로 해주면 안 돼요? 나보다 더 좋은 사람 만나기를, 행복하기를. 노래 가사마다 그렇게 나오잖아요. 안 그런 거 보고 있는 사람 마음은 생각 안 하나."

예찬은 그런 새아의 모습이 마음 아픈 모양이었다.

"……."

"이왕 부담 느꼈다니까 하는 말이에요. 이게 새아 씨가 행복해져야 할 이유예요. 좀 책임감을 가졌으면 좋겠어요. 새아 씨가 행복해지는 것까지가 나에 대한 예의니까."

예찬은 아직도 나에게 마음이 있고 심지어 그걸 숨기지 않고 솔직하게 말하고 있다. 그런데 어쩐지 그 솔직함이 불편하게 느껴지지 않았다. 아직 미안한 마음은 여전했지만 오늘은 어쩐지 고마운 마음이 더 컸다. 사랑하는 사람에겐 솔직해도 된다는 사실을 알려주어서. 그래서 당신도 숨김없이 솔직한 것뿐이니까.

"아우, 날 언제 다 잊으려고 그래요."

새아는 부러 웃으며 너스레를 떨었다.

"이삼십 대 통틀어서 가장 좋아했던 사람이었어요."

"……!"

"마음 정리하는 데 시간 안 걸릴 것 같아요?"

"걸릴 줄은 알았지만 그렇다고 희망 주는 건 아니에요. 정말 잠깐 싸운 것뿐이니까."

"됐고."

"……?!"

예찬은 살짝 쓴 미소를 지으며 이렇게 말했다.

"헤어지면 나한테 와요."

언제나의 그 따뜻함 그대로.

8

내가 아직도
비혼주의자로 보이나?

지혁이 본가 거실에 도착했을 때, 석범은 급하게 가방을 싸고
있었다.

"너, 그래, 잘 왔다. 지금 말이야, 워낙 상황이 급해져서…….
비행기는 오늘 저녁 걸로 끊어주마."

테이블에는 아직 해결 못한 두 개의 계약서가 올려져 있었다.
이제는 심지어 회장님마저 출동해야 할 상황인 것이다. 지혁은 오
히려 편안한 표정으로 소파에 살짝 기대 앉으며 말했다.

"밥도 안 먹고요?"

"비행기가 아홉 시인데, 무슨 밥이야. 가서 먹어. 공항에서 먹

든지."

"어제 미국에서 돌아와놓고, 피곤하지 않으세요?"

"그거야, ……어떻게 알았냐?"

뜻밖의 질문에 권 회장이 눈을 끔뻑였다. 갓 태어난 손녀딸이 보고 싶어서 미국까지 가서 얼굴을 보고 거의 어젯밤 자정에야 한국에 도착을 했던 그였다.

"손녀 이름 뭘로 지으시게요?"

"……거야, 애들 부모가 상의해서 결정할 일 아니냐?"

"헤헤, 나도 아부지랑 같은 비행기 끊고 다녀올 걸 그랬다."

"그럴 걸 그랬냐? 지금이라도 가볼래?"

"나 마카오 가야 한다면서요."

"거야, 일정 조정을 하면 되지. 집안의 경사인데."

예쁜 손녀딸 생각이 나는지 급박한 와중에도 그새 또 얼굴이 싱글벙글해지는 권 회장이었다.

"나, 성진 건설 안 돌아가요."

그런 아버지에게 지혁은 제 진심을 얘기했다.

"에엥? 언젠 못 돌아와서 안달이더니?"

"언젠 못 쫓아내서 안달이더니. 비혼주의인지 뭔지 그 썩어빠진 생각 고쳐먹기 전엔 돌아오지 말라면서요."

"그게 쉽게 고쳐지겠냐? 일단 급한 불부터 꺼야지."

"이상하게 그 썩어빠진 생각 고쳐먹으니까 돌아가기가 싫어."

"……?"

으음? 그 말은? 비혼주의인지 뭔지 갖다 버렸단 소리냐? 그, 그, 예식장 운영하면서? 권 회장의 눈이 확 밝아지는 가운데,

"나 장가간다 그러면 형 때처럼 또 그럴 거예요?"

그의 입가에 숨길 수 없는 미소가 둥실둥실 떠오르기 시작했다.

"결혼할 거야?! 아가씬 있고?"

"그러니 해외 건설을 할 수가 있나. 대한민국에서 가정 꾸리고 살 건데."

정말로? 니가? 니가? 니가? 권 회장의 눈이 휘둥그레졌다.

"그럼 너도 결혼해서 애 낳고 살겠다고?"

당장 빠른 비행기 중엔 직항도 없어서 경유까지 해가면서 며느리가 있다는 미국 병원으로 날아갔었다. 그렇게 힘들게 도착한 곳에선 그 고된 여정의 피로를 날려줄 손녀딸의 미소가 기다리고 있었다. 할애비를 보면서 빵끗빵끗 – 떡대 좋은 서양 아가들 사이에서 신생아인데도 이목구비가 너무 뚜렷한 내 손녀딸이 나를 향해 이쁘게도 빵끗빵끗 – 웃고 있었다. 그래, 할애비다. 내가 할애비야. 권 회장은 심장이 녹아내리는 줄 알았다. 우리 손녀딸이 너무 예뻐서. 너무너무 소중해서. 그, 그런데 뭐라고? 너도 이제 결혼해서 애를 낳겠다고? 그것도 이 대한민국에서?

"아이, 김칫국 드신다."

지혁은 그렇게 웃었지만, 권 회장은 좋아서 날아갈 지경이었다. 드디어 이노무 자식이 드디어!

"그래, 아가씨 한번 데려와봐라. 이미 허락은 다 받았다고 하고."

권 회장은 쿨하게 슈퍼 패스 버튼을 눌렀다. 그렇게 비혼 비혼하던 놈이 장가를 다 가겠다니. 안 누르고 배길 수가 있나.

"또 어느 집안 아가씨니, 경영에 도움 될 집안이니 아니니 뒷조사하실 거 아니에요?"

"그렇게 한번 뒤집어 놨으면 됐지, 내가 또 그러겠니. 한 번 아들 며느리 손녀까지 타향살이 시켰으면 됐지, 뭘 둘째까지. 이젠 안 그래."

"솔직히 우리 집안, 부담스럽잖아요."

"내가 잘해줄게. 며느리 사랑은 시아버지라잖니."

"아버지가요? 그렇게 완고하고 고집 센 아버지가요?"

"내가 잘해주마. 어떤 아가씨든 내가 우리 가정에서 잘 품어주마."

뭔가 좀, 찡해지는 말이었다.

"이상하네. 울 아버지, 이러실 분이 아닌데."

"부모라고 항상 똑같은 줄 아니? 철이 좀 늦게 들 때도 있는 거야."

예전에 상후가 했던 말과 비슷했다. 부모님도 변한다고. 첫째 때 다르고 또 둘째 때 다르다고. 이제 철 들었다는 아버지의 말에 지혁은 불쑥 – 눈물이 다 날 것 같았다. 코끝으로 찡하게 올라오는 울컥함을 참아내고서 말했다.

"음, 밥은 나중에 먹어요. 아부지."

"왜, 어디 가는데? 그 아가씨 만나러? 그래그래, 마카오 건은 내가 가서 몸으로 때우든, 뭘로 때우든 간에 내가 해결을 하마."

이로써 지혁이 다시 성진 건설에 돌아갈 이유가 없어졌다. 지혁은 감격에 가득 차 있는 아버지를 뒤로하고 한달음에 주차장으로 내려와 차에 시동을 걸었다. 그의 푸른 자동차가 향하는 곳은 다름 아닌 백화점 명품관이었다.

<br>

♪

<br>

그 시각, 새아는 밤거리를 정처 없이 걷고 있었다.

'행복해지는 것까지가, 나에 대한 예의니까.'

예찬의 그 말이 자꾸 귓가에 맴돌았다. 사실 그동안은 뭔가 부자연스러웠던 것 같다. 지혁을 만나면서 억지로 억지로 결혼 욕심을 줄이기 위해 노력했는데 예찬은 그건 사랑이 아니라고 했다. 자꾸 마음 불편한 게 생기고, 솔직하지 못할 감정이 생기는 게. 그 말에 어디까지 동의를 해야 할지 모르겠다. 사랑에 있어 어디까지 내 마음대로 해야 할지도 모르겠고. 사실은, 그간 결혼 욕심 줄이려고 노력했던 게 성공적이었는지 정말 결혼 생각이 많이 없어졌다. 미래도 약속도 필요 없다고 스스로를 세뇌한 게 성공적이었는지, 정말로 마음이 그렇게 되고 말았다.

'결혼이란 게 그렇게 중요한가.'

이쪽으로 생각이 바뀌고 만 것이다. 여기엔 경훈과 예니의 막장 파국 스토리도 한몫했다. 가장 충격이었던 건, 그런 쓰렉쓰렉 윤경훈을 내가 결혼 상대로까지 진지하게 생각했었다는 거였다. 대체 내 결혼 욕심이 얼마나 하늘을 찔렀길래. 정상적인 판단 자체가 마비되었던 순간이었다. 스스로의 안목에도 너무너무 실망했고. 생각만 해도 끔찍하지만 경훈과 헤어지지 않았더라면 나도 예니와 같은 선택을 했을지 모른다. 나도 경훈의 돈에 끌렸었으니까. 그 경제력에. 파국이었던 예니의 결혼 생활이 내 것이었을 수도 있다. 나는 그렇게나 멍청한 속물이었으니까.

결국은 그런 인간 말종의 쓰레기를 예니와 결혼시켰다는 게, 과한 죄책감으로 남아 있었다. 이제 이혼 쪽은 상담 못한다고 둘 사이에 더 개입하지 않겠다고 했지만 그렇다고 이 죄책감이 쉽사리 사라지는 건 아니었다.

대체 나는 결혼을 뭐라고 생각했던 걸까? 롤러코스터 같은 내 경제력을 보강시켜줄 안전장치? 내 노력 없이 상류층으로 올라갈 수 있는 사다리? 허세와 과시의 돈 잔치? 생각만 해도 아찔하다. 이성과 판단 기능이라곤 마비된 그때의 내가. 나는 그때의 나와 얼마나 달라졌을까. 사실 잘 모르겠다. 권지혁을 만났을 때 그의 경제력에 끌린 것도 사실이니까. 그래서 그와의 연이 꼬였을 때 나 왜 이렇게 남자 보는 눈 없냐면서 스스로를 원망하고 괴로워했었지.

그때의 나와는 달라지려 선을 긋다 보니 어느새 마음속에서 어떤 장벽이 생겼다. 은연중에 결혼은 다른 남자랑 할 것처럼 얘기해버렸고 내 혼삿길 막지 말라고도 한 적이 있었고, 내 슬픔과 절망을 그에게 숨기려 했고. 내 마음 그에게 기대려 하지 않았다.

그렇게 선을 긋고 나니 결혼하고 싶을 만큼 그가 좋아지지가 않는다. 또한 그만큼 가깝게 느껴지지가 않는다. 그래, 차라리 잘된 일이다. 나 혼자 헛물 켜면서 쪽 당하는 일, 초라해지는 일은 더 이상 없길 바랐으니까.

그동안 내가 너무 바보 같았어. 일생일대 신중해야 하는 일이 바로 결혼인데. 아무나 결혼 후보로 올리고, 아무나와 결혼 생각을 하고. 이제는 그래선 안 돼. 일시의 외로움에 혹은 잠시의 들뜬 감정에 잘못된 선택을 내려선 안 돼. 안 그럼 주변 사람들을 너무 힘들게 해.

예찬의 말대로 내 마음 가는 대로 그냥 놓아두려면 지금처럼 이렇게 지혁과 연애만 하면 좋겠다. 적당히 서로를 사랑하다가 끝날 때 너무 마음 아프지 않게 하는 게 좋겠다. 결국은 끝이 있을 거니까. 내 마음, 잘 조절해야 한다.

이때, 지혁에게서 메시지가 왔다.

'미팅 끝났음, 잠깐 좀 보죠?'

이게 데이트 신청이야, 결투 신청이야? 내가 아까 예찬과의 미팅에서 전화를 못 받아서 이렇게 성질을 내는 건가? 그래, 우리 아직 화해 안 했지? 그래, 갈 데까지 가 보자. 깨지든 말든 한번 끝까지. 마음 가는 대로.

지혁이 만나지고 한 곳은 고급 호텔의 스카이라운지였다. 예전엔 이 고급스러운 분위기에 취해 마음이 좀 누그러졌었겠지만, 지금은 여기에 흔들리고 싶지 않았다. 남자의 경제력, 재력 따위에 혹하지 말라고. 이 바보 같은 여자야.

새아는 더더욱 전투 본능을 바짝 세우며 지혁이 앉아 있는 자리로 향했다.

"안녕하세요, 대표님?"

그의 뒤로 쫙 펼쳐진 서울의 야경이 낭만적으로 보인다면야 좋겠지만 지금 새아에게 이곳은 결판을 내려야 할 전투지였다.

"안녕하세요. 이새아 팀장."

새아의 뻐딱한 말투에 지혁 역시 비슷하게 대처했다.

"사람들 말에 따르면, 우리가 사귀는 중이라던데?"

"그래요? 내가 알기론 우리가 싸우는 중인데?"

"뭣 땜에 싸웠더라? 아, 이새아 팀장이 나한테 기대질 않아서?"

"그건 권 대표님도 마찬가지 아닌가? 집안 대소사까지 알리기엔 우리가 너무 먼 사이 아니었어요?"

"그건…… 밤늦게 전화하기 좀 그래서 그런 거였거든?"

"그 뒤로 말할 기회가 이틀이나 있었는데요."

"이 팀이 컴플레인 처리 건 때문에 좀 바쁘지 않았던가요?"

순순하지 않은 지혁의 태도에, 새아는 더더욱 미간에 힘을 빡주었다.

"혹시 지금도 나한테 기댈 생각이 없나? 내가 이래 봬도 남자친구인데 말이야."

"그게 억지로 되겠어요? 사람이 믿을 만해야 기대지고 그런 거지?"

"말하자면 내가 그렇게 믿을 만한 놈은 아니다?"

"여친이 징징대면 그거 받아줄 사람은 아닌 것 같아서."

"내가 아직도 그래 보여요?"

"⋯⋯네?"

"내가 아직도 비혼주의자로 보이나? 그거 진작에 무너졌다고 이미 얘기했을 텐데요."

"저도 진작에 얘기했을 텐데요. 권 대표님이랑 결혼 안 할 거라고, 그렇게 이미 마음 정하고 왔다고."

뭐어어어? 이 여자가, 끝끝내 밀당 갑이 되려고, 진짜.

"내가 어디, 뭐가 부족해서?"

"부족한 것 한두 개가 아니죠. 결혼에 대한 개념, 가정에 대한 책임감, 한 여자에 대한 일편단심? 그런 거 안 어울리는 분이잖아요."

"그 생각 다 고쳐먹었으면."

"사람은 고쳐 쓰는 거 아니랬어요. 윤경훈도 새 마음 고쳐먹고 잘 사나 했더니, 보세요. 결국 저렇게 됐잖아요."

"이 팀, 말이 좀 심하네. 나를 그런 쓰레기에 갖다 댈 건 없지 않나?"

"그렇게 들렸음 사과할게요. 여튼 그 막장 파국 스토리에서 나는 많은 걸 깨달았어요. 세상 무엇보다도 신중해야 할 게 결혼이라고."

이에 지혁의 미간이 미세하게 일렁거렸다. 자꾸 이런 식으로 나온다 이거지? 이때, 지혁이 먼저 주문한 두 잔의 칵테일과 초코 무스 케익이 나왔다.

"독한 것 좀 시키지. 오늘 좀 독한 게 좀 땡기는데."

새아는 달기만 한 이 맑은 빛의 칵테일도 불만인 모양이었다.

"오늘 안 그래도 굉장히 표독스러우시거든요?"

"여자가 이러는 거 정말 별로죠? 하나하나 말꼬리 잡고 까탈스럽게 트집 잡고 짜증 나게 굴고 징징거리고."

"안 그런데? 견딜 만한데?"

"왜에?"

"그게, 이새아 씨라서."

"……?!"

의외의 반응에, 새아는 순간적으로 좀 얼떨떨해졌다.

"내가 아직 성질을 덜 부렸나 보다."

"더 부려도 돼요. 받아줄 수 있으니까."

"……?!"

못되게 도발하면 도발할수록 지혁도 성질을 부릴 줄 알았는데 어쩐지 그의 표정은 점점 더 편안해진다.

"더 해봐요. 짜증이든 까탈이든. 다 말해도 돼요. 나한테 마음에 안 드는 거 있으면."

음? 권지혁이 이렇게 넉넉한 남자였나? 그가 이렇게 나오자 오히려 몸을 더 사리게 되는 새아였다.

"갑자기 왜 이래요?"

"지금껏 우리 제대로 싸워본 적이 없으니까. 나 이새아 씨랑 산전수전 다 봐보려고."

"짜증 안 나요?"

"귀여워요, 아직은."

"……?"

"이새아 씨가 나한테 오해가 많네. 뭐, 악감정 있음 다 풀어도 돼요. 나한테."

어어? 이 남자가 정말 왜 이러지? 그러면서 어물쩡 한 입 넣은 초코 무스 케이크에서 빠각- 딱딱한 게 씹혔다.

어어? 혀와 이 사이에서 느껴지는 이 동그란 금속의 감촉은? 어랍쇼오? 그제야 정신이 확- 들면서 이 동그란 물질의 정체가 무엇인지 감이 좀 잡히려 했다. 이것은? 이것은 혹시?

퉤- 하고 손바닥에 뱉어보니 얼룩덜룩 초콜릿이 잔뜩 묻어 있는 그 물체의 정체는…… 다름 아닌, 동그란 반지였다.

오, 마이, 갓! 삽시간에 새아는 멍해졌다.

이, 이거 혹시, 프로포즈야?

그저 멍해진 그녀가 지혁을 바라보자, 그의 옆자리에서 커다란 꽃다발이 튀어나왔다. 저편에선 웨이트리스가 하트 풍선이 대롱대롱 매달린 하트 모양 케이크를 밀고 오고 있었다. 네? 갑자기? 이렇게 싸우다가 갑자기? 허를 찌르는 프로포즈 타이밍에 새아는 할 말을 잃었다.

"우리, 결혼해요."

네에에에에에? 이, 이, 이게, 무슨……?! 이거 혹시 몰래카메라예요? 그런 건가?

"내가 이새아 씨, 평생 개인 소장하려고."

"……?!"

9

매일 그대와

백화점 명품관으로 운전을 하면서 지혁은 상상했다. 옛날 뮤직
비디오에나 나올 법한 새하얀 전원주택. 그렇게 예쁜 집에서 새아
와 함께 알콩달콩 신접살림을 차리는 꿈을.

매일 그대와, 아침 햇살 받으며♪

아침이면 새하얗게 내리쬐는 햇살을 받으며, 옆에 잠들어 있는
새아를 달콤한 입맞춤으로 깨우고.

매일 그대와, 도란도란 둘이서♪

둘이 함께 브런치를 먹으며 도란도란 이런 얘기를 하고, 아웅다
웅, 티격태격하기도 하고.

새벽 비 내리는 거리도, 저녁노을 불타는 하늘도, 우리를 둘러싼 모든 걸 같이 나누고파하아아아 — ♪

정말 가사 그대로, 함께 계절의 변화를 느끼면서, 아름다운 풍경을 즐기면서, 그렇게 새아와 함께하고 싶었다.

매일 그대와♪

이 노래를 계속 흥얼거리면서, 지혁은 길게 고민하지도 않고 백화점 명품 쥬얼리 매장, 가장 센터에 비치된 굵은 다이아 반지를 골랐다.

밤의 품에 안겨♪

새하얀 침대에서 새아에게 딥키스하는 꿈을 꾸며.

매일 그대와 잠에 들고파♪

내 옆에 잠든 새아의 새초롬한 모습을 바라보며, 그렇게 살고 싶다. 그렇게 평생을 함께하고 싶다. 나는 오늘 당신에게 이 반지를 끼워줄 것이다. 가슴이 벅차올랐다. 당신은 모른다. 당신이 나를 얼마나 바꾸어놓았는지. 한 사람과 영원히 함께하는 삶, 난 그걸 믿지 못했던 바보였다. 결혼이란 언제 어떻게 될지 모르는 기나긴 인생, 그걸 걸고 하는 도박으로만 보였다. 영원히 변치 않을 거라니. 그걸 어떻게 알아. 내가 경험한 부부의 사랑은 그런 게 아닌데. 다 그렇게 갈기갈기 찢겨 서로에게 깊은 상처만 남겼는데. 어차피 영원한 건 없는데. 그러나 지금은 생각이 달랐다. 그건 다 당신을 못 만났을 때의 얘기다. 이제는 내 삶의 모든 방향이 오로지 그녀에게로 향한다. 내 모든 것을 바쳐서라도, 오직 그녀만을 사랑하고 싶다. 나의 정답은 바로 그녀였다.

　강남의 한 꽃집, 프로포즈용이라고 하니 플로리스트가 아주 정성을 들여 커다랗고 화려하고 아름다운 꽃다발을 준비해주었다. 컬러는 코랄빛, 그녀가 좋아하는 색이다. 그 꽃다발을 픽업해 가면서 스카이라운지에 도착해 직원들과 이런저런 동선을 상의하면서, 지혁은 생각했다.

　대체 나는 언제부터 그녀와 결혼하고 싶었을까.

　아무래도 가장 컸던 건, 로안에서의 가상 결혼식. 웨딩드레스를 입은 그녀가 내 옆에 섰을 때였다. 예전엔 로안에서 누가 결혼하는 것만 봐도 '허이구, 또 한 커플 요단강을 건너는구나.' 하며 극혐을 했는데⋯⋯ 그때는 아니었다. 웨딩드레스 입은 그녀의 곁에 나 아닌 다른 사람이 서 있는 걸 아주 조금도 상상하고 싶지 않았다. 저편에 조예찬이 서 있었기에 그 상황이 더 구체적으로 그려졌었던 것 같다. 딱, 그 마음 하나로 시작을 했었다. 그녀를 내 곁에 잡아두고 싶은 마음.

　한때는 진저리를 쳤던 혼인 서약서를 읽으면서도 천천히 천천히 내 마음이 화학적으로 변해가는 걸 느꼈다. 내 입으로 뱉는 그 모든 말들이 점점 낯설지가 않았다. 정말로 그 약속을, 맹세를 하고 싶었던 것이다. 떨리는 목소리로 제 몫의 혼인 서약서를 읽던 새아를 보며 그 마음은 단단하게 굳어져갔다. 그녀의 서약을 듣는 사람은 나여야만 한다. 당신의 곁에 내가 있어야만 한다. 그 뒤로 수많은 우여곡절 끝, 새아와 사귀게 되었다. 결혼을 모두 포기하고 왔다는 그녀의 마음 한편에는 아직도 포기하지 못한 '영원한 사랑'에 대한 꿈이 있었다. 이제는 내가 그 꿈을 이뤄주고 싶었다. 오늘이 바로 그 순간이다. 그녀에게 프로포즈 하는 날.

저편에서 그녀가 걸어 들어오기 시작한다. 나를 보자마자 전투력을 바짝 높인다. 저번에 싸웠을 때의 화가 풀리지 못한 모양이다. 한참 화를 내는 새아를 받아주면서도, 지혁의 가슴은 쿵덕쿵 더러러 뛰고 있었다. 까칠하게 굴던 새아가 초코 무스 케이크를 떠먹는 순간이 지혁에게는 슬로우 모션처럼 보였다. 오도독- 그 반지를 씹었다가, 뭔가 이상한 듯, 미간을 찌푸렸다가, 그 반지를 뱉는 모든 순간을 바라보며…… 심장이 터질 것만 같았다. 그만큼이나 모든 게 감격스러운 순간이었다.

"우리, 결혼해요."

허를 찌르는 프로포즈 타이밍에 새아는 많이 놀란 듯 보였다.

"내가 이새아 씨, 평생 개인 소장하려고."

"……?!"

이 순간, 이 타이밍에 치고 들어올 줄은 정말 아주 조금도 상상하지 못한 듯했다. 지혁은 물티슈로 반지를 깨끗하게 닦으며 말했다.

"아직도 자기 인생에서 가장 중요한 게 결혼이라는 거 알아. 자기가 뭘 원하는지 알면서, 그거 다 포기한다고 말하게 만들어서 미안해. 자기가 나한테 마음 다 기대지 못한 이유도 알아. 어쩌면 내가 한계를 만든 거잖아, 결국 끝이 있을 거라는. 이제는, 자기한테 내가 가장 가까운 사람이 될게. 자기 옆에서, 자기 인생의 모든 기쁨과 슬픔을 같이하고 싶어."

지혁은 그렇게 반지를 끼워줄 준비를 모두 마쳤다.

"받아줄 거지?"

당연히 그럴 거라는 듯, 그녀의 손을 끌어와 왼쪽 네 번째 손가락에 반지를 끼워주려고 하는데…….

"아니?"

생각지도 못한 소리가 들려왔다. 응? 아니? 아니이? 아니라는 게, 아니라는 뜻이야? '아니?'는 혹시, 프로포즈 거절이야? 새아는 재빠르게 손을 움츠리며 말했다.

"그, 그, 그러니까, 이거 수락하면, 우리 바로 결혼 준비 들어가는 거지?"

"……당연하지?"

"만난 지 얼마나 됐다고?"

"그래도 우리 안 지 꽤 됐잖아."

그녀의 눈에 격한 동공 지진이 일어나고 있었다. 이 깜짝 프로포즈가 너무 갑작스러웠던 것일까.

"음, 지혁 씨, 이거 다 너무너무 고맙고, 오늘 분위기도 너무 낭만적이고, 다 좋은데, 그런데, 진짜 너무너무 미안한데……."

"……?"

"나는 아직 마음의 준비가 안 된 것 같아."

지혁은 새아의 입에서 나오는 그 한마디 한마디 말을 도저히 믿을 수가 없었다. 뭐시래기? 지금 그게 이새아 입에서 나오는 말이 맞아? 청혼을…… 거절하겠다고? 알 유 키딩 미?

"내가 최근에 되게 느낀 게 많았거든. 내가 하고 싶었던 건 결혼이 아니라, 결혼식이었던 것 같애. 남들 눈에 화려하게 보이는, 그 하루짜리 이벤트."

"……!"

뭣, 뭐시래기?

내가 결혼 준비를 해준 신부들은 여자 인생에서 가장 화려한 순간들을 만끽하고 있었다. 번쩍번쩍, 레이스와 비즈가 달린 화려한 웨딩드레스를 입고, 번쩍번쩍, 알이 굵은 다이아 반지를 끼고, 번쩍번쩍, 백화점에서 온갖 조명을 받으며 태를 뽐내는 명품 가방을 사고, 비행기 퍼스트 클래스에 타고서 해외 고급스러운 리조트로 신혼여행을 떠나는 여자들. 지금까지, 나는 그 화려한 순간들을 부러워했던 거다. 여자 일생에서 가장 빛나는 그 순간을.

지금까지 내가 웨딩 플래너 일에 그렇게 열정적일 수 있었던 건, 그런 그녀들을 보는 게 즐거웠기 때문에, 그런 순간을 만들어주는 게 행복했기 때문에, 그리고 다른 한편으로는 이 모든 것들이 내 욕망에 대한 대리 만족이었기 때문이었다.

예찬은 내게 '남자 고르는 기준'에 대해 물었다. 그때마다 나는 어버버하며 제대로 대답을 하지 못했다. 내가 올리고 싶은 결혼식에 대해서는 그렇게 뚜렷하게 그림을 그리면서도, 막상 내 옆자리에 어떤 남자가 있어야 하는지에 대해선 공백으로 남겨놨던 것이었다. 그냥 돈 있는 남자라면 끌렸던 이유가 그 때문이었다. 이런 화려한 결혼식을 할 수 있게 해주는 사람을 원했기 때문에.

그리고 최근에 알았다. 내가 얼마나 바보 같았는지. 그 잘못된 선택의 결론이 어떠하였을 것인지. 그 모든 걸 예니가 몸으로 보여준 것이다. 그녀의 그 화려한 결혼식엔 영원한 사랑에 대한 믿음이 없었다. 한평생 가장 신중해야 할 순간, 그녀는 신중하지 않았기에 결국 이런 결말을 맞이하고 만 것이었다. 예니는 곧 나였다. 나 역시 윤경훈과의 결혼을 애타게 원했다는 게 아주아주 끔찍하지만 실화였다. 그 죽일 놈의 결혼병 때문에. 나는 좀 더 신중해야 할 필요가 있다. 이 화려한 반지에 반해 이 분위기에 휩쓸려, 냉큼 오케이라고 대답하고 나서 이후 벌어질 후회는 모두 내 몫이었다. 정말 내가 당신에게 영원한 약속을 할 수 있을지, 당신이 돈도 명예도 가진 게 아무것도 없어도 사랑할 수 있을지, 고민해볼 시간이 반드시 필요했다. 내 마음을 이루는 것 중 대체 무엇이 진심이고 가짜인지 구분할 시간이.

"진짜 미안해. 생각할 시간을 좀 줘."

"프, 프러포즈에 무슨 생각이 더 필요해?"

반지를 끼는 순간에 맞춰 폭죽을 쏴주려던 직원들이 싸해지는 분위기에 서로 눈치를 보다가 알아서 꼬리를 내리고 흩어졌다.

"결혼에 대한 결정은 나뿐 아니라 지혁 씨도 신중하게 내려야 한다고 생각해."

"다, 다, 당연히 나야 신중하게 생각했지."

"이 프로포즈, 언제부터 준비했는데?"

순간 지혁의 말문이 턱- 막혔다. 마침 테이블 위에 놓여져 있던 반지 쇼핑백에서 새아가 영수증을 찾아냈다.

"이거, 한 시간 전에 샀네?"

"바, 바, 반지가 있어야 프로포즈를 하니까……."

"여기 예약도 방금 한 거지?"

"아니, 예약을 언제 했는지가 뭐가 중요해. 짧은 시간, 이렇게 알차게 준비했다는 게 중요하지."

"혹시 이 프로포즈, 충동적인 거 아니었어?"

"아무리 그래도 어떻게 프로포즈를 충동적으로 하냐? 자기 같음, 이런 비싼 반지를 충동구매할 수 있겠어?"

"혹시 그런 거 아니야? 우리가 싸우고 나서 화해하고 풀어야 되는 걸, 결혼하자는 말로 대충 무마하려고 했던 거, 아니야?"

이에 지혁은 진정 펄쩍- 뛸 수밖에 없었다.

"무, 무마는 무슨? 그때 얘기 더 하고 싶으면 해. 결혼하잔 말로 뭉개려는 건, 절대 아니니까."

"나도 생각 많이 했어. 왜 지혁 씨한테 내 마음이 안 기대질까."

"그래, 그거에 대해선 나도 굉장히 오래 생각을 했는데, 결국은 그런 거 아니야. 자기가 나를 언젠간 헤어질 놈이라고 생각하니까, 별로 믿음직스럽지가 못한 거 아니야. 어때, 이제 좀 달라 보이지 않아? 남자로서 좀 듬직해 보이고, 그러지 않아?"

"후, 나는…… 잘 모르겠어."

"뭐어어어?"

"난 좀 더 생각할 시간이 필요한 것 같아."

지혁에게는 진정 돌아버릴 것 같은 말이었다. 원래 다들 프로포즈 받으면 갑자기 이렇게 진지해지고 신중해지고 그래? 뭐, 일단 오케이 하고, 그다음에 뭘 좀 진지하게 생각해보고 그러지 않아?

♪♪

새아를 데려주고 집에 와서도, 지혁은 아직도 내 손에 온전히 이 반지가 있다는 게 믿기지가 않았다.

"하, 내가 까여? 내가? 내가?"

그 억울한 마음은 곧 오열로 번졌다.

"내가 왜에에에에에에에!"

내가 뭘 잘못했지? 아무리 생각해도 이건 말이 안 돼.

"저거 이새아 맞아? 이새아 탈을 쓴 외계인 아니야? 아니, 어떻게 이새아가 결혼을 거부해?"

내가 그만큼 쓰레기야? 그 정도로 싫어? 그렇게 결혼 결혼 하던 사람이 말을 싹 바꿀 만큼? 지혁은 밤새 애먼 이불만 팡팡 차대다가 한숨도 잠들지 못한 채 새벽같이 새아의 집을 다시 찾아갔다. 어쩐지 푹 잔 듯한 그녀가 집 앞에 나오자 그의 억울함은 하늘을 찌를 듯했다.

"왜, 무슨 일이야?"

"반지를 어제 산 건 맞지만, 홧김에 산 건 아니었어!"

"반지 사는 데 얼마나 걸렸는데?"

한, 십 분?

"따, 딴 건 볼 것도 없더라! 이게 딱 센터에서 번쩍번쩍하고 있는데, 직원도 그랬어. 이게 제일 인기 많은 디자인이라고."

지혁은 다시 한번 반지를 꺼내어, 새아의 눈앞에 보여주었다.

"왜, 혹시 디자인이 마음에 안 들어?"

아침 햇살을 받은 반지가, 새아의 앞에서 영롱한 빛을 냈다. 버언쩍, 번쩍-.

"아. 아니, 그런 건 아닌데."

어우, 이거 어제보다 더 빛나는 것 같네. 새아의 두 눈에서 순간적으로 치솟는 물욕. 이에 삐뽀 삐뽀- 경고음이 울리기 시작했다. 예니가 가짜 다이아를 보며 군침을 뚝뚝 흘리던 그 순간과 겹쳐지는 것이었다. 안 돼, 여기에 혹하면 안 돼. 이럴 때 신중치 못했다간 인생 조지는 거야.

"자기야. 일단, 갖고만 있어. 갖고 있다가, 마음에 들면 그때 껴."

"아냐, 이런 데 혹하고 싶지 않아."

"그럼 평생 반지 안 낄 거야?"

새아의 눈빛이 살짝 흔들리자 지혁은 그 틈을 조금 더 파고 들어가 보기로 했다.

"내가 어젠 내 감정을 잘 설명을 못했지? 내 짧은 어휘로 다 설명할 순 없지만 그냥 너라는 확신이 들었어. 그걸 어떻게 더 설명해. 진짜 넌데. 너밖에 없는데. 없음 죽을 것 같은데."

새아는 자꾸 반지 쪽으로 향하는 시선을 애써 차단하고 반지 케이스를 닫아 다시 지혁의 품에 넣어주었다.

"아니, 이걸 거절하는 게 아니고, 나는."

"그럼 뭔데?!"

"시간이 좀 필요하다고. 이런 거 막 함부로 결정하면 되는 게 아니잖아. 일생일대 한 번뿐인 결혼인데. 나 얼른 씻고 출근 준비해야겠다. 지혁 씨, 일단, 회사에서 봐."

그렇게 새아는 제 집으로 쏙- 들어가버렸고 혼자 남겨진 지혁은 애타게 발을 동동 구르다가 풀- 주저앉아버리고 말았다. 저거밀당이야, 뭐야, 본심이야, 뭐야.

예전에 나한테 뭐라 그랬어. 전 밀당 못해요, 밀당 호구예요? 아니? 당신은 밀당 빌런이야. 본인은 모르겠지만 아주 어마무시한 분이시라고. 어떻게 결혼반지를 놓고 밀당을 하냐? 이새아아아아, 어떻게 프로포즈를 튕길 수가 있어어어어!

## 10

### 박력 터지지만 괜찮아

로안, 복도 벽에 붙어 있는 인사 발령에 명희는 뜨악했다. 설명희 본부장, 그리고 설영희 상무? 내, 내가, 본부장이라고? 영희는 승진이고? 그럼 내가 동생보다 밑에 있게 되는 거야? 마, 말도 안돼. 명희가 득달같이 영희의 사무실로 찾아갔을 때 영희는 새로 바뀐 명패를 책상 위에 세팅하고 있었다. 거기엔 이렇게 쓰여져 있었다.

'상무, 설영희.'

명희의 목소리가 매섭게 날카로워졌다.

"왜, 니가 승진이야?"

"뭐가 불만이야? 망한 회사 대표, 본부장으로 앉혀줬음 감사합니다, 절하고 있을 것이지."

"그래도 대표였던 사람을 어떻게 본부장급으로 앉혀? 그럼 내가 직원들 사이에서 뭐가 돼?"

"그걸 왜 나한테 따져? 큰 회사가 작은 회사 인수하면 작은 회사 대표가 계속 대표겠니? 적당한 직급 달고 찌그러져 있는 거지?"

"그래도 이렇게 대우하는 건 좀 아니지. 임원급도 아니고 본부장이 뭐야? 우리 회사 재무제표가 좀 안 좋긴 했지만 갖고 있는 DB도 충분했고, 평판도 좋고, 명성도 좋았어. 아직 웨딩 쪽에서 한 가닥 한다고. 이런 대접 받을 정돈 아니야!"

명희가 불을 뿜자 영희도 이에 질세라 화력을 높였다.

"그럼 계속 한 가닥 하고 계시지, 뭣하러 대기업 품에 왔어? 언니, 그대로 뒀음 회사 부채 감당 못해서 웨딩 바닥에서 다시 일어나지 못할 정도로 망했어. 그것도 아주 쫄딱. 그럼 DB고, 평판이고, 명성이고, 간판이고, 뭐가 남아났겠니?"

"어이구, 그래? 그럼 한 가지만 좀 묻자. 로안에서 소울 인수하자 그랬을 때 너 찬성했니, 반대했니?"

"이제 와서 뭐 그런 걸 물어?"

"대답해!"

"말할 의무, 없거든?"

"너, 내가 망하길 바랐구나? 이대로 웨딩 바닥에 엎어져서 다시 못 일어나길 바랐구나?"

"엣헴-."

똑같이 생긴 두 쌍둥이 자매의 데시벨 높은 싸움에 유리 벽 너머로 한두 명씩 직원들이 모여들기 시작했다.

"와, 이년 싸가지 보소. 너는 니 친언니가 망해 나자빠지길 바랐니? 망해서 깜빵이라도 가길 바랐어? 와, 이런 것도 같은 배에서 나왔다고 동생이라고."

"뭐어어어? 이 언니가 말이면 단 줄 알아? 그래, 언니가 망하길 바랐다. 내 첫사랑이 언니 첫 남편감으로 찾아와서 나를 처형이라고 부를 때 그 기분을 알아? 나는 그때 이미 친자매의 연은 끊겼다고 보고 있거든? 어떻게 이제 와서 한배에서 나오고 말고를 논해? 인두겁을 쓰고?"

야, 하다 하다 이 얘기까지 나온다 이거지?

"이게 진짜, 지가 남자 복 없는 걸 누구를 탓해?"

"생각해봐. 언니가 이혼해서 갖다버렸던 남자 세 명이 다 나랑 먼저 알았던 사이야. 썸이든 연애든, 다 뭐가 있었던 남자들이라고. 이쯤 되면 병 아니야? 왜 허구한 날 동생 남자를 다 뺏어다가 결혼을 하는데? 결혼하면 잘 살기나 하지, 왜 허구한 날 다 갖다버리는데!"

"누구는 이혼을 하고 싶어서 하니?"

"그거 이 바닥에 모르는 사람 없거든? 자그마치 결혼 세 번이 경력이라 결혼 전문가 되셨다고! 그래서 웨딩 컨설팅 차리셨다고! 나는 창피해서 웨딩 바닥에 얼굴 들고 다니질 못하겠다. 근데 뭐,

명성, 평판? 부끄러운 줄이나 알아!"

"그 소문, 누가 퍼뜨렸는데? 너잖아!"

"나 아니거든?!"

"내가 넌지 모를 것 같아?"

결국 두 자매가 서로의 머리채를 잡기 시작했다.

"우리가 말은 안 하고 살았어도 언니가 나한테 최소한의 죄책감 같은 건 있는 줄 알았어. 동생은 이 나이 되도록 싱글로 늙어 죽게 해놓곤 미안한 게 없어? 미안한 게 없다고?"

"그래, 다 듣게 소리 질러라! 니 언니 이혼 세 번 했다고! 이 회사에 모르는 사람 없게, 대자보라도 붙이지 그래?!"

밖에서 구경하던 직원들도 두 자매의 어마무시한 기세에 직접 들어와 말리지를 못하고 있었다. 어우, 어떻게 해. 대표님 불러야 하는 거 아니야. 다들 그렇게 발만 동동 구르는 이때…….

"두 분, 정신 못 차려요!?"

영희의 방에 들어가 호랑이처럼 포효하는 사람이 있었다. 바로 새아였다.

"이 팀은 나가 있어!"

명희가 영희에게 머리채를 잡혀 휘둘리며 한 말이었다.

"대표님! 직원들 보기 부끄럽지도 않으세요?"

"누가 대표야! 이제 너네 대표님 없어! 본부장이라고 불러!"

새아는 아예 제 한 몸을 그 가운데로 던져가면서까지 싸움을 말렸다.

"로안, 소울 직원들 하나 되고 친해지라고 그 멀리 워크숍까지 갔다 온 거 아니었어요? 그런데 두 분이 이렇게 머리채 뜯고 이년 저년 하면 두 회사 직원들이 서로 어떻게 협조를 하고 어떻게 하나가 돼요?"

생각보다 무시무시한 새아의 완력에 서로의 머리채를 쥐어뜯고 있던 명희와 영희가 꼬르륵— 떨어져 나갔다.

"이 팀은 빠지래도! 이건 자매 싸움이거든?!"

"그럼 회사 바깥으로 나가서 싸우세요! 두 분, 공과 사 구분 못 하세요?"

"그러니까 이 언니가 그래요! 나만 승진한 게 불만이면 대표님 찾아가서 따져! 왜 애먼 나를 붙잡고서 지랄이야?"

"누가 먼저 과거 얘기 꺼내면서 직원들 앞에서 쪽 줬는데?! 이혼 세 번이 자랑이냐면서 소리 높인 게 누군데!"

"내가 한평생 오죽 한스럽고 쌓인 게 많았음 그래? 누가 이 나이 되도록 독수공방 노처녀로 만들었는데?"

"두 분, 정신 못 차려요?!"

식식대는 두 여자에게 다시 한번 새아의 불호령이 떨어졌다. 새아가 하도 고함을 지르며 위세를 높이자, 꼬르륵— 그래도 조금 목소리가 내려간 두 사람이다.

"아니, 이 팀장! 애가 나를 자꾸 쪽을 주잖아!"

"실제로는 동생일지라도 회사에선 호칭 제대로 하세요! 이제 상무님이잖아요!"

"그러니까 이게 어디 상사 사무실까지 찾아와서 머리채를 잡아?"

"상무님도 그래요. 아무리 친언니라 할지라도 회사에서 남의 결혼 경력 이렇게 큰 소리로 떠들 거 없잖아요. 이혼 얘기, 당사자한텐 상처예요!"

"그 일로 제일 상처받은 게 나거든?"

"그러니까, 두 분이 나가서 푸시라구요오오오오!"

새아가 박력 있게 불호령을 쏟아내자, 명희는 그제야 직원들 모인 데서 이 꼴을 보인 게 부끄러웠는지 얼굴을 가리며 밖으로 나갔다. 영희는 '구경났어? 흩어져!' 블라인드를 내리고는 제자리에 풀썩 주저앉았다.

"두 분, 다시 한번 회사 안에서 싸우기만 하세요."

"이 팀장."

"대답 안해요오오!"

"알았어, 나가서 싸우면 되잖아."

새아는 그렇게 영희에게 대답까지 받고서 밖으로 나왔다. 박력 터지는 새아의 그 모습에 직원들은 감탄하며 엄지 척을 보냈다.

그 가운데엔 지혁도 있었다. 와, 내 여자, 너무 멋있네. 지혁이 도착했을 때는 이미 새아가 안에 들어가서 싸움을 말리고 있을 때였다.

'두 분, 정신 못 차려요?'

새아가 '꽈이야' 하면서 불호령을 내릴 때마다 그의 입이 헤에에— 벌어졌다. 내 여자, 너무 멋있다~.

"대표님, 대표님?"

지혁이 하도 얼이 빠져 있자, 다람이 그의 옆구리를 슬쩍 찔렀다.

"와, 멋있지 않냐?"

"저런 취향이세요?"

"응, 여자가 자기 목소리 다 내고 할 말 다 하는 거, 너무 좋아."

"대표님, 이 팀장님이랑 결혼하면 '매남' 되는 거 아니에요? 매맞고 사는 남자?"

"헤에— 그거 꼭 되고 싶다."

"……네?"

"매일 맞아도 좋으니까, 같이 살고 싶다. 헤에—."

"맞는 거, 좋아하세요?"

어느덧 지혁의 상상은 저 멀리까지 뻗어 나가고 있었다. 예전에 제니 형수가 우리 집에 인사하러 왔을 때, 우리 아버지가 할 말 못할 말 가리질 못하면서 무식하게 구셨었지. 그런데, 만약 새아라면 그녀라면…….

♪

"어디서 이렇게 돼먹지 못한 앨 데려왔어?"

우리 아버지가 소리 높이시면, 그녀 역시 이렇게 박력 터지게 소리를 높일 것 같다.

"회장님! 지금 시대가 어느 때인데, 며느리 될 사람한테 이렇게 막말을 하세요?"

"이것 봐라! 이게 어디서 어른한테 소리를 높여?"

"할 말은 하고 살아야죠! 저 회장님한테 그런 말 들을 이유 없습니다!"

"뭐가 됐든, 난 이 결혼 찬성 못 해!"

"왜, 찬성을 안하십뉘꽈아아아!"

"내 맘이야! 이게 조용히 못 해!?"

석범이 습관처럼 손을 들면, 새아는 어느새 휴대폰 카메라로 이 모든 걸 찍고 있을 것 같다.

"손버릇 나쁜 재벌 회장님으로 실검 한번 올라보고 싶습뉘꽈아아아!"

"하아, 지혁이 너는 어디서 저런 걸 데려왔냐?"

"회장님이 둘째 아들 보고 웨딩홀 운영하면서 비혼주읜지 뭔지 썩어빠진 생각 고쳐오라고 하지 않았습뉘꽈! 그 생각 제가 고쳐왔습니돠!"

"그래? 자네가? 그 생각을 어떻게 고쳤나?"

"박력으로요!"

"박력이, 남다르긴 하구만."

"저를 며느리로 받아주십셔어!"

"패기와 기개가 마음에 들긴 해."

"고맙습니돠!"

"한잔할 텐가? 며느리 될 애랑 밤 새워서 대작하는 게 내 로망이라."

"회장님, 오늘 한번 죽어보시겠습니꽈아아아!"

"둘 중 누가 죽는지 끝까지 한번 가보자고!"

"가봅시돠아아아!"

♩♪

지혁의 상상에서 이미 새아는 전투력 만빵의 아마조네스, 그 이상이었다. 상상만 해도 낭만적인 그림이다. 우리 아버지를 바락바락 이겨 먹는 며느리. 쫄지 않는 며느리. 크으으- 왠지 그녀라면 그럴 수 있을 것 같았다. 아버지 앞에서 마냥 주눅 들지 않을 것 같다. 그때의 제니 형수처럼 마냥 피해자가 되진 않을 것이다. 새아는 모인 직원들에게 들어가서 어서 일에 집중하라고 말하고 남은 자리까지 정리하고 있었다. 그런 그녀를 지혁은 혼자 헤에에- 멋있게 바라보고 있었다. 너무 멋있다 멋있다, 되뇌면서.

'뭘 봐?'

곧 일진 같이 사나운 새아의 눈빛이 찌릿- 하게 꽂혔다.

'응응, 나도 가.'

지혁은 그렇게 웃어주고선 허둥지둥 대표실로 향했다. 저 박력 있는 여잘 반드시 내 와이프로 만들어야겠다고 다짐하면서.

그 난리통에서 유준과 다람이 복도에서 스쳤다. 다람 쪽을 보지 않고서, 유준은 말했다.

"오늘 냥이 보러 갈 거지?"

다람 역시 유준의 쪽을 보지 않고 고개를 끄덕였다.

"상냥이가, 너무 이쁘니까."

"오늘 야근할 것 같애?"

"먼저 퇴근하세요. 사람들 보기 좀 그러니까."

"어차피 집 방향도 같은데, 뭘 따로 가?"

"조금 늦게 끝날 것 같아서."

"기다려줄게."

그렇게 유준은 선선히 대답을 하고서는 제자리로 갔다. 다람은 그제서야 그가 사라지는 뒷모습을 보았다. 궁금했다. 대체, 우리 사이는 뭔지. 퇴근하고 같이 저녁 먹고, 밤늦도록 함께 냥이랑 놀아주는 이 사이를 대체, 뭐라고 불러야 할지.

# 11

오늘 상냥이랑
자고 갈래?

"우리 팀장님은, 아직 소식 없어요?"

여기 이곳은 백화점 브런치 레스토랑. 저번에 만났던 그 네 명의 기혼자 멤버들을 이곳에서 다시 만났다. 새아가 결혼 준비해서 시집 보내준 신부들.

"그래요, 언제까지 남 보내주기만 할 거야?"

이에 새아는 한숨을 푹— 쉬고는 대답했다.

"어택은 오는데 좀 신중하게 생각할 때인 것 같아서요. 아직 만난 지 얼마 되지도 않았는데 갑자기 그쪽에서 너무 급하게 굴어서, 좀 부담스럽기도 하구요."

"만난 지 얼마나 됐는데요?"

"음, 한 달?!"

기혼자 멤버 넷이 갑자기 양손을 들고서 꺄아아— 소리를 치며 환호한다.

"어머, 지금이 가장 좋을 때다!"

만난 지 한 달 된 게 그렇게 기쁠 일이에요?

"막 손끝만 닿아도 짜릿짜릿하고 그럴 때네?"

"얼굴만 바라봐도 그냥 막 설레고, 가슴 뛰고?"

"아우, 억만금을 줘도 그때론 못 돌아가겠지?"

"이제 돌아가면 큰일 나지."

꺅꺅— 뜻밖의 반응에 새아는 조금 얼떨떨해졌다.

"다들 왜 이래요? 연애 한번 못 해본 사람들처럼?"

"내가 보기엔 인생에서 제일 좋을 때가 그때야. 그 사람만 생각하면 아주 심장이 활어처럼 펄떡펄떡 뛰고, 핏줄이 다 짜릿하고, 엉덩이가 붕 뜬 것 같고?"

"결혼하잖아? 같은 사람인데도 그때 느낌이 안 와. 신기하지?"

"남펴어언? 그냥 주말이면 소파랑 그냥 한몸뚱이지. 거기서 음식이나 질질 흘리고 먹고."

"아유 아유, 말도 마. 나도 막 설레던 시절이 있었는데."

"생각해보면 부부 관계도 부부가 되기 전에 더 좋았던 것 같애."

"맞어, 느낌이 다르다니까!"

어익후, 기혼자분들, 대화의 주제가 왜 또 갑자기 그렇게 갑니까.

"같은 남잔데 왜 그 느낌이 아니지?"

"연애할 때가 더 집중력이 좋으니까 그렇지."

"그래서, 연애할 때 많이 해놔야 돼. 평생 지금처럼 짜릿할 것 같지? 절대 그렇지가 않아요. 즐길 수 있을 때 최대한 즐겨야 한다니까."

어익후, 뜻밖의 추천과 조언 감사합니다.

"아우, 처녀한테 별말을 다 하신다."

오늘 이분들에게 이런 얘길 들으려고 만난 게 아니었는데. 웨딩 플래너가 돼갖고 나는 왜 막상 결혼에 겁이 날까, 이런 문제에 대해서 상담을 하려고 했는데. 어느덧 얘기는 다 이런 쪽으로만 흘러들고 있었다.

"결혼은 하든 말든 맘대로 하고! 일단 즐겨! 지금이 제일 좋을 때야."

왜 이렇게 다들 쾌락주의로 가셨어? 어쩐지 이 기혼자들은 결혼을 빨리해야 한다, 말아야 한다에는 관심이 없었다. 결혼이야 때가 되면 다 하게 되어 있으니까, 마음 급할 거 없다는 것. 중요한 건 뭐다? 즐길 때 즐겨라.

처음엔 얼떨떨하던 새아도 기혼자들의 생생한 체험담을 들으니 왠지 그 말이 레알 참트루인 것 같았다. 듣다 보니 그런 것 같네. 뭐, 지금이 좋을 때이긴 하지. 그, 그렇지.

그렇게 신부들과 점심을 먹고 회사로 복귀하는데 복도에서 지혁과 마주쳤다.

"어디 갔다 와요?"

"내가 결혼시켜준 신부들이랑 밥 먹고 왔어요."

"오, 거기에 나 소개해줄 생각은 없고?"

어마? 왜 또 나의 주변 사람들을 이렇게 알아가려고 해?

"뭐, 천천히 생각해볼게요."

"쳇쳇, 거리 두기는."

어익후, 이분의 머릿속엔 요즘 어떻게 하면 나랑 결혼할 수 있을까, 그 생각뿐인 모양이다.

"이따 퇴근하면 뭐 해요?"

"뭐 하긴, 여자 친구랑 같이 있겠죠."

"아, 그러세요? 바쁘겠네."

"쫌. 이것저것 설득할 것도 많고 해서."

"혹시, 우리 집에서 라면 먹고 갈래요?"

"라면? 쳇! 결혼도 안 할 거면서."

툴툴거리는 입과는 달리 콧평수가 확 – 넓어지며 내적 기쁨을 감추지 못하는 지혁이다.

"나 오늘 거래처 갔다가 직퇴하니까 퇴근하고 바로 우리 집으로 와요."

"쳇쳇, 라면 별로거든? 누가 간대?"

지혁은 그 자리에서 그렇게 츤츤거렸지만,

♩♩

부우우웅-

퇴근 후, 그의 자동차는 마치 날개라도 달린 듯 새아의 집을 향해 마구 질주하고 있었다.

띵동- 벨을 누르자 새아가 나타난다. 섹시한 블랙 슬립 한 장을 입고서. 순간, 지혁은 턱이 땅으로 떨어질 뻔했다. 어익후, 깜짝이야. 갑자기 왜 이런 차림이야?

"라면 대신 파스타 했는데, 먹을래?"

"머, 먹지. 당연히."

새아는 지혁을 식탁에 앉히고서 정성스럽게 파스타를 내오고 식기를 놔주고 와인 한 잔을 따라주었다. 왜, 왜 이렇게 잘해줘? 갑자기? 갑자기 그녀가 너무 잘해주니까 밥을 먹으면서도 왠지 움찔움찔- 불안하다.

"에이, 흘리고 먹으면 어떻게 해?"

건너편에서 파스타를 먹던 새아가 자리에서 일어나 고개를 섹시하게 숙이며 티슈로 지혁의 셔츠 깃을 닦아준다. 여기에 주우욱- 드러나는 가슴골.

"……!"

지혁은 필사적으로 이를 모른 척하며 다른 데를 보려 했지만, 이게 쉬운 일은 아니었다.

"왜, 맛없어?"

"아아니, 너무 맛있는데?"

"근데 왜케 땀을 흘려? 억지로 먹는 것처럼?"

"아니, 아니, 아닌데?"

지혁은 다시금 파스타에 집중하고자 면을 포크로 돌돌 말아 입에 넣었다.

"음, 후식도 준비했는데."

"뭘로? 과일?"

"나!"

파아아아아- 그 소리에 지혁은 먹고 있던 걸 푸우- 뿜을 뻔했다. 실제로 뿜진 않았으나 목에 격한 사레가 걸려 한참을 캑캑대며 끙끙대던 지혁이었다.

"괜찮아, 지혁 씨?"

"가, 갑자기 웬 후식?"

"별로면 말고."

"별로일…… 리가."

새아는 여전히 우아하게 태연하게 파스타를 먹고 있는데, 지혁의 속은 의심으로 가득 찼다. 아니, 이 여자가 갑자기 왜 저러지? 그렇게 밥을 다 먹고 지혁은 조금 뻘쭘하게 소파에 앉아 있었다.

가만히는 아니고 혼자 좀 움찔움찔하면서. 이 분위기 뭐지, 열심히 눈알을 양옆으로 굴리면서. 식기세척기에 그릇을 모두 넣은 새아가 곧 박스 하나를 들고서 나타났다.

"오우, 이거 배송이 금방 왔네. 나 속옷 좀 샀는데. 입어볼까?"

"입혀줘?"

지혁이 어색하고 뻘쭘하게 던진 말에도,

"그럼 좋지?"

새아가 화색을 표했다. 어, 어, 왜 이러시지.

"겨, 결혼하면 그때 입혀줄게."

"그럼 그러던가."

시종일관 새아만 여유롭고 태연한 게, 결혼 결혼 노래하는 지혁만 자꾸 밀당의 을이 돼가는 느낌이다.

잠시 후, 새아가 방에서 첫 번째 슬립을 갈아입고 나왔다. 버건디 컬러, 하늘하늘 반투명한 레이스로 되어 있는 슬립을. 지혁은 그만 코피가 팡ー 터질 뻔했다.

"너, 너무 야한 거 아니야?"

"이거 입고 마트를 가겠어, 슈퍼를 가겠어. 어차피 지혁 씨만 볼 건데, 뭐."

"그, 그렇다면야."

"어때?"

"이쁜데?"

"두 번째 것도 입고 나올게."

잠시 후, 새아는 두 번째 소라색 슬립으로 갈아입고 나왔다. 여리여리한 실크로 만들어진 게, 이것도 청순 섹시하기 이를 데가 없는 디자인이었다. 와, 이새아, 서큐버스야, 뭐야. 이런 옷도 완전 착붙이잖아? 이렇게 어울리기 있기 없기. 이렇게 로망 자극하기 있기 없기.

"이건 어때?"

어떻긴 어때. 너무 존예라서 또 코피 팡이다. 흠, 아무래도 불안한데. 오늘 왜 이렇게 서비스가 좋지?

"1번, 2번 중 어떤 게 더 섹시해?"

"1.5번?"

"응? 그건 뭐야?"

"1번과 2번 사이, 그 찰나의 순간이랄까."

"어우, 뭐야."

"난 입은 것보단 벗은 걸 더 좋아해서."

"그럼 이번엔 1.5번 입고 나올까?"

이번엔 실제로 코피가 터질 뻔했다. 왜 이래, 이새아. 왜 이렇게 또 순순해?

"거, 거절은 할 수 없지, 내가."

새아는 이번엔 박스에 든 팬티와 브라를 꺼내며 말했다.

"이건 어때? 이뻐?"

에엥? 이게 속옷이야?

"이, 이건 속옷으로 역할을 전혀 할 수가 없는데."

스트랩으로만 이어져서 가려야 할 곳을 모두 노출하는 걸, 과연 속옷이라고 부를 수 있을까.

"속옷의 용도가 아닌가 보지."

"그, 그럼 어떤 용도인데."

"이벤트?"

푸흡- 이, 이벤트으?

"나, 오늘 생일이야?"

"요고 한번 입어볼까?"

"이건 벗는 것보다 야할 것 같아."

"후훗, 그럼 오늘 이거 입고 안 벗어야지."

"그, 그럼 입고?"

뾰로롱 뾰로롱- 지혁은 정말 여러 번 넋이 나갈 뻔했다.

"……입혀줄래?"

에서, 지혁은 어질어질 쓰러지기 직전이었다. 도-대-체- 이 여자 의도가 뭐지? 구미혼가? 내 영혼을 갉아먹고 도망치려는 건가? 이렇게 나오는데 왜 결혼은 안 해준다 그러는 거지? 이걸 어떻게 이해해야 되지? 이런저런 복잡한 생각으로 그 혼자 그렇게 동공 지진을 일으키고 있는 가운데 곧 새아의 뽀얀 맨 등이 드러났다.

"벗지 마?"

잠시의 그 노출에 그간의 복잡한 생각이 깨끗하게 지워지는 지혁이다.

"아니, 아니, 아니."

일단 지금은 뭐 이런저런 생각을 할 때가 아닌 것 같다.

<br>

벌써 서너 번째인가.

유준은 고양이를 핑계로 다람을 집에 들였다. 매일 하는 일은
비슷했다. 둘이 함께 저녁 차려 먹고, 상냥이와 몸을 부비며 함께
놀아주고, 재미있는 TV 프로그램이 있으면 같이 보고, 맥주 한
잔을 같이 마시기도 하고, 그리고 자정쯤이 되면 유준이 다람의
집에 데려다준다. 동네 친구면 이러고 노나? 오빠 동생 사이면 이
러고 노나?

다람은 이 관계가 굉장히 애매하게 느껴졌다. 사귀자는 고백도,
좋아한다는 말도 없이 그냥 함께 시간을 보내는 게. 그러면서도
퇴근하고 같이 고양이 보러 가자는 유준의 제안을 거절하기는 힘
들었다. 상냥이는 너무나 귀여웠으니까. 하루하루 몸집을 불리며
커나가는 걸, 매일 보고 싶었으니까. 아니지. 고양이는 핑계지. 유
준과 좀 더 가까워지고 싶다는 게 맞는 말이다.

그렇게 저녁마다 유준과 재미있게 놀고 나서 돌아오면, 침대에
누워 잠이 들 때까지 한없이 기분이 싱숭생숭해지는 것이었다. 이
상하게 겁이 나서 뭘 더 물어보지 못하겠다. 우리 무슨 사이예요,
라고. 내가 당신을 좋아하는 마음을 이미 알고 있으니 내 마음 갖

고 노는 건가. 밀당 갑질을 하는 건가. 오늘도 마찬가지였다. 고양이를 쓰다듬으며 함께 놀던 유준이 다람의 어깨에 자연스럽게 팔을 올려 감싸 안았다. 마치 고양이를 끌어안듯이. 이게 무슨 의미인지 몰라 그를 빤히 보자 유준은,

"고양이나 봐."

하면서 다람의 시선을 돌린다. 그러면서도 팔을 뺄 생각을 안한다.

"나, 오해하라고 그래요?"

"이게 무슨 오해야. 행동 그대로지."

이 남자가 또 정확하게 얘기 안 하고. 이 행동 의미가 뭔데. 똑바로 말 안 해? 그러나 유준은 어물쩍 말을 돌리면서 카메라를 들었다.

"셀카 찍을까?"

"……?"

그가 카메라 어플을 켜기에 포즈를 취했는데 다람의 어깨를 감싼 유준의 모습은 누가 봐도 든든한 훈남 남친의 모습이었다.

"이거 너무 귀엽다. 너 되게 잘 나왔어."

하면서 또 귀여워해주는 건 뭐란 말인가. 나는 지금 이 어깨 감싸준 것만으로도 굉장히 콩닥대고 가슴 뛰는데.

"고양이한테 양쪽에서 뽀뽀해주자. 어때?"

유준의 아이디어였다. 상냥이를 가운데 두고, 둘이 귀엽게 입을 맞추는 포즈. 두 사람이 자꾸 질척거리는 게 귀찮았는지 상냥이는

야옹거리며 도망을 갔고, 유준은 아예 다람을 끌어안은 듯한 자세로 함께 찍힌 사진을 보았다.

여기서 가슴이 뛰는 건 나만 그런 건가. 당신은 아무렇지도 않은가. 원래 이렇게 친한 동생한테 이렇게까지 스킨십하는 건가. 속으론 혼란스러운데 겉으로 티를 내기가 그래 다람은 그냥 어설프게 웃고 말았다. 나도 이렇게 그와 밀착하는 게 싫지 않은데. 아니, 사실 더 가까이하고 싶은데. 대체 그의 마음은 뭘까. 망설이고 있는 순간,

"일로 와봐."

유준이 다람의 볼에 입을 맞추며 셀카를 찰칵— 찍었다.

"뭐예요, 부끄럽게."

하면서 살짝 빠져나가려고 하자, 소파에 턱을 기대고서 그런 다람을 빤히 본다.

"너무 늦었다."

늦긴 뭐가 늦어요. 보통, 자정에 데려다주곤 했잖아요.

"오늘 상냥이랑 자고 갈래?"

## 12

살짝 젖었어요

"오늘 상냥이랑 자고 갈래?"

그 말뜻은 또 뭔가.

"내가 여기서 상냥이랑 자면, 오빠는 밖에 나가서 잘 거예요?"

"내 집에서 내가 왜 나가."

어라? 그게 또 무슨 의미야?

"갑자기 왜 이렇게 귀여워해줘요?"

"귀여우니까."

"원래 귀여웠거든요."

"맞어. 다람이 원래 귀엽고 이뻤는데."

에엥? 그렇게 철벽을 치더니 뭐야, 도대체. 살짝 어리둥절해 하고 있는데, 유준이 다람의 이마에 입을 맞춘다.

"……!"

다람의 혼란은 더욱 깊어졌다.

"혹시 내가 오빠 좋아한다고 해서 나 좀 우습게 봐요?"

"아니?"

그러면서 유준은 다시 그녀의 이마에 입을 맞추고.

"어어? 우습게 보는 거 아니면 자꾸 왜 이래?"

"귀여우니까."

하면서 볼에 입을 맞추고.

"어어어?"

다람이 이런 행동 주의하라는 듯 검지 손가락을 들자 웃으며 그 손가락을 치우고 망설임 없이 입술로 다가온다.

"……!"

정말 심장이 철렁- 내려앉는 순간이었다. 예전에도 여기서 그와 키스한 적이 있다. 그땐 내가 그에게 좀 덤볐었지. 그때도 아무 말이 없긴 했었다. 그냥 모든 게 되게 자연스러웠고, 당연히 그래야 한다는 듯. 서로의 입술이 맞닿았었다. 그러나 지금은 좀 달랐다. 다람이 조금 수세적으로 몸을 움츠리고 있고 유준이 몸을 길게 빼어 그녀를 안고서 키스를 하고 있는 모양이었다.

"……!"

잠시, 입술을 떼고 나서 유준은 약간 미소를 지었다. 뭐야, 왜

129

또 이렇게 잘생기게 웃어? 그러고는 뭔가 확신한 듯한 표정으로 다시 그녀에게 다가와 입을 맞춘다. 그의 입술은 너무 좋았다. 장난으로라도 거부할 수 없을 만큼, 그 입술을 피해 도망갈 수 없을 만큼. 마음은 그냥 한없이 싱숭생숭했다. 그가 왜 이러는 걸까. 그렇게 철벽을 세우던 그가 왜 이렇게 갑자기 돌변한 걸까, 궁금하기도 했고 그냥 이 끌림에 내 모든 걸 맡겨보고 싶기도 했다.

그래, 벌써 수많은 시간을 함께 보내며 나는 이미 그를 좋아하고 있었다. 그래서 머리는 이렇게나 혼란스러운데 내 몸이 그를 자동적으로 받아들이고 있는 거였다. 깊게 키스를 하며, 섹시하게 움직이는 그에 입술에 맞춰 어느덧 나도 함께 입술을 움직이고 있었으니까. 이건 분명한 성적인 충동이었다. 절대 무시할 수가 없었다.

"어?"

유준이 다람에게 더 깊게 입술을 맞추는 사이, 옆에 소파 테이블에 두었던 물잔이 쏟아졌다.

"괜찮아?"

"아, 네. 살짝 젖었어요."

"혹시……."

"……?"

"딴 데 좀 적셔도 돼?"

"……어디요?"

옆에선 상냥이가 가끔 돌아다니면서 야옹- 외쳤지만 두 사람은 여기에 관심을 둘 새가 없었다. 일은 소파에서 벌어졌다.

♪

지혁의 손이 새아의 허리를 덥석 잡았다. 뭔가 마음이 앞선 느낌
으로. 새아는 그런 지혁의 손을 부드럽게 잡아 다른 데로 옮겼다.

"아니야, 이러면 여자들이 싫어해."

그러고는 지혁의 어깨와 가슴 등을 부드럽게 쓸어내렸다.

"천천히, 천천히."

"⋯⋯?!"

"분위기를 달구면서."

새아의 움직임에 따라, 지혁의 템포도 느려졌다. 곧 그의 입술
이 새아의 손끝에 닿았다.

"응, 그렇게 끝에서부터 천천히."

그리고, 손등에서부터 팔 접히는 곳, 혈맥을 따라서 어깨까지
그의 혀끝이 역주행을 시작한다. 그의 혀끝이 목덜미에 닿자 그녀
는 간지러운 듯 웃으며 어깨를 움츠렸다.

"간지러워."

이제는 그의 혀가 그녀의 귓불에 닿았다. 새아는 간지러운 듯
몸을 움츠리기는 해도, 파고드는 지혁을 거부하고 싶지 않은 모양
이었다. 천천히, 느리게 느리게, 다급했던 지혁의 움직임이 느려
지며, 그녀의 온몸을 천천히 자극하는 데 집중한다. 그녀가 이런

걸 원한다면야 못 해줄 것도 없지. 온몸의 혈을 다 어루만져주는 느낌으로. 그렇게 천천히 천천히, 그녀의 숨이 살짝 가빠질 정도로만.

어느덧 새아의 눈가가 가늘어졌다. 반쯤은 감은 듯한 눈. 그녀 역시 온몸의 세세한 변화를 천천히 느끼는 중이다. 온몸 구석구석에서 시작되는 묘한 쾌감들을. 막상 그녀가 이런 표정을 짓자 왠지 그녀를 더 안달 나게 하고 싶은 지혁이다. 지혁은 그녀를 엎드리게 한 뒤, 목 뒤부터 척추를 통과해 엉덩이뼈까지 천천히 애무하기 시작했다.

"크흑, 간지러워."

베개에 얼굴을 묻은 그녀가 킥킥대자 그는 다시금 위로 올라와 그녀의 뒷목을 간질었다. 이번엔 뒷목에서부터 어깨, 다시 팔을 지나 손끝까지.

"구석구석 사랑받는 느낌이 너무 좋아."

"그래?"

"한두 군데만 집중하면 좀 그렇단 말이야. 프라이팬에서 음식을 잘 볶아줘야 요리가 되는데, 한 곳만 태우는 느낌? 나도 맛있게 하고 싶단 말이야."

"여기는 어때?"

이번에 지혁의 입술이 향하는 곳은 이번엔 무릎 뒤쪽이었다. 글쎄, 잘 모르겠는데. 하고 속삭이던 새아의 움직임이 천천히 변했다. 그의 애무에 따라 온몸의 흥분이 하체로 모이는 느낌이었다.

어느새, 자기도 모르게 작은 신음을 내뱉고 있던 새아였다.

"여기가 성감대인가봐."

"몰랐네. 내가 여길 만질 일이 없어서."

지혁의 터치와 손길에 따라 몸 곳곳에 새로운 열꽃이 피어나는 것 같았다. 이제 그만 됐다, 싶은 순간에도 지혁은 멈추지 않고 하체를 자극했다. 이제는 그가 본격적으로 움직이며 뭔가를 하지 않아도 허리를 뒤틀면서 야한 신음을 뱉게 되는 그녀였다. 이제는 오히려 새아가 더 주요 부위를 자극해주길 바라는 순간이 왔다. 주변부는 이제 충분해. 좀 더 가까이 다가와줘. 하지만 지혁은 새아를 애타게 하는데 재미 들렸다는 듯 손가락 끝만 애무해주며 짓궂은 미소를 짓고 있었다.

그렇다면 이제 새아가 그의 위로 올라갈 차례. 그녀가 박력 있게 그의 몸을 뒤집자 지혁의 입가에 가벼운 미소가 번진다. 여자와 남자는 많이 다르다. 여자의 몸 구석구석을 적시는 게 중요하다면, 남자는 모든 게 한 군데로 집중되어 있다. 새아의 움직임도 격했고 이에 따라 지혁도 아까 새아와 같은 신음을 내뱉을 수밖에 없었다. 하, 내 여자, 진짜 섹시하네. 이 여잘 어떻게 내 품으로 가두나.

지혁이 다시 한번 그녀를 확 뒤집으려 하자, 그녀가 냉큼 옆으로 도망가 침대 위에서 한바탕 실랑이가 벌어졌다. 새아는 킥킥대며 몸을 여기저기로 굴리며 자꾸 도망을 갔고, 지혁은 술래잡기하듯 그녀를 따라가다가,

"잡았다!"

그녀가 더 도망칠 수 없게 양손을 붙잡았다. 이제는 그도 더 이상 망설일 수 없는 순간이다.

"이렇게 봐줘, 항상."

그런 열기 어린 지혁의 눈빛이 너무 좋다는 듯 새아가 작게 속삭였다. 너무너무 사랑스럽다는 눈빛. 그리고 너무 예뻐서 어쩔 줄 모르겠다는 그 눈빛. 딱 그 눈빛으로 봐줘. 항상. 이미 새아의 온몸이 찹쌀떡처럼 흐물흐물해져 있는 상태다. 이미 그녀를 초콜릿처럼 녹여놓았다. 그래서 그녀의 맛이 달았다. 마시고 마셔도 자꾸 마시고 싶을 정도로. 그는 자연스럽게 새아에게 진입했고 그 꽉 찬 기분만으로도 새아는 짜릿한 신음을 흘렸다. 그 벌어진 입가를 막으며 지혁이 입을 맞추었다. 그녀의 모든 것이 너무 달고 달다는 듯 더더욱 깊게 키스를 하며 부드럽게 움직이기 시작한다. 그는 마치 왈츠 리듬에 맞춰 춤을 추는 것 같았고, 그녀 역시 자기도 모르게 그 리듬에 올라탄 듯했다. 본능적인 움직임이었다. 조금 더 기쁜 곳을 찾는 움직임. 조금 더 그의 것을 깊숙이 느낄 수 있게. 그녀의 몸 곳곳에서 녹은 초콜릿이 계속 묻어난다. 그녀의 단맛이 몸에서 몸으로 전해진다.

이대로 달짝지근하게 밤새 함께하고 싶은 마음과 더 나아가 불꽃놀이와 같은 짜릿한 절정을 보고 싶은 마음이 충돌한다. 자유롭게 마음껏 움직이고 싶기도 했고, 이대로 새아를 계속 애타게 하고 싶기도 했다.

그의 결정은 점점 스피드를 높여가는 것이었다. 그녀의 목소리가 더더욱 높아지는 걸 듣고 싶었다. 태풍에 파도가 거칠어지듯, 곧 그의 움직임이 거세어진다. 둥기둥기- 리듬을 타는 왈츠에서 격정적인 탱고로 장르가 바뀌었다. 그 음악의 연주자는 지혁이었고 그가 연주하는 박자는 정확한 듯 강렬했다. 그의 움직임이 거칠어질 때마다 새아는 자기도 모르게 짜릿한 추임새를 뱉었다. 그가 연주하는 이 음악이 너무도 흥겨워서. 지혁은 그녀의 모든 움직임에 집중하고 있지만 새아는 반대로 흩어지고 있는 정신을 애써 부여잡으려는 느낌이다.

이제 새아는 그에게 바랄 것이 없었다. 이거 해줘, 저거 해줘. 이런저런 부탁도 필요 없었다. 그가 자세를 바꾸면 바꾸고 싶은 대로 그가 터치하고 싶은 곳, 어디든 마음대로. 그의 본능적인 움직임에 내 모든 걸 맡기고 싶다. 아까 그의 애무는 부드럽고 친절하길 바랐지만, 지금 이 순간은 그가 더더욱 야성적이고 터프하길 바랐다. 투우장의 고삐 풀린 소처럼 혹은 부우웅- 엔진 소리를 내며 질주하는 고급 스포츠카처럼, 그가 마구 폭주하기를 바랐다. 말하지 않아도 그녀의 목소리가 들리듯, 지혁은 점점 더 정확하게 그녀가 원하는 곳을 공략하며 더더욱 그녀의 신음 소리를 높였다. 집요한 움직임이었다. 그녀는 지금 출렁거릴 정도로 촉촉했고, 지혁은 그 일렁이는 물침대에서 풍덩풍덩 뛰어노는 것 같았다.

"너무 좋다."

"좋아서 미칠 것 같아."

그러면서도 서로의 입술을 끊임없이 적시는 두 사람이다. 눈만 마주치면 퍼부어대는 뜨거운 키스로, 그리고 탱고 같은 움직임으로 위아래가 너무 바쁘다. 그녀는 여러 번 찌를 듯한 비명을 질렀고, 혹시 어디 아픈 게 아닌가 싶어 잠깐 멈칫할 때도 있었지만 그녀는 멈추지 말라는 듯 고개를 거세게 흔들었다. 문득 그녀는 지혁의 신음 소리를 더 자세히 듣고 싶다는 듯, 고개를 돌려 귀를 갖다 댔고 지혁이 더더욱 거칠어진 숨을 내쉴 때마다 그녀는 더더욱 달아올랐다. 가스레인지에 올린 주전자가 뜨거워질 대로 뜨거워져 마구 뚜껑을 들썩이는 것처럼 그러다 뿌우─ 소리를 내며 거칠게 열기를 분출하는 것처럼 둘의 절정은 찾아왔고 동시에 새아의 가는 허리가 활처럼 휘어졌다. 단단하게 몸을 받치고 있던 지혁의 팔근육에서 긴장이 풀리며 자연스럽게 그녀의 위로 허물어진다.

"여기 계속 있어."

새아는 잔뜩 젖은 허벅지에 힘을 꽉 주며 그를 감싸 안았다. 남아있는 여흥을 더 즐기고 싶은 마음이다. 그리고 셀 수 없을 만큼 여러 번의 입맞춤을 했다. 서로를 예뻐하는 만큼, 또 사랑스러워하는 만큼, 격정적으로 사랑을 나눈 두 남녀의 입술이 여러 번 닿았다 떨어지기를 반복했다. 아직 열기가 가시지 않은 침대에서 새아는 지혁의 볼을 양쪽으로 쭉쭉 늘렸다.

"아쿠, 이뻐! 아쿠, 귀여워!"

마치 너무너무 귀여운 생명체를 만진다는 듯, 지혁의 온 얼굴에 사정없이 입 맞추며 양손으로 그의 볼을 마구 비볐다.

"그렇게 이뻐?"

"이뻐 죽겠어. 아이, 좋아, 아이, 귀여워."

급기야 곰 인형을 물고 빨 듯이 얼굴을 부비고 볼을 흡입하고 귓불을 살짝 깨문다.

"부탁이 있는데 지혁 씨."

"……?"

"귀엽거나 섹시하거나 한 가지만 해줄래?"

"그건 내가 할 말이거든?"

"너무너무 이쁘잖아, 어떻게 해."

어떡하긴 이 여자야. 딱, 답이 나와 있잖아. 어? 어? 그냥, 그냥, 나랑 결혼하면 되잖아. 이렇게 서로 좋은데, 왜 또 결혼을 배제하고 그래. 응? 우리 결혼하면, 이렇게 평생 살 수 있어. 얼마나 좋아. 이렇게나 서로 예뻐하면서. 응? 즐거운 시간 보내면서.

샤워실로 몸을 옮겨, 서로의 몸을 구석구석 씻겨주면서도 새아의 귀여워하기는 멈추지 않았다. 아우, 이뻐, 아우, 이뻐, 아우, 이뻐! 그렇게 이쁘면 가지라고, 그냥, 저 반지 끼고 나오면 되잖아. 응? 어렵지 않잖아.

허나, 그 말 꺼냈다간 새아가 또 정색 모드로 들어갈까 봐, 말도 못하고 입만 달싹이며 속내를 감추는 지혁이다.

'매일 그대와'

지혁이 혼자 상상 속으로만 재생하는 이 뮤직비디오에 한 장면이 추가되었다. 매일 그대와, 이렇게 새하얀 거품 속에서 샤워하는 장면이. 씻겨주고, 다시 한번 만져주고, 떨어지는 샤워 비 아래서 촉촉한 그녀를 다시 한번 느끼는 장면이. 이새아, 당신은 나를 거부할 수가 없어. 무조건 무조건 무조건, 우린 결혼하게 되어 있어. 여기까지 온 이상, 어쩔 수 없어. 사랑한다구, 넌 내 거라구!

✦

다음 날 로안, 어제와 같은 옷으로 출근하는 두 사람이 있었다. 이걸 누가 알아보진 않을까, 살짝 머쓱해하고 있는 다람과 왠지 모르게 파워 당당해진 지혁이었다.

# 13

특명!
당신과 결혼하는 방법!

"이렇게 같이 출근하는 거, 좀 눈치 보이지 않아?"

로안 주차장으로 진입하는 파란 자동차 안, 새아가 주변의 눈치를 보며 말했다.

"아직 결혼한 부부도 아닌데."

"그럼 결혼하면 되겠네. 쉬운 걸 가지고."

지혁의 세뇌는 여전했다. 틈만 나면 결혼하자고 조르기. 사실상 그게 지혁의 유일한 전략이었다.

"담엔 저 앞에 내려줘."

허나 새아의 철벽도 아직 만만치가 않다.

"그러다 설 대표, 아니 설 본한테 들켰었잖아."

"흠, 너무 눈 가리고 아웅인가?"

"점심은 어떻게 할 거야?"

지혁의 말에 새아가 귀엽게 눈을 흘겼다.

"직원들이랑 먹을 거네요. 대표님."

쳇, 밀당하기는.

"저녁은?"

"그건 우리 자기랑 먹지."

"후식은?"

"밥 먹는데 후식 안 먹어? 당연히 먹어야지."

어어? 정말? 헤에에— 이에 지혁의 입가가 헤실헤실 풀어진다. 그렇다면 오늘 저녁에 또오? 너네 집 가요, 우리 집 가요? 히히히, 히히히. 생각만 해도 너무 좋다.

"오후에 웨딩드레스 바잉 건 있는데, 들어올 거야?"

"음, 이따 본사 들어가봐야 할 수도 있는데. 합병 마무리 건 때문에."

"내가 입어볼 수도 있어서. 마네킹에 입히면 느낌이 잘 안 살거든."

이에 지혁의 눈이 동그랗게 커졌다.

"몇 신데?"

그런 중요한 일이라면 본사 미팅을 미뤄야지. 그럼 오늘 오후에 웨딩드레스 입는 거야? 우리 이 팀장님이?

입틀막 - 이건 진짜 입틀막이다. 로안 드레스실, 화려한 조명이 피팅룸을 감싸는 가운데 촤르륵 커튼이 열리며 그녀가 등장했다. 내 여자 친구, 이새아, 너무너무 아름다운 그녀가.

"……!"

신기하게도 그때의 임팩트 그대로였다. 맨 처음, 그녀가 여기에서 드레스를 입고 나왔던 날, 내가 그녀를 보고 반했을 때의 그 느낌 그대로. 그때 진짜 여신인 줄 알았는데 정말 너무너무 예뻐서. 하아, 그때부터가 시작이었지. 굳이 말하자면 고뇌의 시작? 내가 웨딩드레스 입은 여자한테 반한다는 게 말이 안 된다고 생각했으니까.

"대표님, 입 찢어지시겠어요."

옆에 있던 영희가 다소 시니컬한 목소리로 말했다. 여기 모인 구성원들 모두 지극히 사무적인 태도로 웨딩드레스의 구석구석을 뜯어보고 있는데, 지혁 혼자 입을 틀어막고 곧 눈물이라도 흘릴 것처럼 그렁그렁한 눈으로 감격 중이다.

나 홀로 신랑에 빙의하고 있는 지혁에게 한 번도 웃어주지 않는 건 새아도 마찬가지.

"여기 겨드랑이 부분 튤로 되어 있으면 부케 던질 때 찢어질 수 있어서요. 혹시 새틴으로 변경 가능해요?"

"당연하죠. 작업 지시서에 체크해 놓을게요."

아란은 기쁘게 웃으며 주문서에 수정사항을 적어놓았다.

"상무님, 이거 어때요? 예쁜 것 같아요?"

새아가 영희에게 물어본 질문을 지혁이 냅다 스틸했다.

"웅! 너무 이뻐!"

"대표님한테 여쭤본 거 아니거든요? 우리 이거 몇 벌 할까요?"

"두 벌만 하자."

"그럼 두 가지 버전으로? 어깨끈 있는 거랑 없는 거?"

"어후, 욕심쟁이. 자꾸 디자인 수정할 거예요?"

아란은 새아에게 바라는 게 많다면서 괜히 한 번 눈을 흘겼다.

"대신에 물량 많이 해가잖아요. 우리 곧 스냅 뉴 샘플 나올 건데, 이거 메인으로 찍을게요. 알죠? 로안 스냅은 전국이 따라 하는 거?"

"그럼 드레스 전국 주문 좀 들어왔음 좋겠다."

그렇게 새아와 아란이 웃고 있는데, 지혁은 아직도 입을 이쪽으로 틀어막았다가 저쪽으로 틀어막았다가 하면서 혼자 어찌할 줄을 몰라 하고 있다.

"근데 대표님 왜 저러서."

"몰라, 다음 거 입을까?"

새아가 지혁에게 별 관심을 주지도 않고 매정하게 커튼을 닫자,

"어어? 사진도 안 찍었는데."

지혁 혼자 닫힌 커튼에 대고 아쉬운 소리를 한다. 이에 옆에서 사무적으로 차트를 넘기던 영희가 한마디했다.

"홀 언제 비워놓을까요?"

그것 참 듣던 중 반가운 소립니다.

"가장 빨리 비는 날이 언제예요?"

"아시다시피, 우리 로안이 인기가 좀 많아서. 골든 타임으로 하면 내년 2월?"

넋을 놓은 채 닫힌 커튼만 아른아른 바라보던 지혁이 순간 번쩍— 정신을 차렸다.

"뭐라구욧?"

내년 2월까지 홀이 꽉 찼다구요? 이거 이거 결혼 준비 바로 들어가야겠네?

"평일 저녁 예식할 거면 언제든 좋구요."

"아이, 그건 좀 그렇구요. 나를 왜 이렇게 비수기에 팔아치우려고 해요?"

"그럼 대표님한테 홀 비용 받을 것도 아닌데 굳이 로열 타임 줘서 손해 내야겠어요?"

"어익후, 무슨 계산이 이렇게 뚜렷하셔?"

"프로포즈 했구요?"

영희의 그 말에 지혁의 얼굴이 먹구름 낀 듯 급격히 어두워졌다. 에엥? 이 반응 뭐야?

"얼굴 왜 이래요? 설마 까였!"

영희의 목소리가 높아지자, 지혁은 허둥지둥 입막음하려 검지 손가락을 그녀의 입에 갖다 댔다. 쉿쉿— 앗 좀 조용히 해욧!

"대표님이 까였! 이 팀한테! 푸흡!"

그 틀어막은 입술 사이로도 숨길 수 없는 비웃음이 흘러나오는 게 문제다.

"그, 그게 그렇게까지 비웃을 일이에욧?"

"그럼 안 웃겨요? 본인이 최강 밀당의 요정이라고 그렇게 세상 뻐기고 다니시던 분이, 호구 호구 밀당 호구 이 팀한테 까였다는데?! 푸하하핫!"

"쉿쉿, 조용히 좀 하라니까. 소문내면 인사고과 빵점 줄 거예요!"

"내 입 막는다고 퍼질 소문이 안 퍼지겠어요?"

그렇게 피팅룸 밖에서 지혁이 눈치 빠른 영희를 단속하고 있는 가운데, 피팅룸 안에선 새아가 눈치 빠른 아란의 입을 막고 있었다.

"푸훗, 뉴 샘플 모델 누구로 할 거야?"

"음, 생각 중이야. 저번에 민 스튜디오 모델 보니까 괜찮더라. 여자가 미스코리아 출신이라 그랬는데."

"니가 해."

"뭐어어?"

"여기서 식 올리고, 그거 뉴 샘플로 돌려! 지금 이 드레스 입고."

"무슨 소리야, 나 결혼 생각 없어, 아직."

"엥? 왜 결혼을 안 해. 너 혹시 프로포즈 깠니?"

읍읍- 새아 역시 득달같이 달려들어 아란의 입을 막았다.

"조용히 좀 해. 안 그래도 것 땜에 곤란해 죽겠단 말이야."

"결혼하자는데 뭐가 곤란해? 결혼병 걸려서 그렇게 끙끙 앓던 사람이 누군데?"

"일생일대 한 번 있는 결혼인데, 신중해야지! 결혼하잔다고 막 끌려다니면 되니?"

"그렇다고 프로포즈를 까? 너무했다. 남자 성의가 있지."

"안 그래도 그게 미안해서 엄청 잘해주고 있어."

"너 아주 밀당 고수 됐구나? 잘해주면서, 결혼은 안 한다고 버팅기고. 많이 컸어, 이 팀장."

"그게 무슨 밀당 고수야."

"원래, 밀당 같은 거 신경 안 쓰는 자가 최종 위너거든?"

아란의 그 말에 새아는 눈을 깜빡이며 그간의 일을 돌이켜 보았다. 뭐, 틀린 말도 아니네. 아예 밀당을 놓으니까 입지가 자꾸 높아지는 느낌이 있긴 해.

"당하는 입장에선 좀 짜증 나지 않아?"

"니 속 편하면 됐지, 뭐가 걱정이야. 밀당 같은 걸로 더 이상 고민하기 싫대매."

그것도 맞는 말이다. 비의도적 밀당의 요정. 결국 그게 최고였구만. 남몰래 밀당 갑이 되는 비법이랄까.

"다음 거 입어볼까?"

의도친 않았지만 새아는 또다시 갑이 되었다. 엄청나게 터지는 미모 포텐으로.

다음 드레스는 아주 어마무시하게 섹시한 디자인이었다. 피팅 룸이 열리자마자, 지혁은 코피가 팡 - 터질 뻔했다. 온몸에 고급스러운 레이스가 흘러, 대문자 S라인 곡선을 여실히 드러내고 있었고, 클레비지 라인부터 백 라인까지 시원하게 파여 있어, 가슴골과 등이 시원하게 노출되어 있었다. 브라도 할 수가 없어, 웬만큼 몸매가 되지 않으면 절대 도전할 수가 없는 드레스였다. 매혹의 여신이야, 뭐야. 몸에 쫙 - 붙는 드레스를 입은 새아의 모습은 방금 전과는 이미지가 정말 달랐다. 여리여리하면서도 팜므파탈처럼 섹시한 게 웨딩드레스의 카테고리라기보단 어젯밤 입은 슬립의 카테고리에 가깝달까. 문득 또 슬립 한 장만 입고 나타나던 새아의 모습이 떠올라 머리가 다 어질어질해지는 지혁이었다. 어우, 현기증.

"예쁘다아아!"

아란과 영희가 좀 전과 달리 박수를 치면서 쌍수를 드는 가운데 새아 혼자 팔짱을 끼며 이 드레스를 탐탁지 않아 했다.

"이런 건 웨딩홀에 비치하긴 너무 호불호가 갈려요. 가격대도 너무 세고."

"이건 그냥 이 팀 건데? 너무 착붙이다!"

어쩐지 아란의 쌍 따봉 엄지 척은 지혁을 향해 있었다. 이에 왠지 모르게 또 우쭐해지는 지혁이다.

"지금 이거 나한테 어울리는 거 찾는 거 아니잖아. 만약 섹시한 디자인 원하는 신부 있으면 그냥 윤스포사로 보낼게. 로안에 바잉 해놓기는 좀."

"그거 제가 사겠습니다!"

이건 또 어디서 흘러나온 목소리야? 누구긴 누구야. 유혹의 여신, 새아에게 잔뜩 홀려 있는 지혁의 목소리였다.

"이걸 언제 입으라고?"

"잘 때 입어, 잘 때 입어."

"대표님 개인 사비로 사는 거야 우리가 못 막지. 여친 입히고 싶으시다는데. 푸흡−."

내가 입 닫는다고 소문이 막아지겠어요? 다시 웃음을 참지 못하고 있는 영희였다.

"아우, 대표님! 정신 못 차려요?"

"냅둬요. 오죽하면 소울도 이런 식으로 충동구맬 했겠어요."

소울을 충동구매? 새아는 처음 듣는 소리였다.

"……네?!"

"몰랐어? 권 대표님이 이 팀 때문에 소울 인수한 거잖아. 개인 사비 털어서."

＊

아란과의 미팅이 끝난 후, 지혁은 교무실로 끌려가듯 새아에게

147

불려갔다. 저편 복도 끝으로.

"뭐어어어? 소울 부채를 개인 사비로 털어줬다고?"

이건 정말 생전 듣도 못한 소식이었다. 어쩌다 보니 회사 M&A 에 대한 소식을 가장 늦게 알았던 새아였다. 경영진이 아니다 보니 또 그 세부 사항까지는 알 기회가 없었고.

"그럼 어떻게 해. 자기가 다니는 회사가 망하게 생겼는데."

뭣이오? 지금 뭐라고 하셨소? 새아는 정말로 기가 막혀 말이 나오지가 않았다. 그럼, 정말로 순전히 나 때문에 소울을 인수한 거야? 로안의 발전을 위해서가 아니라? 아니, 그 부채가 얼만데 개인 사비로 털어. 그땐 심지어 나랑 사귈 때도 아니었잖아? 나랑 어떻게 될 줄 알고, 소울을 사? 참 나, 말도 안 돼.

"지혁 씨, 알고 보니 굉장히 충동적인 사람이었구나?"

"또, 또, 프로포즈 충동적으로 했다, 그 얘기 할려고?"

"솔직히 말해봐. 소울 부채가 정확히 얼마였는데?"

"그게 뭐 천, 이천 했겠니. 웬만한 꼬마 빌딩 하나 팔 정도였지."

그, 그러니까 그 꼬마 빌딩이 어느 지역에 있는 건데? 그게 강남은 아니겠지? 대박, 대애애박! 새아는 기함하지 않을 수가 없었다. 어쩐지 그녀 역시 아까의 지혁과 비슷한 자세로 입틀막을 하고 있었다. 이쪽으로 막았다가, 다시 자세 바꿔 이쪽으로 막았다가.

"혼내는 거야, 감격하는 거야. 그걸 알아야 가슴을 펴거나 머리를 조아리거나, 둘 중 하날 하지."

그가 옆에서 조심스럽게 눈치를 살피며 말했다.

"지혁 씨, 그러고도 아직 돈 많아?"

대체 이 막무가내 재벌 2세 스케일을 내가 어떻게 이해해야 되니? 그러나, 오히려 이 질문에 지혁의 눈이 확 – 밝아졌다.

"왜, 나랑 결혼해주게?"

"이걸 좋다고 해야 할지, 어이없다고 해야 할지."

"그래, 결혼하려면 서로의 재정 상태부터 오픈을 해야지. 어떻게 상세하게 한번 털어봐? 내 재산은 뱅크 샐러드 같은 걸로 다 파악이 안 되는데."

어련하시겠어요. 너무 혼란스러워진 새아는 결국 머리를 절레절레 흔들며 제 사무실 쪽으로 돌아갔다.

"어어? 안 궁금해? 다 깔 수 있는데. 원하면 다 니 앞으로 돌려줄게."

지혁은 멀어지는 그녀의 뒤에 대고 애타게 외쳤다.

"이 팀, 이 팀?! 저기, 나랑 결혼해요! 네?! 나랑 살자!"

복도에 울려 퍼진 이 애타는 외침은 메아리가 되어 벙벙하게 돌아왔고, 하필 그 소리를 사무실에서 나오던 유준이 듣고 말았다.

"아, 진 실장."

이에 지혁은 다소 뻘쭘하게 고개를 숙이다가,

"안녕하세요, 대표님."

갑자기 구세주라도 만난 듯, 유준을 절박하게 붙잡았다.

"잠깐, 진 실장. 이 팀 안 지 얼마나 됐나?"

어후, 갑자기 왜 또 이런 부담스러운 눈빛이셔?

149

"나 방법 좀 알려줄래?"

"뭘요……?"

"이새아랑 결혼하는 방법."

"네에에에?!"

유준의 입이 황당하게 벌어졌다. 제가 그걸 어떻게 압니까. 제가 새아랑 결혼해봤나요?

14

결혼을 위한
세 가지 전략

퇴근 후, 지혁은 새아를 백화점 최고층으로 데려가 저녁을 먹
었다.

"오우, 여기 맛있네."

그러고는 자연스럽게 에스컬레이터를 타고 내려와, 입점되어
있는 리빙숍들을 구경했다.

"와, 여기 침구 봐봐. 완전 호텔 같다."

새아는 지혁의 의도가 뻔히 보인다는 듯, 잠시 팔짱을 꼈지만,

"이게 이뻐, 이게 이뻐?"

"민트색."

그의 질문에 피식- 웃고는 일단 대꾸를 해주었다.

"이렇게 두꺼운 건 별로지? 나는 몸에 열이 많아서."

"정말? 나는 한여름에도 솜이불 덮고 자는데."

"그래? 나는 에어컨 없음 못 자는데."

"어쩜담. 우리 한 침대 쓰기 힘들겠는걸?"

둘이 그런 대화를 하고 있자, 백화점 직원이 그사이를 치고 들어왔다.

"그런 부부들 많아요. 신랑은 열이 많고, 신부는 추위를 많이 타고. 여기 이 세트로 하시면 차렵이랑 홑이불이랑 같이 있어서, 신랑은 홑이불 덮고, 신부는 차렵이불 덮으면 돼요."

오오, 그래요? 세트가 아기자기하고 예쁘긴 하네, 에헴. 이건 얼마인가, 슬쩍 가격표 태그를 보니 놀랍게도 풀세트치고는 가격대가 괜찮았다. 어? 백화점치고 굉장히 합리적이잖아?

"이게 퀸이에요, 킹이에요?"

"둘 다 있어요. 고르시기만 하면 돼요."

"새아야, 우리 퀸으로 살까, 킹으로 살까?"

새아가 이 민트색 침구를 꽤 마음에 들어 하는 걸 눈치챘는지 지혁이 슬쩍- 질문의 답을 좁혀간다.

"퀸은 너무 좁으려나?"

"음, 그럴 것 같기도 하고?"

또 여기에 어느새 후르륵- 휘말려 있는 새아였다.

"둘이 같이 붙어서 자려면 퀸이 좋구요. 조금 독립된 공간을 원하면 킹이 좋구요. 신랑님이 팔 베어주는 스타일이세요?"

직원 아주머니의 질문에 둘은 잠시 멈칫하다 대답했다.

"아무래도 퀸이 좋겠네요."

우리가 많이 좀 엉겨 붙어 자는 스타일이어서요. 지혁은 팔 베어주는 걸 넘어서서 새아를 보물단지처럼 꾸욱 - 안고 자는 걸 좋아했다.

"그럼, 이 침구 세트 퀸 사이즈로 주세요."

"아이, 지혁 씨. 뭐하는 거야."

지혁이 지갑에서 카드부터 뽑자 새아가 얼른 그 손길을 말렸다.

"왜, 이런 건 여자가 해오는 건가?"

"너무 이르잖아. 우리 아직 날도 안 잡았는데."

"그냥 내가 이뻐서 사는 거다, 왜."

"내가 지혁 씨 속을 모를 줄 알아? 이거 같이 덮자는 빌미로 나랑 결혼하자고 하게?"

"항상 염두에 두고 있으라는 말이지. 침구는 일단 저거 찜뽕이다!"

이후로도 지혁은 리빙숍을 디테일하게 돌아다니며 그릇이며 식기 등을 섬세하게 골랐다.

'아유, 속 뻔히 보이거든?'

뒤에서 팔짱을 끼고 있던 새아도 어느샌가 '이거보단 이게 이쁘진 않나?' 슬쩍슬쩍 고르기에 참여하고 있다는 게 함정이다. 그릇 욕심 같은 거 평생 없었는데 이상하게 보니까 갖고 싶네. 안 돼,

이런 물욕에 휘말리면 안 돼. 그리고 '무슨 혼수를 백화점에서 사. 비싸잖아.'라고 했지만 초특가 세일에는 여지없이 마음이 흔들린다. 이, 이건 일단 사놔야겠는데. 이, 있을 수 없는 가격인데? 일단 쟁여놓고 결혼은 천천히 생각할까.

♩

오늘 오후, 유준과 지혁이 카페에서 남몰래 접선을 했었다. 새아와 결혼할 수 있는 방법을 알려달라고 지혁이 유준에게 조르고 조른 끝에 얻어낸 소중한 자리였다. 유준이 알려 준 첫 번째 전략이 이것이었다.

너는 나와 살림을 차리게 될 것이라는 걸, 자연스럽게 기정사실화 시키기.

계속 결혼하자 결혼하자 노래 부르면 오히려 거부감이 생길 수 있으니 은근슬쩍 - 너는 나와 살림을 차리는 게 너무나 당연한 일이라는 듯 유도를 하라는 것이었다. 그다음, 유준이 알려준 두 번째 전략은 이것이었다.

가정에 대한 책임감, 그리고 성실성을 어필하기.

어쩌다 보니, 백화점에서 잔뜩 쇼핑을 하고 돌아온 두 사람이었다. 지혁은 새아의 집에 도착하자마자 숨 돌릴 새도 없이 짐을 정리하고, 팔을 걷어붙이고, 구석구석 주방 정리 및 청소에 들어갔다.

"엥, 갑자기 왜 이래?"

"나 이런 거 완전 체질이거든."

"에이, 그러지 말고 쉬어. 오늘 피곤했을 텐데."

"하게 해줘, 하게 해줘. 응?"

지혁의 애걸에 새아는 하는 수 없이 청소 도구들을 갖다주었다. 우와? 주방 후드도 청소할 줄 알아? 이사 와서 한 번도 안 해봤는데. 주방 찌든 때에 샷시 틈새까지?

"우와, 엄청 깔끔하게 청소 잘하네."

"어때, 쫌 하지?"

"근데 어떡하지? 난 그렇게 깔끔한 성격은 아닌데."

이때, 유준이 해주었던 얘기가 퍼뜩 떠올랐다.

'결혼하는 데 있어, 의외로 중요한 게, 두 사람의 위생 관념이더라구요. 이상하게 신랑 신부들 보면 그런 걸로 많이 싸워요. 한 명은 너무 깔끔하고, 한 명은 너무 더러우면, 서로 견디기 힘들잖아요.'

결혼하고 살려면 위생 관념이 비슷한 게 중요하다는 얘기였다. 지혁은 일단 새아 쪽에 맞추기로 했다.

"그래? 나도 그렇게 깔끔하진 않은데, 이렇게 한번에 날 잡아서 치우는 스타일이야. 헤헤."

내가 막 그렇게까지 결벽증이고 그 정도는 아니거든. 헤헤. 지혁은 그렇게 새아를 안심시켰다.

"줘 봐, 도와줄게."

"아냐 아냐, 그냥 누워 있어. 상담하느라 피곤하잖아. 누워 누워 누워."

어느덧, 새아는 거실에서 과자를 집어 먹으면서 열나게 청소를 하는 지혁의 뒷모습을 가만히 바라보고 있었다.

"짜잔! 야식!"

지혁은 심지어 야식까지 멋스럽게 차려내며 맥주 두 캔을 예쁘게 세팅해주었다.

"우와, 쭈꾸미 볶음? 이런 것도 할 줄 알아?"

"내가 외국에서 오래 살았잖아. 그때 한국에 있을 때보다 한식 더 많이 해 먹었을걸?"

한 수저 떠먹어본 새아의 표정이 금세 환하게 밝아졌다.

"오, 맛있는데?"

"헤헤, 맵진 않구? 맥주랑 같이 먹어."

그리고서 지혁은 새아가 손댈 것 없이 설거지까지 완벽하게 해놓고, 주방의 물기까지 깨끗하게 닦아냈다. 흐으음, 저 남자가 갑자기 왜 저럴까. 지혁의 이런 행동이 도저히 이해가 가지 않아, 새아는 신희 신부에게 톡을 보냈다.

'그, 그, 결혼하자는 남자가 우리 집에서 주방 청소하고 찌든 때 닦고, 완전 열심이에요. 갑자기 왜 저러는 걸까요?'

돌아온 신희의 답은 시니컬했다.

'결혼 전에 저렇게 주접떨고 오버하는 거, 하나도 믿으면 안 돼. 지금은 청소 잘하고 성실한 스타일이라고 어필하려고 저러는 거

지? 결혼만 해봐. 싹 바뀌어. 기안84가 따로 없다니까? 이건 이벤트니까 속지 말고, 평소 모습을 봐.'

어익후, 그런 거었어? 그냥 어떻게든 점수 딸려고? 새아는 주방에서의 지혁의 모습을 보면서 고개를 절레절레 저었다. 쳇쳇, 안 속네요. 평소에 계속 그렇게 잘하면 믿어주리다. 아무래도 유준이 알려준 두 번째 전략은 실패인 모양이다. 하지만, 유준이 알려준 필살기 전략은 하나 더 있었다.

♪♪

모든 일을 마친 지혁은 새아를 침대 위로 끌고 와 어깨를 감싸고 먼 그리움에 잠긴 아련아련한 표정을 지었다.

"내가 엄마 얘기했던 적 있었나?"

유준은 말했었다. 서로의 유년 시절과 그때의 비밀, 가족사 등에 대해서 털어놓으면서 솔직한 모습을 보여주라고. 자기의 치부라고 생각하는 것도 숨김없이 털어놓아야 상대방이 이 결혼에 대해서 진지하게 생각할 수 있게 된다는 것이었다.

"상처면 얘기 안 해도 돼."

새아는 그런 지혁을 살짝 말렸지만 그는 고개를 내저었다.

"잊고 싶은 과거긴 한데 그렇다고 자꾸 묻어만 놓고 있으면 계속 아파할 것 같아서. 계속 돌이켜보고 곱씹어봐서, 이제 더 이상 아무렇지 않은 일로 만드는 게 낫지 않아?"

"그래, 그럼."

급히 날조된 진지함이긴 했지만 그래도 가족사를 털어놓겠다는 데 무시할 수는 없었다. 새아는 모로 누워 그의 옆얼굴을 가만히 바라보았다.

"어렸을 때부터 그 생각을 했었어. 엄마와 아빠가 가정을 이루는 비율이 같을까. 딱 오 대 오는 아니지 않을까?"

"……?!"

"둘이 함께 가정을 만든 건 맞지만 아이들한텐 그 비율이 꼭 똑같은 것만은 아니야. 특히, 우리 아빠처럼 잔정 없고 무뚝뚝하고 집에 잘 없고 회사 일에만 올인하는 경우에는. 내가 어디 아파서 병원 갔다 왔는지도 하나도 모르고, 내 친구 이름도 모르고, 선생님 이름도 모르고, 몇 반인지도 모르고, 어디 다쳐 와도 모르고, 내 키가 몇 센티 자랐는지도 모르고, 무슨 음식 잘 먹는지도 모르고, 어떤 캐릭터 좋아하는지도 모르고. 그런데 엄마 아빠의 비율이 같을 리 없잖아. 아빠가 회사 일에 너무 바쁘니까, 엄마도 내가 어디 아픈지 그런 걸 다 숨겼거든. 그러다 보니까 아빠랑 유대감 형성이 잘 안 됐어. 만나도 서먹하기만 하고. 그런데 친엄마가 날 떠났을 때의 기분은 갑자기 고아가 된 기분이었던 것 같애. 세상 천지 의지할 곳 하나 없는 기분. 그러고 나서 초등학교 때 엄마였던 사람을 정말 많이 따랐는데, 진짜 엄마처럼. 그 사람도 갑자기 어느 날 짐 싸 들고, 떠나버렸어. 내가 엄마 엄마 하고 붙잡으니까 누가 니 엄마야, 굉장히 매몰차게 뿌리치고서.

이건 형한테 최근에 들은 건데, 그 여자, 우리 집 돈 보고 들어왔었대. 우리 죽고 나서 사망보험금이 얼마나 되나 뒤로 세고 있었던. 이후론 엄마 자리에 바뀌어 들어오는 사람, 그 누구에게도 정을 안 줬었던 것 같애. 정 주면 뭘 해. 뭔가 틀어지면 미련 없이 떠나버릴 텐데. 나만 아파할 텐데. 내가 커왔던 가정은 화목했던 적이 없고, 언제나 불화로 가득했고, 나를 따뜻하게 품어준 적이 없었고, 나에게 견디기만을 강요했고.

그래서, 나는…… 내 가정을 꾸려야겠다는 생각이 없었어. 내가 경험한 가정이 그런 거니까. 씻을 수 없는 가장 원초적인 상처를 준 곳이었으니까. 나는 그냥 내가 혼자 커온 것 같애. 그런 울타리 같은 거 없어도 되는 줄 알았어. 사랑이라는 거, 약속이라는 거 다 변해버리면 그만이라고 생각했어. 우리 아빠가 변한 것처럼 나도 변할 것 같아서 두려웠었어. 사랑하는 사람 두고, 내가 변해버리면 어떻게 해. 내가 나를 믿을 수가 없는데 어떻게 결혼이라는 걸 해."

"근데 왜 갑자기 마음이 변한 거야?"

"이상하게, 니 옆이면 안 변할 것 같더라. 너는 생애 끝까지 사랑스러울 것 같고, 매일매일 봐도 너무 예쁠 것 같고 예전과는 다른 나를, 니가 살게 해줄 것 같았어."

"난 그 말 안 믿어. 결국 사람은 다 변해. 그냥 지금 좋아서 하는 말이잖아."

"너랑은 반드시 행복해져야겠다, 예전엔 절대 가진 적 없던 확신이 들어. 그래야 내가 행복해질 수 있겠다. 너 없인 내가 행복해질 수가 없겠다. 어디 비싼 여행지 가서 맛있는 거 먹고 좋은 호텔에서 자고 그런 대단한 행복이 아니더라도, 그냥 일상에서 소소하게 행복할 수 있을 것 같아. 아침에 일어나서 밥 먹고, 저녁에 퇴근하고 만나서 재잘대고, 그 모든 일상이 행복할 것 같아. 나는."

"나는……. 나는."

지혁은 그렇게 솔직하게 제 속내를 고백했지만, 새아는 어쩐지 그 말에 화답할 수가 없었다. 모든 걸 나와 함께하고 싶은 그 마음은 너무나도 고마웠지만…… 그래도, 나는, 아직.

"미안해. 내 얘긴 아직 못하겠다."

그에게 내 마음을 다 열 준비가 안 되어 있었다. 이유는 모르겠다. 마음속에 너무 오래 걸어왔던 빗장이라 그런지. 그래서 그 빗장이 어디 있는지도 잊어버린 건지.

"나중에 준비되면 해. 왜 나한테 기대질 않냐고 다그쳤었는데, 사실 그만큼 우리가 가까워질 시간이 필요했던 거니까. 미안해."

"아니야."

깊은 밤, 오늘 많이 피곤했는지 지혁은 금방 잠이 들었고, 새아는 잠들지 못한 채 빈 허공을 깜빡깜빡 가만히 바라보고 있었다. 그에 비하면, 내 얘긴 그리 대단한 얘기도 아닌데. 왜 나는 끝까지 솔직해질 수 없는 거지. 후우우─ 한숨이 나왔다. 아무래도 가만히 누워 있기가 힘들어 화장대에 앉아 거울 속 제 모습을 가만히 바라보았다. 사실 스스로를 이해하기가 힘든 요즘이다. 그렇게까지 결혼을 하고 싶어 했으면서 막상 눈앞에 닥쳐왔을 때 이렇게까지 망설이는 건 뭐람. 너무 바보 같잖아. 사실, 너무너무 고마운 일인데. 이렇게나 나를 사랑해주겠다고 아껴주겠다고 약속하는 이 모든 일이, 정말 너무 행복하고 좋은 일인데, 왜 난 그걸 받아들이지 못하는 거지.

쓰러진 지혁의 가방에서 그가 항상 갖고 다니는 조그만 반지 케이스가 보였다. 저번에 프로포즈 때 나에게 끼워주려고 했었던. 새아는 가만히 그 반지 케이스를 열어 동그란 보석을 바라보고 또 바라보았다. 이게 영원을 약속한다는 그 보석이지. 참 예쁘고 신기하다. 근데, 아무래도 나는 이 반지가 아직 무섭다. 갑자기 이 모든 약속들에 겁이 난다. 새아는 그 반지를 가만히 바라보며 다짐했다. 진짜 내 본심을 알기 전까진, 아무것도 함부로 판단하지 않기로. 섣불리 결정하지 않는 걸로. 그럼에도 불구하고, 왠지 모를 충동이 들어 반지를 왼쪽 네 번째 손가락에 딱 껴보았는데,

"헉!"

놀랍게도 반지가 빠지질 않았다. 아무리 용을 쓰고 진땀을 빼도, 수갑이라도 철컹— 채운 듯 반지가 딱 붙어 떨어지질 않는다. 허어억! 이거 뭐야. 여기 접착제라도 붙여놓은 거야, 뭐야? 어떻게 비눗물로 막 비벼볼까? 그럼 빠질까? 그렇게 새아가 안 빠지는 반지를 뽑으려 식은땀까지 흘려가며 온갖 용을 다 쓰고 있는데.

"……!"

어느새, 잠에서 깬 지혁이 그녀에게로 저벅저벅 다가온다. 뚝—

뚝- 그의 눈에서 감격에 찬 뜨거운 눈물이 흘러내린다. 앗앗, 이거 아닌데. 그, 그, 그럴려고 그런 게 아닌데. 그러고는 새아에게 다가와 그녀를 뜨겁게 안아준다. 고마워 고마워, 그렇게 되뇌면서. 다음에 이어지는 진한 키스. 읍읍- 입이 막힌 새아는 뭐라 해명을 할 수가 없었다. 그, 그, 그 그런 게 아니라고, 아니야. 좋아하지 마. 기대하지 마. 감격스러워 하지 말라고!

15

사내 실시간 검색어 1위

"저기, 지혁 씨?"

말을 해야 했다. 아직도 새아를 세상 뜨겁게 끌어안고만 있는
그에게. 이건, 실수로 낀 거라고.

"있잖아."

그 시각, 지혁은 그저 감격에 젖어 있었다. 아! 진유준 실장, 승
진을 시켜주든 해야겠어. 센스가 말이야, 보통이 아니군?! 그가
비법을 알려준 지 하루 만의 일이다. 그러자마자 바로 그날 밤에
그녀가 반지를 끼다니. 왼쪽 네 번째 손가락에. 크아아— 이건 진
짜 감격, 또 감격이다.

"그게 아니라⋯⋯."

아니긴 뭐가 아니야. 진짜 고마워. 내 마음 알아줘서. 내가 정말 최고의 신부로 만들어줄게. 그리고, 세상에서 제일 행복한 여자로 만들어줄게. 새아야, 엉엉, 고맙다아아!

"반지를 실수로 꼈어!"

응응? 그게 뭔 소리야?

"그냥, 잘 맞나 안 맞나 반지 한 번 껴본 건데, 그게 안 빠져."

"⋯⋯응? 안 빠져, 반지가?"

"응, 나 어떻게 해?"

그, 그럼 프로포즈 수락이 아니란 얘기?

"정말 실수로 낀 거야. 미안해, 미안해."

"⋯⋯그, 그걸 어떻게 실수로 껴? 가만히 있으면 반지가 자기 손가락으로 날아 들어가?"

"그냥 사이즈 맞는지 껴보려다가. 어떡하지? 비눗물로 비벼볼까?"

새아는 그녀를 안고 있던 지혁을 떼내고서 다다다─ 화장실로 달려갔다.

"어우씨, 어우씨!"

그리고 지혁은 보았다. 어떻게든 그 반지를 빼내기 위해서 잔뜩 미간을 찌푸리고서 온갖 용을 쓰고 있는 새아를. 그, 그게 그렇게 빼고 싶니?

"어떻게 해, 지혁 씨. 이거 안 빠져."

급기야 새아는 주방으로 가서 반지 주변에 식용유를 들이붓고 있었다. 그럼에도 불구하고 지혁의 마음만큼이나 그 자리에 딱 붙어 빠지지 않는 반지. 으하하항항─ 새아는 포효했다.

"이거 접착제로 붙여놓은 거 아니야?"

그렇게 새아가 쩔쩔 매는 모습을 보며 지혁은 방금 전의 감동이 와르르 와장창 무너지는 소리를 들었다. 뭐, 뭐 그렇게 열심히 빼고 싶어 해. 안, 안 빠지면 그냥 운명이려니 생각하고 끼고 다니면 되지.

"지혁 씨, 이거 숍 가서 절단해야 하는 거 아니야?"

응? 저절단? 지혁은 새아의 귀에 대고 이 반지의 가격을 조용히 속삭여주었다.

"아하하핫! 절단은 무슨! 내 손가락 자르고서, 그 봉합 수술 비용이 더 싸게 먹히겠다. 하하하, 오함마 갖고 와!"

"그럼 이렇게 하자."

"……?"

"며칠간 적응의 시간을 좀 갖는 걸로."

응? 그럼 이거 계속 끼고 있으라고?

"그럼 안 빠지는데 어떻게 해. 이왕 낀 김에, 여기에 적응할 시간을 좀 갖는 거야."

"그래도 사람들 보기가 좀……. 다들 오해하면 어떻게 해."

"그럼 그냥 솔직하게 말해. 아직 프로포즈 수락은 안 했는데, 반지가 안 빠져서 그냥 끼고 다닌다고."

"아우, 오해 사기 싫은데."

"진짜 숍 가서 반지 절단하게?"

꾸우웅- 그러긴 좀 그렇고.

"며칠 끼고 다니다 보면 빠질 수도 있잖아. 그때 빼자."

후잉후잉- 이거는 누가 봐도 알이 굵은 결혼반지다. 유부녀로 오해한다고 해도 할 말이 없을 정도. 아우, 이거 부끄러워서 어떻게 한담. 위에 밴드라도 붙이고 다녀야 하나? 그럼 완전 알특튀 할 텐데. 하아- 어쩜담.

유준이 알려준 전략은 아직 끝나지 않았다. 그의 네 번째 전략은 이것이었다. 결혼을 진행하는 데 있어 주변 사람들에게 전폭적인 지지를 받는 게 중요하다는 것.

다음 날, 새아가 로안에 출근했을 때…… 온 직원들 모두가 새아의 손가락만 보고 있었다. 으형형형형- 너무나도 민망한 기분에 오른손으로 왼손의 반지를 가려보았지만, 그 번쩍이는 오로라 광채를 모두 숨길 수는 없었다. 직원들은 빠르게 자리로 돌아가 메신저를 시작했다. 그렇게 삽시간에 사방팔방 소문이 퍼져나갔고, 곧 로안의 전 직원들은 알게 되었다. 새아가 오늘 아침 이따시 만 한 왕방울 다이아를 끼고 왔다는 것.

저기서 명희가 감격스러운 얼굴을 하고 마구마구 새아에게 다가와 무작정 포옹을 한다.

"이 팀! 축하해! 프로포즈 받았다며!"

어쩐지 옆에서의 영희는 숨길 수 없는 코웃음을 푸후흐흐흡─ 터뜨린다. 그녀는 알고 있었다. 지혁의 프로포즈 결과가 어떻게 되었는지.

"바, 받긴 했는데요."

"이 팀 결혼식 완전 난리 나겠는데? 업계 전문가는 다 모일 거 아니야?"

"그, 그게요."

이때, 새아는 보았다. 제자리에서 제 일만 열심히 하는 것처럼 보이던 유준이 자기도 모르게 피식─ 하고 웃음을 터트리는 것을. 혹시 저 새끼가 이 모든 것의 흑막이 아닌가, 잠시 의심을 하려는 찰나…… 주변에서는 축하가 쏟아졌다.

팀장님! 축하해요! 저희 언제 시간 비우면 돼요? 아우, 팀장님 결혼식 날까지 출근해야 돼? 신혼집 어디로 해요?

그 와중에도 유준은 이 모든 기승전결을 예상했다는 듯 능청스럽게 자리에 앉아 다리를 꼬고 있었다. 저 자식, 아무래도 의심스러운데.

"우와, 우와, 반지 한번 봐봐요. 장난 아니다."

역시 권 대표님, 스케일! 권 대표님이 프로포즈 어떻게 했어요? 궁금해! 둘이 이렇게 급히 가는 거야? 갑자기? 이 팀장님이 워낙 결혼을 하고 싶어했잖아요.

"……아니에요."

"네?"

"아니라구욧!"

으형형형형- 결국 내가 이렇게 해명을 하게 만드나.

"이거 안 빠져서, 그냥 끼고 있는 거예요요오오오!"

네에에에?

"사이즈 체크하려고 껴봤다가, 안빠져서어허헝헝. 아직 날 잡은
거 아니에용!"

그 청천벽력 같은 소리에 다들 기함을 하며 서로를 쳐다보고 있
는 가운데……

♩

잠시 후, 소울 출신 전 직원들은 그녀의 네 번째 손가락에서 반
지를 빼내는 데 집중하고 있었다. 마치 줄다리기처럼 으쌰으쌰 영
차영차.

"아우, 그쪽으로 힘을 주면 안 되지! 부드럽게에!"

"그만 해요오, 이러다 손가락 빠지겠어요."

"우와, 진짜 안 빠지네. 안에 뭐 접착제 붙은 거 아니에요?"

"안 그래도 의심하고 있어요."

"이 정도면 뭐 수 쓴 거 아니야? 어떻게 이렇게 반지가 안 빠
져?"

"이 팀! 이 정도면 그냥 운명이라고 생각해."

후우– 또 나왔다. 그노무 운명론.

"반지가 제자리 찾아간 걸 어떻게 해. 심어놓은 듯이 안 빠지는데."

그러게요. 마치 태어날 때부터 끼고 태어난 것처럼 안 빠지네요. 하아, 이거 미치겠네.

"반지도 안 빠지는 김에 그냥 날 잡자. 영희한테 홀 언제 비는지 물어볼게."

으형형형, 다들 왜 그러세요웃~ 그렇게 직원들 모두가 실랑이를 하고 있는데, 저편 복도 유리 벽 너머로 지혁이 지나가는 게 보인다. 언뜻 아무렇지 않은 척 사무적인 표정을 하고 있지만, 마치 슬로우 모션처럼, 돌아서는 지혁의 입꼬리가 아주 살짝– 올라가는 것을 새아는 보았다. 너너너 이 자식! 웃지?! 어디서 이런 타이트한 반지를 사 와가지고! 좋냐, 좋냐구?!

"어때요, 반응이?"

지혁은 로안 복도 끝, 탕비실로 들어가는 초입에서 명희와 몰래 접선을 하고 있었다.

"나중엔 결국 체념하고 일하던데요?"

"후후후, 이렇게 굳히면 될 것 같아요?"

"반지 끼워놨음 됐지, 뭘 또 걱정이에요?"

"자꾸 결혼은 좀 더 생각해봐야겠다, 저러고 있으니까. 저 여자가 사람 애타게 하는 데 뭐 있다니까."

"어휴, 이 팀장. 아주 배가 불렀네."

유준 말고 지혁의 배후로 포섭한 사람이 더 있었다. 그건 바로 설명희 본부장.

"언제는 그렇게 결혼하고 싶다고 난리를 치더니 이젠 아주 식장을 잡아줘도 싫다네."

"내 말이요! 어쨌든, 결혼 골인할 때까지 밀어붙여줘요. 중간에 다른 생각 못 하게."

"나 이사 승진은 언제쯤 되려나. 대표에서 본부장으로 떨어지니, 낙폭의 차이가 너무 커서. 막 어질어질하네. 롤러코스터 탄 것처럼."

"저희가 사람과 사람 사이, 연을 잇는 일을 하는 거 아닙니까?

"……그렇죠?"

"이번 건도 퍼포먼스로 인정해줄게요."

이에, 명희의 입꼬리가 씨이이익- 올라갔다.

"훗, 나만 믿어요."

마침 저편에서 새아가 둘이 접선하고 있는 그 복도로 걸어오려고 하고 있다. 명희와 지혁은 급격히 화제를 바꾸었다.

"그러니까 그 합병 마무리 건이 말이죠."

마치 일적인 걸 상의하는 것처럼. 두 사람을 한 번 의심스럽게 본 새아가 마저 복도를 지나쳐가자 명희는 다시금 의미심장한 미소를 지었다. 잃어버린 내 자리를 찾기 위해서라도 이 팀장은 결혼을 좀 해줘야겠어.

♫

새아는 정말 오늘 하루 종일 뜬소문에 시달렸다. 관계사 미팅에 들어갔더니 반지를 본 그쪽 직원들이 환호를 하면서 청첩장 언제 주냐며 들들 볶기 시작한다. '반지가 안 빠져서 끼고 있는 거예요.'라고 둘러대니, '팀장님, 생각보다 쑥스러움이 많으시구나?' 하며 장난 취급한다. 여기서도 운명론이 나왔다. 그냥 못 이기는 척 결혼하라고. 로안의 복도 곳곳을 지나갈 때마다 사람들이 수군거린다.

'둘이 날짜 언제로 잡는대?' 이 왕방울 다이아만큼이나 소문은 비대해져 있었다. 아우, 머리야. 아이고, 두야. 둘이 결혼을 할 거라는 건 벌써 기정사실이 되어버렸다. 더 이상 백스페이스는 없어 보였다. 도망갈 구멍도 없어 보였고. 새아는 한숨을 쉬고 지혁은 방긋 웃었다.

저기서 또 로안 직원들이 잔뜩 모여 웅성대고 있길래, 지혁은 오늘의 핫이슈! 새아의 다이아 반지 얘기를 하는 줄 알았다. 무슨 얘길 어떻게 하나, 슬쩍- 들어보려고 뒤에서 귀를 갖다대는데.

"어머, 진짜 사귀나봐."

"그럼 2호 커플 탄생이네."

"진 실장, 그렇게 안 봤는데……."

"완전 직진이네! 너무 멋있다!"

사람들은 지혁이 아닌 다른 이의 칭찬을 하고 있었다. 에엥? 누가 내 실시간 검색어를 스틸해가? 아직 사내에서 화제성 1위가 나 아니었어?

"그래, 어차피 사내 연애할 거면 툭 터놓는 게 낫지. 권 대표님처럼 찔끔찔끔 숨기고 그러면 주변 사람들 다 속여먹는 것밖에 더 돼?"

급기야 대표 디스까지이? 아니 대체 무슨 일이길래? 에헴 에헴, 지혁은 뒤에서 헛기침을 거나하게 날렸다.

"저기, 상사 뒷담화할 때 굳이 끼어드는 게 상당히 꼰대 같은 짓인 건 알고 있는데요."

"……어머, 대표님!"

"대체 뭣 때문에 그래요?"

도대체 무슨 얘긴데, 내가 소문의 중심에서 밀려난 거냐구요? 입을 막고 쿡쿡 – 웃던 직원들은 말없이 유준의 카톡 프사를 보여주었다.

에에엥? 거기선 진 실장이 다람과 함께 아주아주 다정하고 귀엽게 웃고 있었다. 뭐랄까, 딱 SNS 훈남 훈녀 커플 느낌이랄까. 깨가 마구마구 쏟아지는 게, 이건 정말 사귀는 거 아니면 나올 수가 없는 앵글과 포즈다. 아니, 진 실장. 나한테 이럴 수 있나? 이

172

팀장 반지 낀 건 왜 아무도 얘기 안 하고 있나 했더니, 여기서 본인 열애설을 뿌려? 세상엔 완벽한 내 편은 없다더니. 진 실장, 그렇게 안 봤는데, 너무하네!

# 16

## 우리 사이는 혹시
## S 파트너?

그 시각, 다람은 창고에서 혼자 촛대에 쌓인 먼지들을 털면서 뽀얀 한숨을 흩뿌리고 있었다. 요새 내가 뭐하는 건가, 도통 모르겠다. 저녁마다 유준이 함께하자고 하면 어이없이 거절을 못 하고 끌려간다. 유준의 집에서 한참 상냥이를 귀여워해주고, 함께 저녁 먹고, 그리고 자연스럽게, 마치 부부라도 된 것 마냥 그 집에서 잠이 든다. 우리 사인 대체 뭘까. 나에게 해주는 키스는 너무나도 달콤한데, 그가 속마음을 말하지 않으니 너무나도 혼란스럽다.

사실은 나도 무서워서 물어볼 수가 없다. 이제 와서 '우리 무슨 사이야?'라고 정색을 하기가, 좀 그렇다. 좋아한다는 고백도 없이 자꾸 만나는 이런 사이를 뭐라고 하더라. 혹시 S 파트너?! 허어억?! 그, 그, 그런 거였어? 어느새 나도 모르게 그런 장르로 진입한 거였어? 유준은 날 쉽게 보고 있는 게 아닐까. 시작할 때 명확한 게 없었던 것처럼 혹시 끝날 때도 처음부터 아무것도 아니었던 것처럼 흐지부지 끝나버리면 어떻게 하지?

그 생각까지 들자 다람은 혼자서 가슴을 움켜쥐고, 속앓이를 했다. 그렇게 당돌했던 내가, 왜 바보같이 이 사이가 뭐냐고 묻지도 못하는 걸까. 내가 당신 좋아하는 마음을 이렇게 이용하는 거라면, 당신 진짜·나쁜 사람이야. 내가 만만하게 보여서 만만하게 대하는 거면, 정말 정말 못된 사람이라구. 그렇게 혼자 꾸역꾸역 아픈 속내를 눌러가며 일을 하고 있는데, 영희인지 명희인지 구분 안 가는 여자가 들어와 알은체를 한다.

"엇? 안녕하세요. 대표님!"

"지금 이 회사에 대표는 권 대표 하난데 지금 누구 보고 대표래?"

"아, 안녕하세요. 본부장님!"

"어어? 승진한 지가 언젠데 아직 본부장이래."

"헉, 죄송합니다. 상무님."

"아직 나도 못 알아봐?"

"아, 아뇨."

"다람 씨 그렇게 안 봤는데, 너무하네."

"……네?"

영희는 다람이 정리해야 할 수많은 촛대 등 소품들을 보면서 심각하게 팔짱을 꼈다. 헉, 정리 상태가 마음에 안 드시나? 어디 아직 먼지라도 껴 있나? 괜히 죄스러운 마음에 엉거주춤하게 서 있는데, 영희의 표정은 한층 사나워졌다.

"이걸 어떻게 여자 혼자 다 해?"

네? 항상 혼자 다 해왔는데요. 왜, 이제 와서 관심이시지. 제 업무 분장에 있잖아요. 창고 관리. 소품 및 비품, 구조물들을 항상 청결하게, 홀로 옮기기 쉽게 관리한다.

"앞으론 일 끝날 때마다 나한테 사진 찍어서 업무 보고해."

"……네?"

"다람 씨, 이렇게 요령 없이 일할 거야? 일을 했음 했다고 티를 내고 생색을 내야지. 이렇게 혼자 묵묵하게 일해봤자, 상사한테 표 내지 않으면 모른다고."

뭐, 누가 일을 알아주기 위해서 하는 건 아니니까요…….

"일단 꺼내놓은 건 마무리해야 하니까, 가서 남친한테 좀 도와달라고 해."

"……네? 남친이요?"

"아니다. 내가 불러올게. 진 실장."

"……?!"

엥? 이건 또 무슨 얘기지. 왜 설 상무님이 유준을 남친으로 알고 계시지? 뭔가 오해가 있는 건 아닌가 싶어 해명을 하려는데, 이미 영희는 창고 밖으로 나가버렸다. 뭘 잘못 알고 계시나? 유준

176

에게 무슨 일인지 물어봐야겠다 싶어서 카톡 창을 켜는데. 응?
응? 거기엔 놀랍게도 유준과 다람이 함께 찍은 프사가 올라와 있
었다. 프로필 사진, 뒷배경 둘 다 저번에 유준의 집 거실에서 함께
셀카를 찍었던 사진이었다.

"······?!"

엥? 이게 갑자기 뭐람? 그렇게 다람이 얼떨떨해하고 있는데,
곧 유준이 창고 안으로 가볍게 뛰어들어오며 그녀를 향해 씨익—
웃었다.

"여긴 웬일이에요?"

"설 상무님이 여친 도와주라고 보내서. 어디서부터 어디까지 정
리하면 돼?"

"이, 이 사진 뭐예요?"

유준은 쾌활한 표정으로, 그녀의 앞머리를 귀엽게 흩트리면서
말했다.

"뭐긴 뭐야. 그때 상냥이랑 같이 찍은 거잖아."

"이거 왜 프사로 해놨어요? 이럼 회사 사람들 다 보고 오해하잖
아요."

"뭐가 부끄러워. 사귀는 사이에."

유준은 아무렇지 않게 촛대 정리에 돌입하고 있는데 다람은 혼
자 심쿵해 스톱 모션으로 굳어졌다. 사, 사귀는 사이라니.

"뭐 해, 정리 안 해?"

우, 우리 그런 사이였어? 그냥 나도 모르게 눈물이 비적비적 새

어 나온다. 지금껏 혼자 마음고생한 게 그냥 막 억울해서.

"어어? 우리 애기 왜 울까? 이럼 곤란해. 사람들이 여친 울린 줄 알 거 아니야."

"이, 이럴 거면 철벽은 왜 쳤어, 지금까지. 고백도 안 하고 사귀는 게 어디 있어?"

"고백했는데?"

네에? 나도 못 들어본 고백을 대체 언제 하셨나요.

"언제?"

"너 잘 때, 몰래."

그, 그게 무슨 고백이야. 당사자가 듣질 못했는데.

"못 들었어? 내가 사랑한다고 했는데?"

"깨, 깨어 있을 때 말해야죠."

"깨어 있을 때 말하긴 좀 쑥스럽더라고. 니가 자면서 음냐 음냐 알겠다고 했는데."

기절초풍할 노릇이다. 내가 언제요?! 설사 그랬다 하더라도 잠꼬대였겠지요. 그게 어떻게 사귀는 거예요. 이렇게 시작하는 게 어디 있어요! 감정이 격해진 다람이 주먹을 불끈 쥐고서 유준의 어깨를 팡팡 때리기 시작한다. 이런 게 어딨어요, 이런 게 어딨냐구요. 그의 어깨를 두드리면서 눈물을 퍼엉- 터트려버린다.

"자꾸 귀엽게 이럴래?"

유준은 피식- 잘생긴 미소를 한 번 짓더니, 그 주먹을 그대로 끌어당겨와 그녀에게 입을 맞추었다. 어어? 이 남자 보시게?

"어어? 울면 입 맞춘다. 어어?"

다람이 넋을 놓고 울어버리자, 유준은 그런 그녀의 팔을 감싸고 서 여러 번 입을 맞춰주며 그녀를 달래주었다.

"울지 마, 울지 마. 응?"

누가 봐도 남친이 여친 달래주는 느낌으로. 너무나도 다정하게, 너무나도 따뜻하게 그녀의 눈물을 닦아주면서. 그, 그럼 우리 진짜 이제 사귀는 거야? 진유준, 당신이 진짜 내 남자 친군 거야? 그 생각을 하자, 다시 한번 으헝헝헝- 울음이 터진다. 그동안 얼마나 갖고 싶던 남자였는데. 당신의 철벽에 내가 얼마나 애를 태웠었는데.

"근데 너 프사 안 바꿔?"

그녀의 프사도 우리가 함께하는 사진으로 바꾸라는 뜻이다.

"몰라."

"칫, 밀당하기는."

"사람들이 우리 언제부터 사귀었냐고 물어보면 뭐라 그래요?"

"4월 21일."

"어어? 그 정확한 날짜는 뭐지?"

"언제긴 언제야. 니가 우리 집에서 첨으로 자고 간 날이지."

이에 다시 한번 다람의 주먹이 연타로 날아오기 시작했다.

"그때부터 치는 게 어딨어. 엄청 엄청 밀어내놓고. 엄청 철벽쳐놓고."

"그때부터 좋아졌는데 어떻게 해. 응? 그만해. 그만."

결국 비폭력적으로 사랑을 표현하는 방법은 이것밖에 없었다. 유준은 다람의 양팔을 못 움직이게 쭈욱- 끌어안고서, 그녀의 입술에 깊게 키스를 했다. 마치 첫 키스인 것처럼 뜨겁게. 우리가 단한 번도 키스한 적 없는 것처럼 사랑스럽게. 역시, 유준과의 키스는 단 한 번도 거부한 적이 없던 다람이었다.

회사 안에서 연애하면 좀 민망할 줄 알았는데, 오히려 든든한 빽이 한 명 생기는 것이었다. 가장 궂은 곳에서 일하는 막내, 일하다 보면 자꾸 까먹는 우리 막내 다람을 그래도 한 번 더 챙겨주게 되고, 돌아봐주게 되고. 이제 공식적으로 당신이 내 빽이 되는 건가. 키스를 하면서도 계속 눈물이 나왔다.

사실은 당신이 내 남자 친구가 된 것, 그 하나가 너무 기뻐서.

똑똑- 보고할 게 있어 결재 서류를 들고서 대표실로 들어가는데,

"네네, 아버지. 나중에 전화해요."

새아의 등장에 지혁이 황급히 전화를 끊는다. 뭐야, 나 몰래 숨기는 거라도 있어?

"뭐야? 아버님이셔?"

"아니 아니, 뭐."

당황하면서 어물쩡거리는 거 보니까 아버님 맞구만. 근데 왜 이

렇게 내 앞에서 진땀을 다 흘려?

"왜, 무슨 말씀하셨는데."

"아니, 다음 주말에 너랑 밥 먹고 싶다고 하셔서."

으으응? 나랑?

"갑자기, 어디서?"

"우리 집."

뭐, 뭐야. 이 분위기. 그럼 혹시……?

"나 그날 인사 가는 거 아니야?"

"인사는 무슨 인사야. 그냥 가정식 백반 먹는 거지. 우리 집에서."

"아우, 부담스럽게 왜 이래. 그리고 인사는 원래 여자 집 먼저 가는 거거든?"

"안 그래도 어머님이 주말에 밥 먹으러 오라시더라."

네에에? 지금 말씀하시는 분이 혹시 내 엄만가요?

"아, 아니 나한텐 왜 연락도 없이?"

"헤헤, 어머님이 워낙에 날 좋아하시잖아?"

"원래 둘이 연락하는 사이였어?"

"저번엔 쇼핑도 같이했는데, 어머님이 얘기 안 하셔?"

"그런 건 지혁 씨가 나한테 얘길 했어야지."

"자기가 내 연락도 안 받고 잠수 탈 때였거든? 그때 언제야. 제주도에서 둘이 좋은 시간 보내고, 먹! 튀! 했을 때!"

끄응ー 아, 언젠진 알겠는데…….

"그때 울 엄마랑 쇼핑을 했었다고?"

"자기랑 이어진 끈을 뭐든 잡으려 하다 보니까."

어이구? 둘이 그렇게 친한지 몰랐네. 쇼핑 메이트를 할 정도로.

"여튼, 주말엔 우리끼리 밥 먹어. 무슨 엄마랑 밥이야."

"벌써 선물까지 주문해놨는데."

누구 선물? 우리 엄마 선물? 그럼 진짜 우리 집에 밥 먹으러 오게?

"아니, 뭘 그렇게 경계를 해. 나이도 찼으니까, 딸이 만나는 사람 한번 보고 싶어 하실 수도 있지?"

"그게 또 막 이상하게 연결이 될까 봐 그러지. 우리 엄마 설레발 장난 아니란 말이야."

"그런 거 너무 차단하는 것도 불효야. 네, 맞아요, 하면서 적당히 장단 맞춰드리는 게 나아."

듣자 하니 틀린 말은 아닌데, 흠. 정말 그냥 남친으로서 인사만 하고 밥만 먹는 거다? 뭐, 부담스럽게 다른 얘기 나오고, 그러면 안 돼에? 새아는 그렇게 지혁에게 여러 번 당부를 했다. 거듭 '알겠어, 알겠어.' 하고 새아를 제자리로 돌려보내는 지혁의 입가엔 묘한 미소가 걸려 있었다. 유준이 알려준 전략은 아직도 현재 진행 중이었다. 둘의 결혼을 아주아주 자연스럽게 기정사실화 시키기. 그리고 주변 사람들에게서 전폭적인 지지를 얻기. 후훗, 그중 가장 중요한 사람이 양가 부모님 아니겠나. 일단 그들의 마음부터 얻으려는 전략이었다.

"아유, 어서 와요!"

이곳은 새아의 본가. 아파트 문이 활짝 열리며 곱게 화장을 하고 예쁘게 차려입은 정연이 나타났다.

"어, 엄마 오늘 힘 많이 줬네."

"권 서방만 하겠어."

사실, 누구보다도 외모 단장에 힘을 준 사람은 바로 지혁이었다. 우리 가족한테 그렇게나 잘 보이고 싶었나.

"아휴, 어머님, 안녕하세요."

지혁은 오자마자 이따만 한 선물 상자를 내밀었다. 백화점에서만 파는 최고급 라텍스 베개 한 쌍이었다. 선물을 푼 정연은 당장이라도 이를 베고 잘 듯 호들갑이었다. 그러나 결정적으로 정연의 시선을 빼앗은 것이 있었다. 새아의 왼쪽 네 번째 손가락에 끼워져 있던 왕방울 다이아.

"어머, 얘는. 프로포즈 받았음 엄마한테 얘길 해야지."

"아, 아니야, 그런 거."

"세상에, 이렇게 알 굵은 다이아는 처음 본다. 역시 스케일이 다르네?"

"그냥, 사이즈 체크하러 끼고 있는 거예요. 내가 아직 오케이 안 했어."

"어머, 얘 좀 봐. 밀당은."

어쩐지 정연은 새아의 밀당에 본인이 더 뿌듯해하고 짜릿해하는 것 같았다. 그럼 남자 쪽에서 너한테 그렇게 매달리는 거야? 아니, 얘가 언제부터 그렇게 남자 구워삶는 재주가 있었대. 그래, 결혼은 남자가 시동 걸어야 네 바퀴가 잘 굴러간다잖아. 우리 딸, 웬일로 마음에 드네. 물론 데리고 온 남자는 더더욱 마음에 들지만.

"권 서방, 오늘 저녁은 대충 시장 봐서 간단히 했어요. 차린 게 없더라도 많이 들어요."

새아는 상다리 휘어지게 차려진 음식들에 입을 딱 벌렸다. 우리 집에 이렇게 음식 많은 건 처음 보는데요?

"근데, 아빠는?"

"아빠 오늘 일 있다고 해서, 나갔어."

그렇게 대충 얼버무리려는 정연의 의도를 새아는 알고 있다. 어쩐지 새아의 표정이 급격히 어두워졌다.

"엄마가…… 내보냈구나?"

"이런 날 아빠 있어 봐야 분위기 좋겠니? 우리끼리 먹자."

"남자 친구 와서 부모님께 인사드리는 거면, 아빠도 있어야지."

"아이, 다음에, 다음에 또 자리 만들면 되지."

"아빠 어딨어? 멀리 안 갔음 지금이라도……."

새아가 휴대폰을 들어 전화를 하려 하자, 정연이 이를 잽싸게 빼앗으며 소리쳤다.

"얘가 또 왜 이래? 분위기 망치게?"

"나 아빠한테도 지혁 씨 보여주고 싶단 말이야. 아빠랑 같이 안

184

먹을 거면 나 안 먹어. 지혁 씨, 가자."

그렇게 새아가 밥상머리에서 벌떡 일어났다. 지혁은 그저 얼떨떨할 따름이었다. 그, 그럼 오늘 식사는 이대로 종료야?

## 17

프로포즈 받아준 적 없으니까
파혼 아니지?

아무래도 완강해 보이는 새아의 눈빛에 정연이 한발 물러났다.

"알았어, 알았어, 알았어. 오늘은 그냥 먹고, 상견례 할 때 그때 같이 갈게."

"진짜지?"

"그럼, 손님 왔는데, 뭐 해. 얼른 앉아. 정연은 지혁의 눈치가 보인다는 듯 새아의 옆구리를 푹- 찔렀다. 손님인 지혁 앞에서 괜한 실랑이를 보인 것 같아, 새아가 살짝 고개를 숙이며 말했다.

"미안해. 불편했지."

"아냐 아냐, 우리 얼른 밥 먹자."

"그래, 이참에 우리 상견례 날짜 잡자."

정연은 어느새 부엌에서 커다란 달력을 꺼내 오고 있었다.

"엄마?!"

"니가 아빠랑 밥 먹고 싶대매. 그 날짜 잡자는 건데 왜 또 이렇게 정색을 해?"

"……"

"나는 이 날 이 날이 괜찮은데, 사돈 어르신들은 어떠실지 모르겠네?"

"그럼 제가 요 두 개 날짜로 한번 말씀드려볼게요."

"……지혁 씨?"

새아의 매서워진 눈빛에, 지혁은 얼른 수저를 들어 밥을 먹으며 능청을 부렸다.

"어후, 어머님. 너무 맛있는데요."

"권 서방, 잘 먹는 거 보기 좋네."

서방 서방, 누가 권 서방이야. 둘이 아주 쿵짝 잘 맞네. 결혼에 있어 당사자 의지가 제일 중요한 거지. 내가 생각이 없는데 다들 왜 그렇게들 조급하게 굴어? 새아가 밥도 안 먹고 그렇게 불퉁하게 있자 정연이 또 한소리를 했다.

"너는 이런 날 좀 어른스럽게 못 있니? 손님 있으면 분위기 좀 맞추는 거지. 뭐 혼자 잘났다고 입을 댓발 내밀고 있어? 권 대표님, 애 회사에서도 이래요?"

"아니요오, 얼마나 능력 있는 팀장인데요. 청담동 바닥 에이스

187

면, 전국 최고 에이스라고 보시면 됩니다!"

"그렇게 남의 부모들 비위는 잘 맞춘다는 애가, 왜 우리 집에선 이 모양인지."

급기야 새아는 밥숟가락을 완전히 내려놓고,

"엄마, 나랑 얘기 좀 해."

정연을 안방으로 호출했다.

"애가 손님 있는데, 무슨 얘길 할라고."

"엄마, 나는 아직 결혼할 마음의 준비가 안 됐어."

이 얘기를 꼭 해야 했다. 정연이 혼자서 너무 설레발을 치지 않게. 먼저 앞서 나가 괜한 기대감을 키우지 않게.

"그럼 반지는 왜 끼고 있어? 이러나저러나 반지 끼고 있음 마음 있는 거지."

"반지가…… 안 빠져서."

"뭐어어?"

"봐봐, 반지가 안 빠져!"

새아가 네 번째 손가락을 뽑아내버릴 듯 낑낑 힘을 주자 그제야 정연은 그만하라는 듯 이를 말렸다.

"아니, 그렇게 결혼 결혼 노래를 부르던 애가 갑자기 왜 또 결혼 생각이 없대?"

"그게 다 엄마 때문이잖아."

"에엥? 그게 왜 나 때문이야?"

"결혼 결혼 노래 부르면서 압력 준 게 엄마잖아. 내가 진짜 결혼을 원하는 건지, 내 삶에서 뭐가 필요한지, 진지하게 생각할 시간도 없이, 엄만 항상 남자 집안, 학벌, 능력, 직업! 조건만 봤잖아!"

"너는?! 남자 외모만 보잖아. 얼굴만 잘생기고 쥐뿔도 없는 놈 보면 좋다고 꼬릴 치는데 내가 걱정이 안 돼? 남자 보는 눈이 발끝에 달려 있는데?"

"그래서 이제야 내 기준을 좀 찾고 있는 중이라고. 결혼할 때 진짜 중요한 게 뭔가. 이 남자랑 내가 진짜 잘 맞는 건가 아닌가. 이젠 엄마 기준 빼고, 나 스스로 판단할 수 있는 기회 주면 안 돼? 그것까지 엄마가 다 골라줄 거야?"

새아로서는 너무나도 간곡한 외침이었다. 스스로 판단한 기회를 제발 달라는 그 말. 그렇지 않으면, 나중에 어떤 후회를 어떻게 하게 될지 모르잖아. 내 모든 불행의 책임을 엄마한테 돌리면서, 엄마 탓만 하면서 살 수도 있잖아. 그러나, 정연은 여기서 물러서지 않았다.

"니가 모르는 게 있는데 연애는 그렇게 해도 결혼은 그렇게 하는 거 아니야! 부모님이 마음에 들어 하는 사람한테 시집가는 게, 너도 속 편하고 니 남은 인생도 편한 거야!"

"연애할 때도 엄마는 그 기준 양보한 적 없었잖아!"

연애할 때마다 그 남자 조건은 어떤지, 집안은 잘 사는지 항상 꼬치꼬치 따져 왔잖아. 그 언제도 너그러웠던 적 없잖아.

"연애하다가 이상한 놈한테 갑자기 필 꽂혀서 결혼한다고 들고 일어설지 어떻게 알아? 다 너 위해서 그런 거지!"

"날 위한다면! 제발, 똑바른 방향으로 사랑해주면 안 돼? 처음으로 내 인생에 대해서 진중하게 고민하고 싶은 이 시기에 신중한 결정 내릴 수 있게 좀 놔두면 안 되냐고."

"얘가 진짜 사춘기야, 뭐야, 이제 와서?"

"대체 언제까지 애 취급할 건데?"

"니가 언젠 뭐 어른스럽게 굴었니? 허구한 날 엄마한테 징징거리기나 하면서, 갑자기 어른 대접을 해달래?"

하아, 이래가지고는 싸움에 끝이 없을 것 같았다.

"어쨌건, 오늘은 정말 순수하게 밥 먹으러 온 거니까 상견례니 뭐니 아직 그런 거 추진하지 마. 나 밥 먹다가도 체하겠어."

"독재자가 따로 없지, 어휴. 대신 권 대표 이뻐하는 건 방해하지 마! 진짜로 이뻐서 잘해주는 거니까! 간만에 남자 같은 것 좀 골라와서 예뻐해줄려 그랬더니 끝끝내 골질이야, 어휴."

정연은 먼저 식탁으로 돌아갔고 새아는 화장실로 들어가 열 좀 식히려 세수를 했다. 엄마가 바뀌길 바랐다. 더 이상 날 애 취급하지 않기를. 내 선택을 믿고 존중해주며, 나의 뜻을 지지해주고 응원해주길 바랐다. 그런 엄마를 원했는데, 그랬는데……

문득, 예전 과기센에서 했던 결혼식이 끝나고 손희가 했던 말이 떠올랐다.

'성인이 되고 나서는, 내가 엄마를 알아줘야 하더라구요. 어릴 땐 엄마가 절대자 같았으니까, 절대로 내가 바꿀 수 없는 존재 같았는데, 이제는 바뀌시더라구요. 저 땜에 힘들었던 마음 알아드리고 또 알아드리고, 또 알아드리면 저렇게 돼요. 사랑하는데, 속상해서 저러시는 거거든요. 자식이 내 고생을 안 알아주니까.'

그렇게 엄마의 마음을 알아주고 또 알아주어서 비뚤어진 사랑을 바르게 만든 것이었다. 분명 그녀는 그렇게 했는데, 나도 그렇게 하고 싶었는데, 지금은 모르겠다. 자신이 없다. 엄마가 정말 바뀔까? 결국은 다 제멋대로 해버리는 엄마가 정말 바뀔 수 있을까? 내 뜻을 존중해줄 수 있을까? 내일이라도 손희에게 전화를 해봐야겠다. 결혼에 있어서는 내가 많은 걸 알려주었지만 엄마와 관계에서의 해법은 손희에게 배워야 할 것 같다.

얼굴의 물기를 닦고서 식탁 쪽으로 나가 보니 지혁은 정연에게서 넙죽넙죽 음식을 잘도 받아먹고 있었다. 남자 혼자 사는 집에 반찬 해 먹기 어렵지 않냐면서 정연은 남은 반찬들까지 살뜰하게 싸주었다. 그렇게 양손 무겁게 반찬을 받아든 지혁이 싱글벙글 웃으며 몇 번이고 정연에게 인사를 하고 돌아섰다.

지하 주차장, 지혁이 새아의 안전벨트를 매주기 위해 다가갔을 때,

"지혁 씨, 나한테 이러는 거 실례야."

새아는 아직도 밝아지지 않은 얼굴로 이렇게 말했다.

"아직 내가 마음의 준비 안 됐다 그랬잖아. 그런데 이렇게 밀어붙이면 어떻게 해?"

언제나 그렇듯, 지혁이 변명하거나 달래거나 능청을 떨거나, 그런 말이 돌아올 줄 알았다. 그런데……

"실례는 자기가 한 거 아니야?"

지혁은 오히려 표정이 굳어지며 살짝 정색을 했다.

"어쨌건 나는 오늘 여기 손님으로 왔어. 그런데 안방 들이가시 어머님이랑 싸우고 있으면, 밖에서 나는 얼마나 좌불안석이겠어. 그런 거 배려 없어?"

새아는 이에 살짝 당황했다.

"그건 미안한데……."

"미안하면, 우리 집에서 밥 먹을 땐 그러지 마."

"……나, 지혁 씨네 집 안 가. 부담스러워."

오늘도 이렇게 자연스럽게 상견례 얘기가 나오고 그러는데, 또 그 집 가면 분위기가 어떻게 되겠어.

"나한테 기대지지가 않아서, 속 얘기가 안 나온다고 했었지? 조예찬한테 그렇게 쉽게 털어놓는 얘기들이, 내 앞에선 나오지가 않는다고."

"……!"

"그래도 내가 자기에 대한 기본적인 건 좀 알고 있어야 하지 않았나, 그런 생각이 들더라. 오늘은. 아버님은 왜 안 나오셨는지, 그거에 대해서 자기가 왜 그렇게 민감하게 구는지, 어머님은 내가 온다는데 왜 아버님을 내보내셨는지, 이거에 대해서 안 물어보는 게 예의일 것 같아서, 내가 오늘 얘기 안 하려고 했는데……. 근데 계속 소외당하는 기분이 들었어. 두 사람이 왜 저러는지 나는 전혀 모르니까 당연히 알아야 할 걸 모르고 있는 기분이 들었어."

사실, 굉장히 미안한 일이긴 했다. 손님이 집에 왔는데, 언성을 높이는 일이 있었다는 게. 반대로 내가 어느 집에 인사를 갔는데, 나를 놔두고 방에서 싸우는 소리가 들리면 나 또한 무시당하는 것 같고, 불편할 것 같고, 그럴 것 같긴 하다. 그렇지만, 그렇지만⋯⋯.

"예찬 씨한테도, 그 누구한테도 가족 얘기한 적 없어, 난."

"근데 왜 지금껏 그렇게 결혼 결혼 노랠 불렀어? 제 가족도 어쩌지 못하면서 결혼하면 잘살 거라 생각한 거야?"

"내가 살아온 가족이랑은 다른 가족을 만들고 싶었으니까. 나도 도피처가 있어야 하잖아."

새아는 살짝- 입술을 깨물었다. 지혁에게 끝끝내 입 열지 않던 나의 아킬레스건이 지금 비명을 지르고 있었다. 숨길래야 절대 숨길 수가 없는 나의 약점이.

"백화점에 물어봤는데, 반지가 작게 나온 건 자기네 과실이니까 물어주겠대. 내가 사이즈 잘 몰랐던 거라고 해도, 일단 오라더라. 안 빠지는 반진 어떡할 거냐고 물어보니까 절단해주겠대."

차가워진 지혁의 그 말에 새아는 무심코 제 손을 가렸다.

"반지, 환불할 거야?"

"절단된 반지를 환불받는 것도, 좀 양심 없지 않아?"

"다시 세팅해서 알 끼우면 되지."

"내 여자가 반지를 받아줘야 세팅을 하든가 말든가 하지."

"⋯⋯."

"백화점 가자."

막상 이 반지를 절단 낼 생각을 하자 몸이 움츠러들었다. 이거 되게 되게 비싼 거던데. 아깝기도 하고. 또, 이 반지를 끼고 다니는 게 그새 적응이 되기도 했고.

"오늘 말고 다음에."

"너 여기 피 안 통해서 손가락 하얘. 계속 끼고 있으란 거 장난처럼 얘기한 건데 너 그것 땜에 엄청 곤란해하잖아."

그, 그렇긴 한데. 그렇다고 절단까지는…….

"나도 너 등 떠밀어 결혼하고 싶지 않아. 그게 얼마나 외로운 기분인지 알기나 해?"

"……!"

문득, 그때의 신부가 떠올랐다. 신부가 웨딩드레스 입고 프로포즈 하려고 준비 다 했는데 신랑님의 시큰둥한 반응에 모두가 실망스러웠던 그날. 그때도 그 말이 나왔었지.

'누가 등 떠밀어 결혼해?'

그때, 신부가 어떤 마음으로 목소리를 높였는지 알기에, 진정 마음이 아팠다. 그런데 그때의 신부가 했던 말을 지금 내가 고대로 듣고 있었다. 지혁이 결혼하자는 말에, 자꾸만 답을 미루고 회피했던 내 모습이 딱 그때 신랑의 모습이었던 것이다.

"프로포즈 받아준 적 없으니까, 이거 파혼 아니지?"

지혁의 그 말에, 새아는 진정 심장이 철렁했다.

"……나랑, 헤어지려고?"

"헤어지진 못하겠는데, 결혼도 못하겠다."

"······!"

새아는 그제야 아차 싶었다. 그에게 좀 더 신중하고 싶은 내 마음을 잘 전달했어야 했는데, 그런 걸로 그의 자존심을 상하게 했다면 정말 미안한 일이었다.

"이건 내가 며칠만 더 끼고 있다가 시간 날 때 백화점 갔다 올게."

"그럼 보증서 가져가."

지혁은 반지의 쇼핑백을 그녀에게 무심하게 건네주고는 차에 시동을 걸었다. 그가 오늘 마음이 많이 상했나 싶어서 아무래도 계속 눈치가 보였다.

아주 잠시나마 내가 밀당 갑이라고 생각했다. 답을 망설이고 망설일수록, 내가 밀당의 꼭대기에 오르는 느낌을 받았었다. 나는 어쩌면, 내심 그 갑질을 즐겼는지도 모른다. 항상 밀당 을이어서 남에게 매달리느라 바빴는데, 지혁이 결혼하자고 하자고 매달리는 상황이 내심 좋았는지도 모른다.

하지만, 순식간에 상황은 역전되었다.

'프로포즈 받아준 적 없으니까, 파혼 아니지?'

딱 그 말 한마디에. 서로를 사랑하는데, 갑이니 을이니 누가 누구 위에서 이겨 먹으려는 생각부터가 벌써 잘못된 거 아닐까. 그 사람도 나에게 자존심 접고 매달리는 건데, 그 사람의 진심 따윈 무시한 채, 나 혼자 너무 떵떵거렸던 건 아닐까. 그렇게 혼자 반성을 하는 사이, 지혁의 차는 어느새 새아의 집 앞에 도착했다. 그녀의 집에 잠깐 들어갔다 나오겠다, 하는 실랑이도 없이 여기서 내리라는 듯 가만히 차를 세우고 있었다. 심장의 표면이 미세하게 부서지는 느낌이었다.

18

## 금단의 판도라 상자

　집에 와서도, 새아는 불안한 마음을 감출 수가 없었다. 예전에 이런저런 일로 지혁과 싸웠을 때는 달랐다. 이번 일은 전적으로 나의 책임인 것만 같았다. 씻고 나와서 기분을 전환하려 설거지를 하거나 빨래를 돌려봐도 너무 마음이 무거워서 그런지 무엇도 손에 잡히지가 않았다. 결국 늦은 밤, 새아는 지혁에게 전화를 걸었다.

　－ 여보세요.

　돌아오는 지혁의 목소리는 언제나와 다름없이 스윗했다. 한결 마음이 놓이긴 했지만 그래도 걱정이 되었다.

— 지혁 씨, 나한테 화났어?

— 아니?

— 화났잖아. 내가 자꾸 프로포즈 튕겨서.

— 음, 힘이 안 빠진다면 거짓말이지.

— 미안해. 혹시, 지혁 씨 자존심 상하게 한 거 있음…….

— 자존심 문제가 아니라. ……좀 더 가까워지고 싶은 거야. 자기랑.

새아는 지혁이 듣지 못하게 한숨을 후욱─ 내쉬었다. 지금껏 혼자서 생각 정리할 시간이 필요하다고 생각했는데, 사실 그렇게 혼자 끙끙 앓아서 답이 나올 문제가 아니었다. 대화를 해야 했다. 내 속에 있는 마음을 꺼내어 보기 위해선, 내 문제가 뭔지 알기 위해선, 말을 해야 했다. 당신에게, 마음을 열고서.

— 우리 아빠는…… 다른 사람들과 좀 달라.

문득 뱉어버린 말이었다. 그에게 털어놓지 않고서는 내가 내 마음을 계속 속이고 있을 것 같다. 스스로도 진짜 진심이 뭔지 알 수 없을 것 같다. 당신에게 끝까지 솔직해져야만 한다.

— 지혁 씨 같이 대단한 아빨 가진 사람은 모를 거야. 우리 아빠는, 이렇게 말하긴 좀 그렇지만, ……좀 모자라서.

왜 지금껏 이 말을 하기 힘들었나 모르겠다. 그냥 내가 이렇게나 못난 마음을 갖고 있다는 걸 말하기가 부끄러웠나보다. 아빠를 부끄러워하고 있다는 것 그 자체를.

— 장애가 있다거나, 자폐가 있는 건 아닌데, 그냥 좀. 똑바로

회사 생활한다거나, 자영업으로 돈 벌어온다거나, 그러질 못하셨어. 버스 운전도 하셨었는데, 한 달 만에 그만두셨어. 동료들이 놀렸대. 아빠가 좀 모자라다고. 사회성도 없고, 어디 가서 아부할 줄도 모르고, 자존심만 세서 항상 큰소리시고. 약주 없이 밥도 못 먹고, 허구한 날 고주망태 돼서 깽판이나 치고. 일생을 제대로 돈 벌어온 적이 없으셨어.

모든 경제 활동을 엄마한테 맡겨놓고도 설거지 한번 한 적 없고, 집안 살림이랑 육아에 협조적이지도 않고, 우리들한테도 항상 무뚝뚝했고, 그러다 어쩌다 목돈 모이면 이상한 데서 사기당해 갖고 오고, 사기당했는데도 아니라고 큰소리 뻥뻥 치고, 그렇게 당하고도 고소장 같은 거 소심하고 무서워서 쓸 줄도 모르고, 항상 가까운 사람들한테만 패악인데, 윗집엔 층간 소음도 항의하질 못하는 그런 사람이었어. 엄마가 악만 늘었어. 아빠가 진 빚 갚느라 평생을 손가락 터지도록 마사지하고, 얼마나 힘들어하셨나 몰라. 일생을 푸념이셨고. 내가 바보 새끼랑 결혼했다고.

이건 나의 아킬레스건이라기보단 엄마의 아킬레스건이었다. 하지만 어느새 그 마음을 닮아버렸다. 엄마가 아빠를 대하는 태도를 닮아 나 또한 아빠를 무시하고 있었던 거였다.

— 엄마가 아빠를 그렇게나 싫어하니까, 나도 아빠를 싫어하게 되더라. 사춘기 내내 아빠 멀리하고, 가까이 다가오기만 해도 진저리치고, 학교에서 아빠 부를 일 있어도 절대 안 부르고. 근데 어느 순간은 내가 아빠를 미워하는 일이 너무 힘들어서, 매일 마주

처야 하는 사람을 미워하는 게, 내 가슴에 독처럼 퍼져서, 이젠 엄마도 미웠어. 가족이 다 싫었어. 차라리 이혼을 하던가. 왜 한평생우리한테 싸우는 모습만 보여줬을까. 왜 우리 가족은 화목하질 못할까. 왜 우리 아빠는 돈을 못 벌어올까.

아주 나중에야 다 커서는 그런 생각이 들더라. 우리가 좀 더 아빠한테 잘해줄걸.

－ 세상 어디에서도 인정받지 못하는 아빤데, 우리 가족이라도 인정해주고 응원해줄걸. 집에서 인정받는 아빠라면, 그래도 어디 가서 기 펴고 다녔을 텐데. 괜한 자존심에 자꾸 싸움 일으키고 못나게 그러지 않았을 텐데.

새아는 꾸역꾸역 － 올라오는 울컥함을 참아내고, 계속 말을 이어나갔다.

－ 내가 조금만 모자라게 행동해도 엄마가 아빠 닮았냐고 무섭게 다그쳤거든. 바보 새끼처럼 왜 그러냐고. 나 또한 아빠 닮기 싫어서, 좀 완벽주의가 됐고, 실수하기 싫어하고, 누구에게나 잘 보이려고 하고.

내 약점, 어디에서도 들키기 싫어서 그래서 더 과하게 상냥한 사람이 되었던 것 같아. 친절함 속에 내 진짜 표정을 감추고서, 내가 진짜 어떤 표정이었는지도 잊고서.

－ 근데 크고 나니까, 아빠를 부끄러워하는 내가 또 부끄럽더라. 그것도 철이 없는 거잖아. 그래서 엄마한테 막 짜증을 낸 것 같애. 아빠 좀 그만 무시하라고. 화 좀 그만 내라고.

엄마는 본인 팔자가 험난한 이유가 다 아빠를 잘못 만나서, 결혼을 잘못해서라고 생각했다. 그래서 장녀인 나만은 그러지 않기를, 어디 가서 이상한 남자 골라오지 않기를 간절히 바라셨다. 내 결혼 문제는 곧 엄마의 트라우마였으니까. 내가 똑같이 사는 꼴은 죽어도 보기 싫었을 테니까. 그래서 결혼 문제에 있어 항상 압박하고, 스트레스 주고, 내가 만나는 남자마다 그렇게 조건 따져가며 집착을 했던 것이다.

그래서 나는 남자를 만날 때마다 두 가지 모순적인 감정에 부딪혔다. 나는 엄마의 트라우마를 치유해주기 위해 사는 사람이 아니니까, 내가 마음에 드는 남자를 만나야지, 하면서도 결국은 엄마의 기대를 저버릴 수가 없는 것이었다. 나도 모르게 엄마와 같은 속물적인 잣대로 남자를 보았다. 그렇게 내 속이 꼬일 대로 꼬여버리고 말았다.

그래서 이 꼬인 속을 정리하는 데 시간이 좀 필요하다고 생각했는데, 그런데, '파혼'이라는 단어를 듣자마자 심장이 덜컹하는 게 뭔가 이상했다. 그렇다고 지금껏 지혁과 쌓아왔던 모든 걸 망쳐버리고 싶지는 않았던 것이다.

ㅡ 지혁 씨, 반지 자른다고 하지 마. 내가 어떻게든 잘 빼서 자르지 않고 사이즈 늘리거나, 교환하든가 할게. 미안해. 지혁 씨. 반지 준 마음을 무시해서. 나한테 청혼해주고, 사랑해주고, 그런 거 너무너무 고마운데 잘 표현 못 해서 미안해. 우리 가족이랑은 정식으로 처음 보는 자리였는데도, 좋은 모습 못 보여서 미안해.

내가 아직도 이렇게 덜 자라서 그래서 지혁 씨한테 상처 준 것 같애. 내가 주제도 모르고, 너무 센 척한 거 같아.

– 또또또!

– ……?!

– 좋은 모습 못 보인 거 미안해할 필요 없다고 했지?

어느새 나도 모르게 지혁에게 또 완벽한 모습만 보이려고 애썼나 보다.

– 나는 자기가 완벽하지 않은 모습까지 전부 다 사랑하니까…….

– ……!

– 너무 완벽하려고 애쓰지 않아도 돼.

– ……!

그래, 이제는 이 완벽주의를 조금은 버려야 할 시점이었다. 사랑하는 사람에게도 완벽해 보이기 위해 속마음 얘기 안 하고 끙끙 참는 것도, 좋은 모습만 보이려고 애쓰는 것도, 자꾸 뭔가를 포장하려 하는 것도 그만두어야 했다. 이런 모습 보이면 그가 떠나가면 어떡하지, 내 못난 모습을 들키면 어떡하지, 그런 불안감 모두 접어두고, 자연스럽게, 그냥 다 자연스럽게.

– 내가 잘할 수 있을까? 우리 가족 문제도 해결 못 하면서 내가 제대로 된 가정을 만들 수 있을까?

그러기 위해선 가족들에 대한 모순적인 감정들을 좀 지워나가야 했다. 스트레스 주는 엄마가 밉다. 그러면서도 엄마에게 인정받는 딸이 되고 싶다. 엄마의 트라우마를 치유해주고 싶다. 그러면서도 내가 원하는 삶을 살아나가고 싶다. 이제는 내가 아빠를 사랑해주고 싶다.

하지만, 나는 아직도 아빠를 부끄러워한다. 내가 결혼을 한다면, 사랑하는 가족들에게 축복받고 싶은데. 내 친정이 계속 화목했으면 좋겠는데. 그래야 나도 행복하니까, 이제는 모두가 행복했으면 좋겠는데, 내가 그렇게 만들 수 있을까. 이렇게 약한 내가?

– 될 거야. 자연스럽게.

– ……!

– 그러니까 너무 노력 안 해도 돼. 자연스럽게 그렇게 될 거야. 우린 다 행복해질 거야.

그게 지혁의 말이었다.

– 사실은 나야말로 가족 문제라면 다 회피했던 사람이잖아. 근데, 나도 이제는 좀 자신감이 생겨. 나이 들면서 아버지도 좀 변하고 집안에 애기가 생기니까 분위기도 화기애애해지고, 달라지고 그래. 이제는 좀 될 것 같으니까, 비벼보는 거야. 나도 가족이라는 틀 안에서 행복할 수 있을 것 같으니까.

지혁의 말에도 새아는 아직 마음이 놓이질 않았다. 정말로 내가 새로운 가정을 만들어나갈 수 있을까. 아직은 확신이 안 들어서.

♪♪

– 내일은 내가 지혁 씨네 집에서 자고 갈게.

어쩌다 보니 지금껏 새아의 집에서만 둘이 함께하는 날이 많았
다. 휴일인 내일은 저녁 시간을 지혁의 집에서 함께 보내겠다는
것이었다.

– 우리 내일 얘기 좀 더 하자.

– 어, 그래, 좋지.

늦은 밤, 그렇게 전화를 끊고 나서, 지혁은 고민했다. 이제는
'굳히기' 작전이 필요할 때였다. 그녀를 아예 이 집에 눌러앉게 하
려면 어떻게 하지. 흐음, 일단! 이 집에 혹시 남아 있을지 모르는
전 여친의 흔적을 싹 다 없애는 게 먼저다. 정말 만에 하나 만에
하나, 사진 한 장 남아 있으면 곤란하잖아. 겨우겨우 분위기 좋아
졌는데, 괜히 싸울 수도 있고.

지혁은 다음 날 오전 내내, 집 안 대청소를 감행했다. 혹시나
머리핀 한 조각, 머리끈 한 조각이 나올세라 침대 밑까지 구석구
석을 무선 청소기로 깔끔하게 청소했다. 언제 처박아 두었는지도
모르는 커플 인형이 책장 구석에서 나왔다. 헉?! 이런 건 진작 버
렸어야지. 그리고 사진 앨범도 나왔다. 전전 여친이 선물해준 것
이었다. 헉!? 이게 아직 집에 남아 있었단 말이야? 다른 여자와
이렇게 다정한 모습을 본다면, 새아가 도끼눈을 뜨고 덤벼들 것이
었다. 어후 어후, 나란 놈, 이런 거 불태워버리지 않고 뭐했어. 뒤
지다 보니 사진 몇 장이 더 나왔다. 일단 박스에 담아 욱여넣고,
이번엔 부엌 찬장 쪽을 뒤진다. 날짜가 새겨진 커플 머그잔. 이런
게 집에 있었어? 소름, 소오오름! 만약 설거지하던 새아가 무심코

컵을 뒤집어 본다면, 이 날짜가 뭐냐고 꼬치꼬치 묻겠지? 후덜덜 - 그것 또한 무서운 일이다.

그렇게 서둘러 박스를 꾸리고서 지혁은 고민했다. 이 박스가 집 안에 있으면 발견될 가능성이 높아지겠지? 아직 쓰레기 배출 요일이 남았으니 일단 이건 집 밖에 숨겨두자. 그리고 다음 주에 종량제 봉투에 넣어서 같이 버리자. 그렇게 집 안 청소를 쫙 마무리하고 나니, 마음이 한결 가벼워졌다.

하핫, 나는 이제 걸릴 게 없는 남자라고. 그렇게 커피 한 잔을 타서 책상에 앉고 나니…… 둘이 살기엔 이 집이 왠지 조금 좁아 보인다. 흠, 이사를 갈까.

예전에 우리 둘이 살 집으로 떠올리며, 이층집을 스케치해둔 게 있었다. 새하얀 페인트가 칠해진 신혼집. 혼자 '매일 그대와' 콧노래를 부르며 새아와 함께 사는 걸 상상했던 집이기도 하다. 그 스케치를 다시 펼치며, 지혁은 혼자 싱글벙글했다. 오오, 누가 이렇게 잘 그렸어. 나잖아? 훗. 그래, 이렇게 서울 외곽에다가 이런 집 하나 지어다가 신혼살림을 차리는 거야. 그럼 너무 낭만적이고 로맨틱하지 않을까. 내가 설계한 집, 내가 만든 집에서, 우리 둘이? 망설일 때가 아니었다. 이렇게 신축을 하려면 토지 매입부터 완공까지 넉넉히 이 년을 잡아야 하는 일이다. 설마 이새아가 이 년이나 나를 튕기진 않겠지. 우리의 이 년 후를 위해서라도, 신혼집 프로젝트는 당장에 킥오프를 해야 했다.

지혁은 이 설계도를 사진으로 찰칵찰칵 - 찍어 상후에게 보냈다. 땅 좀 알아봐달라고. 서울 외곽에 이 정도 규모의 주택을 지을 만한 집으로. 상후는 'ㅋㅋㅋㅋ' 하며 한참을 웃긴 했지만, 생각해 놓은 땅이 있다면서 매입이 가능한지 알아봐주겠다고 했다. 크 으― 절로 콧노래가 나온다.

'저 푸른 초원 위에, 그림 같은 집을 짓고, 사랑하는 우리 님과 한평생 살고 싶어.'

그렇게 집 안 정리를 마무리하고 있는데, 띵동― 벨 소리가 울리면서 새아가 나타난다.

"이거, 지혁 씨 물건 아니야?"

순간, 지혁의 심장은 얼어붙어 버렸다. 아까 그 박스였다……!

"……!"

열어서는 안 될, 바로 그 금단의 판도라 상자.

## 19

윌 유 메리 미?

지혁이 말릴 틈도 없이, 어느새 새아는 그 상자를 열어보고 있었다.

"안 돼, 안 돼에엡!"

일단 상자부터 빼앗으려 후다닥 다가가니, 새아는 상당히 의심스럽다는 듯 눈을 흘기며 이를 마저 열어본다. 어어어? 열자마자 보이는 건, 지혁이 다른 여자와 함께 알콩달콩 찍은 사진이었다. 그 사진의 배경은 바로 이 집, 거실, 소파 위. 순식간에 새아의 두 눈에 불이 올랐다.

"이게 뭐야?!"

207

"그, 그, 그, 그게……."

지혁은 바로 진땀을 뺄 수밖에 없었다. 저거 저거, 눈에 안 띄게, 방화문 뒤에 잘 숨겨놨는데, 어떻게 저걸 들고 왔지? 혹시, 택배인 줄 알고 들고 왔나? 허어억?! 그 사이, 새아는 그가 그토록 감추려 했던 앨범마저 들추는 중이었다.

"자기야, 내려놔. 더 봐봤자, 충격만 커지니까? 차라리 보지 말자."

"아니야? 나는 아무렇지도 않은데? 이때, 지혁 씨 정말 귀여웠네. 포동포동하고."

저, 저, 말의 내용과는 달리 목소리 톤이 굉장히 화나 있는데. 내가 잘못 들은 거 아니지?

"자, 자, 이리 줘. 내가 얼른 가서 갖다 버릴게."

"이걸 왜 버려. 지혁 씨한테는 소중한 추.억.일 텐데."

"아, 아니야, 추억. 추억은 무슨."

"그러니까 지금 십 년 세월이 지나도록 이렇게 소중하게 간직하고 있는 거 아니야."

한 사진에는 하필 사진을 찍은 연도가 적혀 있었다. 오우, 산 넘어 산.

"게다가 이 컵은 지혁 씨가 최근까지 굉장히 잘 쓰던 컵이고."

"그, 그랬나. 저번에 우리 집 왔을 때 내가 여기에 물을 따라줬나. 아하하핫, 워낙 집에 오래 있던 물건은 그게 어떻게 집에 있는지도 모를 때가 있잖아. 딱 그거야, 그거. 이제는 아무 의미도 없는."

"와, 이 여자분 너무 이쁘시다. 몸매도 좋구. 성격도 좋아 보이구."

"이쁘긴, 뭐가 이뻐. 성격? 엄청 더러워. 우리 자기한테 비할 바가 못 돼."

"굉장히 기억이 생생한 편이네?"

"……!"

"어머? 이 슬리퍼도 커플 슬리퍼였어?"

"자기야? 일단 그건 내려놔. 다 갖다 버리려고 넣어놓은 거야."

"이걸 왜 버려. 너무 재미있는데."

"난 추억도 없고 재미도 없어서. 하하하, 이제 그만 봐."

새아에게서 상자를 빼앗으니, 그녀는 굉장히 살기가 등등해진 눈빛으로 집 안 곳곳을 둘러보기 시작한다.

"이 집에, 나 말고 여자가 자주 왔었나봐?"

하면서, 또 다른 여자의 흔적이 없나 매의 눈으로 집 구석구석을 돌아보기 시작한다.

"에이, 아니야. 설마."

나라도 새아의 집에서 함께 찍은 남자의 사진이 나온다면 순식간에 질투의 화신이 될 것 같다. 분노를 도저히 숨길래야 숨길 수 없는 딱 저 표정.

"내가 몰랐던 게 다 전 여친의 흔적들이었구나?"

"오죽 기억이 안 났음 아직까지 갖고 있었겠어. 이제는 정말 아

209

무 의미 없어. 그래서 다 갖다 버리려고 한 거야."

"한참 잘 쓰다가 이제야?"

"이제라도, 라는 게 중요하지. 준비를 다한 거잖아? 안전히 과거를 청산할 준비를?"

"그래에?"

새아는 급작스럽게 저편으로 달려가 장식장 안에 있던 석고 방향제를 덥석 꺼내었다. 귀여운 하트 모양의 석고 방향제였는데, 그게 언제부터 저기 있었는지도 잊고 있었던 아이템이었다. 새아가 그것을 꺼내 들고 나서야 지혁은 아차 싶었다. 바닥엔 전 여친의 실명 세 글자가 적혀 있었다. 걔는 왜 저런 걸 바닥에 써놓고 그러니.

"아직, 추억이 많은가 본데?"

"오, 오, 오해야. 진짜 다 까먹어서 저기 있었던 거야!"

저, 저, 저걸 어떻게 안 거지. 딱 봐도 선물 받은 것처럼 생겨서 그런가? 새아는 느긋한 듯하지만 날카로운 눈빛으로 다시 집 안 곳곳을 살폈다. 이번에 그녀가 덥석- 하고 집어 든 건 바로 귀걸이를 담아둔 탁상 액자였다. 맨 처음 그녀와 만났던 날, 그녀의 귀에서 떨어져 내 옷에 걸려 있었던 그 귀걸이. 그리고 오래도록 지혁이 애지중지 간직해온 그 귀걸이 한 짝. 그 귀걸이가 왜? 지혁이 불안하게 새아의 행동을 지켜보고 있는데, 문득 그녀가 그 액자 안을 열어보기 시작한다. 어? 저 액자 안에 뭐가 있었지? 저, 저, 저게 누가 준 액자였지? 다행히, 첫 번째로 나오는 사진은 지혁이 외국에서 혼자 찍은 사진이었다. 유학 갔을 때 친구가 찍어준 폴라로이드 사진. 휴우우우, 지혁은 안도했다. 거봐, 뭘 또 의심하고 그래. 하며 빙긋ー 웃어주는 그 순간, 그 뒤에 두 번째 사진이 떠올랐다. 그제야 생각이 났다. 저 액자, 누가 선물해주었는지. 크리스티나, 그녀다! 환하게 웃는 금발 머리 아가씨 사진을 새아가 천천히 집어 든다.

'이건 뭐야?'

딱 이 눈빛으로. 후덜덜ー 그, 그, 그 사진이 거기서 왜 나와? 이건 백 가지 천 가지 말이 필요 없다. 지혁은 터얼썩ー 아주 자연스럽게 무릎을 꿇었다. 이것은 지혁의 K.O.패. 입이 열 개라도 할 말이 없다.

"이사 갈까?"

그게 겨우겨우 지혁이 찾은 변명이었다.

"아니야. 난 뭐, 굉장히 쿨한 여자니까? 다 괜찮아. 여기 장식장에 놓고 쭈우욱ー 진열해도 나는 괜찮아."

자, 자기야. 그러는 게 더 무서워.

"그, 그럼 질투할 거잖아."

"지일투? 질투가 뭐지? 먹는 건가?"

질투, 지금 하고 있잖아. 어떻게 하면 분노로 가득 찬 새아의 속이 시원하게 풀릴까, 고민하던 지혁은 한 가지 아이디어를 냈다.

"그럼 이거 어때! 이 상자를, 불태워버리는 거야."

"뭐어어어?"

어차피 지나간 과거 따위, 다 청산하려 했으니까 아예 불태워버려서 남은 오해를 싹 다 없애는 거야.

"뭘 그렇게까지 해?"

♪♪

지혁은 제가 먼저 나서서 라이터와 상자를 들고 옥상으로 올라갔다. 거기에 쓰지 않는 페인트통이 있어, 미련 없이 상자 안의 물건들을 탈탈 털어 넣고 신문지까지 착착 찢어서 털어 넣고 불을 붙였다.

"아이, 됐어. 이러다 불나면 어떻게 해?"

어쩌다 보니 이제는 새아가 말리는 모양새. 하지만, 지혁은 이런 쇼라도 해야 새아의 마음이 풀릴 거라고 생각한 모양이다.

"아냐. 다 나한테 의미 없는 물건들인데. 아예 태워버리는 게 낫지."

가장 먼저 불이 붙은 건 그 금발 머리 아가씨 사진이다. 사실, 좀 궁금하긴 했다. 지혁 씨는 이 여자와 어떤 사이였을까. 아마 유학할 때 교제한 아가씨겠지? 둘이 굉장히 좋아 보이던데. 잠시 후, 지혁과 다정하게 사진을 찍었던 앨범 속 아가씨의 사진도 불이 붙었다. 솔직히 질투……가 안 날 수 없었다. 나랑 비교도 안되게 너무 몸매도 좋고, 옷도 잘 입고, 매력 넘치는 아가씨라서. 권지혁, 너 이런 스타일을 좋아했었던 거니. 이렇게 화려한 여자?

사실 신경이 쓰인다. 대체 얼마나 알콩달콩한 연애를 했길래 이렇게 커플 컵을 만들어서 날짜를 다 새겨놨을까. 이 전 여친은 대체 어떤 마음으로 석고 방향제에 제 이름을 쓰고 하트를 적어놓았을까. 얼마나 아기자기하게 연애했길래. 캠프파이어를 하는 것처럼 페인트통에서 넘실넘실 불꽃이 오르자 그 불멍 속에서 새아는 왠지 모르게 마음이 더 싱숭생숭해졌다.

"지혁 씨, 이때는 어떤 연애를 했었어?"

이에 지혁은 고개를 세차게 흔들며 두 손을 거세게 내젓는다.

"이건 연애도 아니었어. 그냥 썸 같은 거지, 썸."

"에이, 썸 단계에 어떻게 사진을 집에 갖다 놓고 그래."

"그 여자가 워낙 적극적인 편이라."

"솔직하게 말해도 돼."

진짜 솔직하게 말했다가, 정말로 처맞는 거 아니야? 지혁은 그렇게 새아의 눈치를 구석구석 보았다.

"궁금해서 그래."

"그냥, 연애 같지도 않은 연애였지. 항상 밀당 갑이었고. 그냥 마음 안 주면 그렇게 되더라고. 서울에서 어떻게 저떻게 만나서 한두 번 식사하고 데이트하다가, 내가 외국 나가면 연락 끊기고, 흐지부지되고, 내키면 만났다가, 안 내키면 전화도 안 받고."

"개새키였네."

나를 만나기 전까진, 지혁은 정말 아무나 만났었다고 했다. 깊은 고민 없이, 조금 끌리면 연애를 했었고, 관계가 깊어지면 연애를 끝내버렸다고 했다. 그래서 항상 그는 연애 갑, 밀당 갑이었다. 내가 그렇게나 목매던 나쁜 남자. 여자에게 깊은 사랑을 주지 않는 못된 남자.

"그냥 그 정도로 소중한 사람이 없었어. 어차피 나는 결혼도 안 할 거니까, 근데 여자가 결혼하자고 매달리면 골치 아프니까, 깊은 관계로 발전하기 싫었어. 여자 쪽에서 좀 질척거리면 오히려 마음이 식더라."

그런 남자가 지금 이렇게나 달라져 있다. 오히려 의기양양하게 물건들을 불태워 보이며 어떻게든 자신의 결백을 증명하려고 한다.

"그러던 남자가 나한텐 왜 그렇게 질척거렸어?"

지혁이 질척이던 역사를 말하면 길었다. 한두 번이 아니지. 전세련과의 결혼식이 파투 나고 돌아왔을 때도 그랬고, 조예찬과 좀 잘되어갈 때는 난리 났었고, 제주도 이후에서도 그랬고, 어제까진 결혼하자고 엄청 질척댔었고. 그렇게 쿨한 남자였다는 게 믿기지 않을 정도로 엄청 달라붙었었잖아.

"너니까, 그랬지."

"......!"

"세상 처음으로 결혼하고 싶은 여자 만났는데 어떻게 해. 자기 놓치면 내가 죽을 것 같은데 어떻게 해."

"......정말?"

"자기는 모르지. 내가 얼마나 자기를 여러 번 포기하려고 했는지."

지혁은 그렇게 말했다.

나를 좋아하는 기간 내내, 밤이면 혼자 침대에 누워서 나를 포기하려고 포기하려고 엄청 애썼었다고. 안 보려고도 했고, 다시는 연락 안 하려고도 했고, 그냥 연락처의 이새아 이름을 지워버릴까, 그렇게 고민했던 날도 많았다고. 그런데 '포기'라는 단어만 생각해도 그냥 눈물이 나고, 밤에 잠도 안 오고, 정말 나밖에 생각이 안 나서, 그렇게 내가 밀어내는데도 그는 나를 포기할 수가 없었다고 했다. 생애 가장 절절한 사랑이어서. 세상 이보다 더 간절했던 적이 없어서. 그래서, 이 남자는 나한테서 밀당 갑이 될 수 없었던 거다. 정말 처절하리만큼, 애달팠으니까.

"왜 나야?"

"그냥, 너야. 그냥, 너라는 생각이 들었어."

널 놓치면 내가 더 이상 살 이유가 없을 것 같고 니가 만약 다른 남자랑 식장에 선다! 그런 걸 생각하면 죽을 것 같고. 너랑 헤어진다는 거, 멀어진다는 거, 다 상상을 할 수가 없으니까. 그만큼 사랑해서, 다른 선택이 없어서, 그래서 그랬어. 어느덧 페인트통 안 지혁의 과거 사진과 물건들은 모두 재가 되었다. 마치, 여자에게 밀당 갑으로 군림하던 못된 남자, 권지혁도 모두 재가 되어 사라진 것만 같았다. 새아의 시선은 자연스럽게 제 손가락에 끼워진 반지로 향해갔다. 아직도 철석같이 딱 — 붙어 빠지지 않는 반지를. 그녀는 지혁을 바라보며 그 반지에 조용히 입을 맞추었다.

"……지혁 씨."

그러고는 말했다.

"결혼하자."

우리, 결혼하자고.

"……!"

나를 이렇게나 사랑해줄 남자는 다시 없을 테니까. 자신의 모든 걸 바꾸고 포기해가며 사랑해줄 남자는 권지혁 한 명뿐일 테니까. 만약 이 여자들 중 한 명이 당신을 환골탈태시켜 결혼에 골인한다면 그건 생각만 해도, 참을 수가 없으니까. 아니, 이제 나도 권지혁 없는 삶을 상상할 수가 없으니까. 나 또한 당신과 같은 마음이다. 내 옆엔 당신이 있어야만 한다. 당신의 마음처럼 내 남은 일생 모두를 당신과 함께 나누고 싶다.

"왜, 싫어?"

"……"

"대답 안 할 거야?"

지혁은 대답 대신 쭈그려 앉아 무릎에 얼굴을 묻고는…….

그만 펑펑- 울고 말았다.

## 20

### 권지혁이라는
### 치트키

"지혁 씨, 울어? 울어? 울지 마!"

새아가 한참을 달래주어도 지혁은 무릎에 얼굴을 묻고 일어나
질 못했다.

"그게 그렇게나 감격스러워?"

그랬더니 대답 없이 고개만 끄덕할 뿐 차마 얼굴을 보이지 않
는다.

"고개 들어봐. 눈물 닦아줄게. 응?"

해도 고개만 도리도리. 이런 걸로 펑펑 울음을 터트린 게 창피
한지 절대 얼굴을 들지 않는다. 새아는 잠시 일어나 빌라 옥상을

한번 천천히 둘러보았다. 약간 낮은 층수의 고급 빌라들이 모여 있는 곳이었다. 거기에 내려앉은 새까만 밤. 그리고 거리 곳곳을 밝히는 밤거리. 여기에서 내가 그에게 결혼하자고 해버렸다. 충동적인 건 아니었다. 그간은 내가 정말 결혼을 원하는 건지에 대해서 찬찬히 생각하려 했다면 지금은 '권지혁'이라는 이 남자가 모든 것의 치트키가 된 것이다. 권지혁, 당신이라는 남자를 놓칠 수가 없는데 뭘 더 망설여. 방금 전까지 여기 당신과 다정하게 사진 찍었던 여자들. 나도 그중 하나가 될 순 없어. 나는 당신과 영원히 함께 살 거야. 영원히 함께할 거야. 지혁이 얼굴에 오른 열을 식힐 동안, 새아는 잠시 네 번째 손가락에 낀 반지를 휘휘 돌려보았다. 그러자 거짓말처럼 반지가 그녀의 손에서 빠졌다.

"어?!"

철썩 ─ 달라붙어 떨어지지 않다가 오케이라고 말해야 놓아주는 마법에 걸렸는지, 아니면 손가락을 인질로 잡은 미니 수갑이었는지 모르지만 진짜로 반지가 쏙 ─ 하고 빠져버렸다.

"이거 봐? 반지가 빠졌어!"

손바닥 위에 놓여진 동그란 반지를 보며 새아는 심지어 어이없기까지 했다.

"말도 안 돼! 이거 왜 지금 빠져?"

"어어? 진짜네?"

간신히 울음을 멈춘 지혁이 다가와 그녀 손바닥 위의 반지를 함께 바라보았다.

"지혁 씨, 반지한테 뭐 미션 준 거 아니야? 오케이 받아낼 때까지 꼭 붙어 있으라고?"

"어떻게 알았어? 크룽크룽- 얘가 돈값을 하네."

우쭈쭈쭈- 눈물이라도 좀 그치고 말씀하세요.

빠진 반지는 다시 케이스에 담아 백화점 매장에 가져가 새아의 사이즈에 맞는 걸로 교환했다. 그래, 미션 완료다. 그동안 안 빠지고 잘 버텼네. 이 친구야. 지혁은 다시 한번 감격스럽게 새아의 손가락에 반지를 끼워주었다. 아직도 둘이 결혼을 하기로 결정한 게 믿기지가 않는지 갑자기 와락- 하고 달려들어 제 볼에 새아의 얼굴을 비빈다.

"어우, 왜 이래. 간지러워."

"이번 주말에 갈 데 있는 거 알지?"

이번 주말엔 약속이 있다. 우리 아버지, 우리 가족과 새아와의 저녁 약속이.

로안, 다람이 출근해 일을 시작하려고 하는데 앞에 아메리카노 한 잔과 간단한 샌드위치가 책상에 놓인다. 어안이 벙벙해 고개를 들어보니 씨익- 잘생긴 미소를 지으며 사라지는 건 다름 아닌 유준이다. 옆에서 '오오올-' 소리가 들리는 건 물론이다. 어머, 다람 씨 좋겠다. 남친이 너무 잘 챙겨주네. 다람은 그저 얼떨떨했다. 지금껏 내가 알고 있던 유준의 캐릭터랑은 너무 달라서. 찬바람 쌩쌩 불던 철벽남은 어디 가고, 나를 애 취급이나 하던 고고한 선배님은 어디 가고, 대놓고 아침 챙겨주기에, 대놓고 프사 해놓기에, 대놓고 퇴근할 때 함께 나가기까지……. 싫은 건 아니었지만 회사에서 이렇게까지 공개 연애해도 되나 싶기도 했고 조금 민망하고 부끄럽기도 했다.

'아침 잘 먹을게요. 근데 이렇게까지 안 해도 돼요.'

다람은 그렇게 유준에게 메시지를 보냈다. 지금껏 시종일관 당돌하게 다가왔던 건 다람인데, 이제는 좀 달라졌다. 유준의 행동들에 오히려 다람이 몸을 사리고 있었던 것이다.

'그러게, 아침 먹고 나오라니까. 담부터 꼭 아침 먹고 나와.'

그 메시지 때문인가보다. 오늘은 조금 늦게 일어나서 아침 먹을 시간이 없다고 했던 것. 흐음- 유준의 아침 공세가 부담스러워서라도 앞으론 집에서 아침밥을 꼭꼭 챙겨 먹고 나와야겠다. 고맙고 좋긴 한데 그래도 많이 좀 얼떨떨하네.

⁂

지혁 씨네 집 대따 크네. 무슨 드라마에서 청담동 저택 나오면 이런 느낌이었던 것 같은데. 역시 재벌은 다르구나. 와- 새아가 연신 입을 다물지 못하며 집을 구경하다 엄지 척을 보내자 지혁은 피식 웃음을 지었다. 새아가 이렇게 솔직한 반응을 해주는 게 좋았다. 이런 집에 안 꿀리려고 억지로 센 척하거나 부러 아무렇지 않은 척하거나 그러지 않고 그냥 있는 그대로 표현해주는 게.

"안녕하세요, 어서 오세요."

곧 문이 열리고, 안에서 권석범 회장 내외가 모습을 드러냈다. 새아는 고개를 꾸벅 숙여 그들에게 인사했다. 슬프지만 이분들 다 본 적이 있었다. 전세련과의 결혼식에서. 내가 잡아준 미용실에서 혼주 메이크업을 하셨었지. 권 회장도 그때 보았던 새아의 얼굴이 기억 나는 모양이었다.

"아, 우리 어디서 봤더라."

"로안 결혼식장에서요."

"결혼식장?"

"……전세련과의 결혼식이요."

"아하아하, 그런가요."

그 말에 잠시 뻘쭘해진 네 사람이다. 우리가 그때 인사를 했었 구만. 하하핫하하핫.

"그때 말고도 또 본 적 있는 것 같은데."

"혹시 기사로 본 거 아니세요?"

돌이켜보니 그때인 것 같다. 권지혁 재혼설. 웨딩 플래너와의 만남설, 그 기사가 터졌을 때. 모자이크되기 전 새아의 얼굴이 포털에 대문짝만하게 실렸을 때. 아하, 그때였군. 네 사람은 더더욱 뻘쭘해진 채 어정쩡하게 식탁으로 향했다.

"일단 밥 먹고 얘기하지."

드라마에서 보았던 그대로, 화려하게 꾸며진 다이닝룸에 도우미 이모님이 상을 차려주는 그런 곳이었다. 새아는 신기한 듯 주변을 둘러보면서도 이 분위기에 전혀 주눅 들지 않고 있었다.

"그래, 지혁이랑 결혼하기로 했다고."

"네, 받아준 지 얼마 안 됐습니다."

"지혁이가 아가씨한테 매달렸어요?"

"엄청이요."

하면서 웃는 새아. 이에 권 회장은 내심 깜짝 놀랐다. 저노무 시키가 절절 매달린 여자가 다 있었어? 여배우였던 세련이에 비하면 엄청나게 빼어난 미모도 아니고 그동안 선보라고 했던 여자들에 비하면 대단한 직업을 가진 것도 아닌데. 성격이 좋은가? 강단이 좀 있어 보이긴 하는데.

"아이구, 우리 지혁이 성격 고쳐줘서 고마워요, 내가 그노무 비혼주의 고쳐오라고 억지로 웨딩홀에 보냈는데 결국 성과가 있긴 있구만."

"감사드려요. 덕분에 저희가 이어진 것 같습니다."

"중간에 건설로 한번 돌아오라 그랬더니 안 돌아온다고 얼마나 버티던지."

"뭐라고 하면서 버티던가요?"

"결혼할 여자 있어서 정착하겠다고."

"벌써요? 그때 아직 프로포즈도 안 받아줬을 텐데."

"어떻게든 받아내겠다는 자신이 있었나 보지."

껄껄껄— 집 안에 화기애애한 웃음소리가 울려 퍼졌다. 예전에 제니 형수가 형 지한과 함께 여기 앉았을 때와는 분위가 달랐다. 이제는 아버지도 더 이상 똑같은 잘못을 반복하지 않아야겠다고 생각하셨는지 시종일관 따뜻하고 자상한 미소로 웃어주고 계셨다. 분위기가 잘 풀려가는 것 같아 지혁은 남몰래 가슴을 후욱— 쓸어내렸다. 밥을 먹고 거실에 모여 앉아 커피를 마실 때, 석범은 바다 건너에서 날아온 애기 동영상을 새아에게 보여주며 너무 귀엽지 않냐면서 자랑 아닌 자랑을 했다. 아버지도 많이 바뀌셨네. 이런 거 보면서 좋아하시던 분이 아니었는데 이런 팔불출 스타일이 아니었는데, 이제는 아버지도 꽤 가정적인 남자가 된 것 같다.

"지혁이랑 결혼을 하면, 로안 대표 자리를 줄까 하는데."

석범이 내뱉은 뜻밖의 말에 새아의 두 눈이 커졌다.

"네?"

"나도 며느리가 어디 대표라 그래야, 면이 서지."

"아, 그건……."

"아니면 어디 갤러리 같은 거 운영해볼래요? 문화 재단 쪽 맡길 사람이 필요했는데."

"아빠, 지금 임원 면접 봐?"

지혁이 그런 석범을 말리려는 사이,

"아닙니다, 괜찮습니다."

새아가 똑 부러지게 자기 뜻을 표명했다.

"지금 팀장으로 있는데 대표라니요. 위에 임원들도 계신데 경우에 맞지 않는 인사입니다."

"그래, 새아가 대표하면 나는 어디 가라고?"

"너는 다시 성진 건설로 와야지."

"그럼 또 해외 뺑뺑이 돌라고?"

"국내 건설 쪽 맡겨줄게. 한국에 있어."

"에이, 나 다시 건설 안 간다고 했잖아."

"그럼 천년만년 예식장에 있으려고?"

"혹시 그러면……."

살짝 티격태격하는 부자 사이에 끼어 새아가 뜻밖의 제안을
했다.

"혹, 웨딩홀 사업을 키워보시는 건 어떠세요?"

"……?"

석범으로서는 생각지도 못한 제안이었다. 어차피 예식장 사업
은 성진 건설의 주력 사업이 아니었기에 그렇게 관심이 있는 분야
가 아니었던 것이다.

"이미 로안의 예약률이 감당 가능한 범위를 뛰어넘었습니다. 서
울 강남에 있기 때문이기도 하지만 지방에서도 이런 고급 예식장
을 찾는 수요가 끊이질 않고 있습니다. 로안 대표 자리라면 부담
스럽지만 각 지방에 로안과 같은 프랜차이즈 웨딩홀을 짓는다면
발 벗고 나서볼 생각이 있습니다."

"아가씨가?"

"사실 소울 웨딩 컨설팅도 창업 멤버나 다름없었거든요. 대표님

과 둘이 시작해 나름 청담동 바닥에서 제일가는 웨딩 컨설팅으로 키워왔다고 자부하고 있습니다. 웨딩 경기 특성상, 컨설팅으로 수익을 내기 힘들었지만 웨딩홀은 다르다고 생각합니다. 각 지역별 수요가 확실하니까요."

새아의 제안에 사실 지혁도 놀라고 있었다. 이, 이렇게 일을 키울 줄은…… 생각도 못 했는데.

"밑지는 사업에 투자할 생각 없는데."

"저도 그냥 로안 강남 지점 대표면 관심 없습니다. 지금 계신 임원분들하고, 시도 광역시 다섯 개 이상 지점을 늘릴 계획이라면 그때 맡겨 주세요."

이어진 건 잠시의 침묵. 그리고 껄껄껄껄ㅡ 권 회장의 호탕한 웃음소리가 들려왔다.

"아가씨가 사업 욕심이 있었네. 지혁이가 사업 욕심이 뚝ㅡ 떨어져서 걱정이 많았는데."

"초면에 많이 부담스러운 말씀을 드린 것 같습니다."

"아니야, 아니야. 그 정도 비전은 있어야 우리 집에 어울리는 일원이 되겠지. 솔직히 재벌가 사모님 되는 건데 요새 시대 집 안에서 내조만 하는 것도 원치 않고 그렇다고 계속하던 일에만 만족하는 것도 원치 않아요."

"그렇게 봐주시니 고맙습니다."

"사업 관련된 얘기는 그렇게 우리 찬찬히 나눠보자고. 오늘은 며느리로서 첫인사를 하러 온 거니까. 물론, 이미 너무너무 마음에 들지만 말이야."

석범은 새아가 정말 마음에 들었는지 그녀에게 이것저것 많은 걸 물어보았다. 가장 궁금한 건 그렇게 철벽같던 지혁을 어떻게 바꾸어놓았냐는 것이었다. 어쩌다 보니 둘의 연애 이야기를 미주알고주알 재미있게 이야기하면서 첫인사는 정겹게 마무리가 되었다.

♪♪

"자기야?"

집을 나와서도 지혁은 놀라지 않을 수가 없었다. 로안의 프랜차이즈 계획이라니. 자기, 꿈이 그렇게 컸었어?

"그냥 나도 알고 있었거든. 지혁 씨가 건설로 안 돌아가면 사업적으로 타격이 클 거라는 거. 그럼 내가 지혁 씨 발목 잡는 거 같잖아."

"아니, 그래도 그렇지."

로안 대표를 맡기겠다는 얘기가 나왔을 때 새아가 손사래를 치며 거절을 할 줄 알았다. 그런데 새아의 반응은 생각과는 달랐다. 어떻게 보면 성진 건설 본사에서 로안에 투자 받을 기회를 놓치지 않은 것이었다.

"지방에 로안 같은 거 다섯 개 짓겠다, 그렇게 큰 목표도 아니야. 내가 뭐 웨딩 플래너만 해왔나. 대표님이랑 같이 웨딩 쪽 운영해온 게 몇 년인데. 그리고 나도 은혜 갚을 기회가 있어야지. 지혁 씨 나 때문에 무너져가는 소울을 산 거래매. 그럼 나도 로안을 몇 배 키우는 걸로 보답을 해야지."

"……!"

그녀는 알고 있었다. 재벌가 며느리가 된다는 것의 무게를. 그것은 지금껏 그녀가 하던 것처럼 웨딩 상담과 웨딩 플래닝을 하며 살 수 없다는 걸 의미했다. 뭐가 되었든 훨씬 더 스케일이 커질 것이었다. 그녀가 나와 결혼하기로 결정하는 데 있어 이런 생각까지 하고 있었던 줄은 상상도 하지 못했기에 그저 지혁은 입을 떡 벌린 채 새아를 가만히 바라보고 있을 수밖에 없었다.

"오늘 아버님 표정 보니까 어떠서? 나 마음에 들어 하시는 것 같애?"

"완전 합격이지."

이렇게 비전 크고 사업가적인 기질 있는 며느리라면 우리 집에서 너무너무 환영이지. 내 자기, 진짜 너무너무 멋있다. 마침, 상후에게서 메시지가 왔다. 전원주택용으로 적당한 땅이 나온 게 있는데 새아 씨랑 한번 보러 오지 않겠냐고. 입틀막- 사진으로 찍혀 날아온 주변 산세만 봐도 벌써 마음에 딱 드는 부지였다. 지혁은 혼자 기쁨을 감추고서,

'나 혼자 보러 갈게.'

메시지를 보냈다. 나름의 서프라이즈를 준비하기 위해서였다.

## 21

저 푸른 초원 위에
그림 같은 집을 짓고

"회장님, 원래 이런 거 보시는 분 아니잖아요."

상후의 만류에도, 석범은 직진한다.

"인생 어떻게 될 줄 알아. 이런 거 미리 봐놔서 나쁠 거 없는 거
야."

지금 석범이 향하는 곳은, 을지로의 한 골목. 용하다는 선녀보
살집이 있는 곳이다.

"이런 데 오실 분이 아닌데, 아들 걱정 때문에 오셨구만."

선녀보살님은 석범이 앉자마자 모든 걸 꿰뚫어 보듯 이렇게 말
했다. 대쪽 같던 건설계의 카리스마, 석범도 이 자리에선 그저 자

식 걱정 가득한 아버지에 불과했다.

"아들이 결혼하겠다고 아가씨를 데려왔는데요. 저는 마음에 드는데, 보살님이 보시기엔 어떨지."

석범이 스으윽— 내미는 쪽지엔 상후가 암암리에 알아본 새아의 사주팔자가 적혀 있었다.

"스으읍— 이걸 어쩌나."

그런데 둘의 궁합을 계산해본 보살님의 표정이 어쩐지 밝지가 않았다. 무언가를 말해주려다가 말고 또 말해주려다 말면서 계속 망설이는 듯한 표정이었다.

"왜요, 뭐 문제 있습니까?"

"부부로서의 궁합은 최고인데!"

"그런데요?"

선녀보살은 여전히 입을 열기를 주저하고 있었다.

"……애가 안 생겨."

"네에에에?"

석범은 기함했다. 그, 그, 그게 무슨 소리야. 애가 없다니?

"며느리 될 애한테 무슨 문제라도……."

"아니, 그렇다기보단 그냥 안 생겨. 이유 없이."

"그래도 요즘 세상에 그런 게 어딨습니까. 시험관 하면 되지."

"누가 그게 백 프로 성공이래? 둘이 어려워. 아이 갖기가."

선녀보살님의 그 한마디에 석범은 패닉이 되었다. 이, 이, 이럴수가. 웬일로 지혁이가 마음에 쏙 드는 아가씨를 데려왔기에 아주

아주 흡족하게 결혼 승낙을 해주었는데 애가 안 생긴다니. 둘 사이에 애가 없다니. 안 그래도 요새 바다 건너 넘어오는 애기 동영상 보는 게 삶의 낙인데 이를 어쩌하나. 첫째네가 내심 아들 하나 더 낳길 바랐었는데 더 낳을 생각은 없다고 하고. 그럼 둘째네한테 기대를 해보자 했더니 이게 무슨 청천벽력 같은 소리인가. 애가 없다니.

"회장님, 괜찮으십니까?"

후줄근한 을지로 골목에서 권 회장이 사색이 되어 비틀비틀 걸어 나오자 상후가 한 말이었다.

"아니야, 괜찮아."

권 회장은 뻘뻘 흐르는 식은땀을 닦아내며 기다리고 있던 검은색 차에 올라탔다. 차를 타고 가면서도 도저히 마음이 진정이 되지 않는다. 만약 이 결혼은 안 된다고 내가 또 반대를 하면? 집안에 또 사달이 나겠지? 둘째 지혁이도 한다면 하는 놈이니까, 형처럼 집 나가서 어디 바다 건너 살겠다고 할지도 몰라. 둘째마저 그러면 이 성진 건설의 미래는? 하아, 그렇다고 둘 사이 애도 없을 거라는데 냉큼 이 결혼을 찬성할 수도 없는 노릇이고. 게다가 이미 인사 온 자리에서 오케이를 했는데 이를 뒤집을 수도 없는 노릇이고.

석범은 두 팔로 제 머리를 괴롭게 감쌌다. 이걸 어쩌담.

그 시각, 정연 역시 나름의 조사를 통해 알아낸 지혁의 사주를 들고서 용하다고 입소문이 난 점집에 찾아가는 중이었다. 결국은 새아에게서 지혁의 프로포즈를 받아들였다고 연락이 왔다. 웬일인지 그날 엄마한테 까칠하게 굴어서 미안하다는 말까지.

'어차피 받아줄 거, 왜 또 그렇게 튕겼니?'

핀잔을 주면서도 정연의 입꼬리가 절로 실룩거렸다. 그럼 드디어 우리 새아를 재벌 집에 시집 보내는 거야? 날짜는 여자 쪽에서 잡는 거니까, 곧 얘기가 있겠네? 그래, 아예 길일을 받아오자. 아예 상견례 때 날짜까지 구체적으로 논할 작정으로 여기에 왔다.

"음력으로는 이 날, 이 날이 좋지. 딱! 정오가."

보살님은 둘의 궁합이 사막에 떨어져 있어도 만날 사주라고 말하면서, 내년 봄으로 두 개의 날짜와 시간을 찍어주었다.

"어떻게 이 날짜에 결혼하면 둘이 잘 산대요?"

"당연하지. 애도 걱정 없이 숨풍숨풍 잘 낳고 아주 깨가 쏟아질 거야."

"사위 될 애는 늘그막까지 돈 걱정, 건강 걱정 없구요?"

"걱정하지 마. 이보다 더 잘 맞는 수도 없으니까."

보살님의 말에 정연은 뛸 듯이 기뻤다. 어쩐지 애가 처음부터 마음에 쏙 들더라니. 딱 우리 새아 짝 되려고 그랬나 보네. 후후훗. 점집에서 나오는 길.

"엄마 얘기 화내지 말고 들어."

새아에게 좋은 날짜 두 개를 받아왔다고 전화를 하니 웬일로 애가 화도 내지 않고 알겠다고 고개를 끄덕인다. 그 두 날짜에 맞춰서 일정 짜겠다고.

<br>

JL

<br>

하아, 끝났다. 새아는 일차적으로 전체적인 일정 엑셀 파일과 예산안 작성을 끝냈다. 결혼 준비 전체의 아웃라인을 잡는 작업이었다. 남의 결혼 준비만 해주다가 이렇게 내 결혼 준비를 하려니 굉장히 감격……스럽기보다는 이것도 일이네. 일단 가장 중요한 건 집과 예식장이다. 이런 얘기는 아무래도 상견례 지나고 나서 해야 할 것들이니까 상견례 날짜 잡고 나서 차근차근 해야겠다. 아무래도 지혁과 상의해야 할 일들이 꽤 많을 것 같았다. 때마침, 지혁에게서 톡이 왔다.

'오후에 두세 시간쯤 외부 미팅 시간 낼 수 있어? 보여줄 게 있어서.'

'갑자기 오후에 외부로? 무슨 일인데?'

어쩐지 지혁은 쉽사리 답을 주지 않았다. 일단은 알겠다고 하고 그가 얘기한 시간에 주차장으로 내려가 차를 탔다. 그의 자동차가 도착한 곳은 한 역 앞. 그곳에서 태운 사람은 놀랍게도 정연이었다.

"안녕하세요, 어머님!"

"그래, 권 서방!"

"에에엥? 엄마가 웬일이야?"

"나도 몰라. 권 서방이 보자고 해서."

엄마가 차에 타고 나서도 새아는 영문을 알 수가 없었다.

"우리 엄마까지 모시고 어디 가?"

"그래, 권 서방. 우리 어디 가는 거야?"

"헤헤, 가보면 말아요."

대체 뭐를 보여주려고? 이렇게 시내 외곽으로 나가는 거면 어디 맛집 가는 건가? 점심은 이미 먹었는데. 그러나 지혁은 말도 없이 씨익- 웃으면서 운전을 계속했다. 별말도 하지 않고 음악의 볼륨만 높이면서.

그렇게 한 시간여를 달려 도착한 서울 근교의 한 널따란 나대지. 거기에서 지혁은 차를 멈추었다. 새아와 정연은 어리둥절 차에서 내려 주변을 둘러보았다.

"으응? 이게 뭐야?"

"여기 왜? 아무것도 없는데?"

"경치는 죽이네. 사방이 아주 탁 트인 게."

그러자 지혁은 동그란 지류함에 들었던 설계도를 쫙- 펼쳐서

233

그들의 앞에 보여주었다.

"어머님, 이거 어때요?"

"……이게 뭐야?"

"새아랑 살, 신혼집 설계도예요."

"뭐어어어어?!"

이게 지혁이 준비한 나름의 서프라이즈였다.


며칠 전, 지혁은 바로 이곳 부지에서 강 비서와 무언가를 상의하고 있었다. '저 푸른 초원 위에, 그림 같은 집을 짓고' 바로 이 대목에서 등장하는 신혼집의 설계였다.

"야, 이 대한민국 땅에 이렇게 자기 집 직접 짓는 신혼부부가 어딨냐?"

상후는 부러움의 탄성을 뱉었다. 북적한 도시와 조금 떨어져 있긴 했지만 나름 소담소담한 전원주택 마을이 조성된 곳이었다. 여기서 건물 이쁘게만 짓는다면 그야말로 남들 모두가 부러워할 만한 어여쁜 신혼집이 탄생할 것이었다.

"상후야, 고맙다. 이 땅, 마음에 쏙 드네."

그 너른 땅을 보며 지혁은 온갖 상상의 나래를 펼치고 있었다. 여기에 이 설계대로 이런 집이 올라가면 어떨까, 이런저런 그림을 그리면서. 아리따운 내 집 짓기는 건축가로서의 오랜 로망이기도 했다.

"너는 프로포즈를 왜 그렇게 했어? 이 땅부터 보여줬으면 오게 이 딱! 났을 텐데."

"그러니까 반지 하나 떨렁 갖고 오니까 내가 별로 준비 안 된 줄 알더라고."

"여기서 생각보다 강남까지 출퇴근 얼마 안 걸려. 어차피 제수 씨랑 같은 차 타고 왔다 갔다 할 거잖아."

그래, 딱 좋다. '매일 그대와' 노래를 들으면서 상상만 했던 그 집! 바로 여기에 지어보는 거야. 딱 그 설계대로!

"계약금은 오늘 넣어야 할 것 같은데, 진행해?"

상후의 그 말에 지혁은 씨이익 – 웃으면서 휴대폰을 꺼냈다.

"어디로 입금하면 되냐?"

"계약서 쓰러 가자."

그렇게 차를 타고 부동산을 찾아가면서 상후는 문득 그 얼굴이 떠올랐다. 저번에 을지로 점집 가서 굉장히 어두워지던 권 회장의 얼굴이. 에이, 설마 별일 있겠어.

♫

그리고 오늘. 지혁은 설계도를 쫙 펼쳐 보여주면서 새아에게 이렇게 말했다.

"이제 우리 여기서 살자."

새아는 깜짝 놀랄 수밖에 없었다.

"이 땅에? 이런 전원주택을 짓겠다고?"

그러기엔 땅이 너무 넓은데. 놀라면서도 기쁨을 감추지 못하는 새아였다.

"이 땅 샀어?"

"이미 계약금 넣었지. 여기에 우리 이런 집 짓고 살자."

이, 이건 너무 나한테 과분한데. 요새 어떤 신혼부부가 이렇게 큰 집 짓고 살아. 말도 안 돼. 대박, 대애애애애박! 너무 감격한 정연은 심지어 기쁨의 눈물마저 쿡쿡 – 찍고 있는 중이다.

"어머님, 왜 그러세요."

"내가 말년에 무슨 복이 있어서 새아를 이런 집에 시집 보내나 몰라."

지혁의 땅 스케일에 아주 크게 감동을 한 모양이었다.

"같이 상의하고 계약하지 그랬어. 아직 상견례도 안 했는데."

새아는 아무래도 이런저런 걱정이 많은 듯 보였다.

"부동산이란 게, 그렇게 계약하면 벌써 늦거든?"

"그래도 그렇지."

"원래, 이게 내 로망이었어. 내가 살 집은 내가 직접 짓는 거. 어때, 예쁠 것 같지 않아?"

"응! 설계 너무 이뻐!"

말도 안 돼. 어떻게 여기 이런 집을.

"이건 언제 완공 돼?"

"부지 잡는 데 오래 걸릴 줄 알았는데 생각보다 금방이어서. 팔 개월 정도면 금방 올릴 수 있을 것 같애."

새아는 그저 말없이 지혁을 꼬옥- 끌어안아 주었다. 오늘 서프라이즈가 목표라면, 완전 성공이었다. 세상에 신혼집을 직접 짓게 되다니. 이때, 지혁의 전화기가 울렸다.

"잠깐, 나 전화 좀."

"응응."

새아는 그저 감격을 감추지 못하고 있는 정연의 모습을 애틋하게 보고 있었다.

"엄마, 그렇게 좋아?"

"너무 좋지. 알잖아. 니 결혼이 내 트라우마였던 거. 니가 좋은 데로 시집가는 게, 내 인생 목표였잖아."

"정말 괜찮겠어? 이렇게 큰 집? 좀 과분한 것 같은데."

"과분하긴 뭐가 과분해. 내가 딸 잘 키운 거, 이렇게 보상받는 거지. 너도 이제 고생하지 말고 다 누리고 살아. 남편 덕 보면서."

엄마가 좋아하시니 새아도 좋았다. 사실, 지금껏 나를 너무 쪼아대서 그렇지, 무엇보다도 딸의 인생이 쫙쫙 펴지기를 누구보다도 바래왔던 정연이었다. 그렇게 정연과 새아가 화기애애한 대화를 나누고 있는 사이, 지혁이 든 수화기 너머로 청천벽력 같은 소리가 들린다.

- 어, 왜, 상후야.

- 지혁아. 너, 너, 큰일 났어.

- 왜?

- 니 상속 재산이 다 꽁꽁 묶였어.

237

- 응, 뭔 소리야?

- 회장님이 오로지 니 힘만 갖고 결혼하라고 니 앞으로 해놨던 부동산, 주식들, 재산들, 다 꽁꽁 묶어놓으셨어.

그, 그, 그, 그게 무슨 소리야?

- 앞으로 니가 벌어놓은 현금만 가지고 결혼해야 한다고!

현금? 내 현금은 지금 이 땅 사는 데 다 썼는데?!

# 22

## 결혼은 돈 앞에 부딪히는
## 냉철한 현실이기에

"아버지, 이게 무슨 소리세요?"

우당탕탕- 지혁은 다짜고짜 성진 건설 회장실로 밀고 들어갔다.

"아버지, 새아 좋아하셨잖아요. 승낙이라면서요. 너무너무 마음에 든다면서요."

집무를 보고 있던 권 회장은 그런 지혁의 반응이 놀랍지도 않은 듯, 한 번 헛기침을 하고 침착하게 일어섰다.

"에헴, 누가 뭐래니?"

그리고 소파 자리에 마주 앉은 두 사람. 허나 지혁은 당장이라도 발사될 물로켓처럼 안절부절못했다.

"좋은 거 맞죠? 반대하는 거 아니죠? 근데 왜 그래요?"

"왜긴 왜야. 너도 능력 되잖아. 니 힘으로 결혼할 수 있잖아."

"아니, 그걸 미리 좀 말씀해주셨으면……."

"미리 말해줬으면 뭐, 빼돌리게?"

"아아니, 그게 아니라."

지혁은 그야말로 진땀을 뺐다. 솔직히…… 결혼할 돈이 없었다. 그간 쌓아두고 있던 현금들. 소울 웨딩 플랜의 부채를 개인적으로 변제해주느라 다 써버렸다. 지금 남은 현금 역시 주택 부지 잔금 치르면 끝이고.

"너, 돈 많이 받잖아. 웨딩홀에서도 월급 많이 받고. 억대 연봉 아니야?"

"월급 많이 받아 봤자 근로소득이잖아요. 세금으로 다 뜯기고, 내 손에 떨어지는 게 한 월에 육백?"

"뭐, 그 정도면 많이 받네."

"지금 저 보고 건설 돌아오라고 이러시는 거예요?"

"나도 니가 해외 뺑뺑이 도는 거 별로다. 니가 니 가정에 충실하고 싶대매. 그럼 그렇게 해야지."

"그럼, 대체 왜 그러는데요?"

"……자립심?"

자립심? 이제 와서 자립심? 이렇게 독립된 웨딩홀 잘 운영하고 있으면 그걸로 됐지, 무슨 자립심. 끄으응― 대체 다른 무슨 의도가 있으신 게 분명한데.

"나 회의 가봐야 돼. 할 말 있음, 강 비서랑 얘기해."

아버지는 그렇게 말하고 돌아섰다.

♪

지혁은 여전히 답답한 속내를 감출 수 없었다. 진짜 도저히 이유를 모르겠네. 갑자기 나한테 왜 이러셔. 그는 성진 건설 근처 카페로 상후를 불러냈다. 일단 내가 쓸 수 있는 돈이 얼마나 있는지 알아야 했다.

"그럼, 내 재산인데 내가 빼 쓸 수 있는 게 없어?"

돌아오는 답은 절망적이었다.

"주식은 완전 물렸고, 지금 와서 지분 뺄 수도 없고, 이건 현금화가 안 되고. 그러게, 개인 지분으로 인수하는 짓은 왜 했냐?"

상후는 항목별로 조목조목 따져가면서 자산들이 현금화가 안 되는 이유를 이야기했다.

"그럼 나 어떻게 해? 현금이 있어야 결혼을 하지! 집이 있어야 결혼해 들어가 살지!"

"지금 집 있잖아. 거기서 합치면 되잖아."

"그거 아버지 명의잖아. 거기에 다음 세입자 들이겠대. 이게 무슨 의도냐? 와이프 데리고 본가 들어와서 살라는 얘기야? 새아씨집살이 시키려고?"

"흠, 그 의도는 아닌 것 같은데."

241

"아니면 뭔데. 갑자기 왜 그렇게 돈줄을 틀어막는 건데."

상후는 나름의 증여세 시나리오를 짜보면서 말했다.

"근데 회장님 하시는 말씀들이 틀린 건 아니야. 요새 증여세 장난 아니잖냐. 오천만 원 이상은 증여가 안 돼요. 게다가 재벌가 증여 건이면 다들 얼마나 눈에 불을 켜고 보고 있겠냐?"

"그러면 어떡하지?"

"로안에서 너 월급 가불 안 돼?"

"그런 제도는 없는데?"

"그럼 회사 대출 땡겨 써야지. 결혼하는데 요새 대출 안 끌어 쓰는 사람이 어딨냐?"

"대출?"

대출? 상후의 말에 지혁은 솔깃했다. 성진 건설에선 나름의 사내 대출 제도가 있었다. 거의 무이자로 일억 원 정도까지 대출이 가능했는데…….

"대표님은 사내 대출 대상자가 아니신데요?"

로안 경리팀으로 찾아간 지혁은 청천벽력 같은 소리를 들었다.

"네에에?"

내, 내가 대출이 안 돼요? 내가 이 회사 오너이자 대표인데?

"원래 임원이 비정규직인 건 알고 계시죠? 임시 직원."

"그, 그, 그, 그럼?"

               ♪♪

경리팀에서 빠꾸를 맞고 지혁은 급박하게 근처 주거래 은행을
찾았다.

"비정규직은 대출이 안 나오죠."

놀랍게도 거기서 같은 소리를 했다.

"아니, 내가 이 회사 대표인데 어떻게 대출이 안 나와요?"

"사업자 대출 원하시는 거세요?"

"아, 아뇨. 사업자가 아니라 개인 대출. 저 개인적으로 쓸 목적
인데."

"사업 목적이 아니면 힘드세요."

"작년치 소득 증빙이랑 재직 증명서랑 다해서 갖고 와도 안 나
와요?"

은행 직원의 고개는 옆으로만 돌아갔다. 이럴 수가, 이럴 수가,
내가 대출이 안 나올 수가. 에어컨 바람이 유독 시원했던 그 은행
을 나오자마자 뜨거운 뙤약볕이 지혁의 두피 위로 쏟아졌다. 도저
히 받아들일 수 없는 그 현실, 그것은 바로 내가 상거지라는 사실
이다. 너무나 어이가 없었다. 재벌가 골드 스푼으로 살아가며, 지
금껏 돈 걱정을 해 본 역사가 없는데, 내 인생에서 돈이란 게 없어
본 적이 없는데! 왜 하필, 지금 이때! 돈이 씨가 마르냐는 말이다.

'아, 결혼 자금 때문에 그러세요? 와이프 되실 분이 직장인이면, 직장인 신용 대출은 가능한데.'

오늘 들었던 은행원의 말이었다. 분명 내가 그녀를 행복하게 해주겠다고 약속했거늘 어찌 그녀의 대출까지 끌어 쓸 수 있단 말인가. 나란 놈, 이렇게나 속 빈 강정이었어? 내가 왜 돈이 없어?!

'토지 담보로 대출 가능하시죠. 그런데, 공시지가가 별로 높은 편이 아니네요.'

토지 담보 대출은 취득세니 복비니, 그 정도 세금 내면 끝. 결혼 자금에 보태쓸 수가 없었다. 터덜터덜- 로안으로 돌아가는 내내, 흥청망청 돈을 쓰던 과거가 생각이 났다. 성진 건설 임원 당시, 그때 연봉 빠방했었지. 그 주식 배당금만 받아도 엄청났었지. 솔직히 내가 그렇게 아등바등 돈을 모을 필요가 없었지. 쓰고 살기도 너무 바빴잖아. 그때는 내가 미래라는 것에 대해서 깊게 생각한 적이 없어서. 그렇게 열심히 저축해야겠다고 생각을 안 해서. 내가 이렇게나 결혼을 하고 싶어 할 줄은 생각도 못 해서 결국, 이 꼴이 되고 만 것이다. 으어어, 나 어쩌지? 나 돈이 없어서 결혼 못 하는 거야?

♪

띵동- 하고 날라오는 알림 메시지. 통장에서 대출 이자와 원금을 앗아갔다는 내용이었다. 순간 유준은 공황장애가 올 뻔했다.

그리고 남은 잔액이 처참했던 것. 수입은 들쭉날쭉한데 매달 꾸준한 돈이 통장에서 빠져나간다. 월급은 정말 통장을 스친다고 해도 과언이 아니다. 나 부업이라도 해야 하나. 다른 일이라도 하나 더 해야 되나.

고민이 되는 순간. 장바구니에 넣어놓았던 '밤비백'이 떠올랐다. 다람에게 사주려고 생각해둔 것이다. 여자 가방 치고 밤비백은 비싸지도 않았다. 한 십오만 원 정도. 그러나 남은 통장 잔액에는 다람에게 그런 선물을 해줄 여유 따윈 남아 있지가 않았다. 숨이 다 갑갑해지는 순간이었다. 이때, 다람에게서 url이 하나 날라왔다. 상냥이를 위해서 캣타워를 사주는 게 어떻겠냐는 것이었다. 특히 상냥이는 높이 올라가서 멍 때리는 거 좋아하니까 여기 올라가게 해주면 좋아할 것 같다고.

'캣타워. 별론데. 좁은 집에 너무 자리 차지해.'

그렇게 메시지를 써서 보내면서도 유준은 속이 쓰렸다.

'내가 사줄게요. 우리 상냥이 선물로.'

그 말도 유준은 달갑지 않았다. 받기보단 해주고 싶었다. 그것도 다람이를 위한 선물로.

'괜찮아, 안 사도 돼.'

'그래도 상냥이가 좋아할 텐데……'

다람은 귀여운 이모티콘까지 보내 가며 애교 있게 말했지만,

'필요 없다고 했지?!'

유준은 자기도 모르게 짜증스러운 투로 답하고 말았다. 순간 이

어진 정적. 다람은 당황한 게 분명했다.

'왜 갑자기 화를 내요?'

우리 꼬맹이 앞에서 남친 이전에 선배였으니까 좀 어른스러운 모습을 보여주고 싶었는데…… 내 삶에서 오는 절망과 짜증들이 그녀에게로 결국 향하고 말았다.

'이따 저녁에 얘기하자.'

그렇게 얘기하고 유준은 메시지창을 껐다. 가만히 자리에 앉아 있어도 자꾸만 한숨이 나왔다. 이 친구를 경제적으로 행복하게 해주진 못하더라도 함께 있으면 정말 즐거운 시간을 보낼 수 있을 것 같아서 그게 돈이랑은 꼭 연결된 것이 아니라는 생각에 만남을 시작한 거였다. 오랜 기간 생각했던 매우 신중한 결정이었고 또 어느새 그녀는 내게서 가장 소중한 존재가 되어 있었다. 그런데…… 왜 희망이 안 보이지? 이 빚더미 속에서, 어쩐지 우리 미래가 밝아질 거라는 기대가 보이지 않는다. 널 행복하게 해주겠다고 자신 있게 약속할 수 없는 이유는, 내가 행복할 거라 장담하지 못하기 때문이다.

이번 한 달은 아무래도 답이 없었다. 정말 집에서만 데이트하는 거 아니고서는 연애로 지출할 돈이 없었다. 나는 그녀 앞에서 자꾸 찌질해져간다. 한참 어린 이 친구 앞에서 못난 남자가 될지 모른다는 서늘한 예감이 든다.

답답한 표정은 여기도 마찬가지.

"여기 결재 서류 있어요. 두고 갈게요."

퇴근 직전. 서류들을 대표실에 내려놓던 새아는 어두워진 지혁의 얼굴을 보고 잠시 멈칫했다.

"지혁 씨, 무슨 일 있어?"

"어? 아니."

"나라가 망하지 않고서야, 무슨 한숨을 그렇게 내쉬어? 전 재산 몰수당했어?"

몰수는 아니지만 뭐, 재산이 없는 건 비슷하네.

"집 보고 와서 왜 표정이 더 안 좋아. 왜 그래? 무슨 일 있어? 아버님이 마음 바뀌셔서 나 별로래? 아님, 땅 사는 데 자금 부족해?"

어제나 오늘이나 새아의 촉은 참으로 빠르기도 했다. 자존심이 상해 차마 둘 다라고 얘기할 수는 없었지만…….

"아니야, 괜찮아."

그런 말로는 이미 촉을 세운 새아를 속일 수는 없었다.

"왜, 무슨 일인데. 지금 얘기해. 나중에 일 더 키우지 말고."

그렇지? 이런 문제는 확실하게 상의해야겠지? 하아아, 새아는 나 돈 많은 줄 알 텐데. 내 재산은 뱅크 샐러드 같은 걸로 집계가 안 된다고 했는데 이제 집계가 되네. 완전 개털인 거.

"있잖아, 자기 이름으로 대출 얼마나 나올까? 아니다, 아냐 아냐 아냐."

"왜 그러는데? 땅 사는 데 잔금이 모자라?"

"아냐, 내가 해결해볼게."

"돈 문제를 같이 상의해야지, 누구랑 해결해."

♩♩

자리로 돌아온 새아는 재빠르게 엑셀표를 고쳤다. '저 푸른 초원 위에, 그림 같은 집을 짓고'에서 '그림 같은 집'을 지을 돈이 없다. 우리에게 있는 건 저 푸른 초원뿐. 지금 지혁이 살고 있는 집은 실질적 증여가 될 수 있기 때문에 비워주어야 한다. 그럼, 남은 방법은? 돈 벌어서 건축비가 생길 때까지 우리 집으로 합치는 것뿐. 새아는 잠시 상상했다. 지혁의 집에 있던 그 큰 가구들이 나의 일쩜오룸에 들어온다면…… 그럼 앉아 있을 곳도 없을 것 같은데. 그럼 그 가구들부터 다 처분해야 하나?

지혁이 물어본 대로 새아는 일단 모바일 앱으로 대출 가능 액수를 조회해보았다. 은행사 별로 조회해봐야 직장인 대출 가능 액수는 거의 육칠천 만 원선. 방법이 없다. 웨딩 예산에서 줄이고 또 줄이는 수밖에. 새아는 엑셀 시트를 뒤지고 뒤져 돈을 조금이라도 줄일 수 있는 부분들을 찾아내 고쳤다. 아무리 아끼고 아껴도 그렇게 예산에 줄일 수 있는 건 겨우 오백만 원 정도. 지금 비는 돈은? 몇 억 대였다.

"아니, 남자네가 어마어마하게 큰 집을 해오겠다고 설계도를 쫙- 펼치는데. 아우, 부담스러워서."

이곳은 정연의 마사지숍 황후. 자랑인 듯 불평인 듯 하지만 자세히 들어보면 이건 분명 자랑. 너무너무 부담스럽다고 손을 내젓는 정연의 입꼬리는 어쩐지 눈꼬리까지 활짝- 올라가 있었다. 그런데 어쩐지 듣는 사람들의 반응이 정연의 예상과는 달랐다.

"그러게, 그거 부담되겠다. 집값의 십 프로는 예단비로 줘야 하는데."

동료 마사지사가 한 말이었다. 집값의 십 프로오?

"예단비? 그거 한 천만 원 정도면 안 되나?"

천만 원만 어떻게 어떻게 해서 보낼 생각이었는데?

"그건 집값을 오 대 오든 육 대 사든 뿜빠이 했을 때 얘기고. 남자 쪽에서 집을 다 해오면, 그래도 십 프로는 해와야 면이 서지."

동료 마사지사의 말에 단골 사모님도 한마디 거들었다.

"그럼! 재벌가에 시집간다고 다 좋은 게 아니에요. 예단 제대로 못 해가고, 혼수 제대로 못 해가면, 그게 다 누구 구박이겠어. 며느리 구박이겠지. 시집살이 땜에 우울증 걸릴걸?"

"그 정도 집이면 못해도 예단비 일 억은 해가야겠네."

이에 정연의 입이 떡하니 벌어졌다.

"일 억? 일 억이 어디 있어? 일 억이 누구 집 애 이름이야?"

"게다가 그 큰 집 혼수 채우려고 해봐. 그런 집에 저렴한 이케아 가구 같은 거 놔서 느낌이 살겠어? 가전 가구 삼사천에서 절대 안 끝나네요. 것도 일 억 잡아야 한다니까."

정연은 여기서 그만 턱이 빠질 뻔했다.

"그럼 총 이 억?!"

"예단비야 반은 돌려주겠지만 그걸 바라고 드리는 건 예가 아니고."

"그럼, 그 정도 현금은 있어야 딸을 부잣집에 시집 보내지."

이억 원? 그, 그런 돈은 없는데. 정연은 머리가 다 어질해졌다. 그래, 좋은 집 짓는다고 다 좋아할 게 아니었어. 그 혼수는 언제 채우며, 예단비는 어떻게 할 거야. 아우, 머리야. 정연은 마사지숍 앞으로 나와서 새아에게 전화를 걸었다. 다짜고짜 물어본 말은 이것이었다.

"새아야, 너 돈 얼마나 있니?"

어쩔 수 없었다. 결혼은 돈 앞에 부딪히는 냉철한 현실이기에.

## 23

결혼이란 게 그렇잖아,
어마어마한 빚잔치의 시작

퇴근 후 저녁, 새아는 소파에서 뒹굴거리고 있다가 전화를 받
았다.

– 새아야, 너 돈 얼마나 있니?

안부 인사도 없이 다짜고짜 훅 들어오는 정연의 질문에 마치 카
운터 펀치라도 맞은 듯 얼굴이 다 얼얼했다.

– 엥? 갑자기 왜?

– 너 혼수 해갈 돈은 좀 있나 해서.

역시나. 구체적인 결혼 얘기가 나오고 나서 여기저기서 들리는
얘기는 모두 돈돈돈 뿐이다.

- 그렇게 결혼 결혼 노래를 불렀으면, 너도 모아놓은 돈이 꽤 있을 거 아니야.

- 나 한 팔천 정도?

롤러코스터처럼 제멋대로 뛰노는 월급 받으면서 이걸 잘 모았다고 해야 할지 못 모았다고 해야 할지 모르겠지만 일단은 현금으로 갖고 있는 돈이 이 정도였다.

- 엥? 그게 다야?

- 나는 쓸 돈 안 쓰고 목숨 걸고 아껴서 모은 건데 막상 결혼 준비해서 살 집 마련하려니까 턱도 없네.

지금 비는 돈은 억대고 내가 가진 전 재산은 팔천이고. 이 갭을 어떻게 하면 좋나.

- 너네 집은 어떻게 할 거야? 그거 다 지어지기 전까진 살 집이 있어야 할 거 아니야. 권 서방네로 합칠 거야?

- 그게…….

그 집을 비워주어야 할 일이 생겨서요. 이 얘기를 할까 말까, 고민을 하다가 새아는 솔직하게 털어놓는 쪽을 택했다.

- 엄마, 화내지 말고 들어.

예상대로 정연은 기함했다.

- 뭐어어어? 그 땅에 건물 지을 돈이 없어? 아니, 재벌이 왜에?

- 요새 증여세가 워낙 무섭잖아. 재벌이라고 척척 - 증여받는 시대는 끝났어.

- 세상에 재벌 자식 연봉이 일 억밖에 안 돼? 그 엄청난 대기업

에서?

― 로안은 대기업 아니고 성진 건설 자회사거든? 자회사 대표가 일 억 받는 거면 많이 받는 거야. 나도 이번에 알았어. 연봉이 일 억이면 세금이 거의 사십 프로라는 거.

― 그래서, 니가 사는 그 쪼매난 원룸 집으로 합치겠다고?

― 고민 중이야.

이에 정연은 숨도 안 쉬고 빽― 소리쳤다.

― 절대 안 돼!

한쪽 귀에서 다른 쪽 귀로 화살 하나가 통과하는 줄 알았다. 아우, 깜짝이야. 이거 괜히 얘기했나.

― 내가 너 원룸 사는 데 시집 보내려고, 그렇게 공부 가르친 줄 알아?

― 원룸에 계속 살겠다는 게 아니고, 잠깐만 산다고. 이사 갈 때까지만.

허나 정연은 완강했다.

― 절대 안 돼! 지금 집 지을 돈도 없다면서! 그 집 언제 다 지어질 줄 알고 원룸에서 버텨? 재벌한테 시집간다고 온갖 자랑이란 자랑은 다 해놨더니 무슨 원룸 같은 소리야?

― 그렇다고 그것도 애매하잖아. 그 집 지으려면 대출받아야 하는데 전세 대출받으면 추가 대출이 안 나와.

― 어떻게든 돈 마련해서 전셋집이라도 얻으라고 해.

― 내가 결혼하는 거지, 엄마가 결혼해? 내가 원룸이 괜찮다는

데, 왜 엄마가 그래?

아오아오— 얘가 또 엄마 말을 못 알아듣네. 정연은 답답한 듯 말을 이어나갔다.

— 옛날에야 원룸에서 시작해서 아파트 평수 넓혀가는 재미로 살았지. 요새 서울 시내 아파트 값이 얼만데! 결혼할 때 못 들어가면 평생 못 들어가는 거야! 결혼할 때 부모 돈 어느 정도 증여받은 걸로 종잣돈 삼아서 부부가 일어나야지, 아니, 그 재벌 집에서 왜 아들한테 집 한 채를 못 해준대?

— 얘기했잖아요. 증여세 무서워서 오천 이상은…….

— 몰라! 모르겠고! 어떻게든 전셋집 마련하라고 해!

— 안 그래도 돈 궁해진 사람한테 어떻게 그래?!

— 니가 말 안 하면, 엄마가 나서리?

— 아니야, 아니야. 알았어요. 상의해볼게요.

그야말로 한숨이 푹푹— 나오는 소리였다. 정연이 펄쩍 뛸 줄은 알았지만, 이렇게까지 나올 줄은 몰랐다. 땅이 너무너무 마음에 든다고 춤추실 때는 언제고, 이제 와서 펄쩍이시람. 계속 원룸에 살겠다는 것도 아닌데. 하아, 일단 같이 고민을 좀 해보자. 새아는 이번에 지혁에게 전화를 걸었다.

— 솔직히 돈 빌려줄 지인들은 많거든?

지혁의 말에 이번엔 새아가 펄쩍 뛰었다. 그건 절대 안 된다!

— 절대 안 돼! 결혼하겠다고 친구들한테까지 돈 빌리는 막장이 어딨어?

- 그럼 친구 말고 친척들이라도…….

- 그게 무슨 아쉬운 소리야. 이러다 사채까지 쓰겠다.

아무리 돈이 궁하다 한들 친구나 친척들한테까지 손을 벌리는 건 정말 아닌 것 같았다.

- 하아, 아버지가 진작 말씀만 해줬어도 내가, 그 땅에 있는 돈 없는 돈 다 쏟아붓진 않았을 텐데.

- 아니야. 지혁 씨가 뭐 알고 그랬어. 어떻게 해. 결혼 준비 타이트하게 해야지.

- 일단 내가 내일 대출 가능한 은행 혹시 있는지 좀 더 알아볼게.

- ……그래.

어떻게든 건물 지을 돈을 구해보겠다는 사람에게 엄마가 어떻게든 번듯한 전셋집 해오란 얘기는 못 하겠다. 그것 때문에 거품 물고 쓰러지셨다는 얘기도.

- 그럼 지혁 씨, 우리 그 집 다 지어질 때까지 무리하지 말고 내 집에서 같이 살까?

- ……원룸에서?

- 못할 거 없잖아. 우리 데이트도 여기서 워낙 많이 했고 그때 좁아도 옹기종기 잘 붙어 있었잖아. 물론 불편할 건 알아. 평생 넓은 집에서 떵떵거리고 살아왔는데 실평수 얼마 되지도 않는 이 집에서 살기 힘들겠지. 근데 방법이 없잖아.

- 우리 집 가구들은 어쩌지?

– 구체적으로 건물이 올라갈 계획이 있다면 보관 서비스 같은 거 맡기는 게 낫지. 나중에 또 사긴 아깝잖아.

– 일단 내가 내일 은행 상담하고 알려줄게.

새아와 지혁은 일단 그렇게 전화를 끊었다. 지혁에게는 어쩌면 무리한 부탁일 수도 있을 거라고 생각했다. 평생을 넓은 집에서만 살아왔던 그일 텐데 이 좁은 집에 정착하기 쉽지 않겠지. 그러나 그게 아니고서야 돈을 마련할 방법이 없었다. 새아는 부디 지혁이 이 계획에 동의해주길 바라면서 전화를 끊고 잠을 청했지만……

아직 동이 트기 전, 새벽부터 전화가 걸려왔다. 뭐야, 누구 전화야. 잔뜩 잠긴 목소리로 '여보세요?' 전화를 받아보니…… 누군가가 끅끅끅 – 울음을 참는 소리가 들린다.

– 어, 엄마?

번호를 보니 엄마였다. 아니, 엄마 왜 새벽부터 울고 있어?

– 엄마, 목소리 왜 이래. 울었어?

그러자 정연이 잔뜩 울어 잠긴 목소리로 겨우겨우 말을 이어나 간다.

– 내가 밤새 잠이 안 오는 거야.

그야말로 잠이 확 깨는 소리였다. 어제 그 통화하고 그럼 아직 까지 잠 못 잔 거야? 새아는 벌떡 일어나 전화기를 고쳐 받았다.

256

- 내 딸 재벌 집에 시집 보내는 줄 알고, 엄마가 덩실덩실 춤을 추고 너무 좋았는데 원룸에 들어간다고 하니까 우리 딸 고생할 거 생각하니까, 흑흑흑, 막 잠이 안 오는 거야…….

아니, 어머님 따님, 지금껏 이 일찜오룸에서 잘만 살았습니다. 그땐 여기 아늑하고 좋다면서요. 이게 왜 갑자기 고생길 오픈 길이 된 겁니까.

- 나 지금껏 원룸 살았잖아?

- 결혼해서도 원룸 사는 거랑 같니? 요새 뉴스 안 봐? 서울에 집 못 구하면 평생 못 들어온대잖아.

- 아이, 엄마. 서울 근교에 으리뻔쩍한 전원주택 지을 거잖아. 엄마도 가서 땅이랑 설계도랑 다 보고 좋다고 했잖아.

- 주택이야 시세 올라봤자지. 서울에선 아파트가 짱이야. 너 서울 벗어나는 것도 엄마는 좀 그래.

아니, 그때는 좋다고 해놓고 이렇게 변덕을 부리시면 어떡합니까.

- 나는 주택도 싫어, 아파트 한 채 해달라고 해!

네에에? 갑자기 이제 와서?

- 아우, 엄마아!

딸 위하는 엄마 마음은 알겠지만 그래도 아파트 한 채가 누구 애 이름도 아니고, 갑자기 이러시면 어떡합니까.

- 아파트 한 채 못 해주면! 내 딸 시집 못 보내에!

- 갑자기 왜 그래에?

– 지금 내가 여기서 강수를 안 두고 니가 하잔대로 물러나면 후회는 평생 니 몫이야. 나도 너 결혼할 때 자가로 못 들여보낸 거 평생 후회할 거고. 너 나중에 엄마한테 고맙다고 절할 거야. 기서, 그대로 전해. 친정에서 아파트 해달라고 했다고.

– 그래, 원룸은 좀 너무했으니까 우리가 전셋집으로 알아볼게요.

이에 다시 한번 정연이 수화기 너머로 목 놓아 울기 시작했다. 으헝헝헝 – 으헝헝헝 –.

– 전셋집 싫어어어!

아우, 엄마, 왜 이러세요. 울지 말고 말해봐요. 마음 약해지니까.

– 아파트 해오라고 해!

아니, 땅 사서 이쁜 집 짓기로 했는데 여기서 갑자기 아파트가 왜 나옵니까?

– 전셋집 살 만한 데로 구해볼 테니까, 걱정 마요. 응?

일단 새아는 그렇게 엄마를 얼르고 달래 전화를 끊었다. 아직 아침 일곱 시도 안 된 시간이었지만 몇 년 치 한꺼번에 늙을 뻔했다. 갑자기 아파트 한 채라니. 이미 땅을 샀는데 어떻게 합니까. 방법이 없었다. 지혁을 만나서 또 상의를 하는 수밖에.


새아의 집 근처의 한 카페, 두 사람은 점심을 샌드위치로 대충 때우고 본격적인 돈 계산에 들어갔다.

"일단 내 돈 팔천 중에서 삼천은 혼수랑 웨딩 비용으로 남겨두고 오천은 주택 마련 자금으로 쓰자. 그리고 나 지금 집 보증금 빼면 오천. 합이 일 억."

"괜찮겠어?"

"사실, 삼천으로 혼수 마련하기 힘들긴 한데 지혁 씨 혼자 살면서 갖춰놓은 가전도 있고 내가 사놓은 것도 있으니까 어떻게든 뭉개면 될 거야."

"내가 어제 주식이고 펀드고 손해 보건 말건 일단 다 현금화했거든? 싹싹 긁어 모아보니까, 일 억 될 것 같애."

어휴, 어제의 지혁도 마음고생을 꽤 한 모양이었다. 눈가가 다 퀭해진 걸 보면. 많이 손해 보고 팔았겠지? 그럼에도 불구하고, 새아는 그런 지혁에게 방긋- 웃어줄 수가 없었다.

"지혁 씨 돈 많네. 솔직히 이 나이에 현금이든 뭐든 끌어모아서 일 억 있는 게 어디야. 정말 정말 돈도 많고 대단한 일인데, 근데……."

"……?"

그때의 지혁은 몰랐다. 새아의 표정이 왜 좀처럼 밝아지지 않는지를.

♪

부동산 아저씨의 안내에 따라 서울 시내 한복판의 아파트를 보았다. 전세 이억 원 정도에서 구할 수 있는 집으로. 엄마가 그렇게 아파트 아파트 고집을 부려댔으니 어쩔 수가 없었다. 서울 복판이라 지옥처럼 차가 막히는 곳이었다. 강남까지 가기에 먼 거리는 아니었지만 안 막히면 이십 분인데 막히면 한 시간 반이다. 이미 출퇴근 길에서 진이 쏙— 빠질 정도. 그리고 그 집의 컨디션은.

"……아."

뭐라 말이 나오지 않을 지경이었다. 지금 새아가 살고 있는 집보다 훨씬 컨디션이 좋지가 않았다. 그게 서울 시내 전세 이 억짜리 아파트의 현주소였다. 이십 평대라고는 하는데 실평수가 매우 매우 좁아 보였다. 집도 너무 낡았고 수리하지 않은 채 방치된 것도 너무 많았고.

"혹시 좀 더 넓은 집은 없나요?"

지혁의 그 말에 두 사람은 어느새 부동산 아저씨 차를 타고 저 멀리멀리 외곽으로 나가고 있었다. 이러다 다시 돌아올 수 있을까 싶은 서울 저편 수도권 저편 경기도 외곽으로. 그렇게 보여준 집은.

"……아."

또다시 작은 탄성만이 터져 나왔다. 아까 그 집보다는 넓었지만 일단 강남으로 출퇴근하기에 거리가 너무너무 멀었다. 전세 대출을 받으면 새로운 집을 취득할 수가 없기에 지금 마련할 수 있는 돈에서 집을 구해보려고 했는데…… 근로 소득으로 모아 번 돈 이 억은 정말 정말 큰돈이었지만 그게 전세 보증금으로 들어가면 그건 정말 아무것도 아닌 돈이었다.

"요새 전세 이 억은 말도 안 되고 반전세나 월세로 돌려야 최소한 집다운 집을 보여줄 텐데."

보여주는 사람마저 민망한 집 상태에 부동산 아저씨가 멋쩍어하며 말했다.

"그러게요. 엄마가 월세는 절대 안 된다고 거품을 무셔서."

"요새 전세 대출 안 끼는 사람이 어딨어. 삼 억이든 오 억이든 일단 전세 대출 내고, 살 만한 데 구해요. 여긴 내가 봐도 아니야."

그래도 새아는 꿋꿋하게 부동산 아저씨의 설명에 고개를 끄덕여주고 있는데 이번엔 지혁의 표정이 도저히 밝아지지가 않는다. 사실 너무 자존심이 상한 것이었다. 내가 아등바등 벌었던 돈으로 겨우 이 정도 집에 살 수밖에 없다는 현실이. 서울로 돌아오는 내내 새아는 지혁의 눈치를 흘긋흘긋 보았다. 그동안 골드 스푼으로 살아온 이 남자의 절망감이 얼마나 클까, 싶어 말도 걸지 않고 눈치만 보면서. 부동산 아저씨의 차에서 내려 다시 지혁의 차로 돌아오고 나서야 새아는 조심스럽게 말을 꺼냈다.

"음, 돌아다녀 보니까 우리 집도 나쁘지 않다. 일단 회사 근처잖아. 강남이고."

정말이지 강남이 좋아서 강남 강남하는 게 아니었다. 직장이 여기니까. 퇴근하고 십 분이라도 더 쉬려면, 집에서 가까운 게 제일 좋으니까. 아까 그런 곳으로 이사했다간 지하철에서 정처 없이 두세 시간은 버려야 하니까. 물론 그렇게 출퇴근하는 분도 많지만 그래도 지금 우리 집도 나쁘지 않잖아.

"아니면 내 이름으로 신용 대출까지 땡기자. 여기서 칠천까지 땡기면 얼마지? 이 억 칠 천? 그럼 반전세 정도에 이보다 괜찮은 집도 구할 수 있을 것 같은데? 에이, 뭐, 강남은 포기하지. 둘이 같이 출퇴근하기 편한 데, 그런 데로 다시 찾아보자."

새아가 그렇게 밝은 목소리로 말했지만 지혁의 어두워진 표정은 좀처럼 밝아지지가 않았다.

"빚 없이 시작하게 하고 싶으시다잖아."

"요새 신혼부부가 어떻게 빚 없이 시작해? 결혼이란 게 그런 건지. 삼십오 년치 대출 빚잔치의 시작."

그렇게 말하고 나니 누가 그 얘기를 했는지 대충 짐작이 가려고 한다. 혹시, 혹시……?

"엄마가 지혁 씨한테도 전화했었어?"

"……울면서 전화하시더라. 새벽에."

오, 마이, 갓! 그, 그럼 그 얘기도 들었어? 아파트 한 채 안 해 오면, 시집 안 보낼 거라고 했던 거?!

## 24

## 결혼은 미친 짓이다?
## 미친 건 아파트 값

지혁이 그 얘길 듣고 만 것이다. 아파트 한 채 안 해오면 시집
안 보낼 거라는 정연의 엄포를.

"그, 그래서 뭐라고 했어?"

새아는 재빨리 지혁의 안색을 살폈다.

"일단 알겠다고 했지, 어떻게 해."

아우, 나 엄마 때문에 미친다. 오늘 집을 보는 지혁의 얼굴이
유독 어두웠던 이유가 여기에 있었다. 지금 갖고 있는 돈으로 전
세도 구할까 말까인데 갑자기 어떻게 아파트를 사겠는가.

"엄마가 원래 변덕이 좀 심하셔. 아직 거기 땅이 나대지라 그렇

지 거기 그럴듯한 주택 올라가면, 그땐 마음 바뀌실 거야."

하지만 시무룩해진 지혁의 표정은 좀처럼 펴지지가 않았다.

"내가 너 꼭 행복하게 해주겠다고 장모님한테 호언장담했는데."

자기가 능력이 안 되어서 집을 못 구해온다 여긴 것이었다.

"무슨 소리야. 나는 지금 사는 원룸에 합쳐도 행복하고 아까 그 이 억짜리 전셋집에서도 행복할 거야. 그런 소리 말아."

라고는 했지만…… 사실 새아 역시 눈앞이 막막한 건 마찬가지였다. 우리가 가지고 있는 돈은 이억 원, 그걸로 전세를 얻기엔 지금 직장과 너무 멀어지고, 물론 서울에 아파트 살 돈도 부족하지만 혹여나 아파트를 산다고 해도 다주택자가 되어 그 땅에 건물 짓기는 요원해진다. 엄마가 고집만 안 피운다면 영 방법이 없는 것은 아니었다. 이억 원 반전세, 월세로 찾으면 회사 근처 빌라나 오피스텔에서도 어떻게든 방을 구할 수 있기는 했다. 그러면서 돈을 모아야지. 그 땅에 건물 지을 돈을. 후우우— 잔뜩 시무룩해진 지혁을 애써 달래느라 억지로 억지로 웃었지만 사실 엄마를 설득할 자신이 없었다. 그것 땜에 밤새워서 우셨다는데 어떻게 해. 문득 그 말이 떠올랐다.

'결혼은 미친 짓이다.'

그래, 맞는 말이다. 서울 시내 아파트 가격이 미쳤는데 우리가 어떻게 안 미치고 무사히 결혼을 할 수 있겠어. 어휴.

"아버지가 증여세 때문에 오천밖에 못 해준다고 하셨을 땐, 좀 놀라긴 했지만 그렇다고 억지로 더 받아낼 생각은 없었어."

지혁의 말이었다.

"솔직히 그렇잖아. 내가 아버지한테 돈 맡겨놓은 것도 아니고."

지금껏 아버지의 돈으로 너무너무 편안한 삶을 누려온 게 사실이었다. 삼십 대 중반인 이 나이에, 이렇게 고소득 임원 자리에 앉을 수 있는 것도 그 때문이고, 지금의 이 고급 빌라에서 떵떵거리며 살 수 있었던 것도 그 때문이었다. 학비 걱정, 생활비 걱정 같은 거 한번 한 적 없이 유학 다녀왔고 갔다 와서도 미래를 위한 계획 없이 돈을 펑펑 써댔다. 미리 물려주신 재산이 조금 있었기에 그 돈으로 소울의 부채를 변제해 줄 수 있었던 거고 또 주택 부지로 알아봤던 그 땅도 살 수 있었던 거였다. 그렇게 가진 현금을 생각 없이 펑펑 써버린 건 난데 그걸 가지고 이제 와서 어떻게 아버지를 탓할 수 있으랴. 도둑놈 심보도 아니고.

솔직히 나는 평범한 삼십 대가 아닌 줄 알았다. 삼십 대 중반에 대기업 자회사 임원으로 재직하며 억대 연봉을 받는 건, 정말 골드 스푼이기에 가능한 일이다. 연봉으로 치면 상위 몇 프로에 들어가는 고소득자가 나다. 그런데도, 그렇게 잘 버는데도, 그렇게 유리한 위치에 있는데도, 집을 살 수 없다니. 또다시 아버지 찬스를 쓰지 않으면 집 한 칸 마련할 수 없다니. 뭔가 아이러니했다. 내가 이 정도인데 대체 다른 사람들은 어떻게 집 마련해서 어떻게 결혼하고 어떻게 살고 있는 거야. 내 집 한 칸 마련하려면 어마어마한 가계 대출이 필수인데 그 돈은 다 어떻게 갚고 있는 거야. 그 돈 갚으면서 생활이 되는 거야? 나 같은 고소득자도 이렇게 돈이 없다, 돈이 없다, 노래를 부르게 되는데 대체 서울에 터 잡고 살려면 돈이 얼마나 드는 거야? 새아를 집에 데려다주고 밤거리를 운전하면서 지혁은 생각했다.

만약 내가 혹시 성진 건설로 돌아가면 그럼 달라질 수 있을까? 그래도 그땐 연봉이 지금보다는 더 높았잖아. 지금처럼 임원직이 비정규직 처리는 되지 않을 테니까 대출도 분명 잘 나올 거고, 거기에 어떻게 어떻게 영끌까지 하고 나면…… 뭐 방법이 있지 않을까? 장모님이 말씀하신 대로 아파트를 사든, 아니면 그 땅에 주택을 짓든, 어떻게든 살 집을 구할 수 있지 않을까.

아니야, 아니야. 그래도 그건 안 돼. 지혁은 혼자 고개를 내저었다. 아마 성진 건설로 돌아가는 첫날, 짐 싸서 출장 가라는 얘기부터 들을 것이다. 당연히 한국 올 일은 요원할 것이고. 내 나라한국에서 가정을 꾸리겠다는 전제 자체가 불가능하다. 만약, 내가 어디 멀리 중동 같은 나라에 떨어지게 된다면 그럼 정말로 한국에 언제 다시 올지 장담을 할 수 없게 된다. 새아 역시 웨딩 플래너는 직업을 포기한 채 낯선 국가로 함께 떠나야 할 수도 있고. 그럼서울에 집 마련해놓는 게 무슨 의미가 있겠는가.

아무래도 돈 때문에 성진 건설 행을 택하는 건 정말 아닌 것 같다. 사실 이 모든 게 지혁에게는 너무나도 생소한 감정이었다. 돈이 없다는 게 이렇게나 좌절스러운 것이었는지 예전엔 미처 몰랐던 것이다. 일단 사는 데 있어 선택의 폭이 줄어든다. 돈을 마련하기 위해 점점 악수를 두게 된다. 그러다 점점 더 소중한 걸 잃게 된다. 돈이 없다는 게 참 개미지옥 같은 거구나. 집에 도착한 지혁은 옷도 갈아입지 않고 소파에 털썩– 쓰러져 제가 살고 있는 이 고급 빌라를 구석구석 돌아보았다.

당연하게 누려왔던 이 모든 것들을 누릴 수 없게 되는 게 결혼이라는 거였나.

♩

그날 밤, 집에 돌아온 새아는 밤늦도록 엑셀표와 힘겨운 사투를 벌이고 있었다. 플랜 A, B, C, D. 상황별로 시나리오를 짜보았지만 놀랍게도 모든 결론은 단 하나. 결혼 예산을 줄여야 한다는 것이었다. 저번에도 어떻게 어떻게 엑셀표를 털었었는데 이번에도 또 어떻게 어떻게 줄일 데가 없는지 탈탈탈 털어봐야 했다. 최저가 최저가를 찾다가 결국 중고나라까지 뒤지게 되는 새아. 그렇게 중고나라 시세에 맞춰 예산안을 채워나가다가 문득 현타가 왔다. 이건 좀 아니지 않나. 그래도 신혼살림인데 어떻게 이런 걸 다 중고로 마련해. 그리고 언제 이걸 다 한 땀 한 땀 중고 거래하고 있어. 아무리 돈을 아낀다 한들 후줄근한 중고 제품으로 혼수 채워온다면 그건 우리 집 욕먹이는 일일 게다. 아낄 게 따로 있지, 뭐 이런 것까지 아껴서 중고로 해오냐고. 제대로 된 혼수도 못 해온다고. 하아, 이건 아니야.

중고나라 시세로 예산을 낮추는 건 그만두고 요새 나온 신제품

267

중에 가성비가 괜찮은 건 없는지 찾기 시작했다. 냉장고가 필요했다. 지혁도 새아도 집에서 음식을 많이 해 먹는 편이 아니라서 둘 다 작은 냉장고만 써왔기에 그 냉장고들을 팔고 조금 커다란 냉장고를 사야 했다.

그런데 오 마이 갓. 마음에 쏙 드는 예쁜 제품이 있었다. 물론, 예쁜 건 돈값을 했다. 신형은 예쁘고, 예쁜 건 비싸고, 그래도 좋은 걸 보면 갖고 싶은 게 여자의 마음. 새아는 다시 한번 절규했다. 디자인과 실용성과 가성비, 이 세 가지 항목으로 그래프를 그렸을 때 완벽한 삼각형이 나오는 제품은 없었다. 디자인이 착하면 가격이 착하질 못했고 가성비가 좋으면 디자인이 좋질 못했다. 아무리 그래도 돈 몇 십만 원 때문에 이렇게나 못생긴 걸 집에 갖다 놓을 순 없잖아. 마음에 들지도 않는 거 껴안고 살다가, 나중에 바꾸고 싶어지면, 그럼 어떻게 해.

문제는 여기서 끝이 아니었다. 돈은 개똥에 쓸래도 없는데 식장은 로안이라는 것. 국내에서 가장 으리뻔쩍 화려한 식장이기에 모든 돈이 두 배로 들어갔다. 반드시 해야만 하는 꽃 장식과 웨딩 연주와 각종 부대 시설 이용료 등. 아무리 오너 할인, 직원 할인이 들어간다고 해도 금액 자체가 보통이 아니었다. 식장이 너무 크니, 일단 포토도 두 분 이상을 섭외해야 했고, 2부 예식도 있으니 드레스숍에선 2부 드레스까지 함께 빌려야 했다. 이것까지 아끼고 아껴 퀄리티를 낮춘다면 그야말로 밸런스 붕괴. 모두가 고대하고 기대하는 나의 결혼식이 상당히 괴랄해질 것 같았다.

깊은 밤, 어느덧 새아의 엑셀표는 7차 시나리오까지 만들어졌다. 그리고 그 밤, 새아는 엄마를 조금은 이해할 수 있게 되었다. 엄마가 항상 돈돈돈 거리는 게 지겹기만 했는데 그 속물 같은 발언들도 듣기가 싫었는데…… 그냥 엄마는 현실적인 것이었을 지도 몰랐다. 엄마 말마따나 돈이 없으니 힘이 든다. 주책없는 속물주의까진 아니더라도 최소한의 현실 감각은 갖추고 있어야 하는 게 맞았다. 결혼을 하려면 그래도 최소한의 돈은 있어야 하니까. 내가 어떻게 했어야 하는 걸까. 점심에 마실 커피 값도 아껴서 돈을 더 모았어야 하는 걸까. 엄마처럼 주변 사람 눈총 신경 쓰지 않고 지지리 궁상떨어가며 살았어야 하는 걸까. 그러면, 지금 돈 걱정을 조금 덜할 수 있게 되었을까.

ᴊᴊ

다음 날 출근 후, 새아에게는 더더욱 끔찍한 미션이 떨어졌다. 팀원에게서 발생한 컴플레인 건을 팀장 선에서 처리하라는 업무. 참으로 손 떨리는 전화였다. 그동안 컴플레인 건, 제가 다 처리해드릴게요. 말하기가 어찌 쉬울 수 있겠는가. 그 악성 진상 신랑 신부들 중 일부는 내가 떠안아야 할 것이다. 담당자 바꿔 달라면 내가 해야지 어떻게 해. 방법이 없었다. 새아는 오후 내내 신부들이 아주 사소한 불평까지 '네네–' 하면서 들어주어야 했다. 그들의 예민함도 까칠함도, '어머, 그러셨어요–' 착한 목소리로 풀어주어야 했다. 내 결혼 문제로도 상당히 머리 아픈 시점이었지만 남의 결혼 문제 해결해주는 게 내 직업인데 어찌하겠나.

♪♪

"팀장님, 괜찮은 거 맞아요?"

퇴근하던 유준의 뒤에 다람이 쪼르르 달려가 따라붙었다. 저번 캣타워 카톡 사건 이후로, 둘 사이 분위기가 별로 좋지가 않았다. 다람이 새아 얘기를 하면서 다가가 딱딱해진 분위기를 만회해보려 한 것이다.

"왜, 안돼 보여?"

"그렇잖아요. 프로포즈 받고 결혼 준비하면 엄청 좋아하실 줄 알았더니 십 분에 한 번씩 한숨만 독하게 푹푹 내쉬고 얼굴은 점점 썩어들어가고."

유준도 대충 들어 알고 있기는 했다. 대출은 조여지고, 증여는 답이 없고 자금 마련 방법은 없고 그래서 호기롭게 집 지을 땅을 사놓고도 발을 동동 구르는 중이라고.

"새아는 항상 나보다 낫다고 생각했는데."

"네?"

"그렇잖아. 나보다 그간 직급도 높았고, 연봉도 높았고, 그간 열심히 저축했고."

나이는 같았지만 항상 새아는 유준보다 저만치 앞서가 있는 사람이었다. 맨 처음 그녀에게 일을 배우면서도 그랬고, 지금 그녀의 능력치도 그렇고. 그동안 아등바등 모아놓은 돈이 팔천만 원이다, 라는 얘길 들었을 때도 정말 그녀가 대단하다고 생각했다. 부모님 집에 얹혀 사는 것도 아니고 회사 근처에서 자취하면서, 생활비 아껴가면서 그 정도 돈 모은 것도 정말 대단한 일이라고 여겼다. 그런데도 지금 새아는 결혼할 돈이 부족해 중고나라를 들락거리고 있었다. 심지어 결혼할 남자가 억대 연봉에 재벌 2세, 골드 스푼인데도, 돈이 없다고 한숨을 푹푹 내쉬고 있다. 이게 정상인가 싶은 마음만 든다. 최저임금 팔천 몇 백 원 받는 청춘들에게 갑자기 주거 비용으로 몇 억씩 부담하라고 하는 게 솔직히 정상은 아니잖아.

"걔도 그렇게 힘들어하는데, 나는 어떻겠냐."

헛헛한 한숨만 새어 나온다. 돈 한 푼 모으기는커녕 빚더미에 짓눌려 월급이 통장을 스쳐 가기 바쁜데. 나한텐 그런 기회가 아예 없는 거잖아. 남들처럼 제대로 살 기회. 결혼해서 미래를 꾸릴 기회.

"솔직히 괴리감 들기는 해요. 로안에서 일하면서."

다람의 말이었다.

"솔직히 이쁜 데서 결혼하고 싶은 마음은 여자들 다 같을 걸요."

로안, 이곳은 대한민국에서 가장 아름답고 화려한 식장이었다. 여기서 매 주말마다 신랑, 신부의 결혼식을 준비해주고 싶지만 나는 언감생심, 이곳을 절대 꿈꿀 수 없었다. 어마무시한 직원 할인이 들어간다고 해도 이곳에서 결혼할 수는 없었다. 좀 아이러니한 것 같기도 했다. 나는 꿈꿀 수도 없는 이 식장에서 남의 결혼식만 준비해주다가 이 생 마무리해야 하는 걸까 싶어서.

"아유, 우리 그런 얘기 하지 말자."

대화가 자꾸 답답하게 흘러간다고 여겨졌는지 유준이 부러 목소리를 높였다.

"미래니, 결혼이니, 그 미래를 위해서 돈을 얼마나 모아야 하는지, 또 돈을 얼마나 갚아야 하는지. 얘기하면 답이 나와?"

어떻게 돈을 모아도 미래를 준비할 수가 없는 청춘들.

"그래요, 그 시간에 밤비 인형 뭐 살지 고민하는 게 낫지."

차라리 오늘의 소확행에 남은 돈을 써버리고 마는 청춘들.

"너? 밤비 좀 그만 사랬지? 이러다 너네 집 그노무 사슴으로 터져나가!"

"벌써 해외 통관 들어오고 있는데~."

"너 거기 안 서?!"

퇴근 후의 쓸쓸한 밤거리, 두 사람의 정겨운 술래잡기가 이어졌다. 그렇게 아옹다옹하면서도 유준은 생각했다. 내게 중요한 건 오늘일까. 아니면 아직 오지 않은 내일일까.

25

우리가 잊고 있는 사랑

 

예찬의 전시에 문제가 생겼다. 스폰서 사에서 돌연 협찬을 철회
하겠다고 나선 것. 이건 정말 비상 사태였다. 승휴에게서 급박한
전화가 걸려왔다. 이번 주에 스폰서 사와의 미팅이 있는데 혹시
같이 가줄 수 있겠느냐고. 새아는 일단 고개를 끄덕였다. 대체 무
슨 문제길래 그러지? 갑자기 계약 위반까지 하면서 협찬을 철회
하네 마네, 하는 이유가 뭐야. 예전에도 한 번 방문했었던 카메라
회사 앞. 새아는 정장 매무새를 단정하게 가다듬고 약속된 회의실
안으로 들어갔다. 그곳에선 이미 고성이 오가고 있었다. 개중 가
장 흥분한 건 승휴였다.

"협력사는 창작자의 작품에 터치할 수 없다, 이건 당연한 거 아닙니까?"

"그러니까 저희 말은……."

"지금 작품에 손대겠다는 거 아니에요? 마음대로 편집하고?"

승휴의 뒤에 앉아 있던 예찬은 그처럼 펄펄펄 뛰며 화를 내고 있지는 않았지만, 얼굴이 붉으락푸르락한 게 그저 부드럽기만 했던 예전과는 상당히 분위기가 달랐다.

"안녕하세요."

간만에 만나 인사하는 새아를 차마 반갑게 웃으며 맞아주지 못할 정도.

"이런 일로 부르게 되어서 미안해요."

"아니에요. 대체 무슨 일이에요?"

"협력사에서 작품 편집을 요구해서요."

예찬은 협력사에서 만든 문건을 내밀었다. 그가 전시하려는 작품 몇 개에 빨간 엑스표가 쳐져 있었다. 그게 내 사진도 아니었는데, 얼굴이 다 화끈거렸다. 누가 우리 조예찬 작가님 작품에 빨간 엑스표를 해?

"사회적 반향이 클 만한 작품은 미리 거르자는 거예요."

"이 사회에 문제 제기를 하기 위해 찍은 작품들이잖아요."

"그러니까 말이에요."

한숨을 내쉬는 예찬의 얼굴엔 풀릴 수 없는 답답함이 가득 차 있었다. 사실 그 빨간 엑스표를 보고 그보다 더 화가 많이 난 건 새아였다. 아니, 여기 카메라 회사 보수 단체야, 뭐야. 창작의 자유, 존중, 그런 거 몰라? 이 작가님이 어떤 분인 줄 하고, 함부로 작품에 이런 엑스표를 쳐 놔? 어느새 새아의 눈빛마저 분노로 가득 차오르자 카메라사 담당자가 해명했다.

"저희 말은 조금 톤 앤 매너를 수정하자는 거죠. 작품 기획 의도를 틀자는 게 아니라."

"작품 의도를 제대로 이해하시고 말씀하신 거 맞습니까?"

예찬의 말이었다.

"저희가 그거 모르겠습니까?"

"제가 사진으로 말하고 싶은 건, '우리가 잊고 있는 사랑'입니다. 사랑이라는 가장 간절하고 절실한 감정이 이 예식 과정에서 어디에 묻혀지고 있는지를 봐달라고 하는 겁니다."

"⋯⋯!"

새아는 그 얘기를 듣고 야구 배트에 뒤통수를 맞은 듯했다. 사랑,

그래, 사랑.

나조차도 이 숨 가쁜 결혼 준비에서 잊고 있었던 게 그것이었다. 내가 사랑하는 사람, 그리고 나의 이 감정. 최근 며칠간은 그야말로 돈돈돈 그 고민으로 머리가 터질 뻔했었기에 앞으로 지혁과 함께하는 삶이 어떨지에 대한 고민은 해본 적이 없었다. 앞으로 어떤 사랑을 하면서 그와 살아갈 것인지도. 지금 빨간 엑스표가 그어져 있는 지혁의 사진들은 커다란 입이라도 달린 듯 새아에

게 직접 묻고 있었다. 애초에 이 결혼 준비를 시작한 이유가 뭐냐고. 이렇게 돈씨름, 돈싸움 하려고 시작한 거였냐고. 대체 이 결혼 준비에서 빠져 있는 게 뭐냐고.

저쪽에선 고성을 높이며 입씨름을 이어가고 있는데 새아는 이 작품 사진들을 보며 그저 멍해졌다. 생각해보았다.

이 결혼에서 빠져 있는 건 뭘까. 그것은 바로 양가에 대한 배려였다. 엄마는 무작정 고집을 피웠다. 남자 쪽에서 집 해오는 게 당연한 거 아니냐고. 아파트 한 채 해오기 전까지는 내 딸 시집 못 보낸다고. 딸 가지고 장사를 하는 것도 아니고, 결혼이 무슨 거래도 아니고, 우리의 결혼에 엄마가 그런 조건을 붙여서는 안 되는 것이었다. 배려 따윈 없는 이기심이었다.

이렇게 말하긴 뭐하지만 아버님 되실 권 회장도 마찬가지였다. 아들의 결혼에 대한 진지한 상의라든지 혹은 함께 고민을 나누는 그런 과정 없이 통보식으로 말씀을 전하셨다. 니 결혼에 내 돈은 오천밖에 못 해준다. 그것에 불만 가지려고 했던 건 아니지만 지금 지혁이 살고 있는 집에서까지 당장 나가라는 건 꽤 매정한 처사였다. 우리에겐 소통이 부족했다. 아버님이 대체 왜 그러는 건지 우리가 알고 있다면, 좀 더 소통을 시도해보았더라면, 일이 쉽게 풀릴 수도 있었다. 그 날벼락 같은 통보에도 우리는 아버님과 더 소통을 해보려는 생각을 하지 못했다. 그저 끙끙대며 우리끼리 답을 찾으려고만 했다. 우리 엄마한테도 마찬가지다. 우리의 사정은 이러하다, 우리가 어떻게 했으면 좋겠냐, 차근하게 얘기를 나

누어보려는 과정 없이,

'엄마는 원래 억지꾼에 변덕쟁이니까.'

체념하면서 제대로 이야기를 나눠보려 하지 않았다. 지금 우리의 상황을 솔직히 이야기하고 답을 찾아볼 수도 있었는데 그러질 못했다. 예찬의 작품 한 장 한 장이 그녀에게 죽비를 내리치고 있었다. 내가 이렇게나 찔리는 걸 보면 작품이 말하고자 하는 바는 분명했다. 축복과 응원의 마음으로 이 결혼이 이루어져야 하는데 현실은 갈등과 대립, 반목뿐. 그 과정에서 내가 잊고 있는 게 뭔지 생각해보라는 것이었다. 사실 불편한 소리다. 내 자신의 과오, 혹은 이 모든 예식 산업의 구조와 문화를 지적하는 건 듣기 싫은 쓴소리다. 그래서 이 회사에선 전시 지원을 하기가 망설여지는 것일 게다. 전시가 사회적 논란이 되어 커질까 봐. 자칫 마녀사냥의 표적이 될까 봐. 지리한 입씨름으로 협찬사 담당자도 승휴도 어느덧 힘이 쭉— 빠졌을 때, 새아가 조심스레 입을 열었다.

"혹시, 추가 취재를 하면 어떨까요?"

"······네?"

"조예찬 작가님의 전시 기획 의도가 '잊고 있는 사랑'이라고 했잖아요. 작가님은 '사랑'이라는 감정을 비판하실 생각이 없으세요. 누구보다도 사랑꾼이고, 또 로맨티스트이신 걸요. 다만 잘못된 문화를 바로잡고자 하는 것이고, 그래서 앞으로의 신랑, 신부들이 좀 더 건설적인 토대 속에 예식을 진행하고자 하는 마음에서 전시 기획을 하셨을 거예요.

그런데 지금은 '사랑'이라는 메시지가 아무래도 좀 약하게 전달이 되다 보니까, 사진이 전반적으로 공격적으로 느껴지는 것 같아요. 여기서 '기승전'은 지금 전시 기획 그대로 다툼과 갈등 등으로 가되, 마지막 '결' 부분에서 '그럼에도 불구하고 사랑'에서 이 모든 게 시작되었다, 는 걸 어필하면 좋을까요? 그럼 전시를 보는 관람객도 부정적이고 찜찜한 기분으로 밖으로 나가기보단, 그래도 조금은 웃으면서 나갈 수 있을 것 같아요. '사랑'이라는 결론으로 마무리 지으면 그래도 이 모든 게 '촌극'처럼 느껴질 수도 있을 거구요."

"……!"

담당자들은 잠시 회의를 하더니 곧 의견을 애기했다.

"그렇게 해서 메시지를 중화할 수 있으면 저희는 좋을 것 같아요. 마지막 룸의 컨셉을 '사랑'으로 하자는 거죠?"

"웨딩 사진에서 나오는 것처럼 '꾸며진 사랑', '가식적인 사랑'은 필요 없어요. 신랑 신부들이 일부러 포즈를 취할 필요도 없구요. 그냥 이 모든 소동을 거치고 나서 진짜 둘만의 삶을 시작한 사람들이 어떤 생활을 시작할까. 그거에 대한 작은 조명만 있으면 좋을 것 같아요. ……작가님 의견은 어때요?"

새아가 조심스럽게 고개를 돌려 예찬을 바라보았다.

"음, 그것도 좋을 것 같네요."

예찬은 가만히 고개를 끄덕였다.

"혹시 그것 때문에 이 메시지 자체가 너무 희석되거나 전달력이

278

약해지면 추가 취재 안 하셔도 돼요. 처음부터 러블리한 전시를 원하셨던 건 아니잖아요."

"음, 아니에요. 이새아 팀장님이 역시 멘토가 맞네요. 제가 말하고자 하는 메시지가 제대로 전달이 안 되어서 애꿎은 대립이나 반발만 생기는 건 저도 원치 않아요."

승휴는 그제야 한숨을 탁 - 놓았다. 이 모든 갈등을 중재할 방법을 새아가 내놓은 것이었다.

"추가 취재도 팀장님이 도와주실 거죠?"

예찬의 말에 새아는 살짝 웃으며 대답했다.

"물론이죠."

나 또한, 예찬의 사진들에서 큰 충격을 많이 받았으니까, 반성도 많이 했으니까, 사람들의 마인드, 이 사회의 문화를 조금씩 바꾸어나가는 게 예술의 영역이니까. 할 수 있다면 정말 돕고 싶었다. 나 또한 이 전시의 가장 큰 팬이 되었으니까. 조예찬 작가님을 정말 너무너무 응원하고 있으니까.

그렇게 스폰서 사에서의 미팅이 끝나자마자 새아는 지혁에게로 달려갔다. 어느덧 저녁, 로안의 직원들 대부분이 퇴근을 했을 때였다. 어둑어둑한 실내에서 혼자 환히 불을 밝히고 있는 곳이 있었다. 바로 지혁의 사무실. 새아는 한달음에 거기로 달려가 문을 확 - 열었다.

"무슨 일이야?!"

그녀가 무슨 일이라도 생겨서 이렇게 급히 달려온 것이라 생각한 지혁이 자리에서 용수철처럼 벌떡 일어났다.

"그, 그게……."

한참을 숨을 헐떡이며 말을 잘 이어나가지 못하는 새아.

"어, 왜, 왜?"

그러다 잔뜩 어리둥절해 하는 지혁을 다짜고짜 꾸욱 - 안아준다.

"……!"

갑자기 뭐지?! 왜?!

"어디서 돈 생겼어?"

화악 - 밝아지는 지혁의 표정. 그로서는 이게 가장 합리적인 추정이었다. 최근 돈이 부족해서 너무너무 스트레스를 받으며 어떻게 하면 대출을 더 받나 고민을 하던 둘이었기에. 음? 어디서 돈 생긴 게 아니면 갑자기 이렇게 좋아할 일이 없는데? 그녀는 다짜고짜 지혁의 얼굴에 여기저기 입을 맞추었다. 그의 얼굴이 핑크 컬러의 키스 마크로 덮이는 건 한순간. 갑작스러운 뽀뽀 세례에 지혁은 정신을 차릴 수가 없었다.

혹시 또 그건가? 구미호 모먼트? 지혁은 저번, 새아가 갑작스럽게 슬립을 입고 나타나 입혀달라는 둥 골라달라는 둥 짜릿한 밤을 선사했던 걸 떠올렸다. 하여튼 이 여자, 이런 쪽에 있어선 종잡을 수가 없다니까.

"왜 또 갑자기 내가 막 예뻐 보이고 그래?"

"응, 너무 이뻐! 너무 사랑스러워!"

하면서 꼬옥 - 안긴 채 연신 입을 맞추는 새아. 지혁은 허탈한 웃음을 피식 - 터뜨렸다.

"난 또 무슨 일 생긴 줄 알았잖아."

"대단한 일이 있지."

"뭐?!"

"우리가 결혼을 할 거라는 거."

그럼, 우리가 결혼하려고 지금 이 고생하고 있는 거지, 왜. 까먹고 있었어? 아님, 뭐 무르려 그랬어?

"이 손가락에 매달려 있는 이 왕방울 다이아를 기억해!"

그리고 이 반지에 얽힌 그 우여곡절도.

"그냥 지혁 씨랑 결혼을 하게 되는 게 너무 좋아서."

"……갑자기?"

"우리는 어떤 부부가 될까?"

"음, 좋은 부부?"

"구체적으로 어떤?"

글쎄. 음, 이왕이면 둘이 말 잘 통하고, 피곤한 사회생활에서 서로의 쉴 곳이 되어주고, 같은 취미 즐기고, 같이 놀고, 같이 얘기하고, 그런 베프 같은 부부? 그런데 그런 건 갑자기 왜?

"아니, 우리가 그런 대화는 한 번도 안 나눠본 것 같아서. 결혼 준비 들어가고 나서는 계속 돈 얘기만 했잖아."

"아무래도 매일매일 큰돈 쓰는 일이다 보니까. 또 이런 돈 써본 적이 없고. 이렇게까지 돈 구하러 다녀본 적도 없고. 예민해질 수밖에 없지. 다 처음인 일인 거잖이."

"그러네. 나는 우리 신랑 신부들 결혼시켜주면서 수백 번 수천 번 겪어온 일인데도, 휴, 내 일이 되니까 너무너무 빡세."

지혁은 목에 대롱대롱 매달린 새아의 머리칼을 가만히 넘겨주었다. 그래, 우리 요새 이성과 감성 중에 너무 이성만 따른 거 같다. 너무 현실적인 걱정에 얽매어서.

"그러게, 내가 요새 자기 예뻐하는 시간이 부족했네."

이렇게 볼을 부비면서 아이 ─ 예쁘다, 예쁘다, 내 신부, 왜 이렇게 예쁘냐, 해줬어야 했는데.

"나도 지혁 씨 사랑한다고 말을 못 해줬네. 완전 사랑하는데."

그리고서 지혁의 품에 볼을 마구 비비는 새아. 깜찍한 그녀의 애교에 지혁은 너털웃음이 터져버렸다.

"그래서 이번엔 또 예산안 엑셀로 8차까지 짠 거 아니야?"

"아우, 될 대로 되라지, 뭐."

"그렇게 꼼꼼하고 완벽하신 플래너님이? 자기 결혼 준비하는데?"

"자꾸 시나리오가 빗나가는데 어떻게 해. 다 예측이 안 되는데. 이렇게나 변수가 많을 줄이야."

"그래, 나중에 한꺼번에 정리하고 지금 너무 완벽하게 하려고 하지 마."

해맑게 매달리는 새아를 꾸욱— 안고서도 문득 걱정이 몰려왔다.

"양가 부모님 설득은 어떻게 하지? 당장 다음 주가 상견례잖아."

상견례 때 불편한 이야기가 나오지 않게, 웬만한 건 다 합의를 해놓으려고 했는데…… 이러다 혹, 상견례 자리가 불편해지는 건 아닌지 모르겠다.

"내가 생각해봤는데, 우리 부모님한테 뭔가 다 터놓고 얘기해야 할 거 같애."

"뭐라고 얘기해? 오천 주신 거 모자라니까 돈 좀 더 달라고?"

"아니, 지금 상황을 그냥 솔직하게. 이러이러해서 이런 형편이다. 그냥 다 솔직하게."

"솔직히 아버지가 이렇게 나온 게 처음이야. 무 자르듯 도 아니면 모였는데, 이렇게 애매하게 나오신 적이 없었거든? 솔직히 무슨 속이신지 모르겠어."

"아버님이 말씀 안 하시면 강 비서님을 좀 파볼래?"

상후를?

"우리한테 말 못할 이유가 있을 수도 있잖아. 강 비서님은 뭔가 알고 있을지도 몰라."

그래 볼까? 우리한테 정 말하기 민망한 얘기라면, 흠, 그게 대체 뭐길래?

## 26

## 부모님께도
## 밀당이 필요해

석범은 아직도 갈팡질팡하고 있었다. 이제는 그런 욕심을 많이 내려놓기는 했다. 재벌가 혼맥을 쌓을 수 있는 집안, 우리 성진 건설에 도움될 수 있는 집안, 그런 집안에서 예쁘게 자란 재원을 원했었지만 그렇게 지혁을 억지로 결혼시키려 하다가 그야말로 물벼락을 맞았었다. 똑 부러지고 야무진 새아가 마음에 들지 않는 것은 아니었다. 나를 상대로 당차게 할 말 하는 그 배포도 마음에 들었다. 그렇지만 적어도 애는 낳을 수 있어야 하지 않겠는가. 둘 사이에 애가 없을 거라니. 세상에, 그 말을 믿어야 할지 말아야 할지. 지혁에게 상속 재산, 상속 지분 등은 1도 건드리지 못할 거라고 엄포를 부려놓았지만 이게 잘하는 짓인지, 아닌 건지, 이 결혼을 찬성해야 할지, 말아야 할지, 감이 서지 않았다. 이건 답답하게 혼자 고민해서 될 게 아니라 좀 더 알아봐야 할 문제다. 석범은 비서실의 상후를 불렀다.

"네! 회장님!"

"그, 지혁이랑 결혼한다는 아가씨 말이야."

"네!"

"혹시, 산전 검사를 받게 할 수 있나?"

"네에에에?"

평소 권 회장 앞에서는 표정을 잘 감추던 상후도 이번엔 꽤나 뜨악한 얼굴이었다.

"옛날엔 재벌가 며느리로 들어올 때 그런 검사 다 하고 그랬어."

"그래도 지금 시대가 어느 땐데요."

"왜, 이것도 재벌가 시댁 갑질이야?"

"그럴 수 있죠. 아무래도 부인과는 가장 사적인 영역이잖아요."

"그게 왜 사적인 영역이야. 애 잘 낳을 수 있는 앤지 아닌지, 시아버지가 결혼하기 전에 그건 보고 결정하겠다는데. 요새 애들 결혼 전에 건강 검진 싹— 받아보고 그런다며."

"음, 그런 산전 검사는 부부간에 합의해서 할 일이지, 시댁에서 검사지 내놓으라고 하는 건 좀……."

"그럼 내 며느리 건강 상태도 알 수 없는데 결혼을 시키란 말이야? 아무렴 재벌가인데?"

"아무리 재벌가라고 해도……."

상후는 진땀을 뻘뻘─ 흘렸다. 여기서 제대로 말리지 않으면 분명 석범은 그 검사지 받아오라고 나한테 시킬 것이었다. 어떤 여자라도 불쾌한 일일 것이다. 요새 시대, 내가 그 집 애 낳아주려고 들어오는 것도 아니고 아버님 손주 낳아주기 위해 시집오는 것도 아닌데, 그런 검사지를 '필수 제출'해야 한다고 하면 누가 좋아하겠는가. 혹, 그런 얘기 지혁에게 했다간? 그야말로 펄펄 뛸 것이었다. 안 그래도 지혁이 매달리고 매달려서 이 결혼이 성사된 걸 잘 알고 있었다. 처음에 지혁의 청혼을 새아가 거절했었다는 얘기도. 어쩌면 그 역시 억하심정에 지한이 형처럼 굴지도 모른다. 그냥 다 들고 외국으로 튀는 거. 이런 시아버지 며느리로 내 여자 들이기 싫다고 하면서. 그럼 또 한 번 이 가정에 사달이 나겠지? 오우, 노오오!

"회장님, 절대 안 됩니다!"

"흐음─ 그럼 어쩐다."

석범이 걱정스럽게 다리를 꼬았다. 갑자기 왜 이렇게 애 걱정이셔. 혹시? 그 모습에서 상후는 저번에 선녀보살 집에서 석범이 어떤 얘기를 듣고 왔는지 대충 짐작할 수 있었다. 자손이 없다, 뭐 그런 얘기 아닐까? 그래서 불쑥 이렇게 며느리 될 아가씨한테 산전 검사니 뭐니 그런 얘기가 나온 거고. 혹시 그래서, 갑자기 상속 재산이고 뭐고 싹 묶어버린 거 아니실까? 허락하기도 뭐하고 반대하기도 뭐해서?

286

"알았어, 나가봐."

"넵−."

상후가 복도로 나와서 한숨 고르고 있는데, 이번엔 지혁에게서 전화가 왔다. 아우, 이 부자들 정말 곤란하게.

− 상후야, 혹시 말이야.

지혁의 궁금증은 뻔했다. 아버지가 왜 저렇게 나오는지 너는 알고 있냐고.

− 낸들 어찌 아우.

대답은 이렇게 했지만, 사실 대충 이유를 짐작하고 있었다. 선녀보살이 그랬나보지. 둘이 결혼하면 애가 없을 것 같다고.

− 에이, 너 뭐 알고 있는 것 같은데?

− 에이, 모른대도.

− 알잖아. 우리 다음 주 상견례인 거. 아버지가 왜 저러는지 모르면, 그 상견례마저 어깃장 놓을지도 몰라.

그래도 안 된다. 권 회장님이 그런 거 요구했다는 얘기 들었다간, 니가 새아 씨 데리고 어느 나라로 튈지 모르는데 어떻게 그걸 말하냐.

시간은 흘러 흘러 상견례 날 아침. 정연은 아버지 경찬의 때를 빼고 벗기기 바빴다.

"아우, 이 머리를 해도 해도 왜 폼이 안 살아."

경찬의 가르마를 이리저리 바꾸어 가며 마구 스프레이를 뿌려 댔고 넥타이도 이거 묶어봐라 저거 풀러봐라, 한참 시끄럽게 간섭을 했다.

"아유, 구두 좀 사 신길 걸 그랬나. 재벌 집 사돈 맞는 건데 쪽 팔리게."

그러면서도 이번엔 자기 꾸밀 시간이 없다면서 호들갑을 떨었다. 오늘따라 신는 스타킹마다 왜 이렇게 죽죽 기스가 나 있어? 이 원피스는 왜 이렇게 또 작아졌고? 아유, 저 양반이 스스로 알아서 잘하면 좀 좋아? 바빠 죽겠는데, 내가 아직까지 이렇게 챙겨야 돼? 그러다 경찬을 향해 눈을 사납게 뜨고서 신신당부를 했다.

"당신, 상견례 자리 가서 헛소리하기만 해봐요! 우리 새아, 혼삿길 막고 싶으면 그렇게 해요!"

경찬은 그 얘기를 들은 척 만 척 느지막이 제 넥타이의 품을 다듬고 있을 뿐이다. 저 사람 바보 등신인 걸 시댁한테 들키면 안 될 텐데. 아우, 이렇게 불안해서야. 나 혼자 나갈 걸 그랬나. 아니야. 그러다 새아가 애비 없는 딸이라고 책잡히면 어떻게 해. 예약된 식당에 들어가기 직전에도 정연은 다시 한번 경찬을 쥐잡듯이 잡았다.

"아유, 웃어요. 웃어. 우리도 좀 화목한 가정인 척해야 할 거 아니야?"

마침 그 자리에 들어서려던 새아가 살짝 멈칫했다.

'화목한 가정인 척……'

이런 장소에서까지 거짓말하고 가식적으로 굴고, 그러고 싶지 않은데.

"우와, 아빠 오늘 멋있네?"

그녀는 부러 아버지 경찬을 치켜세워주며 말했다.

"멋있긴, 뭘."

그렇게 세 가족이 상견례장에 들어갔다. 거기엔 이미 석범과 그보다 한참 앳되어 보이는 아내, 그리고 지혁이 자리하고 있었다.

"사돈어른, 이렇게 만나 뵙게 되어 반갑습니다."

"어쩜 이렇게 따님을 예쁘게 잘 키우셨습니까."

서로에 대한 칭찬으로 시작해 분위기는 좋았다. 한식 코스 요리가 죽죽죽 — 테이블 위에 도착했다. 양가 간에 서로 맛있는 음식을 권하면서 분위기는 꽤 평화롭게 흘러갔다.

사실, 조율되지 않은 민감한 얘기들은 상견례 이전에 다 끝내려고 했었다. 신붓집에서 땅도 필요 없고 주택도 필요 없고, 서울에 아파트 한 채 해오라고 어거지를 부리는 것. 새아가 대화로 어떻게든 조율해보려 했지만 실패. 지혁이 찾아가 아버지와 얘기를 좀 해보려고 했지만, 니 집은 니가 알아서 하라며 대화를 셧다운 하셔서 실패. 결국은 방법이 없었다. 자꾸 우리 시켜서 이것저것 요구하지 마시고 상견례 날 직접 얘기하시라고 떠넘기는 수밖에.

'아니, 그래도 처음 뵙는 사돈한테 어떻게 그런 말을 하니?'

정연은 그제야 꼬리를 내렸다.

'그날은 분위기 좋게 좋게 인사만 해야지.'

그제야 정연도 깨달은 것이었다. 면전에다 못할 얘기를 내가 시켰구나. 솔직히 새아가 시댁 가서 '우리 엄마가 아파트 한 채 해줄 거 아니면, 시집 안 보낼 거래요.' 그런 얘길 어떻게 하겠는가. 지금 이 자리서도 마찬가지. 뉴스에서나 자주 봤던 권 회장을 실제로 마주하자 정연은 찍소리도 하질 못했다.

"저희가 생각해봤는데요."

한참 무르익은 상견례 분위기에 지혁이 조심스럽게 얘기를 꺼냈다.

"저희 결혼식 규모를 좀 줄일까 해요."

뜻밖의 얘기에 권 회장의 눈이 동그래졌다.

"로안 그랜드홀 말고, 채플홀에서 조그맣게 하려구요. 한 백 명 정도?"

도저히 방법이 없었던 것이다. 이 큰 결혼식을 빚 안 지고 할 방법이.

"뭐어?"

"그것도 좀 이상하잖아요. 같은 물벼락 식장에 하객들 두 번 초청하기도."

"내 하객만 몇 백일 텐데 그게 무슨 소리야? 절대 안 돼!"

석범은 완강히 이를 반대했다. 저번에 그렇게 하객들에게 물세례를 끼얹었으면 이제라도 잘사는 모습 보여주는 게 좋지 않겠느냐, 집안에 좋은 경사 있을 때 초대 안 하는 것도 예의가 아니다,

나는 죽어도 하객 수 못 줄인다. 로안 그랜드홀에서 할 거 아니면 결혼할 생각하지 말아라. 일장 연설이 이어졌다. 정연은 어느새 권 회장의 편이었다.

"그래, 갑자기 무슨 스몰 웨딩이니. 우리 하객만 해도 몇 명인데."

그녀 역시 스몰 웨딩에는 동의하지 않았다. 우리 딸 재벌 집에 시집간다고 주변에 얼마나 자랑을 했는데 이따만한 식장에서 성대하게 식 올리는 모습 보여야 마사지사라고 무시하던 동창들, 기가 팍 죽지. 스몰은 무슨 스몰이야. 시작은 화기애애했지만, 마무리는 그렇지 못했다. 지혁과 새아는 결혼식 규모 줄이기에 실패. 양가 부모님들 계신 데서 당당히 허락받고 형편에 맞는 예식을 올리려고 했지만…… 우리 둘이선 이 대한민국의 예식 문화를 도저히 바꿀 수가 없었다. 권 회장은 아주 조금도 고집을 꺾을 생각이 없었고 물론 새아네도 마찬가지. 결혼 당사자 뜻을 존중할 생각이라고는 없어 보였다.

"그래도 사돈댁이 있는 집이라 그런지 귀티가 줄줄 흐르네. 안 그래요?"

집으로 돌아가는 차 안, 정연이 경찬에게 한 말이었다.

"있는 집에서 왜 아들 집 한 채를 못 해준대. 이해가 안 되네.

조금만 더 비비면 어떻게든 한 채 받아낼 수 있을 것 같지 않아?"

아빠 차 뒤에서 이 얘길 듣고 있던 새아가 학을 뗐다. 아니, 엄마, 앞에선 그런 소리 1도 못 하더니 아직도 아파트 타령이야?

"아니, 그쪽 아들이 그렇게 새아한테 목을 맨다면서. 지금 받아내야지, 그럼 언제 받아내. 증여세는 무슨. 내가 보기엔 것도 핑계 같은데? 아파트 전세도 좀 그래. 나는 자가로 한 채 받아냈으면 좋겠어."

아니, 지금 시대에 아파트 맡겨놨어요? 결혼 갖고 장사해요, 지금? 그 끝없는 요구에 결국 새아는 초강수를 두었다.

"엄마, 그럴 필요 없어."

"응?"

"……우리, 헤어지기로 했으니까."

끼이이익 ─ 자동차가 브레이크음을 내며 덜커덩 멈추었다. 깜짝 놀란 정연과 경찬이 동시에 새아 쪽 자리를 돌아보며 소리쳤다.

"그게 무슨 소리야?!"

얼굴이 새하얗게 질리다 못해, 사색이 된 두 사람이었다.


본가에 돌아와 착잡하게 다리를 꼬고 있는 권 회장. 지혁은 조심스럽게 따라와 그의 눈치를 살폈다. 요새 무슨 생각을 하고 있는지 도통 알 수가 없는 아버지였다. 지금도 마찬가지.

"아버지? 오늘 어떠셨어요?"

"뭐, 마음이 좋진 않지. 딱 봐도 서민 집안이더만. 니가 좋다니까 어쩔 수 없이……."

지혁은 대번에 미간을 구겼다. 아무리 아버지라고 해도 새아네 집안을 그렇게 말하는 건 기분이 상했다. 아버지가 계속 이렇게 나오신다면야. 제대로 속마음도 말씀 안 하시고 이거 싫다 저거 싫다 이건 안 된다 자꾸 트집만 잡으신다면야. 지혁은 초강수를 두기로 했다.

"그래요? 제 생각도 그런데."

예상과 다른 지혁의 반응에, 석범의 시선이 옆으로 슬며시 돌아갔다.

"생각해보니까 우리 집안이랑 너무 안 어울리는 것 같더라구요."

"……?"

"스몰 웨딩도, 우리 집안 격에 안 맞고, 그죠?"

아니, 얘가 또 왜 이래?

"아무래도 우린 그냥,"

"……?"

"깨지는 게 낫겠어요."

그 말 한마디에 석범의 두 눈이 퐁 - 하고 튀어나와 바닥에 댕그랑 쏟아질 뻔했다. 그, 그, 그게 무슨 말이니? 둘이 헤어지겠다고?

## 27

우리 헤어졌어요?

늦은 밤, 새아와 지혁이 몰래 톡을 나누었다.

'분위기 어때?'

'일단 우리 엄마는 지금 멘탈 붕괴야. 내 말을 안 믿으셔.'

'왜 안 믿으셔?'

'그래서 자리 박차고 나왔어. 지혁 씨랑 제대로 헤어지고 오겠다고.'

하아, 이렇게까지 하고 싶진 않았는데. 양가 부모님의 턱없는 고집에 결국은 초초초강수를 두게 된 두 사람이다.

'아버님은 어떠셔?'

'자존심이 세셔서, 아마 며칠 내로 굽히진 않으실걸?'

하지만 지혁은 보았다. 석범의 눈에서 일어나는 격한 동공 지진을.

'근데, 우리 이래도 돼? 우리 이러다가 진짜 파혼하면 어떻게 해?'

사실 이런 초강수 밀당 전략에서 혼자 마음이 급한 건, 지혁이다.

'에이, 우리가 파혼을 왜 해. 연기했음 연기했지.'

연기? 그것도 딱히 지혁이 원하는 결론이 아니다. 웬만하면 일주일 내로 양가 부모님이 항복하고 돌아섰으면 좋겠는데. 새아는 뭐가 그렇게 여유만만한지 배짱 빵빵이었다. 어후, 이거 아주 밀당의 고수 다 됐네. 나만 이렇게 마음 졸이는 거야?

'우리 이제 회사에서도 좀 분위기 잡고 자숙하자.'

크으으─ 이 또한 지혁이 원하는 게 아니었다. 회사에서 데면데면 지내고, 또 며칠 못 보고 이래야 한다는 거잖아. 이건 누가 봐도 나 혼자 애가 타는 스토리. 하지만, 새아는 결연했다.

'결국 이 얘길 들어야 해. 너희 결혼 문제는 너희가 알아서 하렴.'

안 그러면 사사건건 이어지는 참견과 간섭에서 결국은 더 큰 갈등을 초래할 것이었다. 그렇게 톡을 마치고, 새아는 잠이 들었다. 내일부터 헤어진 여자 연기 해야지 하면서.

그러나 정연은 새아가 미처 손을 쓰기 전에 한발 먼저 그녀의 집으로 쿵쾅쿵쾅 찾아왔다.

"아직 출근 안 한 거 다 알아. 문 열어."

새벽녘에 엄마가 집에 쳐들어 왔다. 이제 어리바리 잠에서 깬 새아는 뭘 연기하고 말고 할 새가 없었다.

"너 진짜 권 서방이랑 헤어질 거니?"

다짜고짜 펜싱 찌르듯 훅 ─ 들어오는 질문에 새아는 어젯밤 하기로 했던 그 연기 모드를 로딩하느라 바빴다.

"……응? 엄마 아침에 무슨 일이에요."

"너 진짜로 헤어질 거냐고!"

"……이미 헤어졌어요. 밤새 울다 잠든 거 안 보여?"

"그냥 자다 일어나서 부은 것 같은데?"

쓸데없이 예리한 우리 엄마. 하지만, 여기에 말리면 안 된다.

"……몰라, 나 이제 어떻게 출근해? 회사 대표랑 결혼하려다 깨졌는데, 어떻게 그 회살 계속 다니냐고. 엄마, 나 로안 그만둘까?"

"너 대기업 다닌다고 주변에 얼마나 자랑을 해놨는데 그게 무슨 소리야?"

"로안이 무슨 대기업이야. 대기업 자회사지. 엄마는."

"그게 그거지. 그리고 너 재벌집에 시집 간다고 온갖 자랑은 다 해놨는데 어떻게 이제 와서 깨졌다고 그래?"

"엄마가 시집 안 보낸대매!"

결국 모녀간에 화르르 ─ 불이 붙었다.

296

"아니, 내가 언제?!"

"아파트 한 채 안 해올 거면 시집 못 보낸대매! 거기서 못 해준다고 하니까, 내가 시집을 못 가는 거지!"

"그게 엄마 진심이겠니? 진심이겠어?"

"그 말이 나한테 얼마나 스트레스였는지 알아? 왜 엄마는 면전에다 대고 하지도 못할 얘기를 왜 나한테 시켜서 몰아붙여?"

말하다 보니 순식간에 눈가에 눈물이 고인다. 엄마의 억지와 고집에 혼자 마음 고생했던 세월들이 생각나서.

"생각해봐. 내가 그 집 들어가서 그 말을 어떻게 해? 엄마도 아버님 카리스마 봤잖아."

"그래도 받을 건 받아내야지."

"아니, 거따가 아파트 맡겨놨어요? 무슨 빚쟁이야, 뭐야."

"그렇다고 진짜 헤어지면 어떡하니? 엄마 진심은 그게 아니잖아!"

여기에 평생 쌓아놓았던 상처가 불쑥 – 솟아오른다.

"엄만 평생 그랬어. 앞에선 그렇게 못되게 모진 소리 해놓고, 항상 진심은 아니었다고."

"……!"

"그렇게 상처 줘놓고, 그 뜻은 아니었다고 하면, 내가 이미 받은 상처는 어떻게 해."

문득 엄마의 추궁으로 자존감을 도둑 맞았던 세월들이 떠올라, 와르르 – 눈물이 쏟아졌다. 니가 어디 부족해서 제대로 연애도 못

하는 거 아니야? 구박받던 세월들, 급기야 내 결혼 준비마저 다 컨트롤해야 직성이 풀리는 그 고집에 스트레스 받던 순간들. 어떻게든 소통으로, 대화로 풀려고 했지만 '아파트 한 채 반드시 받아내야 한다'라는 그 욕심이 엄마의 두 귀를 막고 있었다. 이미 내 얘기는 듣지도 않았다. 하지만 정연은 정연대로 속이 상했다.

"그냥 엄마 말대로 하라니까! 그 말을 안 듣고 끝까지 어거지야!"

너 나중엔 엄마한테 절할 걸. 엄마 덕분에 시댁에서 아파트 한 채 받았다고? 내가 능력 없는 집에 요구하는 것도 아니고 우리나라 최고 재벌집에 얘기하는 건데 그게 그렇게 말이 안되는 요구니? 엉?! 그 재벌집에서 아들 월셋집 살게 하겠다는 게 나는 더 이상해. 내놓은 자식도 아니고.

"그래서 어떻게 하겠다고. 돈 모일 때까지 이 꾸질럭한 원룸에서 살겠다고?"

"아니! 여기에선 나 혼자 살아요! 앞으로도 쭉!"

"얘가 무슨 말도 안 되는 소리야?"

"엄마, 지혁 씨가 마음에 안 들어?"

"마음에 들지, 그럼! 세상에 그보다 잘난 사위가 어딨어."

"근데 왜 이렇게 스트레스를 줘. 아파트를 해와라 마라 직접 장모님이 전화까지 하면 나라도 도망가겠다."

"될 만하니까 비벼보지! 권 서방 능력이 있고, 그 집안 재력이 있으니까!"

"제발 권 서방이 정말 우리 사위로 들어오길 원한다면 우리 뜻

좀 존중해줘요. 우리 계획도 좀 들어주고."

"아, 몰라! 알아서 해! 니가 권 서방 놓치면 니 인생 조지는 거지, 내 인생 조지는 거냐? 알아서 하라고~!"

정연은 그렇게 빽— 소리를 지르고 새아의 집에서 나왔다. 쿵쾅쿵쾅— 잔뜩 화난 걸음으로 밖으로 나서면서도 도저히 그 말 한마디가 입 밖으로 떨어지지 않았다.

'너희들 뜻대로 하렴.'

니들 뜻이 뭐가 중요해. 결혼식은 부모님 행사인데. 하객 수 줄이겠다는 철없는 소리나 하고 있고. 내가 사방에 뿌리고 다닌 축의금이 얼만데 그거 싹 걷어와야지, 스몰 웨딩은 무슨. 주변 사람들 다 모아놓고 내가 내 딸 이렇게 잘 키워서 잘 시집 보낸다, 자랑하는 자리인데 눈이 빠지도록 화려하게 해야지, 그 큰 로안에서 뭣하러 쪼그만 홀을 잡아다가 한대. 하여튼 마음에 안 들어.

'너희들이 고민해서 결정하렴.'

그 말도 도저히 입 밖으로 나오지가 않았다. 아직 그렇게나 철이 없는데 니들끼리 결정을 하긴 뭘 해. 잠자코 엄마 말이나 들으면 좀 좋아. 결국 딸 새아에게 더더욱 화가 나고 마는 정연이었다. 아우 아우, 저년 고집을 어떻게 꺾는담?

평소에 비하면 그리 심한 말도 아니었는데 악마가 나타나 온갖 악담과 저주를 퍼붓고 간 것처럼 너무나 속이 상했다. 정연이 문을 쾅 – 닫고 돌아서 나간 뒤로 새아는 아침 내내 펑펑 울었다. 어른스러운 결혼 준비를 하고 싶었다. 양가의 축복 속에, 엄마의 응원 속에. 지혁은 내가 사랑하는 사람이기도 했지만 엄마의 마음에 든 사람이기도 하니까. 지혁이라면 엄마가 결혼 반대는 하지 않겠지, 다툼 없이 순탄하게 결혼 준비 잘 마칠 수 있겠지, 내심 그런 기대를 했었는데…… 이건 아니다. 이렇게 상처 입어 가면서, 스트레스 받아가면서, 결혼 준비하고 싶지 않았다.

엄마는 평생 날 이렇게 애 취급할 거다. 그 안에서 나는 영원히 성장하지 못할 것이다. 엄마의 영향력 안에서 내가 원하는 대로 살지 못할 것이다. 결혼 역시 마찬가지일 거고. 내 삶의 선택권을 모두 빼앗겨버린 느낌에 새아는 울고 또 울었다. 결국은 엄마랑 제대로 소통할 수 있는 방법이란 없는 걸까. 엄마는 왜 이렇게 내 말을 안 들어주는 걸까.

♪♪

성진 건설 회장실, 권 회장은 또다시 상후를 불렀다.

"지혁이가 진짜 장가 안 가겠대?"

사실 어젯밤 지혁의 그 말 이후로 한숨도 잠을 이루지 못한 석범이었다.

"그게 진짜였어요?"

"왜?"

"로안 홀 잡아놨던 거 캔슬했다고 하더라구요. 그거 문자가 저한테 날아와서 뭔가 했죠. 날짜 옮겼나."

이눔이 혹시 진짜? 석범의 눈썹이 미세하게 꿈틀거렸다. 어젠 괜히 욱해서 했던 말인 줄 알았는데, 혹시 진심인가?

"상견례 분위기가 어떠셨는데요?"

"에헴 에헴, 상견례 분위기야 좋았지."

석범은 대충 그렇게 둘러댔다. 애들이 스몰 웨딩인지 뭔지 꺼낸 그 말에 장장 삼십 분이나 훈계조로 떠들어댔던 건 일단 자체 생략하고, 에헴 에헴. 아니, 그것 때문에 그 아가씨랑 헤어지겠다는 건 아닌 것 같고. 둘이 뭐 문제가 있나?

"그 얘긴 했었어요. 회장님께 축복받는 결혼식은 아닌 것 같다고."

"뭐야?"

"이유는 모르지만, 회장님이 우리 결혼 내켜 하는 것 같지가 않다고."

이눔 자식? 눈치는 빠르네. 에헴.

"지한이 형 때 워낙 사달이 벌어졌었잖아요. 자기도 또 그런 갈등 일으켜가면서 결혼하기 싫은 거겠죠."

"아니, 것 땜에 결혼까지 약속한 여자랑 헤어지겠대?"

"혹시 국내에서 결혼 안 하고 도망가려는 거 아닐까요?"

그, 그, 그, 그럼 지한이 때처럼 어디 해외 교회 가서 둘만의 서

약인지 뭔지 떨렁— 하고 둘이 사는 거? 그리고 결혼이라고 우기는 거, 그걸 하겠다는 거야? 아이고, 두야. 그것 또한 마음에 들지 않는 일이다.

"그러지 말고 회장님이 전폭적으로 응원 좀 해주세요. 니 뜻대로 결혼 준비 진행해라, 집 문제로 걱정 있으면 아빠랑 상의해라, 아빠가 너희를 응원해주겠다! 이렇게요."

끄으응— 여기에 권 회장은 난색을 표했다. 솔직히 내가 그렇게까지 응원하는 건 아닌데. 그렇다고 지혁이 이놈이 또 외국으로 튀는 걸 그냥 볼 수는 없고. 아님, 그 애랑 헤어지고 다시 '비혼' 하겠다면서 들고 일어서는 거 아니야? 아이구, 이놈은 끝까지 머리 아프게 한다니까. 어떻게든 결단을 내려야 할 시점이었다. 아들 지혁을 응원해줘야 할지, 아니면 헤어지겠다는 걸 그냥 이대로 두고 볼지.

'니 엄마 좀 말려봐!'

아빠에게서 급박한 문자 메시지가 왔다. 엄마가 왜, 뭘 하길래, 말려? 소울 웨딩 플랜, 새아는 디리링— 울리는 메시지를 무시하고 다시 신랑 신부 상담에 열중하려고 했다.

'집 담보로 대출을 내겠대. 일 억을.'

차마 이 메시지는 무시할 수가 없었다. 에에엥? 그게 무슨 소리야? 일 억을? 갑자기 왜? 이건 가만히 앉아 있을 사안이 아니다.

"그럼 두 분 앨범 보시면서 한번 상의 나누어 보세요."

새아는 신랑, 신부들 옆에 앨범 다섯 개 정도를 척척척— 쌓아 주고 상담실을 나와, 바로 아빠에게 전화를 걸었다.

— 여보세요? 갑자기 무슨 일 억이야?

— 어디서 그런 얘길 들었나봐, 재벌집 시집 보내려면 예단 비용 일 억은 있어야 한다고.

기함할 만한 소리가 들어왔다. 으아악— 그게 무슨 소리야. 우리 간단하게 커플링하는 거 빼고는 예물, 예단 다 생략하기로 했는데 갑자기 그게 무슨 예단비?

— 예단이 많아봤자 천만 원, 이천만 원지, 무슨 일억 원이에요? 그게 어디서 나온 숫자야?

— 강남에 아파트 한 채 받으려면 그 정도는 투자해야지 않겠냐면서 대출 심사 받겠다고 지금 은행 갔어!

오, 마이, 갓! 그게 또 무슨 해괴한 소리인가. 아니, 우리 둘이 헤어졌다는 그 소리는 뭘로 듣고, 예단비 대출 일 억을 받으러 가? 아우, 아우, 우리 엄마, 무대뽀, 진짜!

상담실 안의 예비 신랑 신부가 유리벽 너머로 앨범 다 봤다고 손짓을 했다.

'네에, 잠시만요.'

새아는 뒤돌아 빵긋 웃어주고는 전화에 대고 잇새로 이글이글 씹어뱉었다.

- 어떻게든 엄마 좀 말리고 있어봐요. 나 일 끝내고 달려갈 테니까.

우리 엄마 왜 또 이렇게 산으로 가시나.

## 갈등 폭발, 눈물 폭발,
## 억하심정도 폭발

새아는 신랑 신부 상담을 서둘러 마치고, 엄마가 있다는 은행으로 달려갔다. 아빠가 말했던 그 은행에 이미 엄마는 없었다.

"아우, 왜 엄마는 전화를 안 받아."

일 억은 무슨 일 억이야, 갑자기. 이번엔 엄마가 일하는 마사지 숍 황후로 방향을 틀었다. 일하시는 분께 물어보니 잠깐 은행 일보고 돌아오겠다고 해놓고 아직 돌아오지 않았다고 했다. 그럼 대체 어디 간 거야. 불안하게. 그렇게 초조하게 전화를 걸고 또 걸다가 마침내 엄마가 전화를 받았다.

– 여보세요?

- 아우, 엄마, 어디야아? 웬 대출이야, 갑자기?

- 내가 마지막으로 확인을 좀 하려고.

- 웅? 무슨 확인. 어딘데요, 지금?

화악 - 불안한 예감이 엄습했다. 내가 은행으로 황후로 뛰어다니는 동안 혹시 엄마는? 혹시? 혹시?! 엄마는 놀랍게도 로안 대표실에 쳐들어와 있었다.

- 으악 - 암말도 하지 말고 잠깐 있어봐!

아니, 그래도 여긴 회사인데, 회사에선 지혁이 내 예비 신랑이 아니고 대표님인데, 그렇게 막 찾아가면 어떻게 해. 새아의 얼굴이 새빨갛게 달아올랐다. 하이힐 굽이 다 닳도록, 숨차게 달려 대표실 앞에 도착하자…… 그 안에서 지혁과 정연이 무슨 대화를 나누고 있었다.

"엄마!"

새아는 휘청휘청 비틀거리며 안으로 들어가 일단 그녀를 붙잡았다.

"나가자, 웅? 여기서 왜 이래?"

"이새아!"

들어오자마자 매섭게 쏘아보는 정연의 눈빛에 새아는 움찔했다. 혹시 들킨 거 아니야? 우리 가짜로 헤어진 거? 권지혁, 이 무른 자식이 몇 번 추궁하니까 술술 불어버린 거 아니야? 그럴 수 있다. 엄마는 그런데 있어 최고의 공격수니까.

"너 진짜 어쩌려고 그래. 엉? 이렇게 엄마 마음 속상하게 해야겠어?"

　정연은 다짜고짜 양 주먹으로 새아에게 주먹질을 하기 시작했다. 그걸 고대로 맞아주면서도, 새아는 아직 영문을 알 수가 없었다. 왜, 왜, 둘이 무슨 얘기 했길래. 새아의 시선은 그런 정연을 말리고 있는 지혁에게로 향했다.

　"아유, 어머님, 이러지 마세요."

　"엄마한테 진작 얘기를 하지. 그럼 여기까진 안 왔잖아."

　"왜, 뭔데 그래."

　"권 서방이 그러는데? 어떻게든 아파트 해오겠다고?"

　"······뭐어어어?"

　너무 넋이 빠져 새아는 대꾸할 말을 잃었다.

　"지혁 씨, 토지 계약금은?"

　"그건 날리는 거지 어떻게 해."

　"우리 아파트 살 돈 없잖아."

　"그 돈은 내가 다시 마련해볼게. 어머님 뜻이 정 그러하시니까."

　이에 정연이 끼어들었다.

　"돈은 우리 쪽에서도 좀 마련을 해볼게. 권 서방."

　제발 좀, 엄마! 결국, 새아의 눈에서 답답함의 눈물이 흘렀다.

　"삼십 년 세월 손가락 부러지도록 마사지해서 이제 겨우 집 융자 다 갚았는데 거기다 이제 일 억을 또 내겠다고?"

　"일해서 벌어서 갚으면 되지, 뭐가 걱정이야!"

　"엄마 노후 자금 필요 없어? 늙어서는 대책 없냐고!"

"엄마는 엄마가 알아서 해! 그냥 돈 보태준다고 할 때, 감사합니다, 하고 받아. 엄마랑 사위 생각은 잘 맞는데 너랑은 왜 이렇게 안 통하나 몰라?"

"그게 어떻게 지혁 씨 생각이야? 사위 된 입장에서 장모님 의견을 어떻게 단칼에 거절해. 제발 강요는 나한테만 해! 지혁 씨한테까지 이러지 말고!"

이제는 정연의 목소리마저 바들바들 떨리고 있었다.

"나라고 어디 가서 일 억 마련해오는 게 쉬워? 쉬울 것 같애?"

"안 해도 된다고 했잖아, 예단비 일 억이 말이 돼? 그건 누가 정한 숫자야? 자꾸 엄마 마음대로 이럴 거야?"

"내가 무슨 마음으로 은행에 갔는데! 돈 없는 친정집 때문에, 혹 재벌집에서 너 무시할까! 친정집에서 돈을 못 보태줘서 집을 안 해온다 그러나! 혹시 엄마 때문에 이 결혼 파투 나는 거 아닌가! 오죽하면 엄마가 대출까지 받으러 가겠어?"

결국은 여기 대표실에서 큰 소리가 나고 말았다. 직원들이 저편에서 뭔일 났나 싶어 몇 번 시선을 주자 새아는 정말 정말 창피해졌다. 팀장이 되어서 회사에 엄마가 찾아오고 직원들 다 들리게 엄마랑 싸우는 꼴 보이고. 흐르는 눈물을 감추다가 새아는 확ー 주저앉아 버렸다. 엄마의 무대뽀에 이런 밀당이 먹힐 리 없었는데 전략을 잘못 짰다. 결국은 이런 추태만 벌이고 말았다.

"어머님, 그런 돈이라면 저희 더더욱 받을 수 없어요."

우는 정연에게 휴지를 갖다 주며 지혁이 했던 말이었다.

"그거라도 해주고 싶은 게 내 마음이야."

"어머님 노후 자금은커녕 빚만 남기게 하고 저희 결혼할 수 없습니다."

"그런 거 아니야. 일단 받아, 응?"

"그렇다면 저희 생각은 더더욱 굳건해질 수밖에 없습니다. 이렇게 양가 피해 주면서 결혼식 올릴 생각도 없구요."

"그게 왜 피해야. 부모들 마음이 그래! 없는 돈이라도 꿔 와서 결혼시키고 싶은 마음이라고."

새아는 다시금 엄마를 붙잡고 말했다.

"엄마가 욕심만 좀 줄이면 되잖아. 어떻게 신혼부부가 첫 시작부터 떡하니 아파트 사서 들어가. 적어도 집값의 육십 프로는 현금으로 갖고 있어야 하는 거, 엄마도 알잖아. 응?"

"요새 뉴스 안 봐? 신혼부부 시작할 때 서울에 진입 못 하면 평생 진입 못 한대! 자고 나면 일 억씩 오른다는데, 왜 그걸 안 사려고 해? 경기도에 주택은 무슨, 그걸로 시세차익 볼 수 있겠어? 그게 오르겠냐구. 아주 답답해 죽겠네!"

"거기에 우리까지 동참할 필요는 없다고 생각해. 알잖아. 지혁 씨가 설계한 이층집, 위아래 평수 합치면 칠십 평대야. 요새 어느 신혼부부가 그렇게 시작해. 그것도 엄청 대단한 거야. 그게 우리가 살고 싶은 삶의 방향이라고! 그거 기다리면서 잠깐 고생 못 해?"

"그 집이 언제 지어질지 알고!?"

"권 서방 그렇게 못 믿어요? 사위가 직접 짓겠다는데? 엄마도 그 땅 보고 좋다고 했잖아. 이렇게까지 사위 자존심 상하게 해야 겠어?"

갈등 폭발. 눈물도 폭발. 서로에 대한 억하심정도 폭발. 돈이 걸린 문제라 그런지 제 욕심을 조금도 양보하지 못하는 엄마. 그게 결국 이 결혼식을 파투 나게 한다고 해도 엄마는 그 욕심을 포기할 수 없는 걸까. 왜 굳이 굳이 대출까지 받겠다고 해서, 나를 불효자식 만드는 걸까. 지금껏 결혼 산업의 최전선에 서 있었지만, 수많은 양가 갈등을 조율해왔었지만 내 건 못하겠다. 이건 못해 먹겠다. 이건 결혼 준비가 아니라 전쟁터다. 양보도 협상도 조율도 없는 외고집 전쟁터.

"지혁 씨, 나 이렇게 우리 엄마 일로 지혁 씨한테 스트레스 주고 싶지 않아. 우리 가족이 이런 모습 보여서 정말 정말 미안해."

내 가족이 쪽팔린다. 내가 사랑하는 사람 앞에서. 계속 이렇게 하극상일 거라면, 내가 앞으로도 폭주하는 우리 엄마를 컨트롤하지 못할 거라면, 더 이상 헤쳐나갈 구멍이 없었다.

"괜찮아, 나는……."

"아니, 내가 괜찮지가 않아."

"자기야."

"나는 이 결혼 준비, 못 하겠어."

결국, 이렇게 말해버렸다. 엄마가 직접 두 귀로 들어야 포기를 하실 것 같다. 그 일억 원, 아빠가 일을 안 하니까 오로지 엄마의 손힘으로 갚아야만 하는 돈이다. 죽도록 손님 받아서, 마사지 해서, 노동으로 갚아야 하는 어마어마한 돈이다. 그렇게 하다간 엄마의 건강도 아작날 것이고, 노후 준비 또한 꿈도 꾸지 못할 것이다. 이렇게까지 하고 싶지 않다.

"이제 우리 그만하자."

이렇게나 엄마를 제어할 수 있다면, 차라리 멈춰버리자.

"나 생각 좀 정리하게 휴가 좀 낼게. 당분간 연락하지 말아줘."

새아야, 그게 무슨 소리니, 엄마랑 얘기 좀 해. 차갑게 나가버리는 새아의 뒤를 정연이 헐레벌떡 쫓고 있는 동안,

"……!"

지혁은 머리에 정이라도 맞은 것처럼 멍하니 멈춰 서 있었다. 지금 혹시 우리 진짜 헤어지자는 거야?

♪♪

예찬의 전시가 시작되었다. 회사엔 휴가를 내놓았지만 '스페셜 멘토'로서 여기에까지 불참을 할 수 없었다. 새아는 민트빛 정장을 위아래로 갖춰 입고 거울을 보며 코랄 컬러의 립스틱을 발랐다. 지금 내 감정이 어떻든 오늘 전시에 가서는 예찬을 축하해주고 주변인들에게 웃음을 보여야 한다.

'내 감정 잘 단속하자.'

다짐하듯 립스틱을 몇 번 더 덧바르는데 그제서야 조금 자각이 든다. 이게 예찬이 선물해주었던 건가. 화장대 위 여러 개 립스틱

중 하나를 집어 들었을 뿐인데 그게 하필 예찬이 선물해주었던 거였다니.

아트홀 커다란 외벽에 걸린 엄청난 사이즈의 전시 현수막. 거기엔 대문짝만하게 쓰여 있었다.

'대한민국을 빛낸 포토그래퍼, 조예찬의 국내 복귀전! 결혼의 민낯'.

입장을 위해 길게 늘어진 줄. 전시의 첫 리본이 끊기기 전인데도, 이미 거기엔 엄청난 수의 사람들이 모여 있었다. 그래, 그런 남자였지. 조예찬. 대한민국이 다 자랑스러워하는 엄청 세계적인 작가님이잖아. 전시회장에 들어가자 이미 수십 명의 기자들이 모여들어 정해진 인터뷰 시간이 아닌데도 예찬에게 이런저런 질문을 던지고 있었다. 어떻게 이런 사진을 찍게 되었냐고, 왜 해외가 아닌 국내에서 사진전을 열었냐고. 예찬은 상당 부분은 전시를 직접 보시면 의문이 해갈될 것이라고 에둘러 말하고는 전시회장 입구 쪽에 서 있던 새아 쪽으로 마중을 나왔다.

"새아 씨, 왔어요?"

이제는 내가 그에게 커다란 꽃다발을 주어야 할 때였다.

"전시 축하해요."

"새아 씨가 못 본 사진도 있는데. 마지막 전시룸이 좀 급하게 기획되었잖아요."

"아, 그거 제 의견이었잖아요."

"우리끼리 먼저 사진 볼래요?"

312

"네?"

"보여줄 것도 있고. 스페셜 멘토가 전시 내용도 모르면 안 되잖아요."

그렇게 새아는 예찬을 따라서 사람이 아무도 없는 전시회장으로 들어갔다. 예찬이 그녀를 친절하고 차근하게 안내하는 뒷모습이 몇몇 사진기자들에게 찍혔다. 예찬과 함께 단숨에 어둡고 조용한 곳으로 들어오자 느낌이 좀 이상했다. 밖은 저렇게 북적거리고 시끄러운데.

"고마워요. 이렇게 조용히 작품 볼 수 있게 해줘서."

"원한다면 해설사도 해줄게요. 내 해설, 아무나 들을 수 없는 거 알죠?"

뚜벅뚜벅- 새아는 첫 사진부터 천천히 구경하기 시작했다. 웨딩 박람회장, 신랑 신부들이 웨딩 플래너들의 계약 욕심에 이리 치이고 저리 치이다 잔뜩 지쳐 하는 모습이었다. 설명도 없는데도, 그 상황이 너무나도 잘 보였다.

"처음부터 매운맛이네요."

사진의 주제가 워낙 뚜렷해, 예찬이 설명해주고 말 필요도 없었다. 그다음 사진은 상견례장, 얼굴을 붉혀 옥신각신하게 되는 양가 부모님들의 모습이 담겨 있었다. 마치 제 거울을 비춘 것 같아 얼굴이 다 화끈거리는 새아였다. 고성이 오간 것까진 아니지만, 꽤나 껄끄러운 분위기였던 나의 상견례가 떠올랐다. 이렇게 사진으로 보니 더더욱 임팩트가 강렬했다. 이 양가 부모님들은 대체 무슨 일로 이렇게까지 목에 핏대를 높이고 계실까. 이제 시작하는 두 사람, 응원해주기 위해, 그 첫 시작으로 여기에 모인 것일 텐데 뭐가 그렇게 불쾌하셔서 목소리를 드높이고 계신 걸까.

"좀 이상하다."

"왜요?"

"다 내 자화상이에요. 언제 이렇게 날 따라다니면서 찍었어요?"

장난으로 하는 말이 아니었다. 부동산 앞에서 천정부지의 집값을 바라보며 자조적 웃음을 삼키는 예비 부부의 모습, 하늘 찌를 듯, 높은 아파트들 사이에서 갈팡질팡하고 있는 그들의 모습이 딱 내 모습이었다. 신부가 신랑집에 건네는 예단비 봉투. 거기에 함께 동봉된 정성 들인 편지는 뒤로하고 봉투의 액수부터 살피는 시어머님의 모습도 담겨 있었다. 이런 사진은 어떻게 찍었대. 연출한 것도 아니면서. 그리고 곧 명품백과 모피 코트를 걸치고서 좋아하는 모습까지. 그 뒤에는 방짜유기며 커다란 예단 이불채가 산처럼 쌓여 있었다.

대체 결혼이란 뭘까. '인생에 한 번'이라는 미명 아래 각자의 욕망을 채우는 순간일까. 마음껏 사치를 즐겨보는 시간일까. 이 천문학적인 결혼 비용에서 그 누구도 자유로울 수가 없는데 대체 어떤 돈으로 이걸 샀을까. 우리 엄마가 하려고 했던 것처럼 예단을 위해서 빚이라도 낸 건가. 절로 회의감이 드는 사진들이었다.

그리고 마지막 룸. '그럼에도 불구하고 사랑'이라고 이름 붙여진 전시 기획실에서, 새아는 멈칫했다. 예찬의 사진이라기엔, 구도도

각도도 좀 이상한 사진이 걸려 있었다.

어? 저건?

필름 사진기로 찍은 거라 기억이 가물가물하긴 하지만, 저건 분명 내가 찍은 사진이었다. 예찬과 헤어질 때 주었던 그 필름 사진기에 담겨 있던 사진이었다.

"……!"

그 사진은…….

29

기다리고 있다는 거
잊어도 되니까

 

그 사진들은 모두가 '사랑'과 '진심'에 대해서 이야기하고 있었
다. 첫 사진은 조그만 아기 선물을 포장하고 있는 내 모습이었다.
결혼한지 삼 년째, 노오오-력 끝에 드디어 아기가 생겼다면서 기
뻐하던 신부의 전화를 받고서 준비한 선물이었다. 유준에게 테스
트 삼아서 몇 장 찍어달라고 했더니 어느새 이 모습을 찍어놓은
모양이었다.

두 번째 사진은 한 앨범이었다. 번뜩- 기억이 났다. 이건 내가
찍은 사진이다. 지금까지 진행했던 신랑, 신부들 본식 사진들을
인화해서 한 땀 한 땀 꾸며놓았던 앨범. 앞으로 그들이 어떤 삶을

살게 될지는 몰라도 나는 그들이 가장 빛났던 순간을 간직하고 싶었다. 그래서 셀프 소장용으로 만든 것이었다. 이걸 기록하고 싶어서 또 필름 사진기로 찍은 거였고. 신기하고 싱숭생숭했다. 그때는 이 사진이 어떻게 나올지 알 수가 없었다. 이건 아날로그 카메라니까. 바로바로 결과물을 확인할 수 있는 디지털이 아니니까. 언제 찍었는지도 가물가물해진 이 사진이 이렇게나 예쁘게 인화되어 전시회장 벽에 이렇게 크게 걸려 있다니.

다음 사진은 로안에서였다. 경훈과 예니의 결혼식. 그래도 웨딩 플래너로서 정성껏 디테일을 챙겨주고 있는 내 모습이 담겨 있었다. 이건 언제 찍었대. 왜 결혼하는 두 사람은 안 찍고 나를 찍고 있었대. 민망하긴 했지만 예찬에게 정말 고마운 사진이기도 했다. 상황이 어떻든 간에 웨딩 플래너로서 최선을 다하는 모습을 담아주어서.

다음 사진은 웨딩쇼 날, 총괄 디렉터로서 바쁘게 돌아다니고 있는 내 모습이 담겨 있었다. 목 끝이 울컥하며 따끔해진다. 이날, 예찬에게는 아마 최악의 날이었을 거다. 그다음 날도 마찬가지였고. 그런데도 이 사진을 전시에 걸어준 이유가 뭘까. 그의 감정과 상관없이 내가 예쁘고 멋있게 나와서? 내 열정이 잘 담겨 있어서?

그와 함께 갔었던 가평의 프레스티지 스위트, 이곳에서 필름 카메라로 찍은 사진도 벽에 걸려 있었다. 예식 장소 헌팅차 여기에 갔었지. 여기 정말 예뻤었는데. 현장 상황을 꼼꼼히 살피고 있는 내 모습 또한, 예찬이 남몰래 담아 놓았다. 여전히 그곳은 아름다웠다. 누군가 '로망의 결혼식'을 올리기에 손색이 없을 정도.

가슴이 막 몽글몽글해졌다. 하나의 결혼식을 위해 수많은 사람이 쏟았던 정성이 이 사진들에 담겨 있었다. 웨딩 업계 종사자들이 신랑, 신부에게 전하고 싶었던 따뜻한 진심이 담겨 있었다. 나도 모르게 입가가 실룩이며 비적비적 눈물이 새어 나오려 했다.

"새아 씨, 왜 그래요?"

두 걸음 정도 뒤에서 함께 사진을 보고 있던 예찬이 살짝 당황한 표정으로 다가왔다.

"그냥, 고마워서요."

"뭐가요?"

"그냥…… 이 직업을 예쁘게 봐줘서."

웨딩 플래너라는 내 직업을 예쁘게 담아줘서. 신랑, 신부에게 전하고 싶었던 내 진심을 예찬 씨가 알아주어서.

사실 정말 회의감이 많이 들었던 요즘이었다. 내가 내 결혼 준비도 이렇게 제대로 못 하고 있는데, 남의 결혼 준비해주는 직업을 갖고 있는 게 맞는 건가. 왜 결혼 준비할 때 신부들이 그렇게 예민해지는지 너무너무 이해가 가면서도 또 그 모든 걸 받아주고 풀어줘야 할 때는 곡소리가 나게 버겁고 힘들었다. 하지만 사진으로 보니까 알겠다. 내가 이 직업을 얼마나 사랑하고 있는지. 내가 신랑 신부들을 위해 얼마나 진심으로 달려왔는지. 이 전시룸의 주제인 '우리가 잊고 있는 사랑'이었다. 내가 제안한 의미는 '신랑 신부 간의 사랑'이었지만, 예찬은 그보다 더 넓은 걸 보여주고 있었다. 내가 잊고 있었던, 내 직업에 대한 사랑, 내 고객들을 위한 사랑. 당신의 사진 한 장 한 장이, 나에겐 너무나 큰 깨달음으로 다가온다. 그는 여전히 나에게 너무나도 고맙고 또 미안한 사람이다.

"곧, 리본 끊어야 할 시간이어서요."

이제 곧 공식 전시가 시작될 시간이라 더 이상 감상에 잠겨 있을 새가 없었다.

"이따 인터뷰 잘할 수 있죠?"

"화장만 좀 고치면요."

새아가 눈가의 눈물을 쿡쿡 찍어내며 말하자 예찬은 빙긋— 웃었다. 그를 따라 웃는 척했지만 사실 속은 그렇지 않았다. 곧 있을 인터뷰에서 나름 웨딩 전문가로서 이런저런 질문에 답을 하게 되겠지만 내 현실은 시궁창이다.

나는, 어제, 나의 결혼 준비를 중단시켰다.

첫날인데도 전시회에 몰린 인파가 어마어마했다. 거물급 유튜버들 및 인플루언서들도 찾아와 라이브 방송을 하고 영상을 찍어갔다. 예찬의 전시 소개를 다룬 기사가 '가장 댓글 많은 뉴스'로 뽑히기도 했다. 예찬이 날린 한국 사회의 결혼 문화에 대한 일침이 이 시대에 적확하게 먹혀 들어간 것이다. 몇몇 기사엔 일부 사진들만 조명되어 온갖 댓글이 달리기도 했다.

'와, 이러고도 결혼하고 싶냐.'

'노답이면 혼자 살어, 이것들아.'

미로처럼 이어진 아파트 숲 사이에서 길을 잃고 헤매는 신혼부부의 사진도 SNS상에서 많이 회자가 되었다. 그 천문학적인 돈 앞에서 느끼는 신혼부부의 좌절이 모두의 공감을 얻었기 때문이었다.

그날 오후 전시회 오픈식. 수많은 기자들, 유튜버들이 몰린 가운데 인터뷰가 시작되었다. 주로 예찬에게 질문이 쏟아졌지만 예찬은 옆에 앉은 새아에게 실제 결혼 문화의 현실에 대한 질문을 되묻기도 했다. 아는 선에선 최대한 또박또박 대답하긴 했지만 너무 긴장해서 뭐라고 말했는지도 잘 기억이 나지 않았다. 이렇게나 수많은 카메라 앞에 선다는 건 정말 기가 쪽쪽 빨리는 일이었다. 행사가 끝나자 새아는 완전히 기진맥진해지고 말았다. 예찬의 한마디 한마디가 포털 메인 기사의 헤드라인이 되었다. 기사를 클릭해 내리다 보면, 새아의 사진과 인터뷰도 있었다. 그 기사를 석범이 보았다. 천문학적인 결혼 비용에 대해 비판하는 이 전시 사진들에 로안이 배경으로 서 있는 것을. 그리고 결혼 준비의 현실적인 어려움에 대해서 인터뷰하고 있는 새아를.

꒰ꔅ꒱

로안, 지혁의 대표실에 두 번째 손님이 찾아왔다. 이번엔 권 회장이다. 회장님이 여기까지 찾아오는 일은 정말 정말 흔치 않은 일이기에, 웨딩홀 임원 및 직원들이 복도에 도열해 고개 숙여 깍듯이 인사를 했다. 그러나 노발대발 화가 난 석범은 그들의 인사도 제대로 받아주지 않고 바로 지혁의 대표실의 문을 빡– 차고 들어갔다. 온 직원이 긴장을 한 건 물론이었다.

"넌 마, 뭐하는 자식이야!"

지혁 또한 모니터로 전시에 관련된 뉴스들을 보고 있을 때였다.

"뭐했길래! 로안 배경으로 그런 기사가 나?!"

"아버지."

지혁의 얼굴은 평소와 달리, 굉장히 굳어져 있었다.

"누가 그런 취재를 허락했어? 너야?! 너냐고!"

평소처럼 이런저런 대꾸도 하질 않고, 무서우리만치 차가워진 얼굴만 하고 있다.

"로안을 까는 게 아니라 대한민국 결혼 문화 자체에 대해 비판을 하는 겁니다."

"근데 왜 우리 로안이 욕을 먹고 있냐 말이야?! 사진이 왜 로안 배경으로 찍혀 있냐고!"

"우리도 그들 중 하나니까요. 신랑, 신부들 지금껏 돈으로 보고 계약 받아왔던 거, 저희도 마찬가지 아닙니까?"

"이 자식이, 지금 뭐가 잘못됐는지 몰라? 그 아가씨는 왜 또 거기 가서 인터뷰하고 있어? 걔 여기 직원 아니니? 우리 집안 사람 될 애 아니냐고!"

어떻게든 차분한 목소리를 이어가려던 지혁은 여기서 그만 확―
폭발해버리고 말았다.

"아버지가 걷어차버리지 않으셨습니까!"

"……!"

"저도 분명히 말씀드렸을 텐데요. 그래서 저희 결혼 준비 그만
하기로 했다고!"

지금껏 본 적 없던 아들의 분노에 석범은 움찔했다.

"우리 집안 사람 될 애라니요. 아버지가 새아 받아주시기나 했
습니까?"

자세히 보니 지혁의 꼴이 말이 아니었다. 거뭇하게 자란 수염
에, 팬더처럼 짙어진 다크서클에, 잔뜩 풀어헤쳐진 넥타이까지.
석범은 그제야 아차 싶었다. 그 말이 진짜 사실이었어? 결혼 준비
관두겠다는 말? 그래서 이렇게 엉망인 꼴인 거야?

"무슨 일인지 제대로 알아보지도 않고, 일단 화부터 내는 거,
자기 성질 주체 못 하고, 장소 상관없이 멋대로 구는 거! 그만하기
로 하지 않으셨습니까. 이제는 달라지겠다고 하지 않으셨습니까!"

"이노마, 그건……."

"그렇게 지한이 형이랑 형수, 한국에서 쫓아 내놓고 아직도 직
성이 안 풀리세요? 이렇게 아들 결혼까지 파투 내야 직성 풀리시
겠습니까?"

"내가 뭘 그렇게 잘못했냐, 이노마! 내가 제니 때처럼 애 뺨을
때리길 했어? 상견례 자리 못 나간다고 고집을 피웠어? 내 하객

수가 많아서 스몰 웨딩은 안 된다, 시아버지가 되어서 그것 하나 주장 못 해? 온 나라가 재벌 증여 건만 눈에 불을 켜고 보고 있는데, 니 힘, 니 돈으로 결혼하라고 한 게 그게 그렇게 잘못이야?"

"총무팀 통해서 새아 산전 검사 진행하라고 한 거 들었습니다."

"······!"

심장이 철렁- 하는 소리였다. 상후가 제 마음대로 움직여주지 않자, 권 회장은 총무팀에게 지시했다. 로안의 전 직원, 외부 건강 검진을 받아서 내게 하라고. 목적은 그것이었다. 새아의 산전 검사지를 받아오는 것. 그리고 그걸 지혁이 알아버린 것이다.

"아직도 며느리가 아버지 손주 낳아주는 사람으로 보이세요?"

그건, 그건······!

"그래서 제가 새아를 아버지 가족으로 만들 수 없는 겁니다."

아니 그냥 걱정이 많이 되었던 건데. 정말로 둘이 애가 없을까 봐, 걱정되어서, 궁금해서, 노파심에 그랬던 건데. 허나 권 회장은 되레 역정을 냈다.

"그래서 뭐, 지한이처럼 외국으로 튀려고?"

"이미 헤어졌는데 제가 왜 튑니까. 이렇게 평생 혼자 살겠죠."

뭐라고? 이노마!? 권 회장은 결국 뒷목을 잡았다. 비혼? 또다시 비혼? 욕심을 내다가 내다가 생길 뻔했던 며느리까지 잃어버리고 만 것이었다. 지혁은 가방을 챙겨 밖으로 나가버렸고 권 회장은 아직도 할 말을 찾지 못한 채, 입을 벙긋대고만 있었다. 이눔 자식이 진짜!? 화는 나는데 뭐라고 혼내야 할지를 모르겠다. 유리

벽 너머에서 전 직원들이 흘깃흘깃- 회장님의 동태를 살피고 있었다. 뭐라도 해야 할 것 같아 저편에서 슬쩍슬쩍 눈치만 보고 있던 설영희를 불렀다.

"그래, 지금 전시회 하는 거, 있잖아."

"아 네, 회장님."

"거기서 로안 배경으로 나온 건, 싹 내리라고 해. 안 그럼, 고소 들어간다고."

"……이미 저희가 취재 허락을 해준 거여서요."

"그거랑 명예 훼손이랑 무슨 상관이야?! 하라면 해!"

"네."

영희는 그렇게 대답을 하고 물러갔다. 권 회장은 더더욱 속이 터졌다. 내 주변엔 다 이렇게 까라면 까는 사람들뿐인데, 모두 나에게 이렇게 복종하는데 왜 내 아들 둘은 왜 이렇게 내 말을 안 듣는 걸까.

다음 날도 전시는 문전성시. 사람이 놀이동산처럼 미어터지게 몰려 입장 인원을 조정해야 할 판이었다. 그렇게 북적한 아트홀에서도 이상하리만치 조용한 곳이 있었다. 사다리와 각종 공구들이 쌓여 있는 구석 창고. 예찬은 거기에서 종이컵에 소주 한 병을 까고 있었다.

'삐그덕'.

거기에 의외의 손님이 찾아왔다. 트위드 원피스를 곱게 차려입은 새아였다.

"여기서 뭐 해요, 작가님?"

"나 여기 있는 거 어떻게 알았어요?"

"직원이 알려주더라구요. 뭐 정리하고 계신 줄 알았는데……."

이렇게 낮술을 까고 계실 줄이야. 새아는 그런 예찬의 옆에 쭈그려 앉으며 말했다.

"나도 한잔 줘요."

"여기서 왜 이러고 있는지는 안 물어봐요?"

전시는 대박인데, 왜 여기서 이렇게 쭈구리처럼 짱박혀 있냐구요?

"알 것 같은데요, 뭐."

스폰서 사의 말이 맞았다. 사람들은 자기가 보고 싶은 것만 본다. 이렇게 전시에 직접 와서, 전시의 모든 사진들을 보고 나서 종합적인 감상평을 SNS에 올려주는 관객들도 있지만 전시도 오지 않은 채 SNS에 전해진 한두 장의 사진만 보고서 모든 걸 판단하고 다 아는 척하는 사람들이 있었다. 그 때문에 조금 힘들어진 것일 게다. 예찬은. 이번 전시는 그냥 예술 사진을 건 것과는 달랐으니까.

"잘되어 가요? 뭐든지?"

예찬이 새아에게 한 질문이었다.

"아뇨, 아무것도."

아무것도 잘되어 가는 게 없어요. 권지혁 씨와 나랑의 일은 예찬 씨가 상관할 일이 아니라고 했었죠. 마치 천년만년 영원히 행복할 것처럼 권지혁에게 가버렸었죠. 그런데 결혼 준비에서 벌써 이만큼 지쳐버렸어요. 오죽하면 스톱하자고 했겠어요. 그게 내가 한 말이에요. 그렇게 결혼 결혼 목을 매던 내가.

"뭐, 나한테 할 말 없어요?"

……있죠. 나는 여기에 세상 누구보다도 끔찍한 말을 전하러 왔어요. 저희 회사 상무님이 그러더라구요. 로안 배경으로 한 사진들은 좋은 의미건 아니건 다 내려달라구요. 그게 절대 불가능한 일인 걸 알면서도, 그 말을 전하러 왔어요. 근데 내가 부탁을 하면 작가님이 정말 그렇게 할까 봐, 그게 더 무서워요. 차마 그 말을 꺼내지 못해, 애꿏은 입술만 깨물고 있는데…… 예찬은 종이컵 소주를 따라 왈칵- 넘기고는 헛헛한 웃음을 흘리고 있다.

"하우, 나 진짜 미쳤나 봐."

"왜요?"

"욕심이, 끝이 없어서."

"……네?"

웃고는 있지만, 여전히 예찬은 힘들어하고 있었다. 아직도, 지금도, 여전히, 내 마음이 그녀에게로 향하기에.

"갔다 와요. 권지혁 씨한테."

오히려 농담처럼 해버린 말이었다. 권지혁이랑 결혼했다가, 이

326

혼하면, 나한테 오라고.

　"……네?"

　"기다리고 있다는 거 잊어도 되니까, 갔다 오라구요."

　"……!"

## 우리 서로 사랑했는데

예찬의 그 말에 새아는 작은 웃음을 피식- 터뜨렸다.

"왜 웃어요?"

"아뇨, 그냥……."

……내 상황이 웃겨서요. 아무 일 없는 척, 평범하게 당신 곁에 있지만 사실 속은 쑥대밭이거든요. 내 결혼 준비는 스톱시켜놓고 당신에게 이런 이야기를 듣고 있다는 것 자체가 아이러니해서요.

"와, 나 정말 복 받았네. 이렇게 플랜 B도 깔아두고."

그녀는 부러 더더욱 농담조로 말했다.

"어차피 이래라저래라 할 자격, 나한테 없는 거 아니에요?"

내가 기다리지 말라 그럼 안 기다릴 거고 기다리라 그럼 진짜 기다릴 거예요?

"예찬 씨야말로 잊게 될 걸요. 나한테 그런 말 했었다는 거."

예전의 그가 나에게 말했었다. 내가 행복해지는 것까지가 그에 대한 예의라고. 그런 그의 곁에서 왠지 모를 죄책감이 들었다. 그를 두고 끝끝내 권지혁의 곁으로 가서 끝끝내 오늘에 이를 줄이야. 오늘도 어김없이 그에게 미안했다. 내가 안 괜찮다는 걸 그에게 들켜버렸다는 게. '잘되어 가요?'라는 질문에 좋은 대답을 해주지 못한 게.

"나 먼저 일어날게요."

더 이상은 그에게 웃음을 지어줄 수가 없어 새아는 예찬이 마시고 있던 종이컵 소주를 냅다 원샷을 하고 자리를 털고 일어났다.

"작가님도 너무 많이 마시지 말고 얼른 마무리해요. 얼굴 빨개져서 돌아다니면 이상하잖아."

깔끔하게 트위드 원피스를 정리하고는 끝끝내 단정하게 돌아섰다. 그러나 문밖을 나온 새아의 얼굴은 그렇지 못했다. 나도 모르게 눈물이 후둑 후두둑— 떨어졌다. 더 이상, 괜찮은 척을 할 수가 없었다. 서비스직을 하며 웃음이 나오지 않아도 웃고 내 감정과 다른 말을 했었지만 더 이상은 그러고 싶지가 않았다. 차라리 집에 가서 울고 싶은 만큼 콸콸콸 울어버리고 싶었다. 할 수 있는 만큼 내 모든 수분을 다 짜내어서. 지금 나는 너무너무 울고 싶으니까. 차라리 그래야 속 시원해질 것 같으니까. 그런데 바로 저기 지

329

혁이 있었다.

"……!"

전시회장에 몰린 북적한 사람들 가운데, 지혁의 지시 아래 예찬의 사진이 내려지고 있었다. 로안 배경으로 찍힌 사진들, 상무님이 내리라고 했던 그 사진들이, 바로 지금 내려지고 있다. 왜? 어떻게? 나는 아직 예찬에게 아무 말도 못 했는데. 잔뜩 물기 어린 눈으로 저편에 서 있는 새아를 지혁이 발견했다. 그가 새아에게 다가왔다.

♩

전시회장, 지혁은 승휴에게 사진을 사고 있었다. 로안이 배경으로 나온 사진 전부를.

"왜요, 혹시 논란이 커질까 봐 그러세요?"

요청대로 계약서를 쓰고 있기는 했지만 승휴는 지혁의 의중이 상당히 의심스럽기만 했다. 사실 이번 전시는 예술성보다 사회성이 강한 작품들이라, 이렇게 바로바로 팔려나갈 줄 전혀 예상하지 못했기 때문이었다.

"작품 내리려고 다 사버리는 거예요?"

그러나 이런저런 질문에도 지혁은 별말이 없었다.

"아니면, 뭐, 재벌가의 비자금 용도?"

그가 산 작품의 총액은 어마어마했다. 비자금 용도로 충분히 의

심할 수 있을 만큼.

"……먹고 죽을 돈도 없습니다."

승휴는 지혁의 이 말이 농담인 줄로만 알았다. 재벌가 골드 스푼께서 겸손하시기는.

"작품은 바로 보내주실 수 있습니까?"

그럴 수야 있긴 하지만…… 도대체 지혁은 이 사진들을 왜 사려고 하는 걸까. 로안에 생길 만한 안 좋은 이슈를 애초에 차단하려고? 그러려고 이 큰 금액을 쓴다고?

"사진은 어디로 배송해드리면 될까요?"

지혁은 계약서에 뜻밖의 주소를 적었다.

전시회장 가운데서, 두 사람이 만났다.

"왜 사진이 내려가?"

그 장면을 보는 그녀의 목소리가 파들파들 떨렸다.

"결국 내리라고 한 거야? 지혁 씨가 그렇게 했어?"

"새아야."

"누구 마음대로 왜 사진이 내려가. 뭐, 압력이라도 넣은 거 아니야? 갑질이라도 했어?"

어느덧 그녀는 잔뜩 날카로워져 있었다. 혹시 내가 예찬 씨한테 가서 말해갖곤 안 될 것 같으니까, 벌써 손 쓴 거야?

"사진들, 다 샀어."

생각지도 못한 지혁의 말에 새아의 얼굴이 하얗게 식어내렸다.

"무슨 돈으로?"

회삿돈? 아니면…… 혹시 또 지혁 씨 개인 돈으로? 그럴 돈 없잖아, 지금.

"그걸 왜 사? 갑자기?"

"니가 곤란해질 뻔했잖아. 니가 전시 관계자인데 어떻게 작품 내려달라고 해."

"그래서 지혁 씨 또 돈으로 해결한 거야? 아예 작품을 다 사서 내려버렸다고? 하, 말도 안 돼."

그녀가 팔짱을 끼며 헛웃음을 터뜨렸다. 사실 지금 그녀의 말엔 여기저기 오해가 많았지만 지혁은 지금 그게 우선이 아니었다.

"나중에 다 설명해줄게. 일단, 우리 둘 얘기부터 해."

엊그제 사건 이후, 아직 제대로 된 대화도 나누지 못한 두 사람이다. 지혁의 속은 지금 불지옥이었다.

"난 지금 기분으로 지혁 씨한테 할 말 없는데. 나 시간을 좀 줘."

"시간? 얼마나? 그동안, 내 속 썩어들어갈 건 생각 안 해?"

어떻게든 담담함을 유지하려던 지혁이 새아의 그 말에 울컥— 제 감정을 터트리고 말았다.

"니가 다 그만두자, 얘기하고 나서 내 속이 어땠는지 알아?"

상상이나 할 수 있겠어? 우리가 파혼을 한다는 게? 이새아, 내가 너를 어떻게 붙잡아서 어떻게 여기까지 데려왔는데. 파혼이,

지금 말이 돼? 너 여기서 못 그만둬. 우리가 식을 올리건 말건 그건 상관없는데, 그래도 나 너 못 놔준다고. 내가 널…… 어떻게 놓겠냐? 그게 말이 되는 소리겠어? 어떻게, 어떻게 찾은 내 사람인데? 어느덧 지혁의 눈가에서 굵은 눈물방울이 뚝뚝 - 떨어지고 있었다. 하지만,

"미안해, 나 감정이 도저히 정리가 안 돼."

새아는 지금 그와 길게 얘기할 정신이 없었다. 지금 이 감정으로는 그와 계속 싸우기만 할 것 같다. 제대로 된 판단도 못 내릴 것 같고, 갈등만 깊어질 것 같고. 지혁 씨. 나는 요새 내가 미워. 내가 너무 한심해. 반드시 행복해질 거라고 말하면서 예찬 씨에게 상처 주고 떠나놓고 이러고 있는 게 너무 바보 같고, 웨딩 플래너로서 신랑 신부들한테 나만 믿으라고 몇 번을 말했는데, 막상 양가 갈등 하나 제대로 조율하지 못하는 내가 너무 바보 같고, 돈이 없는 내가 밉고, 끝까지 욕심 부리는 엄마도 밉고, 나 힘들게만 하는 지혁 씨 아버님도 미워. 그러니까 제발, 나 시간을 좀 줘. 다 정리해낼 수 있게. 응?

새아는 그에게 빌기까지 할 기세로 연신 부탁했다. 제발 시간을 달라는 그녀의 말에 지혁은 또 그녀를 붙잡을 수가 없었다. 어떻게든 눈물을 참고 참으며 도망치듯 걸음을 내딛는 새아와, 그런 새아를 뒤돌아보면서도 끝끝내 가서 붙잡지를 못하는 지혁.

전시회장, 북적한 사람들 사이에서 두 사람의 거리가 그렇게 멀어졌다.

이곳은 도산공원 근처의 한 카페. 핑크톤의 감각적인 인테리어이로 최근 SNS 핫플레이스로 떠오르고 있는 곳이었다.

'우와, 이런 데가 있었네.'

강남으로 회사를 다니면서도 이런 곳은 아직 낯설다. 유준은 왜 오늘 여기서 보자고 한 걸까. 찰칵 – 다람이 여기에 발을 들이자마자 저편에 유준이 그녀의 모습을 파파박 – 찍는다.

"뭐예요, 갑자기? 파파라치처럼?"

"아니, 너 들어오는데 너무 이뻐 보여서."

"나 이쁜 거 이제 알았어요?"

"그러게? 거기 서 있어봐. 응, 조명 밑에."

유준은 감각적인 인테리어를 뒷배경으로 다람의 사진을 몇 장 더 찍어주었다.

"에이, 나 혼자 찍으면 재미있나."

그녀의 핸드백에서는 삼각대가 가능한 셀카봉이 튀어나왔다.

"엥? 이런 걸 갖고 다녀?"

"이 시대 필수품 아닌가요?"

그 삼각대 앞에서 기다란 기럭지의 유준과 귀엽게 차려입은 다람이 나름의 포즈를 취한다. 장난을 치면서 대충 찍어도 꽤 그림이 되는 두 사람이었다. 잠시 후, 유준이 주문한 메뉴가 테이블 위에 올려졌다. 대충 저녁을 해결할 수 있을 만한 치킨과 감자튀김

세트였다.

"이렇게 세트 주문하면 저녁도 해결되고, 가성비도 괜찮길래."

오와— 맛있겠다. 다람은 방긋방긋 웃으면서 포크를 들었다. 그렇게 음식으로 돌진하는 모습이 귀여운지 유준은 몇 장의 사진을 더 찍었다.

"근데 이런 데 별로 안 좋아하지 않았어요?"

저녁이면 피곤하다고 집에 들어가서 라면 끓여 먹는 거 좋아했잖아요.

"이런 거 다 사치라고 생각했었지."

"그러다 갑자기 왜 생각이 바뀌었대요?"

"그냥 고민 좀 하다가. 오늘과 내일 중 중요한 게 뭘까."

"그런 거 생각하지 말라면서요. 머리 아프니까."

"내일을 생각하면 머리 아픈데 오늘만 생각하면 그럴 것도 없더라고."

에엥? 갑자기 진유준이 왜 이러신대?

"그렇게 걱정한다고 해서 엄청난 내일이 오는 것도 아니고. 다 어떻게든 되겠지."

이런 사고방식 상당히 지탄해오시던 분 아닌가? 내가 내일의 통장 잔고 따위 생각하지 않고 밤비 굿즈를 시원하게 지를 때마다, 욜로 욜로, 저축보다는 여행 먼저 가자, 노래 노래 부를 때마다, 오늘은 일단 데이트하자, 쇼핑하자, 소비는 확실한 행복이다, 그럴 때마다 아주 무지막지하게 잔소리를 늘어놓던 분이셨는데.

"답 안 나오는 내일 걱정하다가, 오늘의 너를 행복하게 해주지 못하면 어떻게 해?"

그의 뜻밖의 말에 다람은 뜯고 있던 닭다리를 내려놓았다

"니가 떠나고 나서 사귈 때 잘해줄걸, 후회해봤자, 의미 없잖아."

"내가 오빠를 왜 떠나요?"

내가 오빠를 얼마나 좋아하는데. 얼마나 얼마나 짝사랑으로 애를 태우다가 사귀게 된 건데, 내가 왜 떠나요.

"지금껏 내 옆에서 견디라고만 했던 것 같아서."

"갑자기 왜 이렇게 사람이 변했대. ……이새아 팀장님 때문이에요?"

"……응."

다람의 짐작이 맞았다. 옆에서 새아의 결혼 준비를 지켜보다 보니, 뭔가 이상해도 너무 이상했다. 유준이 보기에 새아는 정말 돈도 잘 벌고 열심히 돈도 잘 모으는 사람이었는데 그녀도 결혼과 내 집 마련 앞에선 거지꼴을 면치 못했다. 이 시대 최고의 골드 스푼이신 권 대표님도 마찬가지고. 이러나저러나 솔직히 노동으로 돈 모아서는 답이 없는 거잖아. 저렇게 대단하신 분들도 결혼과 내 집 마련 앞에서 이렇게나 힘들어하는데. 아직 갚아야 할 빚이 산더미인 나는 어떻겠어.

"그래서 아예 포기해버리기로 한 거예요?"

"내일과 오늘을 선택하기로 한 거지."

결혼도, 내 집 마련도, 돈 걱정도, 그 모든 심각한 걱정일랑 미

뤄두고, 그냥 너랑, 행복하기로 한 거지. 바로 지금.

"안 돼? 너랑 오늘 행복하면?"

"저야 너무 좋죠."

다람은 그렇게 말하고 환하게 웃었다. 남친이 앞으로 잘해주겠다는데 싫을 사람이 어디 있겠는가. 그렇게 미래 걱정을 많이 하는 사람도 답 안 나오고. 개미처럼 월급 모아서 답 안 나온다는 거, 이제 아셨수? 그럼 이제부터 나랑 열심히 놀아볼라우?

♪♪

"이게 뭐야?!"

퇴근해 집에 돌아온 권 회장이 집 곳곳에 놓여진 거대한 물체들을 보고 기함을 했다.

"이, 이거 누가 갖다 놨어?"

그의 고함에 도우미 이모님이 쪼르르 달려 나왔다.

"둘째 도련님이 갖다 놓고 가셨는데요."

지혁이가? 에에엥? 집 안 곳곳에 놓여진 것은 갤러리에나 걸릴 법한 커다란 사진들이었다. 잠깐, 이게 그럼, 그 조예찬인가 뭔가 하는 그 작가의 그림인가? 내가 싹 내리라고 했던 거? 그런데, 그 그림이 왜 여기 와 있어? 이노무 자식, 이걸 왜 여따 갖다 놔? 또 애비한테 반항하려고 여기다 갖다 놓은 거 아니야?!

다혈질 권 회장은 또다시 폭발 직전! 결혼 못 하겠다고 삐기는 것도 모자라 이렇게 반항을 해?! 이 자식 어딨어?! 버럭— 소리 지르고서 대체 사진 액자가 몇 점인가 세어보려고 하는데…… 어어? 놀랍게도 시진들이 다 말을 하고 있었다.

로안 그랜드홀, 대충 축의금 내고 돌아선 하객들은 식은 안중에도 없이 허겁지겁 밥부터 먹고 있었다. 결혼식이란 게 다 그렇지.

사람들이 북적하게 몰린 로비. 여긴 그야말로 도떼기시장이 따로 없었다. 한 시도, 두 시도, 세 시도, 타임마다 사람만 바뀔 뿐. 여기는 거의 전쟁터였다. 신랑, 신부가 입장을 하고 있었지만, 하객들은 두 사람의 축복엔 관심이 없었다. 양가 혼주들은 기계적으로 웃느라 얼굴에 경련이 날 지경이었다. 결혼식이 끝나고, 신랑, 신부들도 잔뜩 지쳐 쓰러진 모습. 대체 누구를 위한 행사인지 알 수 없을 만큼, 주객이 전도된 모습이었다.

"……!"

권 회장은 사진 한 장 한 장에서 놀라운 감정을 느꼈다. 이, 이, 이분이 사진은 잘 찍으시네. 사회성이 강한데 예술성도 강하고. 아무래도 사진들이 말이 많이 나올 수밖에 없겠구만? 메시지가 강한 편이라서. 에헴 에헴— 작품은 다 작품이네. 예술이구면, 그래.

권 회장은 그제야 제가 애들에게 뭘 잘못했는지 알 것 같았다. 애들은 부모 위주의 행사가 아닌, 정말 결혼식을 축복해줄 수 있는 사람들만이 모인 작은 식을 원한 것이었다. 도떼기시장처럼 모르는 사람들만 잔뜩 몰려 아수라장이 되는 식보다, 예식장에서 매시간 공장처럼 찍어내는 식보다, 그들 둘만이 담긴 소중한 약속의 시간을 갖고 싶었던 거였다. 화려한 외면에 집중하기보다는 영원한 약속에 더 집중하고 싶었던 건데, '결혼식' 본래의 의미를 좀 더 찾고 싶었던 건데, 내가 올드한 생각으로 애들을 너무 꾸짖었었던 것 같다. 이 사진들을 보자 그제야 아차― 싶다.

집 안에 놓인 모든 사진들을 돌아본 권 회장은 어느새 조예찬 작가의 팬이 되어 있었다. 새아가 여기 스페셜 멘토를 맡고 있다고? 엣헴, 보는 눈은 좀 있구만. 역시 갤러리 하나 맡겨도 되겠어.

― 여보세요?

권 회장은 지혁에게 전화를 걸었다.

― 선물, 보셨어요?

― 봤다, 이노마! 사진, 당장 전시회장으로 돌려보내!

지혁은 아버지가 자신에게 노발대발, 또 화를 낼 거라 생각했다.

― 상후한테 얘기 들었다. 이거 다 성진 건설 문화 지원금으로 샀다면서? 문화 지원금으로 산 작품을 나 혼자 보고 있으면 되겠어?!

― ……네?

― 이런 예술 작품을 나 혼자 봐서 되겠냐 말이야!

예술 작품? 전화를 받은 지혁의 입가에 묘한 미소가 번지는 가운데…… 드디어, 그 말이 나왔다.

― 엣헴, 니들 결혼식은 너희가 알아서 하렴.

예찬의 사진을 본 아버지가 마침내 고집을 꺾으신 것이었다.

## 31

### 선순환이 필요해

지한이 형이 입국했다. 형수 제니와 조카 로라와 함께. 아무래도 로라를 키우기에 제니가 친정에 머무는 게 편하기도 하고, 또 앞으로 지혁의 결혼식도 있고 해서 겸사겸사. 공항으로 형네 가족을 마중 나간 지혁은, 그 단란한 세 명의 모습을 보는 것만으로도 마음이 막 울컥울컥했다.

"형……!"

애기랑 비행기 타고 오는 거 안 힘들었어? 짐이 많아서 고생스럽진 않았고? 어쩐지 이런저런 살가운 말은 안 나오고 그저 말을 못 잇고만 있다. 형이 한국에 돌아왔다는 게 너무 좋아서. 형네 가족이 여기 한국에 있을 거라는 게 너무 좋아서.

"아우, 남자 새끼가 뭘 또 이렇게 질질 짜. 잘 지냈냐? 결혼 준비는 잘되어 가고?"

형은 예의 그 호방한 말투로 지혁을 반갑게 맞아주었지만 지혁은 그 질문에 답을 할 수가 없었다.

"표정이 왜 그래, 뭐 문제 있어?"

"아니, 아니."

지혁은 필사적으로 도리질을 했다. 식장은 취소되고, 예비 신부는 시간을 달라며 잠수를 탔고, 돈은 없고, 살 집도 못 구하고 있고, 그래서 이 결혼식이 진행될지 말지 나도 모르겠다⋯⋯는 얘기는 차마 할 수가 없었다. 지혁은 애써 애써 제니 쪽으로 화제를 돌렸다.

"형수님, 잘 지내셨어요?"

"도련님, 오랜만이에요."

"아우, 우리 조카 너무 예쁘네."

삼촌 지혁을 보며 큰 눈을 깜빡이는 로라는 정말 아기 천사처럼, 아기 인형처럼이나 너무너무 예뻤다. 곱상하고 새침한 자태를 보아하니 아무래도 형보다는 제니 형수를 많이 닮은 것 같았다.

"아버지는? 회사에 계셔? 이따 저녁에 인사드리면 되려나?"

"음, 그게⋯⋯. 아버지가 만나자고 한 장소가 있는데."

"어디? 뭐, 식당에서?"

"아니, 가보면 알아."

권 회장은 매우 매우 뜻밖의 장소에서 세 가족을 기다리고 있었다.

♪

대체 어디 가는 거예요, 도련님? 여기 청담동 같은데? 아버님이 여기서 밥 사주신대요? 와, 그동안 한국 많이 변했네. 차를 타고 가는 동안 제니 형수가 이런저런 질문을 해도, 지혁은 행선지에 대한 말을 아꼈다. 로라야, 우리 지금 어디 가는 걸까. 뭐, 서프라이즈라도 있나 보다. 세 가족은 그렇게 어리둥절한 채, 지혁이 운전하는 차에 실려 어디론가로 향하고 있었다. 그들이 도착한 곳은 너무너무 뜻밖의 장소였다.

"……여기?!"

그곳은 바로 한복집. 그 한가운데, 석범이 소파에 앉아 아들 부부와 조카를 기다리고 있었다.

"지한아! 새아가!"

석범은 감격스러운 얼굴로 지한과 며느리 부부를 꾸우욱 – 안아주었다.

"아이고, 우리 로라. 실제로 보니 너무 예쁘네."

그러고는 로라 앞에서는 간이고 쓸개고 다 내줄 것 같은 얼굴로 우쭈쭈 우쭈쭈 – 어쩔 줄을 모르며 사르르 녹아내리셨다.

"근데, 아버님. 왜 여기서 보자고 하셨어요?"

342

"지혁이 결혼식에, 우리 새아가 한복 입어야 하잖니."

"그, 그거 대여하면 되죠."

"내가 너 시집 올 때 한복 못 해준 게 한이 되어서, 지금이라도 해주려고."

"아유, 아버님. 괜찮아요. 안 그러셔도 돼요."

"할 수 있게 해다오. 내가 너네 결혼할 때 편하게 못 보내준 거, 그게 이 속에 한으로 맺혀서 그래. 이왕이면, 우리 로라도 엄마랑 커플룩으로 맞추는 게 어떠니."

제니가 다소 곤란한 표정으로 지한을 보자 지한은 아버지 뜻이 정 그러하시면 따르는 게 어떻겠냐며 편안한 미소를 지어주었다.

"저, 이런 거 고를 줄 모르는데."

제니 형수가 뒤로 빼자, 이번엔 지혁이 나섰다.

"아이, 형수, 제가 누굽니까. 이제 웨딩 바닥이라면 빠꼼해요."

"도련님이요?"

"한번 보실래요? 음, 보통 신랑 측 혼주들이 푸른 계열로 가니까, 이 치마 컬러를 민트로 하면 좋아요. 이게 영어로 하면 민트, 한국말로 하면 옥색. 이 옥색에 생각보다 잘 어울리는 게 라벤더. 한국말로 하면 은은한 연보라. 여기에 옷고름은 조금 강렬한 컬러로 해도 돼요. 이런 버건디 컬러로. 한국말로 하면 진홍색."

그렇게 지혁이 골라낸 비단들의 조합은 생각보다 톤이 굉장히 잘 맞았다.

"도련님?!"

그의 천재적인 색 배합에 모두가 깜짝 놀란 건 물론이었다.

"이거 다 누구한테 배운 거예요?"

"누구긴 누구야. 비호주의 지혁이 싹 바꾸어놓은 우리 제수씨지. 제수씨는 한복 안 해? 지금 어디 있어?"

지혁은 이 분위기를 망칠 수 없어, 일단 대충 둘러댔다.

"에이, 지금 바쁘지. 한참 시즌인데. 나중에 와서 다 할 거예요. 형수님, 일단 이 느낌으로 입어봐요."

그리고 잠시 후, 피팅룸에서 제니가 나타났다. 갈색 머리에 약간 교포 스타일의 메이크업에도 그녀는 그야말로 완벽한 한복핏을 자랑하고 있었다.

"……!"

입틀막─ 여기에 가장 감격한 건, 권 회장이었다.

"새아가!"

그녀의 등장만으로도 가슴이 벅차오르는 듯 눈물이라도 찍어낼 것 같은 반응이었다.

"너무 예쁘다!"

"아버님……."

"너무 예뻐. 너무 예뻐. 이걸로 하자. 아니, 하나 더 입어볼까? 너 원하는 대로 해. 가격은 걱정하지 말고. 우리 며느리, 너무 예쁘구나. 이렇게 이쁜 며느리를, 내가……."

그의 얼굴에 가득한 건 지난날들에 대한 후회였다. 이왕 새로 시작한 두 사람, 내가 전폭적으로 응원해주진 못할망정 왜 그렇게 어깃장을 놓고 밖으로 쫓아냈는지.

"그동안 시애비가 많이 미웠지. 미안해, 우리 새아가."

그 말만으로도, 제니 역시 눈물을 터뜨릴 듯 입술을 실룩거렸다.

"아니에요, 아버님."

"우리 새아가 맘고생 많이 한 거 내가 왜 몰라. 이제는 시애비 눈치 보지 말고 한국 마음껏 들어와서 살어. 미안해, 시애비가 미안해. 응?"

이미 여러 번의 영상 통화로 아들네 부부에 대한 감정은 다 풀렸지만 그래도 권 회장은 제니에게 직접 사과를 하고 싶었다. 그동안 힘들게 해서 너무 미안하다고. 이제라도 며느리 사랑을 쏟아주겠다고. 엄마가 약간 울 듯이 실룩이자 어린 로라 역시 금방이 표정을 따라 하며 함께 울음을 터뜨리려 했다.

"아냐, 로라. 엄마 안 울어."

"그래, 로라야, 이 할애비 봐라. 까꿍 까꿍–."

"로라야, 엄마 한복 입으니까 이쁘지? 삼촌 결혼식 때, 엄마 이거 입을 거야. 우리 로라도 그날 이쁜 한복 입자."

"형수, 이것만 입어보기 아쉬우니까 한 벌 더 입어봐요. 내가 하나 더 골라놨어."

지혁의 말에 제니는 터져 나오려는 눈물을 애써 감춰 씨익– 웃고는 다시 피팅룸으로 들어갔다. 석범은 로라 앞에서 까꿍 까꿍– 온갖 재롱을 떠느라 정신이 없었다.

"지혁아, 잠깐 나와봐."

이때, 지한이 할 말이 있다는 듯 그를 엘리베이터 쪽 복도로 불러냈다.

"너, 무슨 일 있지?"

"무슨 일은 무슨 일."

"형이 딱 보면 모르냐? 너의 웃음에 뭔가 억지가 껴 있어. 우리 앞에서 애써 숨기려고 하는 뭔가가 있다고."

그게 보여, 형? 내 이 마음속의 시름이?

"왜, 제수씨랑 싸웠어? 아님, 아버지랑 뭐 문제 있어?"

"문제가 뭐 있어. 나도 이제 웨딩 바닥 전문가 다 됐다니까."

"내가 보기엔 전문가란 놈이 제 코 못 닦고 있는 것 같은데?"

"흠, 형, 있잖아……."

계속되는 지한의 채근에, 지혁은 결국이 입을 열었다.

"혹시 아버지가 예전에 형수님 왜 그렇게 반대했는지 진짜 이유 알았어?"

"응, 나중에 상후가 말해주던데."

"왜?"

"……사주 때문이래."

"사주우우우?"

생각지도 못한 단어의 등장에 지혁은 기함을 했다. 아니, 나도 모르는 새아의 사주를 아버지가 어찌 알고?

"아버지가 왜 모르셔. 다 뭐, 뒷조사 하셨겠지. 우리 둘이 사주가 안 좋다고 그냥 죽자고 반대하셨던 거야. 이제는 정신 차리셨

346

겠지. 우리 둘이 이렇게 잘사는 모습 보니까."

그럼 아버지가 지금껏 우리 결혼 준비에 묘하게 어깃장을 놓았던 이유가, 혹시 그 사주 때문이었어?

♪♪

'플래너님, 잘 지내시죠?'

손희에게서 연락이 왔다.

'잘 못 지냈어요.'

라고 썼다가, 새아는 답을 지웠다. 며칠간 집에 박혀 폐인처럼 지냈어요. 밤낮으로 눈이 뽑힐 듯 울면서요.

'어? 한국이세요?'

새아는 대신 그렇게 답장을 보냈다.

'한국에 일이 있어서요.'

자임이 병원에 꽤 오래 입원 치료를 해야 할 일이 있어서, 일단 서환을 두고 자기 혼자 입국했다고 했다.

'안 그래도 신부님께 연락 드리려고 했었는데.'

안 그래도 저번에 손희 생각이 났었다. 미순과 자임 역시 역대급으로 갈등이 컸던 양가 어머님들이었다. 두 분의 갈등을 중재해 낸 천재 히로인이 바로 손희였었고. 그래, 지금이야말로 손희의 조언이 필요할 때였다. 새아는 자리에서 번쩍- 일어나 손희에게 메시지를 보냈다.

'지금 병원에 계세요? 제가 거기로 갈게요.'

그녀를 만나야겠다. 손희를 만나 이 해답 없는 결혼 준비의 돌파구를 찾아야겠다. 웨딩 플래너로서의 자존심 따위 다 내려놓고, 솔직한 조언을 구해야 할 때였다.

자임이 입원해 있는 병원 로비의 카페에서 둘은 만났다. 안 그래도 자임이 잠들어 심심하던 찰나에 반갑다고, 이렇게 주스까지 사 들고 여기까지 와줘서 고맙다고, 손희는 예쁘게 말하며 웃었다.

"근데 무슨 일 있어요?"

그 말에 새아는 아주아주 긴 이야기를 시작했다. 사실은요, 이러이러한 상황으로 지금 결혼 준비를 스톱시켰어요. 정말 너무너무 힘들어서 휴가 내고 며칠 울다가 나온 거예요. 바보 같죠. 웨딩 플래너가 되어서, 지금껏 양가 갈등 중재한 게 몇 건이고, 결혼시켜 보낸 커플이 몇 쌍인데 막상 제 문제는 이렇게 해결을 못 하고 있네요. 나 어떻게 해야 돼요?

새아의 이야기를 처음부터 찬찬히 듣던 손희는 턱을 괴고는 뭔가를 골똘히 생각했다.

"음……, 내가 보기엔 선순환이 부족했던 것 같아요."

"선순환이요?"

"사람은 받은 만큼 해주려고 하는 보상 심리가 있어요. 이유도

348

없이 뭔가를 받았다면 그에 맞는 선의를 베풀려고 하죠."

"……?"

"양가에서 서로 제 주장이 강하고 목소리가 클 때는 차라리 선물을 해주세요."

"네?"

"큰 게 아니어도 성의가 담긴 선물이요. 그런 밑밥이 좀 부족했던 것 같아요. 우리가 먼저 양보하고 들어간다는 액션 같은 거?"

"우리 엄마는 지금 아무것도 양보할 생각이 없어요. 욕심이 하늘을 찌르고 있다구요. 딸 갖고 장사하려고 하세요. 오죽하면 제가 우리 둘이 헤어졌다고 하겠어요. 그래도 멈추질 않으세요."

"그것 또한 어머님이 뭔가를 해주시려는 마음인 거잖아요. 예단비가 좀 과하긴 하지만 뭐든 보태주시려고 하는 마음인 거구요. 엄마, 그러면 안 돼, 안 돼. 그러면 더 폭주하실 수도 있으니까……해주시려고 하는 그 마음을 먼저 알아줘야 할 것 같아요."

"그거야 엄마는 아파트 받아내려고 해주시려는 거 아닐까요?"

"빈 둥지 증후군이라고 하죠. 엄마의 마음 한쪽에는 딸 시집을 잘 보내고 싶은 마음도 있지만 다른 한편에는 딸 시집가면 내 인생 무의미해질 것 같은 공포가 있어요. 그래서 감정의 진폭이 자꾸 커지시는 거구요. 집 안에 가전 중에 오래되어서 바꿀 만한 거 없어요? 혹은 예단으로 반상기 마련하실 때 우리 집 반상기도 바꾸어주면 어때요? 뭔가 좀 채워지면 기분도 좋아지고 격해진 감정도 좀 내려오지 않으실까요?"

"……!"

그거 좋은 방법이었다. 엄마네 집에 가면 십 년 된 코렐 그릇을 버리지도 않고 쓰고 있었다. 그런 쪽엔 관심도 많이 없으시고 잘 고를 줄도 모르시고. 어차피 예단 하면서 반상기 골라야 하니까, 이참에 엄마네 집 식기도 싹 바꿔드릴까. 그러면 좀 마음이 채워지지 않을까.

"아파트에 대한 욕심이 아니라, 이게 다 딸에 대한 욕심일 수도 있거든요. 딸이 시집가서 철 들어서 더 이상 내 손 탈 필요가 없다 그런 생각이 들면 지금보다는 많이 놓아주실 수도 있어요."

정말 그럴까. 그럼 엄마의 이 끝없는 욕심이 좀 진정이 될까.

"어머님이 아파트에 가서 사실 것도 아닌데, 왜 자꾸 아파트 아파트 그러시겠어요. 딸이 고생할까 봐, 딸이 힘들까 봐 그러는 거지."

굉장히 그럴듯한 말이었다. 그래, 엄마가 이 기세를 계속 떨치고 나가면 난 시름시름 앓다가 죽을지도 모른다. 그런 방법으로 엄마를 진정시킬 수만 있다면야, 뭐든 못할까.

새아는 손희에게 고마워요 고마워요, 몇 번을 말하고서 당장 백화점으로 달려가 골드라인이 둘러져 있는 4인 식기 세트를 구매했다. 이건 어느 여자라도 좋아할 만한 디자인이었다. 그래, 엄마에게도 예쁜 식기에 밥 먹을 수 있는 그런 시간과 낭만이 필요해. 마치 신혼처럼. 이걸 건네주면서, 엄마랑 긴 대화를 좀 나눠보자. 띵동 ― 그렇게 선물 세트를 안고서 비장하게 벨을 누르는데……,

"새아얏!"

안에서 찢어질 듯한 소리가 들렸다.

"엄마, 왜?!"

놀라 안으로 후다닥 – 들어가니, 거실 한 켠, 베란다 쪽에 안마의자가 놓여져 있었다. 부들부들부르르르 – 경찬은 그 위에서 안마의 신세계를 경험하고 있었다. 세상에에 이렇게 좋은 게 있다니. TV 광고에서 나올 때마다 갖고 싶었는데, 좋긴 좋네. 너무 신세계네. 에엥? 이게 뭐야?

"웬 안마의자?"

"얘기 안 했어? 이거 권 서방이 보낸 건데?"

지혁 씨가? 안마의자엔 정성스러운 편지가 붙어 있었다. 어머님, 아버님께 매일 안마를 하며 효도를 하고 싶지만 그럴 수가 없어서 이 안마의자 선물로 대신한다고.

"어쩜, 우리 사위는 이렇게 생각이 깊니?!"

"……!"

응? 엄마? 내가, 저기, 4인 식기 세트를 사 왔는데 말이야. 음……. 이건 아무래도 다음 시간에 공개할까? 지금은 권 서방 칭찬에 집중하고?

### 결혼 준비
## 두 번은 못 하겠다

"새아야, 너 여기 앉아봐라."

정연의 그 말에 안마의자에서 신세계를 경험하고 있던 경찬도 몸을 일으켰다. 그래요, 저도 여기 얘기 좀 하려고 왔습니다. 새아는 비장하게 식탁 의자에 앉았다.

"둘이 진짜 헤어졌으면 권 서방이 이런 걸 보낼 리가 없잖아. 엄마한테 솔직히 말해봐. 둘이 요새 어떤데?"

"요새? 아예 안 보고 있지. 내가 회사에 휴가를 내서 연락도 안 하고 있고. 내가 제발 시간 좀 달라고 했거든."

"아우, 이 기지배야. 너 그러다 권 서방 놓치려 그러니?"

아니나 다를까 바로 정연의 등짝 스매싱이 이어졌다.

"세상에 권 서방만한 놈이 어딨다고 뻗대길 뻗대?"

"그런 남자한테 아파트 안 해오면 시집 안 보낼 거라고 한 게 누군데."

"에헴, 니 생각은 어떤데, 너는 이제 어떻게 할 거야?"

손희가 그랬다. 뭐든 해주고 싶은 엄마 마음을 일단 알아주고 또 알아주라고.

"나는 엄마가 그렇게까지 무리하는 게 싫어서 그랬어요. 그렇잖아. 무슨 예단비가 일 억이에요. 돈도 없으면서. 다 사정에 맞게 해야지. 대출까지 내는 건 말이 안 되잖아."

"오죽, 오죽하면 그랬겠어?"

정연은 너무너무 속이 상한다는 듯 제 가슴을 팍팍 쳤다.

"그 집에서 우리 집안 딸리게 볼까 봐 그래요? 것 때문에 내가 책잡힐까 봐?"

"에휴 에휴."

"우리 그랜드홀에서 예식할게요. 양가 집안 손님 많다는데 우리도 계속 스몰 웨딩 고집할 순 없지. 나도 양보해나갈 테니까 우리 같이 양보해요. 응?"

"집은, 집은 어떻게 할 건데."

"집 완공될 때까지만 지혁 씨 집으로 합치든 우리 집으로 합치든 그렇게 해야지."

정연은 끝끝내 마음에 안 든다는 듯, 이를 앙다물었지만…… 식을 취소하네 마네까지 이야기가 나오는데 계속해서 제 고집만 세울 수는 없는 노릇이었다.

"아휴, 내가 우리 귀 서방 봐서 참는 줄 알아."

"엄마 마음 내가 알지, 왜 몰라. 내가 좋게 시작하게 하고 싶어서 그런 거 아니야. 엄마가 너무 고생스럽게 살았으니까, 나는 안 그러게 하고 싶어서."

그 한마디에 곧 울음이 터질 듯 정연의 입가가 실룩였다.

"내가 오죽 사는 게 힘들었으면 그러겠어."

"다 알죠, 왜 몰라. 나는 그렇게 안 살아요. 지혁 씨가 나 고생시킬 리가 없잖아. 응? 이제는 우리가 우리 삶을 살 수 있게 해줘요."

새아는 백화점에서 사 온 4인 식기 세트를 식탁에다 늘어놓으면서 말했다.

"엄마, 이거 봐봐. 내가 백화점에서 보다가 이뻐서 사 왔어."

"아유, 이런 건 너나 쓰지."

"엄마도 평생 이런 거 못 써봤잖아. 이런 데 밥 차려 먹으면 얼마나 이쁘겠어."

"난 이런 거 잘 차릴 줄 몰라서."

"그냥 담기만 하면 돼. 얼마나 이뻐요."

"됐어, 가져가. 너나 이쁘게 담아 먹어."

"나야 이런 거 사면 되지. 엄마 써요. 응?"

좋은 거 있으면 딸 생각이 가장 먼저 나고, 가장 좋은 걸 딸에게 해주고 싶고, 그러다 보니 욕심이 과해져서 우리 딸 누구에게 대도 아까울 것 같고, 우리 딸은 나랑 달리 좋은 남자 만나서 인생 펴야 할 것 같고. 엄마의 그 마음을 알아주고, 또 알아주라고. 계속 걷어내지만 말고 고맙다, 고맙다 말해주라고.

"아빠, 안마의자 어때요? 좋아요?"

"어이구, 너무 좋아. 사위 덕분에 이런 걸 다 써보네."

"엄마도 해봤어? 이젠 엄마도 마사지 받아. 가만히 누워서."

새아는 괜찮다며 손사래 치는 엄마를 안마의자에 억지로 억지로 눕혀서 '마사지 모드'를 틀어주었다.

"어이구, 어이구, 이거 좋긴 좋네."

부들부들 흔들리는 안마의자 위에서, 결국은 그 얘기가 나왔다.

"알았어, 나머지 결혼 준비는 너희가 상의해서, 너희 뜻대로 해."

엄마가 결국은 고집을 굽혀주신 것이었다.

"권 서방 놓치면~ 넌 내 손에 죽을 줄 알아!"

이런 협박성 멘트와 함께. 새아는 그제야 크게 한숨을 돌렸다. 드디어 한시름 놓은 것이다. 아우 아우, 삭신 쑤셔. 정말, 결혼 준비 두 번은 못 하겠다.

♪

요새 로안의 분위기가 좀 흉흉했다. 처음엔 로안과 소울 직원들이 잘 섞이는 듯했지만, 요새는 그러질 못했다. 윗분들 눈치를 살피느라. 영희는 상무, 명희는 본부장. 동생인 영희는 나름대로 명희에게 상사 노릇을 하려고 들었고 명희는 여기에 절대 따르지 않았다. 눈빛만 마주쳐도 스파크가 튀는 이 쌍둥이 사이에서, 결국은 사달이 나고 말았다. 명희의 전남편인 김이겸이 로아으로 찾아온 것이었다.

"이겸 씨!?"

풍채 좋은 한 중년 남자의 등장에 명희는 그대로 얼음이 되어버렸다. 그녀는 당연히 이겸이 자기를 찾아왔을 거라 생각했다.

"여기까진 웬일이야?"

그렇게 악다구니를 쓰며 싸우고 이혼한 뒤 그의 얼굴을 보는 건 처음이었다. 그런데,

"영희 어딨니?"

이겸은 뜻밖의 인물을 찾았다.

"영희? 갑자기 처제는 왜?"

"누가 처제야, 내가 원래부터 영희랑 알고 지냈던 거 몰라?"

듣던 중 어리둥절한 소리였다. 이 사람이 영희를 왜 찾지?

그리고 잠시 후, 저를 찾는 소리를 들었는지 로비에 영희가 나타났다.

"그래, 영희야. 오랜만이다. 나 안 보고 싶었어?"

명희가 아닌 영희에게 급다정해진 남자. 명희는 그런 제 전남편의 행태가 황당하기만 했다.

"……형부?"

"형부는 무슨 형부야. 둘이 언제부터 자매처럼 지냈다고."

356

"여긴 웬일이에요?"

"웬일은 웬일이야. 너 보러 왔지."

"나를 왜?"

"보고 싶으니까."

"왜 이제 와서? 언니랑 결혼해서 살 만큼 살아놓고 심지어 끝까지 잘 살지도 못하고 그렇게 헤어져놓고, 왜?"

"내가 첨부터 사랑한 사람은, 너 영희였어."

명희에겐 그야말로 뒷목을 휘어잡을 만한 소리였다.

"내가 그때 잘못 생각했어. 그때 어떻게든 영희, 널 선택했어야 했는데."

"다 끝난 소릴 왜 지금 와서 해?"

"우리, 다시 시작하자."

그 말이 끝나자마자 영희의 두 눈에서 굵은 눈물방울이 뚝뚝 떨어졌다. 어머 어머? 명희는 너무 황당해서 할 말을 잃었다. 둘이 아주 지금 멜로를 찍네? 지금 뭐하는 거야? 아무리 이혼했다지만, 둘이 처제 형부 사이였는데?

"기억 안 나? 우리 첫 데이트? 우리 정말 좋았었잖아."

"그러고 나서 잠수 탄 건 이겸 씨야. 어느 날 갑자기 언니랑 결혼하겠다고 나타난 것도 이겸 씨고. 그래서 우리 자매 사이가 어땠었는지 알기나 해?"

"착각했어. 너랑 똑같이 생겨서. 안 그럼 왜 헤어졌겠어. 내가 널 못 잊어서 헤어진 거야."

들을수록 기가 막힌 소리였다. 더욱더 기가 막힌 건 이겸에게 미련이 남은 듯한 저 영희의 눈빛. 이렇게 이겸이 몇 번 더 흔들면, 홀랑 넘어갈 것만 같은 눈빛이었다. 너무 황당해 할 말을 찾지 못하던 명희가 간신히 제정신을 차리고는 목소리를 높였다.

"설영희, 너 들어가. 이겸 씨, 나랑 얘기 좀 해."

"너랑 할 얘기 없다니까?!"

"영희야, 저놈이 어떤 놈인지 니가 몰라서 그래. 쓸데없는 소리 자꾸 들어주지 말고, 너 방으로 들어가."

"언니가 알 기회도 안 줬잖아!"

영희는 매섭게 대꾸하며 반격했다.

"이겸 씨 말에 틀린 것도 없네. 원래 나랑 이겸 씨랑 썸씽 있었던 거, 언니도 알았잖아."

"저놈은 날 사랑한다 그랬었어!"

"이젠 아니라잖아!"

"너 그러다 아주 형부였던 사람이랑 살림 차리겠다?!"

"왜, 나도 이제 언니 남자 한번 뺏어보자! 평생 뺏기고만 살아서 내가 이 나이 이 꼴 되도록 혼자 아니야, 지금!"

"누가 뭐를 뺏었다고 그래? 너 아주 나를 이상한 사람 만든다?!"

"언니 원래 이상했어. 언니가 오죽 이상하면 이혼을 세 번이나 했겠어?"

"너, 자꾸 이럴 거야?"

358

이러다간 자매끼리 다시 한번 머리채 뜯고 싸울 기세. 저 멀리서 이를 흘깃흘깃 지켜보던 직원들이 아무래도 제대로 큰 싸움 날 것 같은 분위기에 부리나케 새아를 끌고 왔다.

"아우, 나는 내 문제 해결하기도 바빠요. 무슨 또 남의 문제를 해결하래."

링 위에 올려지듯 등을 떠밀린 새아가 질색팔색을 하며 진저리를 쳤다.

"이 자매 치정 싸움은 자매끼리 알아서 하라 그래요. 나 이제 이런 거 중재하기 지쳐."

"그래, 이 팀장. 이 문제까지 낄 것 없어. 사무실로 돌아가."

그러나 이겸이 영희만 챙기고 보호하려는 그 모습에, 결국 명희는 화르륵─ 폭발해버리고 말았다.

"아우, 니가 사람 새끼냐?!"

잔뜩 화가 난 명희가 이겸의 머리를 뜯기 시작했다.

"언니, 미쳤어?"

영희가 그런 명희를 말리면서 그녀의 머리채를 잡아 뜯는다. 오냐, 잘 되었다! 하면서 두 자매가 서로의 머리채를 돌돌 휘감았다.

"아우, 그만! 두 분 직원들 보기 쪽팔리지도 않아요?!"

말리던 새아는 어느덧 두 자매 사이에 낑겨 이리 끌려다니고 저리 휘둘리는 신세가 되고 말았다.

"그만 좀 하시라구요!"

결국은 새아의 천둥 같은 고함에 두 여자가 뜯겨져 나갔다. 그녀의 삿대질은 곧 이겸에게로 향했다.

"지금 직원들 일하는 회사에 찾아와서 뭐하는 짓이에요? 나가세요. 여기 자매들 싸움 붙이는 데 아니니까 나가시라구요! 안 그럼 경찰 부를 겁니다!"

그녀의 박력에 살짝 쫄아든 이겸이 영희에게 '연락할게.' 헛소리를 남기고는 꽁무니를 뺐고 명희는 그의 뒤에 허공 주먹질을 몇 번 더 날렸다.

"두 분, 여기 회의실로 들어오세요."

새아는 마치 학생 주임처럼 철없는 두 임원을 끌고 근처 회의실로 들어갔다.

♪

"두 분, 오늘 여기서 결판내세요. 둘이 언제까지 개와 고양이처럼 으르렁거릴 거예요? 내가 지금까지 둘을 너무 열심히 말렸던 것 같애. 그러지 말고 오늘 여기서 머리채 다 쥐어뜯고, 볼장 보세요. 묵은 감정 풀 거 있으면 다 푸시라구요."

그러나 막상 한 방에 들어온 영희와 명희는 팔짱을 끼고 식식대기만 할 뿐, 또 육탄전을 벌이지는 않았다.

"……영희야, 너 저 남자랑 살고 싶니? 니 형부였던 남자랑?"

"원래 나랑 썸 탔던 남자거든?"

"그러면 니가 살아."

360

의외의 결론에 새아의 눈이 휘둥그레졌다. 뭐야, 이렇게 명희의 양보로 끝나는 거야?

"데어봐야 불구덩인지 알지, 것까지 내가 어떻게 말리니? 한번 니가 데리고 살아봐."

영희는 어깨가 들썩이도록 씩씩대기만 할 뿐, 별말이 없었다.

"왜, 그렇게라도 시집가고 싶어했잖아. 지금껏 나 때문에 노처녀로 썩은 거래매. 그렇게라도 니 인생 한 풀어야지 않겠니?"

그리고 명희는 말했다.

"솔직히 지금까지 우리가 같은 회사 있는 것도 코미디라고 생각했어. 이젠 이 코미디 그만 찍어도 될 것 같아."

"……?!"

결국, 명희가 내린 결론은 이것이었다.

"내가, 여기 그만둘게."

## 33

우리 딩크할까?

바로 그때, 회의실 문이 벌컥 열리면서 지혁이 나타났다.

"방금 그게 무슨 소립니까?"

직원들에게 영희와 명희가 로비에서 한바탕 벌이다가 이곳에서 마저 싸우고 있다는 소식을 들은 모양이었다.

"말 그대로예요. 저는 더 이상 여기서 일 못 하겠어요."

퇴사를 하겠다는 명희의 말에 지혁은 미간을 잠시 일그러뜨렸다.

"그 얘기는 저와 나중에 따로 하시죠."

지금 지혁의 시선은 영희와 명희가 아닌 새아에게 꽂혀 있었다. 그녀가 회사로 돌아왔다. 긴 휴가를 끝내고 여기 로안으로. 보아하니 또 이 자매의 육탄전에 새우등이 터진 모양이었다. 두 여자를 말리느라 가운데서 끙끙댔겠지. 저번엔 그 걸크러시 터지는 모습에 반하기까지 했었지만 오늘은 왠지 모르게 화가 치민다.

"두 분은 임원이 돼서 자꾸 회사에서 싸우는 모습 보여서 되겠습니까?"

평소와 다른 지혁의 벼락같은 꾸지람에 한참 서로를 노려보며 식식대고 있던 영희와 명희가 살짝 움찔했다.

"아니요, 저희가 싸우려고 싸운 게 아니라……."

"이유가 어찌 되었든 여긴 회삽니다. 두 분은 직원들에게 모범을 보여야 하는 임원이구요. 자매 싸움 때문에 우리 직원들 사이에서 파벌까지 생기는 거, 제가 모를 것 같아요? 로안, 소울 직원들 하나 되자고 그 멀리 워크숍까지 다녀왔는데 두 분 이러시면 직원들이 화합할 수 있겠어요?"

"……."

"설 본부장님은 이따 제 방으로 오세요. 퇴사 건에 대해선 따로 얘기하죠. 나가세요. 두 분 모두."

그렇게 회의실에는 두 사람이 남았다. 새아와 지혁. 아직 제대로 싸우지도 못하고, 화해도 못 한 두 사람이.

"이 팀장, 계속 자매들 싸움에 낑길 필요 없습니다. 앞으로 이런 일 생기면 저에게 전화하세요."

지혁은 부러 사무적으로 이렇게 말했다. 아직 새아의 마음이 다 풀렸는지 아닌지, 알 수가 없어서.

"네, 알겠습니다."

"휴가 복귀한 겁니까? 오늘부터 정상 출근입니까?"

"……네."

"저한테 뭐 할 말 없어요?"

"……."

"없으면 가서 일하세요."

아직도 시간을 달라는 그녀의 마음에 변함이 없다면, 나도 더 그녀를 보챌 수가 없다. 아직 그녀가 나와 말할 준비가 되지 않았다면. 하지만,

"……미안해."

질끈 감는 그녀의 두 눈에서, 눈물이 주르륵- 흘러내렸다.

"……왜 울어?"

그 눈물 한 방울에 지혁은 로안 대표에서 그녀의 남자 친구가 되었다. 말투도, 눈빛도, 태도도, 모든 게 달라진다. 왜 또 울어. 뭐가 미안한데, 또. 마음이 막 미어진다.

"지혁 씨 안마의자 보낸 거 엄마 집에 가서 봤어."

"……그게 지금 도착했어?"

사실은 상견례 날 전날 도착할 수 있게 미리 주문해놓은 것이었다. 당연히 미리 도착했을 거라 생각하고 잊고 있었는데, 출고가 밀려 이제야 배송이 되었나보다. 지혁은 살짝 새아의 눈치를 보았다. 우리가 싸우고 있던 와중에 안마의자가 어머님 댁에 도착했으니 그녀가 오해를 하지 않을까 해서. 지혁 씨는 뭐든 다 돈으로 해

결하려고 한다느니 그렇게.

"고마워."

그러나 새아는 고맙다고 말했다. 양손으로 눈물을 닦으면서.

"엄마가 너무 고맙다셔. 드디어 다 양보해주셨어. 남은 결혼 준비는 우리 뜻대로 하라셔."

"……정말? 집 문제도?"

"응, 우리끼리 알아서."

새아는 고개를 들어 애써 웃으려 했지만 어쩐지 입꼬리가 잘 올라가지 않았다.

"지혁 씨, 힘들게 해서 미안해. 많이 힘들었지?"

……힘들었지. 새아가 시간을 달라는 그 시간 동안, 그녀가 혹여나 다른 선택을 할까 봐, 정말로 결혼을 안 하려고 할까 봐, 미치도록 마음 졸이는 시간을 보냈지만 정말 죽을 듯이 괴로웠지만…….

"……괜찮아. 괜찮아."

지금 이 순간, 지혁은 그런 새아를 안고서 달래줄 수밖에 없었다. 다 괜찮으니까, 나랑 결혼하겠다고만 해. 결혼식 따위 안 해도 되니까 그래도 내 와이프가 되어주겠다고 해줘. 안고 있으니 그녀가 더더욱 간절해진다. 앞으로는 정말로 단 한 순간도 그녀와 멀어지고 싶지 않다. 어떻게 얻은 그녀인데, 어떻게 찾은 내 사람인데.

"앞으로 어떻게 했으면 좋겠어?"

지혁은 정말 모두 새아의 뜻에 따를 생각이었다. 심지어 그게 노 웨딩이라고 해도, 결혼식을 생략하는 길이라 해도 상관없다. 내가 하고 싶은 건 그녀와의 영원한 약속이니까.

"응?"

"결혼식, 너무 힘들면 안 해도 돼."

그 말에 펑펑 울던 그녀가 피식- 웃음을 터뜨렸다.

"내가 이 바닥 최고의 플래너래매. 힘들다고 안 하면 쓰나."

"다 그만하자면서."

사실 아이러니한 일이었다. 결혼 준비 경험이 그렇게나 많은 웨딩 플래너도 제 결혼 준비가 이렇게나 힘이 든다는 게.

"스드메 계약해놓은 건 어쩔 거야. 아란이가 나 최고 예쁜 드레스 입혀주겠다고 완전 벼르고 있는데. 진영 부원장님도 완전 영혼을 갈아서 메이크업해주겠다고 했고. 그 사람들한테 어떻게 그래. 나 결혼식 안 할 거라고."

"……?"

"하자, 결혼식."

이에 지혁의 눈시울도 뜨거워지고 말았다. 그 말이 왜 이렇게나 가슴이 찡했던 건지. 그동안 가슴 졸였던 세월들을 생각하면 진짜.

"……정말?"

"응, 여기 로안에서 할 거야. 그랜드홀에서."

"스몰 웨딩, 포기해도 괜찮아?"

"부모님 생각도 해야지."

"돈은 어떻게 해."

"결혼 준비 금액은 있는 예금에서 어떻게든 해결하고, 주택 자금은 있는 대출, 없는 대출, 영혼까지 다 끌어 써야지, 뭐."

지혁은 그래도 걱정이 되었다.

"그렇게 대출 끌어 쓰면, 신혼 때 힘들어질 거야."

"예전처럼은 못 살겠지. 내가 번 돈, 내가 펑펑 써가면서. 근데 아껴볼게. 아껴서 잘살아볼게."

"많이 갑갑할 수도 있어, 앞으로."

고심하던 새아의 입에선, 뜻밖의 말이 나왔다.

"우리 딩크할까?"

♪♪

지혁은 그 말이 꽤 얼떨떨했다.

"딩크?"

"……그냥, 우리 둘끼리 잘살아보자는 거지."

그녀가 왜 그런 말을 했는지는 이해가 된다. 이후로도 여러 번 엑셀표를 고쳤을 그녀다. 뭐가 됐든 스몰 웨딩으로 갈 수는 없으니, 결혼 준비 비용을 줄이고 줄이고 줄이면서 이런저런 시나리오로 돈 계산을 해보다가, 결국 '노답'이라는 결론을 내린 것이었다.

"솔직히 이런 어마어마한 대출 빚을 갖고 시작하게 되는데 애까지 낳아 키울 엄두가 안 나."

들자 하니 정말 아이가 싫어서라든지 아이 생각이 없어서라기보다는 막연하게 겁이 나서 그런 말을 하는 것 같았다. 빚에 옥죄이게 될 앞으로의 삶이 밝아 보이지가 않아서

"미리 그렇게 겁먹을 필요 없어."

지혁은 그렇게 말하면서 새아를 토닥토닥 안아주었다.

"지혁 씨는 아이가 갖고 싶어?"

"지금 당장은 아니더라도 언젠가. 우리가 추구하는 뚜렷한 가치관이 있다거나 해서 아이를 낳지 않기로 결정을 한다면 혹은 그래서 자기가 애를 안 갖기로 결심을 한다면 정말 존중해줘야 할 일이라고 생각해. 근데 아이를 안 낳겠다는 이유가 단순히 돈과 빚때문이라면 그건 좀 아닌 것 같아."

그게 지혁의 생각이었다. 지금 돈이 없다고 해서 우리의 미래를 그렇게 철석같이 닫아놓을 필요는 없다고.

"……뚜렷한 가치관이 있어서 했던 말은 아니야."

"전쟁 때도 애는 낳았고, 애도 다 자기 먹을 숟가락은 물고 태어난다고 하잖아. 지금은 우리가 진짜 돈이 없으니까 쪼들리는 마음에 그런 말을 할 수도 있는데, 나중엔 또 달라질 거야. 사정이 또 나아질 수도 있는 거고. 지금 함부로 모든 걸 다 결정하지는 말자."

새아는 지혁에게 안겨, 조용히 고개를 끄덕였다. 그의 말이 맞았다. 미리 겁먹을 필요는 없다. 돈 갚느라 벅찬 신혼이 되겠지만, 대출 빚 상환하다가 정말 허리가 휠지도 모르지만 그래도 벌써부터 모든 걸 다 포기할 필요는 없다. 그래, 천천히 생각하자. 지혁

의 말대로.

"가구들 처분하고 트렁크 하나만 남기고서 내가 자기네 집으로 들어갈게."

지혁은 완전히 결심한 듯 보였다.

"……그 집 비우기로 한 거야?"

"솔직히 아버지 덕분에 지금껏 넓은 집 산 거잖아. 여기에서 독립하는 게 결혼인 거고. 나 또한 아버지에게서 독립해서 내 성과 내고 싶어 했고. 그것들 계속 누리게 해달라고 떼쓸 생각 없어. 집 지어질 때까지, 자기네 집 들어가서 살게."

"너무 좁지 않겠어? 넓은 데서만 살다가?"

"난 자기만 있으면 돼. 좁아서 더 좋을 것 같애."

그게 둘이 결정한 삶의 방식이었다. 만약, 공사에 변수가 생기거나 자금에 문제가 생겨 그 집이 아주 오래 뒤에 완공이 되더라도, 그래서 새아의 지금 집에 아주아주 오래 살아야 하더라도 방법이 없다. 이곳에서 우리의 신혼을 시작할 것이다. 그게 우리가 정한 뜻이다. 새아는 작게 고개를 끄덕였다.

"집은 언제 비워줘야 해?"

"가구들 처분하려면, 오늘부터 짐 정리해야 할 것 같은데?"

뜻밖의 일정이었다.

"오늘부터?"

"어? 이거 뭐야?"

탈의실, 옷을 갈아입으면서 유준의 SNS에 접속해보던 다람은 그가 게시물에 새로운 계정을 태그해놓은 걸 발견했다.

yujun_loves_daram 이거 부계정이야, 뭐야? 계정 이름 왜 이래? 이거 혹시…… 럽스타그램? 아니나 다를까. 거기엔 그동안 유준과 다람이 함께 찍었던 셀카 사진들이 올라가 있었다. 저번 도산공원 핫플레이스에서 찍은 사진부터 시작해, 유준의 자취방에서 꽁냥거리며 함께 찍었던 사진까지.

"어어?"

생각보다 유준은 틈틈이 다람의 사진을 찍어오고 있었다. 그중에서도 예쁘게 나온 사진들을 고르고 골라 따로 계정을 파서 사진을 올린 것이었다.

"이게 뭐예요?"

함께 저녁 먹으러 가는 퇴근길. 다람이 유준에게 그 계정을 보여주며 답을 채근했다.

"뭐긴 뭐야. 부계정이지. 비번 알려줄 테니까 너도 올리고 싶은 거 있음 올려."

어마? 이 남자 보시게? 공개 연애를 이런 식으로 하나?

"에엥? 원래 이런 거 좋아했어요?"

"왜, 싫어?"

"음, 이런 건 젊은이들이나 하는 짓 아닌가?"

푸흡 – 유준이 피식 웃음을 터뜨렸다.

"니가 젊은이잖아. 꼰대 같이 왜 이래?"

"그거잖아요. 막 꽁냥꽁냥 사진 올리다가 헤어지면 계정 폭파하고 그런 거."

"안 헤어질 거니까, 올리는 거지. 바보."

사실 그 말 조금 설레긴 했다. 안 헤어질 거라서 사진 올리는 거라니. 다람은 새어 나오려는 웃음을 애써 숨기고서 부러 추궁을 했다.

"헤어져도 계정 폭파 안 할 자신 있으면, 계속 올려요."

"안 헤어질 거라니까, 왜 이래?"

"어어? 내가 아는 진유준은 이런 사람이 아닌데?"

"너랑 사귀자마자 프사부터 바꾼 거 기억 안 나?"

"어느 날 갑자기 프사부터 바꾼 거지, 사귀자! 하고 바꾼 건 아니잖아요."

"그게 그거지."

어랍쇼? 그게 왜 그게 그거람? 사귀자는 말도 없이 막 다가온 사람이 누구였는데?

"여기 서봐. 여기 조명 이쁘다."

유준은 또다시 다람의 사진을 찍겠다면서 휴대폰을 꺼내어 각을 잡았다.

"아아, 화장 다 지워졌어요. 안 돼."

"왜 이쁘기만 한데. 이리 와봐."

"어어? SNS 중독이에요, 뭐예요. 저리 가."

유준은 큰 키로 다림의 목을 감싸며 함께 사진을 찍었고 헤헤 잘 나왔다, 하면서 실실 웃고 있었다. 이 남자, 많이 변했네.

사실, 그런 유준이 싫지는 않았다. 나에게 그렇게나 까칠하던 남자가 아니었던가. 어쩌다 내 사진만 보면 실실대는 여친 바보가 되었나. 아니, 그런 유준의 모습이 훨씬 보기 좋다. 미래에 대한 걱정에 짓눌려 지금 이 순간 웃을 줄도 모르던 남자가 오늘의 즐거움을 하루하루 쌓아놓기로 한 것처럼 보여서.

"아이, 다시 찍어요. 생으로 찍는 게 어딨어. 어플로 찍어야지."

그렇게 두 사람의 정겨운 모습이 한 장 한 장 쌓여간다. 결국은 '오늘'을 택한 두 사람이다. 오늘 더 많이 웃고, 오늘의 추억을 간직하고, 오늘 더 행복하기로.

그때는 몰랐다. 그렇게 시작한 SNS가 두 사람 인생에 또 다른 반전이 될 줄은.

## 34

### 언니는
### 이혼하지 말아요

    그날 저녁, 지혁의 고급 빌라. 새아와 지혁은 여기에 놓여져 있던 비싼 가구들을 열심히 정리하고 닦았다. 이곳저곳 열심히 사진 찍어 파격적인 가격으로 중고 거래 앱에 올리자 바로 여기저기서 연락이 왔다. 침대도 예약 완료, 소파도 예약 완료, 테이블도 예약 완료. 덩치가 큰 가구들이라 처분하는 데 시간이 걸릴 줄 알았는데 생각보다 처분은 금방이었다. 새아는 걱정스럽게 한마디 했다.

    "이렇게 다 팔았다가 나중에 집 지어지고 나서는 어떡하지?"

    이렇게 비싸고 좋은 건 다시 못 살 텐데.

    "그때 이케아로 다시 채우면 되지."

지혁은 그렇게 말하면서 새아의 어깨를 쭈욱— 끌어안았다. 며칠의 휴가 기간 그녀를 못 본 것만으로도 죽을 듯 괴로웠던 지혁이었다. 그래서 그녀와 함께 있는 시간이 소중하고 또 소중했다 가구 걱정을 하고 있는 그녀를 끌어안고 어깨든 볼이든, 연신 입을 맞추고 있는데…… 그녀는 태블릿 PC를 끌어다가 또 다른 엑셀표를 켰다.

"이건 또 뭐야?"

"청첩장 줄 하객 리스트."

아우 아우, 누가 꼼꼼이 아니랄까 봐. 그가 장난스럽게 새아의 콧등을 튕기고서 엑셀표를 함께 보는데 아래편에는 살구색으로 채워진 칸들이 있었다.

"이건 뭐야?"

"연락한 지 삼 년 넘은 사람들. 이 사람들은 청첩장 줘야 할지 말아야 할지 고민이야."

"이렇게 지인들이 많은데 스몰 웨딩을 할려고 했어?"

"그러게. 정말 정말 가까운 사람들만 부르려고 했지."

"누군 가깝고 누군 멀고, 그거 정하는 것도 되게 힘든 일인 거 알지?"

"하아, 이렇게 갑자기 연락해서 청첩장 주기도 미안한데."

"어차피 욕먹을 것 같은 사람들은 주고 나서 욕먹는 게 나아. 아무 연락도 없는 것보다."

"그치?"

새아는 엑셀표를 보며, 다시 한번 크게 한숨을 쉬었다. 간단하게 모바일로만 달라는 사람들도 있지만 직접 찾아뵙고 인사드리면서 청첩장을 주어야 할 사람들, 약속 잡아서 같이 밥 먹어야 할 사람들도 많았다. 결혼 전까지 이 사람들 언제 다 만나서 드린담. 이거 약속 다 나갔다가 지금보다 살 더 찌겠다. 괜한 걱정만 늘어가는 가운데 지혁은 그 엑셀표에서 예상치 못한 이름을 발견했다.

"어? 이 사람한테도 준다고?"

"좀 그래?"

"좀 그럴…… 수도 있지? 음, 그때 일 이후로 연락해봤어? 어떻게 되었는지?"

며칠 후, 강남의 한 카페. 새아는 그 사람을 만났다. 지혁이 보고서 놀랐던 그 이름, 조예니. 결혼 전과 다름없는 늘씬한 차림으로 나타난 예니는 새아에게서 청첩장을 받고서 조금 당황한 듯 보였다.

"나한테까지 줄 줄 몰랐어요, 언니가."

"예니 신부님 결혼식장에서 우리가 처음 만났어요. 내가 예니 신부님 대신에 웨딩드레스 입은 걸 보고서 그 사람은 제가 곧 결혼할 신부인 줄 알았대요. 그것도 인연이라면 인연이잖아요."

예니는 잠시 고민하다가 이렇게 말했다.

"신부님, 이라고 부르지 말아 주세요. 그 결혼 파투 났잖아요."

"……아, 그래요?"

"저희 이혼했어요. 이제 완전히."

사실, 그때 다이아 사건 이후로 둘의 근황은 알지 못했다. 예니의 프사를 보며 좋게 끝나진 않았겠구나 대충 짐작만 하고 있었을 뿐이었다.

"그럼 요샌 어떻게 지내요?"

"친정으로 다시 돌아가긴 뭐해서 따로 방 구해서 나왔어요. 조그만 오피스텔에서 혼자 살아요. 다시 모델 생활 시작해야죠. 처음부터."

뭐라 대답할 말이 없어 새아는 그냥 고개를 끄덕였다. 사실은 가슴 아픈 일이었다. 둘이 나에게 결혼 준비하러 찾아왔을 때의 감정을 생각하면…… 그땐 정말 미칠 것 같았지. 윤경훈, 저 자식에 대한 배신감 때문에. 어리고 예쁜 예니가 경훈을 빼앗아간 것 같아 질투심에 휩싸였던 나날도 있었다. 나도 모르게 자존감이 많이 떨어졌을 때이기도 했고. 하지만, 결혼식 날 그 사달을 겪으면서도 분명 나는 둘이 잘 살기를 바라고 있었다. 어찌 되었던, 내 손을 거쳐서 결혼했으니까. 보기엔 좀 조마조마하지만, 그래도 마음 합쳐 잘 살기를 바랐는데.

"결혼 생활이라는 게 참 뜻대로 되는 게 아니더라구요."

하지만 결국 이렇게 되고 말았다. 각자의 길, 남남, 예니는 이십 대에 돌싱이 되어버렸다.

"사람을 잘못 골랐죠."

그때, 얘기해줬어야 할까. 둘이 처음 나를 찾아왔을 때. 내가 사귀어보니까 윤경훈 같은 쓰레기가 또 없다고. 이런 남자는 피해 가는 게 상책이라고. 그때 경고했으면 지금의 결과가 달라졌을까. 부질없는 후회였다. 내가 대체 뭐라고 그녀의 인생에 개입할 수 있었겠는가. 내가 말리면 그녀가 들었을 것인가.

"결혼하면 화려한 삶이 시작될 줄 알았어요. 돈 걱정 안 하는 삶, 내가 돈 벌어올 필요 없는 삶, 물질적으로 풍요롭게 시즌마다 명품 걸쳐가면서, 걱정 없이 돈 쓰면서, 내 노력 없이 팔자 좋게. 그게 결혼이라고 생각했나 봐요. 상류층으로 진입해 인생 역전할 수 있는 기회. 그래서 생각을 못 했던 거죠. 이 사람이 어떤 사람인지, 나랑 잘 맞는지 어떤지. 그냥 장사한 거죠. 내 한창때 미모와 젊음의 전리품? 이라고 생각했던 것 같아요. 그 한남동 빌라가."

한남동 빌라. 실제로 결혼 준비를 해보고 나서야 그 말의 의미가 새삼 커다랗게 다가온다.

"윤경훈은, 아직도 거기 혼자 산대요?"

"몰라요, 알고 싶지도 않아요. 진짜 사랑했던 사람은 따로 있다잖아요. 그 여자랑 살림 차리든지 말든지, 그 여자 따라서 한국 뜨든지 말든지 이제 신경 안 써요. 뒤지든지 말든지."

예니는 그렇게 말하고 혼자 픽- 웃었다. 짧은 기간, 마음고생을 많이 해서 그런지 마냥 애 같기만 하던 예전보다 훨씬 더 성숙해 보였다.

"진짜로 축복해줄 수 있으면 와요."

새아의 말에 예니는 청첩장을 받아들고 잠시 고민했다.

"이혼녀는 남이 결혼식도 못 간다, 그런 법은 없죠?"

"물론이죠."

"해보니까 알겠어요. 이혼은 너무 힘드니까 언니는 이혼하지 말아요."

그게 그녀가 해줄 수 있는 가장 큰 축복의 말이었다. 새아는 고개를 끄덕이자 예니는 가볍게 청첩장을 들고서 먼저 일어났다.

그리고 그날 오후, 공교롭게도 뜻밖의 손님이 로안에 찾아왔다. 상담실에서 손님이 기다리고 있다는 소식에 부리나케 안으로 들어갔더니…….

♩♩

"어?"

사진으로만 봤던 그녀가 있었다. 경훈이 잊지 못하던 사랑. 결국엔 예니와 이혼까지 했던 그 사랑. 그녀는 바로 채선하였다.

"안녕하세요?!"

시원하게 뻗은 키에, 기다란 갈색 머리. 그녀는 사진 그대로였다. 쿨해 보이는 성격에, 교포 스타일.

"만나는 건 처음이네요. 얘기는 들었어요. 윤경훈한테."

선하가 여기에 온 이유는 혹시……? 윤경훈이 예니와 헤어지자마자, 혹시 결혼을 하려는 것일까. 그것도 바로 이곳 로안에서?
새아가 자기도 모르게 주변을 휘휘— 둘러보자 선하는 피식— 웃
으면서 말했다.

"신랑, 곧 올라올 거예요."

"그럼……."

"결혼 준비해달라고 찾아온 건데 안되나요? 전 남친의 전 여친
은?"

"……!"

선하가 결혼을 하는구나. 새아가 표정 관리를 하지 못한 채 살
짝 얼음이 되어 있을 때 상담실 문이 열리면서 한 남자가 모습을
드러냈다.

"허니, 여기야. 들어와."

큰 키에 남자다운 인상, 완벽한 수트핏을 자랑하는 남자. 그리
고 살짝 어눌한 한국말. 선하의 예비 신랑은 경훈이 아니었다. 어
느새 자기도 모르게 안도의 숨을 뱉은 새아였다. 잠시지만 그 생
각을 했었다. 선하가 윤경훈과 결혼을 하겠다고 나선다면 이번엔
어떻게든 말려야겠다고. 웨딩 플래너의 입장이건 전 여친이건 뭐
건 간에 일단 뜯어말리고 봐야겠다고.

"안녕하세요, 신랑님."

우려와 달리 신랑은 선하와 너무나도 잘 어울리는 훈남 교포,
금융업 종사자였다. 윤경훈 따위와 비교도 되지 않는 멋있는 사람
이었다.

"혹시 소개받고 오신 거예요?"

"윤경훈한테요? 아뇨, 설마요. 이 바닥에서 유명하시던데요. 경훈이가 새아 씨 얘기를 하긴 했었어요."

"아, 언제요?"

"새아 씨랑 사귈 때도, 툭하면 전화해서 자랑했거든요. 내 여친 웨딩 플래너다, 이 바닥 에이스다, 뭐 그러면서."

"참 나, 그런 얘긴 왜 한대?"

새아는 자기도 모르게 그렇게 투덜거리고 말았다.

"완전 미친놈이죠."

선하가 호탕하게 내지른 그 말에 두 사람 다 빵 터지고 말았다. 새아는 재빨리 예비 신랑을 보며 제 표정을 단속했지만 선하는 신경 쓰지 않아도 된다는 반응이었다.

"괜찮아요, 다 알아요. 우리가 어떻게 엮여 있는지."

선하에게선 그야말로 쿨워터 향이 풀풀 났다.

"심지어 얼마 전엔 저 찾아왔었는데요, 뭐."

"누가요? 윤경훈이?"

"자기 이혼하고 왔다고, 받아달라고 하던데?"

이번엔 그녀의 예비 신랑이 더 큰 코웃음을 터뜨렸다.

"뭐라구요?"

그놈, 그럴 줄은 알았다. 그걸 결국은 실천에 옮기고야 말았구나. 어휴 어휴, 쓸데가리 없는 놈.

"근데, 이 사람이 옛날에 격투기를 했어서."

380

"그래요?"

"팔뚝 보여주니 도망가던데요."

양복을 입고 있어서 몰랐는데, 예비 신랑님의 덩치가 상당했다. 그걸 보고 꽁무니를 뺐을 윤경훈을 생각하니, 절로 조소가 흘러나왔다. 상황 분간 못하고 여기저기 덤비는 건 여전하구나. 어휴 어휴.

"여튼 플래너님! 저희 결혼 준비해줄 거예요, 말 거예요?"

"생각한 날짜가 언제세요?"

"요 날이요."

"음, 로안에서 하실 거예요?"

"네."

"잠시만요, 날짜 한번 보고 올게요."

선하의 얼굴에 귀여운 동글동글한 미소가 차올랐다. 내색은 안 했어도 새아와 꼭 결혼 준비를 하고 싶었던 모양이었다. 그러나 전산을 확인하고 돌아오겠다는 새아의 표정은 어쩐지 잔뜩 어두워져 있었다. 선하라서가 아니다. 예니 때처럼 그녀의 결혼을 준비해주는 게 싫어서가 아니다. 그냥 총체적으로 자신감이 좀 없었다. 내 결혼 준비는 이렇게 말아먹어놓고 온갖 난리 부르스는 다 쳐놓고 이렇게 남의 결혼식을 맡아도 되나, 하는 알 수 없는 죄책감이 있었다. 날짜와 시간은 가능했다. 새아의 스케줄도 가능했고.

"어떤 콘셉트를 원하세요?"

다시 상담실로 돌아와 습관적으로 상담을 진행해나갔지만⋯⋯

그래도 새아는 왠지 자신이 없었다. 결혼 준비에 아무런 문제도 없을 거예요, 그런 일이 있으면 다 해결해드릴 거예요, 나를 만났으니 걱정하지 말아요, 예전엔 그렇게 질도 소리쳤는데 시금은 그런 말을 잘 못하겠다. 어떻게 어떻게 계약서를 잘 쓰고, 준비 잘 해드리겠다고 말하며, 선하와 예비 신랑을 보냈지만, 새아의 마음 속은 온통 먹구름이었다. 나의 결혼 준비가 어떤 트라우마가 된 것도 같았다. 웃으면서 계약을 받아놓고도 그런 생각이 든다. 나 일을 좀 쉬어야 하나. 웨딩 일하면서 처음으로 든 생각이었다.

구 썸녀의
청첩장 화형식

사람들에게 청첩장을 나눠주는 과정은 생각보다 힘들었다. 당연히 만나서 밥 먹고 줘야지, 생각했던 사람은 이리저리 만남을 회피하면서 굳이 안 줘도 된다고 했다. 우리 약속 잡자, 그 한 마디에 연락을 씹어버린 사람도 있었다. 내가 생각한 그 사람과의 거리와 그가 생각한 거리가 같지 않았다. 결혼 준비에 너무 정신이 없어서 이런 거에 서운할 겨를이 없을 거라고 생각했는데 아니었다. 그들이 했던 서운한 말 한마디 톡 한마디가 하나도 빠짐없이 기억이 난다. 만나지 못했던 동창들을 간만에 만나 밥을 살 땐 즐겁고 재미있었다. 하지만 계속 그렇게 밥을 사자니 밥값이 어마무시했다. 평소라면 그렇게 신경 쓸 일은 아니었을 텐데 은행 대출을 받느니 못 받느니 씨름을 하던 때라 지출을 하는 일에 조금 예민했다. 아끼고 아끼느라 14차쯤 고친 예산표에 계속 구멍이 났다. 그렇다고 친구들에게 밥 산 비용을 아까워할 수도 없는 노릇이었다.

연락을 해도 해도 씹는 사람들이 있었던 반면, 결혼 너무 축하한다고 먼저 청첩장 달라고 연락이 오는 일도 있었다. 프사 사진 보고 알았다고, 결혼 너무 축하한다고, 꼭 가겠다고. 너무 오랫동안 연락이 끊겨 갑자기 결혼한다고 하기가 미안해 연락하지 못했던 지인이었는데, 먼저 말해주니 그게 얼마나 반갑고 고마운지. 그간 자주 연락하지 못해 미안한 마음이 더 커졌다.

그래, 스몰 웨딩 따위 집어치우길 잘했다. 이렇게 간만에 연락해준 친구에게 '미안한데, 내 결혼식은 정말 친한 친구들하고만 할 거라서.'라고 선을 그을 순 없는 일이었다. 매일매일 한 번도 써본 적 없는 큰돈을 펑펑 썼다. 14차까지 만들어진 예산표에 따라 아끼고 아껴 최저가로 구입하는 가전 혹은 가구들이었지만 그래도 매일 이삼 백씩 쓰는 일이 예사였다. 부족한 예산이 뭉텅뭉텅 펑크가 날 때마다 카드 한도가 가득 차 즉시 결제하고 또 결제하기를 반복할 때마다 좌절스럽고 괴롭기도 했지만…… 또 다른 한편으로는 묘한 쾌감이 느껴지기도 했다.

그래, 지금 아니면 언제 이렇게 돈을 써보겠어. 다 아끼고 아껴서 구매한 거야. 큰돈 쓰고 나면 죄책감이든 만족감이든 오래갈

줄 알았는데, 생각보다 그렇지도 않았다. 혹시 나 돈 쓰는 게 적성인가, 의심이 될 정도로 큰돈을 뭉텅뭉텅 잘도 써나갔다.

나는 이 결혼 준비 과정을 달인처럼 척척척 해나갈 줄 알았는데, 아니었다. 남의 일을 컨설팅해주는 것과 내 일을 챙기는 건 달랐다. 어떻게 해야 하는지 알고 있었고 가장 효율적인 방법도 알고 있었지만 머리로 아는 것과 실천은 달랐다. 나를 더더욱 괴롭히는 건 바로 이 '완벽주의'였다.

나는 능력 있는 웨딩 플래너니까 결혼식 과정에서 문제가 없어야 해. 더 특별해야 해, 모든 게 완벽해야 해. 그 완벽주의 때문에 신부 입장 곡만 다섯 번을 다시 선정했다. 스스로가 스스로를 괴롭게 하는 날들이었다. 급기야 영상 편집을 스스로 터득해, 장장 십여 분짜리의 식전 영상을 셀프로 만들었다. 모바일 청첩장 업체에서 찍어내듯 만들어주는 식전 영상들이 마음에 들지 않았고, 정말 식전 영상을 잘 만들어주는 업체는 예산에서 오버될 만큼 비쌌기 때문이었다.

좋은 건 값을 했다. 싼 건 싼 대로 이쁘지가 않았다. 가성비의 절충안은 쉽게 이루어지지 않는다. 그렇게 많이 검색을 하고, 해외 직구까지 알아보고, 심지어 중고나라까지 뒤져봐도 답은 하나였다. 좋은 건 돈값을 한다. 나는 돈이 없는데 그래서 그레이드를 낮춰서 선택했다가 나중에 돈이 두 배로 들 수도 있다. 그럼 차라리 돈을 써야 하는가. 쓸 때 써야 차라리 돈을 아낄 수 있는 건가. 매 순간, 그 판단을 하는 것도 쉽지가 않았다.

결혼에 대한 설렘과 앞날의 기대감으로 가득할 줄 알았던 결혼 준비 과정, 새아는 지혁에게 돈 얘기밖에 안 했다. 이거 살까 말까, 여기가 더 싼데 좀 더 기다릴까 말까, 근데 이건 너무 안 이쁘지 않아? 비싼 거 사면 이쁘지, 성능도 좋고. 근데 우린 돈이 없잖아. 돈이란 건 모든 선택의 문제에 끼어들어 나를 괴롭게 한다. 결혼 준비 비용 자체는 저축해둔 예금 내에서 해결하려고 했지만 어느덧 이조차 오버되기 직전이다.

어느 날은 너무 머리가 아파, 예찬의 전시가 이뤄지고 있는 아트홀로 향했다. 나름 여기 스태프니 전시가 모두 끝난 시간이면 홀로 전시실에 들어가 그의 그림들을 보며 끝없는 질문을 던져볼 수 있었다.

내가 잘하고 있는 걸까. 그럼에도 불구하고 우리가 결혼을 하는 게 맞는 걸까. 이 모든 문제에서 가벼워질 순 없을까. 모든 사람들이 겪는 이 똑같은 문제를 나도 겪어야 하는 게 문화라는 걸까. 나쁜 전통까지 따라야 하는 이유가 뭘까. 왜 그걸 바꾸려고 하면 눈총을 받는 걸까.

누군가는 이 전시를 보면서 조소하겠지. 뭐 이렇게까지 하면서 결혼을 하냐고. 그런데 어떻게 해. 노 웨딩이 아니라면 반드시 지나쳐야만 하는 과정인데. 시댁살이, 친정살이 할 게 아니라면, 따로 집을 구해서 살아야 하는 거고 그러려면 엄청난 돈이 필요한데 어쩌라고. 예찬의 그림 하나하나를 보면서 새아는 질문하고 또 질문했다. 내가 잘하고 있는 걸까. 정말? 더 나은 방법은 없을까?

이노무 결혼 준비, 한번 때려치워 봤으니 또 때려치울 수도 없고. 그러다 혼자 깊게 한숨을 쉬며 결론을 낸다. 잘하고 못하고가 뭐가 중요해. 결국은 해냈다는 게 중요하지. 그날만 기다리자. 예식날만. 그럼, 이 모든 게 슝— 하고 끝나 있을 거야. 이 모든 스트레스도 슝— 하고 끝나 있을 거야.

이때, 저 밖에서 뚜벅뚜벅— 소리가 들려온다. 그 발걸음 소리를 듣자마자, 새아는 직감했다. 그는 조예찬이다.

"여기서 뭐 해요?"

저번보다 웃으면서 그를 대할 수 있어서 다행이라고 생각했다.

"작품 보죠."

"마음에 드는 거 있으면 하나 줄게요."

"어휴, 이렇게 비싼 작품을요?"

"뭐, 스페셜 멘토 특전이라고 생각해요."

"에이, 신혼집에 걸어둘 만한 작품은 아니잖아요."

이렇게 자연스럽게 그와 대화를 나눌 수 있다는 것, 그것도 참 다행이고. 그러나 잠시의 아슬아슬한 균형은 곧 쨍그랑 깨어지고 말았다.

"그럴 만한 사진, 찍어줘요?"

"……네?"

내가 잘못 들은 게 아니라면, 지금 예찬은 웨딩 사진을 찍어주겠다고 제안한 것이다.

"신혼집에 걸어둠 만한 사진이요."

"아, 아니에요. 감히 조예찬 작가님한테 그런 걸 어떻게 부탁해요."

"……딱, 한 컷만?"

제안을 하는 그의 목소리가 어쩐지 농담 같지가 않다.

"에이, 좀 그렇잖아요. 작가님, 아직도 나 좋아한다면서. 기다리겠다면서."

이런 말을 농담으로 해야 할지 말아야 할지 모르겠지만 새아는 일단 이렇게 대꾸하고 말았다.

"그거랑 이거랑은 다른 거죠? 새아 씨한테 선물 주고 싶은 마음인 거니까?"

"에이, 선물 딴 거 해줘요. 전기 포트나 밥솥 같은 걸로."

"한번 생각해봐요. 이왕이면, 사진으로 주고 싶으니까."

에휴, 이 남자가 또 부담스럽게.

"에이, 내가 여기 괜히 왔나 보다."

애써 웃으며 돌아서려 하는데, 문득 정말 그 마음이 진심인지 궁금해진다.

"진짜 선물 해주고 싶어요? 왜요? 축복, 해주고 싶어서?"

"……새아 씨는 윤경훈 결혼식에 어땠는데요."

윤경훈 결혼식이라면 내 인생 가장 최악의 날이었고 끔찍한 날이었지만, 그래도 당시에는 둘이 행복하길 빌었었다. 이왕 이렇게 결혼하는 거 앞으로 잘 살라고.

"사랑하는 여자가 불행하길 바라는 남자가 어딨어요."

정말, 예찬도 그 마음일까. 정말, 나를 축복해줄 수 있을까?

"언제는 권지혁한테 갔다 오라더니."

"정 아니면 돌아오라는 거죠. 일차적으로는 행복하고."

스스로도 말이 안 된다고 여겼는지 예찬은 혼자 피식- 웃었다. 어쨌건 마음은 너무 고마웠다. 사진 선물을 해주고 싶다는 말. 할까, 말까, 할까, 말까, 짧은 찰나에 치열하게 고민을 하다가 결국 핸드백을 열어 그에게 청첩장을 내밀었다.

"예찬 씨가 방금 한 말이 진심이라면, 와요. 물론, 안 와도 되고."

하, 내가 할 일은 여기까지. 오고 안 오고는 그의 선택이다. 청첩장, 안 주고 후회하느니, 차라리 주고 욕먹자. 그때 지혁과 정했던 것이었다. 예찬은 마치 우주로 초대하는 초대장이라도 받은 듯 이를 신기하게 둘러보았다.

"태워버려도 좋고."

새아는 부러 농담처럼 그렇게 말해버리고 말았다.

"아님, 작품 하나 찍는 게 어때요. 구 썸녀의 청첩장 화형식. 썸녀가 낫나, 쌍년이 낫나."

둘 다 피식피식 웃지 않을 수 없는 상황이다. 그가 웃는데도 내 마음이 미안한 건 여전하다. 그의 진심을 이런 농담으로 받아쳐야 해서 미안했다. 그를 웃게 만들어서 미안했다.

드디어 지혁이 새아네 집으로 들어오는 날이었다. 정말로 그는 달랑 트렁크 몇 개만 끌고서 그녀의 집으로 왔다.

"진짜네."

그 집에 있던 가구들은 거진 다 처분하고 그 집을 깨끗이 비우고서 짐을 줄이고 줄여 여기 이 집에 들어온 것이었다.

"우리 그럼 오늘부터 동거하는 거야?"

"결혼식 얼마 안 남았으니까?"

정말로 우리가 함께 살게 되는 거야? 새아는 믿기지 않는 듯, 지혁에게 묻고 또 물어보았다.

"왜, 안 돼? 일로 들어오라면서."

"정말 이제 평생 우리 둘이 살아?"

"왜 둘이야. 앞으로 새끼 까면서 늘려나가야지."

예전에 비혼주의 썩 꺼지라며 쫓아냈던 이 남자가 어쩌다 남편으로 여기 들어오게 되었는지 신기하기도 하고. 재활용은 언제 하면 되는지, 쓰레기는 어떻게 버리면 되는지, 빨래 분류는 어떻게 하면 되는지, 새아는 이 집에서 알아야 할 사항에 대해서 간단히 OT를 했다.

"이제 우리 이런 걸로 죽도록 싸우겠지? 치약 뚜껑 안 닫아 놨다거나 양말 자꾸 뒤집어 놓는다고?"

"왜 그런 걸로 싸워. 둘이 잘 살려고 결혼하는 건데."

"그래도 사소한 걸로 싸우게 된다잖아. 신혼 때는."

"그러면서 맞춰 나가는 거지, 뭐."

새아는 지혁의 얼굴을 양손을 잡아보았다. 그의 입술을 펭귄처럼 모아놓고도 잘 믿기지가 않았다. 내가 결정한 건데, 내가 선택한 건데도, 이 남자와 결혼을 하기로 했다는 사실이. 이미 동거 생활이 시작되었다는 사실이.

지혁의 트렁크에서 짐을 꺼내어 정리를 하고, 구석구석 그의 생활용품들을 놓고 그러다 땀이 나 말끔히 샤워를 하자 어느덧 잘 시간이 되었다. 아직 퀸 침대가 배송 오려면 조금 멀었기에, 오늘은 이 싱글 침대에서 같이 꼭 붙어 자기로 했다. 각자 생판 남으로 살아온 세월이 삼십 몇 년인데, 이제는 평생 함께 잠들고 함께 깨어나게 된다니. 뭔가 신기하면서도 싱숭생숭했다. 지혁은 코가 닿을 듯한 초밀착 거리에서 함께 누워 그녀에게 물었다.

"이새아 씨는 무슨 일이 있어도 권지혁 씨와 함께 잠들고 함께 일어나겠습니까?"

"어떻게 항상 그래. 먼저 자는 사람 있을 수도 있지."

"어허, 대답해."

"무슨 일이 있어도, 가 어떤 일인데?"

"아주아주 힘든 일. 지금의 우리가 상상할 수 없을 만큼."

그 무슨 일이 뭔지 모르지만, 우리 앞에 무슨 일이 생길지 아주 조금도 예측할 수 없지만, 그래도 함께하겠다고 하는 약속이 결혼이라는 거겠지. 나 또한 예전의 그에게 그런 약속을 원했던 거고.

"그래, 약속해."

앞으로 그와 함께 잠들 무수한 날들이, 아직은 쉽사리 실감이 나지 않던 순간이었다.

## 36

워터파크 웨딩

요즘 좀 이상했다. 결혼식 날이 가까워져 오면 올수록, 새아는 로안 직원 사람들이 자기한테 뭔가를 숨기며 쉬쉬하는 걸 느꼈다.

"왜요, 무슨 일인데요?"

모여서 수군거리던 사람들에게 왜 그러냐고 물어보면 갑자기 다들 아무 일도 아니라는 듯, 애써 꾸며낸 표정을 지었다. 대체 무슨 일이지? 회사에 무슨 일이 있나?

하지만, 깊게 신경 쓸 새는 없었다. 결혼 D−30일은 정말 미친 듯이 바빴기 때문이었다. 이케아에서 산 가구들을 조립하고, 새로 산 가전들을 세팅하고, 사회자 대본을 쓰고, BGM을 최종 확정하고, 신혼여행 일정을 짜고, 여행지에서 필요한 어플을 깔고, 마지막까지 청첩장 모임을 하고, 그래도 연락 안 한 사람이 없나, 마지막까지 점검하고 점검했다.

내 결혼식은 완벽해야 하기에. 그게 곧 내 웨딩 플래너로서의 커리어기에. 결혼에 대한 설렘을 느끼기보다는, 매일매일 내가 뭐 빠뜨린 건 없나, 부족한 건 없나, 점검하고 또 점검하는 하루였다.

지혁과도 마찬가지. '우리가 드디어 결혼한다!'라는 기쁨보다는 앞으로 있을 큰 행사에 대한 부담 때문에, 이것저것 걱정을 하는 톡만 가득했다.

♪♪

그리고, 절대로 오지 않을 것 같던 웨딩 데이가 왔다. 아침부터 정신이 쏙 빠졌던 것은 물론이었다. 솔직히 '내가 지금 누구랑 결혼하는 거지?'조차 헷갈릴 지경이었다.

꼭두새벽부터 가서 메이크업을 받았는데, 생각보다 딜레이가 많이 되었다. 진영 부원장이 정말 혼신의 힘을 다해서, 영혼을 갈아서까지, 그녀를 예쁘게 꾸며주려 했기 때문이었다. 거울에 비친 나는 믿을 수 없을 만큼 예뻤다. 진영 부원장이 메이크업에 썼던 제품들을 그대로 구매하고 싶을 정도로, 새로운 내가 탄생했다.

찬찬히 거울을 들여다보며 자아도취에 빠져 있고 싶었지만, 이미 식장으로 출발해야 할 시간이 한참 지나 있었다. 순간, 머릿속 엑셀표의 한 구역이 와그작 – 무너지는 소리를 들었다. 결국은 그녀도 허둥지둥대고 말았다. '늦었다'라는 생각에, 머릿속이 새하얘지고 만 것이다.

그렇게 웨딩 프로라고 불렸던 나도, 내 결혼식은 처음이라서.

♪♪

결혼식장에선, 메이크업숍부터 따라온 사진 기사님들이 '여기 보세요, 저기 보세요.' 갖가지 포즈를 요구하면서 정신을 쏙 빼놓았다. 로봇처럼 시키는 대로 하기는 했는데, 지금 내가 뭘 하고 있는지조차 잘 모르겠다.

로안은 내 직장인데도, 그렇게 많이 다녀본 곳인데도, 여기가 몇 층인지 헷갈릴 지경이었다. 사진은 찍어야 하는데, 하객들이 모여들었다. 사진 한 컷 찰칵 찍고, 하객들에게 인사하고, 또 한 컷 찍고 인사하고, 신기하게도 정신은 없었지만 누가 왔는지 다 기억이 난다.

놀랍게도, 손희와 서환이 함께 신부 대기실에 나타났다.

"……!"

새아는 그저 말문이 막힌 채로, 멍해져 버렸다.

"……어떻게 오신 거예요?"

손희가 한국 들어와 있었던 건 알고 있었지만, 서환까지 들어온 줄은 몰랐다. 유명 과학자 커플의 등장에 주변이 술렁댔다.

"오늘이 누구 결혼식인데, 당연히 와야죠."

"혹시, 저 때문에 들어온 거예요?"

"에이, 뭐, 겸사겸사."

그렇게 두 사람이 웃는데, 가슴이 너무나도 뭉클했다.

"플래너님 아니었으면, 저희 결혼 못 했을 걸요."

코끝이 너무너무 찡해. 엄마, 아빠를 보고도 나오지 않던 눈물이 막 나오려고 했다. 그 먼 미국에서 여기까지 와준 게 너무너무 고마워서. 두 사람이 부부가 되어 여기서 나를 축하해주고 있다는 사실이, 너무나도 벅차올라서.

"이리와요, 사진 찍어요."

쏟아지려는 눈물을 애써 애써 꾹 참고, 환하게 웃으며 셋이 사진을 찍었다. 하지만, 나타난 사람은 손희와 서환 뿐이 아니었다. 그간 내가 결혼 준비를 해주었던 고객들이 하나둘씩, 신부 대기실에 등장했다. 고객들한테까지 청첩장 뿌리기가 좀 그래서, 결혼한다고 알리지 않았던 커플도 있었다.

"아니, 여기까진 어떻게 오셨어요? 어떻게 알구요?"

"다 아는 방법이 있죠."

어머, 어쩜 좋아. 진짜 생각지도 못했어요. 정말 너무너무 고마워요. 고객들의 깜짝 등장에, 코끝이 계속 찡해졌다. 이제 남의 결혼 준비 못 해주겠다, 싶을 만큼 자신감이 떨어지고, 지쳤던 날들도 있었지만, 지금은 내가 그들의 웨딩 플래너였다는 게 너무 자랑스러워지려고 했다.

내가 그들의 가장 소중한 날을, 함께 준비해주었다는 게. 그리고 그들이 오늘 나의 가장 소중한 날을, 함께해주러 와주었다는 게. 내가 그래도 헛 산 게 아니었구나. 다 의미가 있는 거였구나. 내가 그들을 축복해주고 싶었던 만큼, 그들도 나를 이렇게 축복해주고 싶어했구나. 목 끝에선 계속해서 뜨거운 것들이 올라오고 있었다.

한참 사진 릴레이가 이어지는 와중에, 저편에선 예니가 친구도 없이 홀로 서 있었다.

"왔어요?! 이리 와요. 같이 사진 찍어요."

살짝 어색하게 다가와, 함께 사진을 찍는 예니. 그녀에게 정말 고마웠다. 정말 많은 사건 사연들이 있었지만, 그래도 여기까지 와준 게.

바로 이 그랜드홀이었지. 내가 예니 대신 웨딩드레스를 입고 있었던 그때가. 새삼, 진짜 신부가 되어 이곳에서 웨딩드레스를 입고 있다는 게, 신기하게 느껴진다.

오늘은 내가 가짜 신부가 아닌, 진짜 신부가 되었네요. 그때는 대타였었는데, 지금은 내가 여기 진짜 결혼하기 위해서 와 있네요.

"신부님, 일어나실게요."

새아의 손을 붙잡는 사람은 다람이었다. 처음 이곳에 왔을 땐 생판 병아리 신입이었지만, 어느새 신부를 안내하는 그녀의 손길에서 프로의 티가 난다. 이마저도 뭉클해지려고 하는, 참으로 묘한 날이었다.

한 걸음 한 걸음 걸어가는데, 저편에 지혁이 보인다. 심장이 묘한 파동으로 울렁거리기 시작했다. 그가 '신랑 입장'을 하면서, 저편으로 멀어지는 걸 본 적이 있다. 그것도 바로 이곳, 로안 그랜드홀에서. 하지만, 지혁은 이제 먼저 가버리지 않는다.

둘은 함께 손을 잡고서 동시 입장을 하기로 했다. 권지혁, 이남자가 이제 진짜로 내 남편이 되겠구나. 우리가 여기서 결혼식을하겠구나. 이 기분을 뭐라 해야 할지, 말로 설명하기가 힘들었다.

정신없이 달려온 나날들이었다. 나는 한때 결혼을 너무 하고 싶어 난리를 쳤었고, 또 다른 한때에는 결혼이 무섭다고 겁을 냈고, 그러다 결혼 준비 너무 힘들다며 때려치우려고 했었고. 그 수많은극적인 과정을 건너, 우리가 지금 여기 서 있었다. 이 변덕에, 놀랍게도 무겁게 중심을 잡아준 사람은 바로 당신이었다.

앞으로의 내 삶에도 그가 중심추가 되어줄 것이다. 내가 꽃처럼피고 지고 다시 피길 반복해도, 당신은 나무처럼 굳건하게 내 곁에 있어줄 것이었다. 그래, 이제 우리 저 버진 로드를 함께 걸어가자. 영원히 함께할 미래를 약속하면서, 우리의 가까운 사람들 축복 속에서.

𝄞

그런데 바로 그때, 다람의 인이어에서 바쁜 소리가 들려왔다.

'어떡하지? 예상했던 일이 벌어졌어.'

영희의 그 목소리가 하도 우렁차고 다급해, 그 소리가 새아의 귀에도 훤히 들렸다. 무전기에서의 그 한마디에 다람은 사색이 되었다.

"팀장님, 어쩌죠?"

그때의 새아는 전혀 눈치채지 못했다. 로안 그랜드홀에서 무슨 일이 벌어졌는지.

"결혼식, 취소해야 할 것 같아요."

잠깐? 이게 무슨 소리야? 결혼식 취소라니?

새아는 전혀 알지 못하고 있었다. 그리고, 그동안 로안 직원들이 자기한테 쉬쉬해왔던 그 일이 무엇이었는지.

'잠깐만.' 하고서 저편에서 홀 내부를 둘러보던 지혁이 얼굴이 백지장처럼 새하얘져 돌아왔다.

"지혁 씨, 결혼식 취소해야 한다니, 그게 무슨 소리야?"

"그게 말이야……."

지혁의 표정을 보아하니, 그는 진작 여기에서 무슨 일이 있었는지 알고 있는 것 같았다.

"왜, 무슨 일인데?"

바로 그 순간!

꺄아아 ─ 홀 안에 있던 사람들이 마치 좀비라도 발견한 듯 비명을 지르면서 갑자기 밖으로 탈출하고 있었다.

뭐야? 식장에 뭐가 나타난 거야? 잠깐? 저 사람들 지금 왜 이렇게 젖어 있는 거야? 그 사람들의 쫄딱 젖은 몰골을 보아하니…… 이건 한 번 겪었던 재앙이었다.

오, 마이, 갓뜨! 로안 그랜드홀에 스프링클러가 터진 것이었다. 예식을 십 분 앞두고서. 열린 문 사이로, 쏟아지는 스프링클러 비가 보인다. 새아는 그만 턱이 빠질 뻔했다.

세상에, 이게 진정 실화란 말입니까? 내 결혼식장에, 지금 비가 오고 있다구요?

"지금껏 나한테 숨긴 게 이거였어?"

새아는 그야말로 경악을 할 수밖에 없었다. 저번 물바다 워터파크 웨딩 이후, 지금껏 이곳 그랜드홀에선 크고 작은 공사들이 있었다. 전기 공사도 다시 했고, 소방 공사도 다시 했고, 그런데 저번에 마무리한 소방 공사에 문제가 생겨 천장에서 한두 방울 물이 떨어진다는 얘기는 들었다.

하지만, 오늘의 상황은 한두 방울 물이 떨어지는 정도가 아니었다. 스프링클러가 완전히 오작동하고 있었다. 여기는 가랑비처럼, 저기는 소나기처럼, 제멋대로 물이 쏟아지고 있었다. 이건 그야말로 디재스터, 완전히 재앙이었다.

"상무님이 팀장님 결혼식 전까지는 어떻게든 꼭 해결할 거라고 하셔서요. 괜히 신부 불안하게 이런저런 얘기 하지 말라고 하셔서……."

옆에 있던 다람이 울먹거렸다. 식장에 스프링클러가 예식 파투가 났던 것. 모두가 한 번 겪어봤던 비극이었다.

"하, 세상에."

특히나 지혁은 더더욱 괴로워했다. 이런 일이, 다시 한번 벌어지다니 하필 오늘, 왜 하필 오늘.

드레스를 입은 새아가 짚을 곳을 찾지 못하고 휘청거렸다.

그럼, 우리 지금, 결혼식 취소밖에 답이 없는 거예요? 로비에 하객들 이렇게나 모였는데? 식장에서 비가 와서? 그럼 우리, 이제 결혼 못하는 거예요? 아니, 잠깐만. 설 상무님! 말을 해봐요. 무슨 해결책이 있을 거 아니예요. 진짜 없어요? 저 비를 멈추게 할 방법, 없냐구요?!

## 37

일 년 후에

일 년 뒤.

서울 근교 어딘가, 고즈넉한 분위기의 언덕 위. 정말로 그림 같
은 집 한 채가 있었다. 발리 휴양지에나 있을 것 같은 단독 펜션,
혹은 리조트처럼 그 주택은 이국적인 분위기를 띠고 있었다. 마당
에 심어놓은 꽃과 나무는 너무나 귀엽고 아기자기했고, 잔디밭은
싱그럽도록 푸르렀다.

'저긴 누가 사는 거야?' 누구나 호기심을 갖고 올려다볼 수밖에
없는 외관. 동화 속 요정이 살 것만 같은 그 집, 조용한 낭만에 잠
겨 있던 그 집이 간만에 소란스러워졌다.

"우와, 요새 이런 것도 해요?"

장비차가 와서 스태프들이 내리고, 카메라 등을 설치하기 시작한다. 드론을 날려 집의 외관을 찍고, 곳곳을 영상으로 담는다.

"그럼요, 요새 영상 없이 살아남을 수 있나요?"

테라스의 한가운데에, 두 개의 라탄 체어가 놓여져 있다. 오늘, 이 집에 반가운 손님이 찾아왔다. 바로 〈웨딩〉지의 심효이 기자였다.

"고마워요, 이렇게 인터뷰 기회 준 거."

그 앞에 짧아진 단발 머리에, 아이보리톤 린넨 원피스를 입고 앉아 있는 여자. 바로, 새아였다.

"아니에요. 빚 진 거 언젠간 갚기로 했잖아요."

"그게 이렇게 돌아올 줄이야."

효이 기자는 신기한 듯, 주변을 둘러보았다.

"더 예뻐지셨어요."

농담이 아니었다. 결혼 후, 새아는 더욱 싱그러워지고 아름다워졌다.

"신혼이라 그런가봐요."

"사랑, 많이 받아서?"

아니라고 말할 수도 없었다. 구차한 솔로였던 시절과 비교할 수 없을 만큼, 자존감이 차올라 있었다. 나를 영원히 믿어주고 지지해주는 사람 때문에. 그 사람에게 받고 있는 분에 넘치는 사랑 때문에. 새아의 미소엔 예전엔 없던 여유로움이 감돌고 있었다. 이 낭만적인 정경과 너무나 잘 어울리는 미소였다.

"결혼하고, 진짜 행복한가 보다."

"이런 집에서, 안 그러면 이상하겠죠?"

"그날 결혼식은, 어떻게 된 거예요?"

로안에서 있었던 새아의 결혼식이 취소되었던 걸 얘기하는 거였다. 그때, 식장에 스프링클러가 터졌었지. 또다시 식장이 난리 물바다가 되었었고. 그리고 뒷수습을 어떻게 했는지 물어보는 것이었다.

"그건, 나중에 답하면 안 돼요?"

새아는 답을 미루었다. 가장 재미있는 얘기는 뒤로 미루는 것인가. 그 얘기가 너무너무 궁금했지만 효이는 일단 고개를 끄덕였다. 지금 이 집에 대해서도 궁금한 게 너무 많았으니까. 그리고 오늘 이 집에 대해서 멋들어지게 취재하기 위해, 이렇게나 많은 영상 스태프를 부른 거니까.

"어쩜 이렇게 발리 휴양지 같은 집을 지으셨어요? 너무 예뻐요. 이런 집에서 살면 정말 꿈같을 것 같아요."

"남편이 건축학도였잖아요. 저도 설계도만 봤을 땐, 이 집이 이런 느낌일 거라고는 상상도 못했어요. 제가 봐도 집이 너무너무 아름다워요. 매일매일 이 집에 반해요."

"두 분 다 직장이 강남인데, 서울 외곽에 집을 마련하신 이유가 있을까요?"

효이 기자는 현실적인 부분을 물어보았다. 아무리 서울 근교라고 해도, 강남까지는 차로 사십 분은 걸리는 거리였다.

"출퇴근만 생각하면, 강남 안으로 들어가야죠. 그런데, 사실 사십 분이면 출퇴근 시간으로 그리 긴 것도 아니지 않나요?"

"뭐, 서울 안에서 이동하는 것도 그 정도 걸리니까?"

"대신, 서울 들어갈 때 빼고는 그렇게 막히지가 않아서 시원해요. 둘이 번갈아가며 운전을 해서, 덜 피곤한 것도 있구요. 같이 출근하고, 같이 퇴근하니까."

"그래도, 피곤하진 않으세요?"

"출퇴근이나 일에서 피곤했던 게, 이 집에서 다 풀리는 것 같아요. 내 일만 생각하면 강남으로 들어가야 할 것 같은데, 내 삶을 생각하면, 이제 들어갈 수 없을 것 같아요."

그게 사실이었다. 이곳, 소담한 전원 주택에서 새아는 도시에서는 절대 느낄 수 없던 삶의 결을 느끼고 있었다. 자연과 함께하는 삶의 텍스처를.

해가 뜨는 순간부터, 반투명한 커튼을 투과해 집 안에 햇살이 스며든다. 월셋집의 조그마한 창문으로는 느낄 수 없었던 시간의 변화였다. 알람 없이도, 햇살이 신혼부부를 깨웠다. 시끄러운 소리 없이, 자연스럽게 눈이 떠진다는 것. 그것 또한 벅차도록 아름다운 행복이었다.

자연에서 얻은 재료로 샐러드를 해 먹고, 직접 구운 빵으로 아침을 먹는다. 그리고 두 사람이 함께 차를 타고 출근한다. 주말에는 큰 창을 통해 하늘의 색이 변하는 걸 오롯하게 느낀다.

오늘도 해가 뜨고 진다는 게 너무나 큰 고마움으로 느껴진다. 내가 이렇게 해가 지는 걸 바라볼 수 있다는 게. 오늘 하루도 당신과 함께 아름답게 살아냈다는 게.

그리고 어떤 저녁을 함께 해 먹을지 고민한다. 배달 음식을 시켜먹기는 불가능한 지역이지만, 식재료 배달은 새벽같이 도착하는 곳이다. 싱그러운 식재료로 둘이 해 먹을 소담한 저녁을 완성한다.

전원에서의 삶이란 그런 거였다. 매일 하늘의 변화를 보고, 또 매일 새로운 것을 느끼는 것. 매일 땅의 변화를 보고, 또 감사하게 여기는 것.

"벌써 사계절이 지났네요."

새아는 결혼 후 일 년을 돌이켜보았다. 바로 이 집에 입주한 것은 아니었다. 결혼식을 올리자마자는 아주 조그마한 새아의 원룸에 함께 살았다. 밤마다 설계도를 보면서, 어떤 수전을 달까, 어떤 타일이 어울릴까 고민하면서 인테리어 계획을 짰다. 우리가 살 보금자리를 꾸며나가는 건, 너무나 행복하고 즐거운 일이었다. 그때 집이 좁아도, 좁게 느껴지지 않았다.

그리고, 이 집에 입주한 여름. 그때부터 새아는 테라스의 풍경을 세세하게 기록해놓았다. 내게는 너무나 꿈만 같던 그 시간을. 휴대폰에 담긴 사진을 보여주자, 효이 기자의 입이 떡 벌어졌다.

"너무 예뻐요!"

그곳엔 새아가 담은 이 집의 사계절이 다채로운 색으로 빛나고 있었다.

"마당 있는 집, 너무 부럽다."

"여름에는 저기 튜브 수영장을 만들어놓고, 둘이 원껏 놀았어요. 가을에는 이 산이 울긋불긋 물들어가는 게 너무 아름답더라구요. 직원들이 여기 모두 모여서 회식을 했어요. 밤에는 바비큐를 해 먹구요. 겨울엔 이렇게 하얗게 눈이 쌓였어요. 당연한 건데, 왜 이렇게 예뻤을까요. 어렸을 때처럼 새하얀 눈에 첫발자국을 찍는데, 너무 감격스럽더라구요. 봄에는 텃밭에 새싹이 나서, 그걸 뜯어서 새싹 비빔밥을 해 먹었어요. 저기 평상에서."

휴대폰엔 영상도 있었다. 두 사람이 LP를 틀어놓고 테라스에 앉아 커피를 마시면서 가만히 석양을 바라보는 영상. 이런 건 휴양지에서나 가능한 건 줄 알았다. 집에서 이런 낭만과 여유가 가능하다니.

"대박, 역시 신혼 낭만이네요!"

"자연이 낭만에 집중할 시간을 준 것 같아요."

"너무 CF처럼 산 거 아니에요?"

"신혼은 다시 돌아오지 않잖아요."

정말로 새아와 지혁, 두 사람은 이 집에서 느낄 수 있는 달달한 신혼의 시간을 만끽했다. 언제나 서로 함께하면서, 서로의 품 안에 파고 들면서.

"집이 이렇게 예쁜데, 이 집 짓는 걸 반대하는 사람이 있었다구요?"

그 말에 새아는 킥— 웃음을 터뜨렸다.

"네, 저희 엄마요."

"정말요?"

♫

결혼 전의 그 날들이 떠올랐다. 엄마가 서울에 아파트 아니면 안 된다고 드러누웠던 날들. 어떻게든 아파트 한 채 받아오라고 새아를 들들들 볶던 날들. 심지어 은행에 대출 받으러 가셨었지. 회사까지 찾아와 사위를 붙들었고. 두 사람이 새아의 원룸에서 집을 합친 걸 보고, 엄마는 급기야 눈물을 보이셨다.

"아이, 엄마, 왜 이래."

"내가 너 이렇게 살게 하려고 공부 가르치고 키운 게 아닌데."

둘이 원룸으로 합친 게 그렇게나 속상하셨나 보다.

"에이, 엄마, 이거 봐. 우리 나중에 이건 집에서 살 거야."

새아는 식탁에서 지혁이 그린 입체적인 설계도를 보여주었다.

"진짜 이쁘지? 무슨 동남아 휴양지에 있는 집 같지 않아?"

이에 엄마의 눈물이 조금 들어가긴 했지만, 그녀는 다시 억지를 부렸다.

"그래도 난 아파트가 좋아."

"엄마 지금 아파트 살고 있잖아. 그렇게 아파트가 좋아?"

"지금이라도 다시 생각해봐. 시세차익 보려면 어떻게든 돈 끌어서 아파트 들어가는 게 답이야."

이에 새아는 솔직하게 답했다.

"우리 예산으로는 엄마, 아파트에 들어가서 살 수가 없어."

"아우, 속상해. 애는 엄마가 돈 끌어서 준대도 싫대."

"그런데, 우리는 아파트보다 더 좋은 집에서 살 거야."

"인프라도 없는 깡시골 들어가서 살겠다고?"

"마당 있는 집에서, 더더욱 행복하게 살 거야."

새아는 아예 노트북을 켜고, 집 설계도를 이리저리 돌려가며 보여주었다.

"엄마, 여기 테라스 봐봐, 너무 예쁘지. 집 완공되면, 여기서 바비큐 파티 하자. 엄마, 그런 것 너무 해보고 싶다며. 펜션 온 것처럼 여기서 놀다 가."

"무슨 집에서 고기를 구워."

"왜 못해. 우리 집인데."

좀 더 입체적인 설계를 보자, 엄마 정연의 마음이 조금 움직인 듯 보였다.

"봐봐, 수전, 문고리 하나하나 다 우리가 원하는 대로 달 거야."

"그게 아파트보다 싸게 먹히니?"

"그럼. 요새 아파트 이십 평대가 얼만데."

"여기 대지 면적이 몇 평이라고?"

"결국, 고집을 꺾으셨어요?"

효이 기자가 물었다.

"완공되고 이 집 제일 좋아하셨던 사람이 엄마였어요. 진짜 놀러온 것 같다구요."

"땅이랑 공사비가 그 정도밖에 안 들어요?"

"물론 저희도 대출을 풀로 받기는 했지만, 서울 시내 웬만한 전세 사는 것보다 저렴해요. 지금은 절대 후회 안 해요. 과감하게 우리 집을 짓기로 한 거."

그리고, 저편에 네이비 컬러의 SUV가 도착했다.

"어? 신랑 오셨나보다."

일이 있어서 나갔던 지혁이 돌아온 것이었다. 매일을 봐도 그렇게 반가운지, 새아의 얼굴에도 반가운 미소가 번졌다. 자동차에서 지혁이 내리는 모습에, 효이 기자의 입이 또다시 벌어졌다.

"신랑님이……?"

이럴 수가.

권지혁은 상상 이상이었다.

"왜요?"

"아, 아니에요."

남의 신랑 갖고 이런 말 하기는 뭐하지만……. 지혁은 결혼하기 전보다, 훨씬 더 멋있어져 있었다.

## 38

그 남자의 변화

"늦어서 죄송해요. 서울에 볼 일이 있어서요."

위아래 가벼운 캐주얼 수트 차림으로, 지혁이 등장했다. 그는 망설일 것 없다는 듯 인터뷰팀에게로 직진했다. 그리고 그 런웨이 같은 모습을 놓칠 새라 영상 촬영팀이 그의 일거수일투족을 담아 냈다.

'이건 슬로우 모션 걸어야겠어.'

그만큼이나, 이 집 주인의 등장은 극적이었다.

"왔어?"

지금 그의 시선은, 오로지 새아에게 꽂혀 있었다. 베이지 컬러의 헤어밴드를 하고 린넨 원피스를 입은 그녀에게로.

"오늘, 자기 이 집이랑 더 잘 어울린다."

그리고 자연스럽게 다기기 입을 맞추고 어깨를 감싸다. 영상 촬영팀에게는 모두 CF처럼만 보이는 장면.

"인터뷰 잘하고 있었어요?"

남의 신랑에게 너무 넋을 놓고 있으면 실례일 것 같아, 효이 기자가 허버버 정신을 차렸다.

"네네, 그럼요. 이 집 어떻게 짓게 되었는지, 듣고 있었어요."

이에, 지혁의 얼굴에 여유로운 미소가 감돈다.

"영끌해서 대출 받았단 얘기도 했구요?"

입으로는 '영끌 대출'을 말하고 있는데, 넘치는 여유와 품격에서 '하우스 푸어'의 감성은 느껴지지 않는다.

"요새 대출 안 끌어 쓰는 신혼 부부가 어디 있나요. 호호홋."

효이 기자는 그렇게 둘러댔다. 곧 지혁이 라탄 체어를 하나 더 가져와서 옆에 앉고. 새아와 지혁, 두 사람이 드디어 이 집주인 부부의 그림을 완성했다. 영상 촬영팀이 바빠진 건 물론이었다.

"당연한 건데도, 부담스러운 일이죠. 모두가 평생 감당도 되지 않을 어마어마한 빚을 갖고 출발한다는 게."

새아는 고개를 끄덕이며 지혁의 말에 동조했다.

"저희도, 처음에 빚 갚느라 너무 힘들더라구요."

"제 연봉에도 힘든 거면, 오죽할까요."

지혁은 커피 한 잔을 마시고는 말을 이어나갔다.

"하지만, 이왕 빚을 질 거, 다양한 선택이 있다고 말하고 싶어요."

"그러게요. 이런 낭만적인 선택도 있네요."

"규격화된 아파트에 들어가는 것만이 답은 아니예요. 나중을 위해서, 지금 참기만 하는 것도 답이 아니구요."

이제는 효이 기자도 마음이 바뀌어가고 있었다. 언젠가 결혼을 하게 된다면, 꼭 신혼집이 서울이어야 한다는 고정관념을 버리고, 전세든 월세든 어떻게든 서울에 버티고 있어야 한다는 생각을 버리고, 새로 지은 집에서 낭만적인 신혼 생활을 시작하는 것도 좋을 것 같았다. 지혁과 새아처럼. 어차피 대출 받아서 사는 건 마찬가지니까.

"주변에 이 집을 보고 결혼에 대한 생각이 바뀐 사람이 있나요?"

새아와 지혁의 눈빛이 잠시 서로에게 머물렀다.

"이 집을 보고 바뀌었는지는 모르겠지만?"

"완전히 생각이 바뀐 사람이 있기는 하죠."

"오, 그래요? 누군데요?"

새아는 유준을 떠올렸다. 그는 비혼이 아니라 피혼이라고 했었다. 이 정도면, 국가에서 결혼할 자격을 박탈한 거 아니냐고. 그는 삼십 대가 되어서도, 가까이 다가오는 인연을 쳐내기 바빴고, 나에게 연애 따위 할 시간이 없다며 철벽을 치기 바빴다. 항상 본인에게는 자격이 없다 여겼으므로.

그런 유준의 마음이 바뀐 건, 다람 때문이었다. 어떤 상황이든,

413

항상 해맑게 웃던 싱그러운 다람이, 유준의 생각을 완전히 바꾸어 놓았다.

♪♪

유준이 처음 인스타 계정을 열 때는 별 생각이 없었다. 그냥 남들 하는 것처럼, 우리도 커플 사진 올리면서, 이렇게 예쁘게 연애하고 있다, 주변 사람에게 보여줄 생각이었다. 그는 별다른 코멘트도 없이, 다람과 함께하는 일상들을 올렸다. 그런데, 어느 순간, 팔로워가 급증했다.

"이 팔로워 뭐지?"

"그러게, 왜 자꾸 늘어나죠?"

유준과 다람은 머리를 맞대고 고민했다. 이렇게까지 불특정 다수의 관심을 끌려고 했던 건 아닌데, 이렇게까지 쑥쑥 팔로워가 붙는 건 도대체 왜 때문이란 말인가. 유준과 다람이 입은 옷 정보를 알려달라는 댓글도 많았다.

"이거 그냥 보세인데."

"이건 심지어 빈티지숍에서 산 중고인데."

둘의 모습이 다른 사람들이 보기엔 멋들어진 패피 같았나보다. 유준은 신경쓰지 않고도 툭툭- 멋진 사진을 찍어내는데 재주가 있었다. 나름의 감성이 있었고. 그리고 어느날, 두 사람에게 레스토랑 협찬이 들어왔다.

"에엥? 협업찬? 우리가 뭐라고 협찬을 받아?"

DM으로 메시지가 온 것이었다.

"왜요, 어디서 보낸 건데요?"

여기는 다람이가 애타게 가보고 싶던 레스토랑. 협찬 조건은 어렵지도 않았다. 두 사람이 맛있게 식사하는 장면을 사진으로 찍어 올리기만 하면 된다는 것.

"한 번만 가면 안 돼요? 나 여기 꼭 가보고 싶었단 말이에요!"

썩 내키지는 않았지만, 유준은 다람의 요청을 들어주기로 했다. 안 그래도 데이트 비용에 허덕이던 요즘이었다. 협찬, 광고라고 기재하면 팔로워들 떨어져나가는 거 아니야?

에이, 나가든 말든, 가서 맛있게 밥 먹고 오자. 하고 사진을 올렸는데…….

게시물은 더더욱 대박이 났다. 왜 광고인데 더 '좋아요' 수가 많이 눌리는 거지? 두 사람은 또다시 머리를 맞댔다. 이 SNS의 알고리즘을 도저히 이해할 수가 없었다.

이를 시작으로, 두 사람은 더더욱 많은 광고의 주인공이 되었다. 호텔 숙박권, 펜션 숙박권, 놀이공원 이용권부터, 패션, 소품 협찬까지. 이상하게 이렇게 광고를 하면 사람들이 싫어하고 떠날 줄 알았는데, 반대로 그들이 SNS 계정은 나날이 커져만 가는 것이었다.

그리고 급기야…… 유준이 웨딩 플래너라는 소식이 알려지면서, 그의 소개 고객이 늘기 시작했다. 이렇게 여자 친구에게 잘하는 세심한 남자라면, 내 결혼식을 맡겨도 되겠다는 생각이 들어서 라는데.

✥

"이 달의 최우수 영업왕은?"

정신 없이 소개 신부들을 맞고, 상담하고, 컨설팅 진행해주다 보니, 이렇게 되었는 줄도 몰랐다. 로안 회의실, 최우수 영업왕을 뽑는 자리. 영희가 그의 이름 석 자를 목소리 높여 외쳤다.

"진. 유. 준!"

유준은 그저 얼떨떨하기만 했다. 언감생심, 생각해보지도 않은 자리였다. 팀장 새아는 열심히 박수를 치면서, 얼른 앞에 나가서 상 받으라고 등을 떠밀고 있었다. 저편의 권지혁 대표 역시 그에게 뜨거운 박수를 쳐주고 있었다.

"진유준 실장, 이렇게나 소개 신랑, 신부가 많이 들어온 이유가 뭐죠?"

"모두 다…… SNS 덕인 것 같습니다."

에이, 새아가 눈을 흘겼다. 그거 말고 더 정답이 있을 텐데.

"이 영광을 모두 여자 친구인 다람 양에게 돌립니다."

그제야 또다시 폭발적인 박수가 터져나왔다.

"특별 인센티브!"

영희는 유준에게 현금이 담긴 꽤나 두툼한 봉투를 건네주었다.

얼떨떨하게 꽃다발과 상패와 봉투를 가슴에 안고, 유준이 자리에 돌아왔다. 설영희 상무는 또 나름의 일장 연설을 늘어놓고 있었지만, 유준의 귀에는 아무것도 들리지 않았다.

솔직히 말하면, 너무 가슴이 벅차올랐다. 늦게 사회생활을 시작한 만큼, 자신감도, 자존감도 없었다. 언제까지나 나는 이 사회의 미생일 줄만 알았는데, 소개 신부가 늘어나면서 월급도 늘고 인센티브도 이렇게 늘었다. 언제까지나 나는 이 사회에서 자리를 못 잡을 줄 알았는데, 이노무 학자금 대출은 영원히 갚아야 할 줄 알았는데, 지금 이 속도라면, 생각보다 빨리 털어내는 것도 가능했다.

나에겐 평범한 사람들이 누려야 할 것들이 허락되지 않는 줄 알았다. 이 사회를 살아간다는 건, 너무 비싼 일이니까. 먹고 숨쉬기만 해도, 내가 벌어온 돈을 모조리 써버리게 되니까.

그런데, 아니었다. 미래가 보이지 않는다고 생각했는데, 그렇게 내 자신이 행복해질 수 있는 모든 기회마저 차단한 것이었다.

돌이켜보면, 아무도 나에게 연애하지 말라, 결혼하지 말라, 강제한 적이 없었다. 그냥, 돈이 없으니까 연애도 결혼도 못할 거라 단정했던 내 자신이 있었을 뿐이었다. 그런 내가 철벽을 쳤을 뿐이었다. 인생은 한 가지 길만 있는 줄 알았다. 직장에서 돈 많이 벌어서 성공하는 것.

그런데, 아니었다. 장난처럼 취미로 시작한 인스타 계정이 이렇게 커져, 이렇게 광고비가 들어올 줄 몰랐다. 내가 잘 몰랐을 뿐,

세상엔 굉장히 많은 기회들이 있었다. 내가 두드려보지 않았을 뿐. 세상에 많은 기회가 있을 거라 상상하지 못했을 뿐.

'편협했다'라고 생각하기보다는 '서툴렀다'라고 생각하기로 했다. 이제 알면 되었잖아. 세상에 기회는 엄청 많다는 거. 세상에 단 한 가지 길만 있는 게 아니라는 거. 그리고 이 모든 기회를 열어준 사람은, 다름 아닌 다람이었다.

사랑 때문에 못할 줄 알았던 것들이, 사실은 사랑 때문에 가능한 것이었다. 그녀는 내 모든 걸 이렇게 바꾸어놓고, 내 모든 생각을 바꾸어놓고, 저렇게 해맑게만 웃고 있다. 언제나처럼, 나에게 응원을 주는 미소로, 싱그럽게.

'이따 크게 한턱 쏴요.'

고개를 돌려 입모양으로 외치고는 다시 앞을 보는 다람. 이제는 내 인생에 저 귀여운 아이가 없었으면 어쩔 뻔 했나, 아찔해진다. 다람에게 선물을 해주고 싶어졌다. 예전엔 스팸 하나 사는 것도 덜덜 떨었지만, 이제는 다람이 갖고 싶어하던 건 무엇이든 사주고 싶다. 오늘 인센티브 받은 걸로. 다람이 무얼 갖고 싶어했더라, 천천히 돌이켜보는 가운데…… 회의가 끝났다. 다들 회의실에서 뿔뿔이 흩어지는데, 설영희 상무가 다시 유준을 부른다. 이번엔 다람도 함께다.

"음, 민스튜디오에서 이번에 뉴 샘플을 찍으려고 하는데."

아, 벌써 신상 샘플이 나올 때가 되었나?

"네, 제가 뭐 도와드릴 게 있을까요?"

웨딩 스타일링을 부탁하려고 하나? 드레스 협찬이랑 액세서리 협찬 쪽?

"아니, 두 사람이 모델을 해줬으면 좋겠대."

여기에, 다람과 유준의 눈이 동그랗게 벌어졌다.

"네에에? 저희가 ……웨딩 모델을요?"

39

파국의 쌍둥이 자매

새아는 웃으며 말을 이어나갔다.

"드디어, 피혼이니 뭐니 다 집어친 거죠."

유준과 다람 얘기를 재미있게 들은 효이 기자가 귀를 쫑긋 세웠다.

"그럼, 둘이 결혼해요?"

"아뇨, 그냥 웨딩 모델 하는 거예요."

"두 사람 비주얼이 그렇게 좋아요?"

"요새 잘나가는 커플 느낌이에요. 훈훈하고, 비싼 거 아닌데도, 옷 잘 입고. 민스튜디오에서도 두 사람 계정을 본 모양이에요. 홍

보 효과를 노리는 게 아닐까요?"

"우와, 사진 궁금하다."

"그 계정 팔로우 해봐요. 곧 웨딩 모델 사진 올라올 거예요."

사실, 새아도 정말 기대가 많이 되었다. 누가 봐도 너무나 잘 어울리는, 딱 설레이는 키 차이의 두 사람. 웨딩 모델이라도 되면, 얼마나 사진이 예쁘고 멋지게 나올까?

"분명히 턱시도 입으면 생각이 바뀔 거야. 나도 그랬잖아."

옆에서 설핏 웃던 지혁의 말이었다.

"네에?"

"그때, 로안에서 열렸던 가상 결혼식 때 있잖아요."

지혁은 그때를 떠올렸다. 어쩌다 보니 신랑, 신부 모델 대타를 뛰면서 새아와 함께 가상 결혼식을 올렸던 그때.

"턱시도 입으니까, 기분이 진짜 달라지더라구요. 예전엔 절대 다시 못 입을 옷이라고 여겼는데, 진짜 생각만 해도 갑갑했는데, 웨딩드레스 입은 새아가 옆에 있으니까, 갑갑하지가 않더라구요. 문득 이 생각이 드는 거예요. 만약, 드레스 입은 새아 곁에, 턱시도 입은 딴놈이 서 있으면? 생각만 해도 복장 터지고 열이 나는 거예요. 저도 그때부터 생각이 많이 달라진 것 같아요. 이 사람을 놓치지 않았으면 좋겠다. 딱 그 마음 하나로도 결혼에 대한 생각이 바뀔 수도 있더라구요."

효이 기자는 웃음 지었다. 그때 드레스와 턱시도 입은 두 사람 때문에 온 매체가 뒤집어졌었지. 권지혁 재혼설이니 뭐니, 온갖 루머도 많았고. 어떻게 보면, 우리도 그것 때문에 인연을 맺게 된 거네. 그래서 내가 인터뷰 요청을 했던 거니까.

"그 수많은 사건 사건들이 더해져서, 지금 두 사람이 여기 있는 거겠죠?"

"그럼요."

지혁은 그렇게 말하며 새아의 머리칼을 쓰다듬었다. 그 세심한 손길에서 효이 역시 느꼈다. 지혁이 새아를 얼마나 사랑하고 있는지. 아직까지도 그녀에게서 눈을 떼지 못하는 걸 보면. 그녀를 보며, 자꾸 묘한 웃음을 짓는 걸 보면.

신혼, 부럽다. 나도 이런 사랑 하고 싶다! 저런 사랑 받고 싶다! 그런 생각이 절로 드는 모습이었다.

그러나 정작 새아는 그런 지혁의 눈빛도 손길도 느끼지 못한 채, 두 사람의 계정을 찾는 데 열중이었다.

"봐봐요. 두 사람 너무 잘 어울리죠? 이번 뉴 샘플도 멋지게 나올 것 같아요."

그렇게 로안을 배경으로 한 두 사람의 사진을 보다보니, 문득 궁금해지는 게 있었다.

"어때요? 요즘 로안은?"

"계속 잘되고 있죠?"

"두 분은, 사이 어떠세요?"

두 분이라면, 그 얘기 하는 건가. 이 웨딩 바닥에서 사이 안 좋기로 유명한 쌍둥이 자매, 영희와 명희. 이에 새아의 표정이 조금 어두워졌다.

"음, 한 분이 회사 나가셨어요."

"어머, 누가?"

"저의 원래 보스요. 소울 웨딩 플래너 하셨던 설명희 대표님이
요."

효이 기자의 표정이 대번에 아쉽게 변했다. 일 잘하시던 분이었
는데, 왜 로안을 나가셨을까.

"왜요? 무슨 일로요?"

본부장실, 명희는 진짜로 짐을 싸고 있었다.

"진짜로 나가실 거예요?"

새아가 말려도, 그녀의 의지는 굳건했다.

"나도 쪽 있어. 우리 둘이 더 부딪혀봤자, 쪽팔릴 일밖에 더 있
니? 이 팀장 말 틀린 거 없어. 자매끼리 싸우는 꼴 더 보여서, 좋
은 게 뭐가 있어?"

새아에게선 저절로 한숨이 튀어 나왔다.

후우, 그래도 그렇지. 정말 로안을 그만두는 건, 좀. 어떻게 다
른 결론을 낼 수는 없나.

"그리고, 정말로 영희가 결혼이란 걸 한번 해보고 싶다면?"

"……?"

"나도 말리고 싶진 않아."

에엥? 이게 무슨 소리인가?

"그럼, 전남편을 상무님한테 양보하겠다는 소리예요?"

그때, 그 남자를 말하는 것이었다. 건장한 덩치로 로안에 찾아와서 한바탕 소동을 벌였던 그 남자, 김이겸!

"둘이 죽고 못산다 그러면, 내가 어떡하겠니?"

"그 남자…… 쓰레기라면서요."

"나한텐 쓰레기였던 그 남자가, 영희한텐 다를지 어떻게 알아."

명희의 표정이 묘한 회상에 잠겼다.

"꼭 그렇게 단정할 순 없는 거잖아."

잠시, 이겸과의 결혼 생활을 다시 떠올려보는 듯했다.

"에이, 아시잖아요. 정말로 두 사람 이어지면 잘살 것 같아요?"

명희가 지금껏 수많은 신랑, 신부들을 이어준 걸 얘기하는 거였다. 그녀에게는 웨딩 바닥에서 오래 굴러온 만큼 날카로운 촉이 있었다. 둘이 잘되겠네, 안되겠네, 결혼 전에 파혼하겠네, 신랑, 신부의 관상만 봐도 둘의 미래를 기똥차게 알아맞히고는 했지만, 명희는 대답 대신 어깨를 으쓱했다.

"이게 내 동생 일이다보니, 잘 안 보이네."

함부로 이겸과 영희의 앞날을 판단할 수 없다는 거였다.

"이제 동생 앞길 터줘야지. 계속해서 옆에서 언니가 얼쩡거리고 있음 되겠어?"

어느덧, 짐을 다 싼 명희가 쿨하게 자리에서 일어났다. 새아는 그래도 아쉬운 마음에 명희를 졸졸 따라갔다.

"로안 나가서는 뭐하시게요?"

"웨딩 플래너가 설마 굶어 죽겠어? 이번엔 사업체 없이 혼자 뛰어보게."

"프리랜서로요?"

"너 같으면 또 사업 크게 하겠니? 내가 적자를 얼마나 봤는데."

휴우, 새아에게선 뿌리 깊은 한숨이 뿜어져 나왔다. 그래도 그 오랜 시간 소울의 희로애락을 함께했는데. 결국 대표님과 함께할 수 없다니.

"소울, 그대로였으면 침몰이었어. 로안으로 인수된 게 어디야. 결과적으로는 다 직원들 고용 승계됐고, 신랑, 신부 결혼식 날까지 문제 없이 책임졌고, 업체들한테 밀린 대금까지 완불 다 됐으니, 이 정도면, 잘 마무리한 거 아니니?"

"그래도요."

"이렇게 된 거, 이 팀장 덕도 커. 마음 같아선, 프리로 뛸 때 이 팀장도 데리고 나오고 싶지만, 이 팀도 영희한테 선물로 주고 가는 거야. 알지?"

사실, 이대로 그녀를 떠나보내기엔 너무 아쉬웠다. 전반적으로는 실적 갖고 닦달을 많이 했지만 열심히 한 만큼, 인정해주고 응원해주는 상사였으니까.

"잘 있어. 귀찮게 연락 너무 자주 하지 말고."

그렇게 명희는 박스를 들고 머나먼 뒷모습으로 사라졌다. 새아는 조금 허탈해졌다. 결국 이 자매의 결론이 서로 함께할 수 없는 거였다니. 그렇게 망연자실하게 서 있는 새아의 곁에 지혁이 다가와 어깨를 잡아주었다.

"너무 아쉬워. 이대로 떠난다니."

"그래도, 어쩔 수 있어?"

"사표, 너무 바로 수리해준 거 아니야?"

"설 상무님, 앞길 안 막기 위해서라는데 어떻게 해."

둘의 시선이 영희의 방으로 돌아갔다. 블라인드 사이, 영희는 살짝 들뜬 채 누군가와 통화를 하고 있었다. 아마 저녁 약속을 잡는 모양이었다.

"진짜 둘이 다시 만나나봐."

"설 본부장님, 전남편이랑?"

"후우."

새아는 아무래도 걱정이 되었다. 한 번 쓰레기는 영원한 쓰레기던데. 명희에겐 개차반이었던 그 남자가, 정말 영희 앞에선 달라질까?

"설 상무님, 말은 안 해도 결혼 엄청 하고 싶어 하셨어."

"그러니까 문제라는 거지. 결혼이라는 욕심이 제 눈앞을 가릴지도 몰라."

"그 말, 이새아 씨가 하는 말 맞아?"

지혁의 말에 새아는 피식- 웃음을 터뜨렸다. 사실, 지금껏 결혼 욕심에 눈앞의 사람을 제대로 보지 못했던 사람은 바로 나였으니까.

"이번엔, 그래도 잘됐음 좋겠다."

어찌 되었든, 상무님이 웃고 있는 모습을 보는 건 좋았다. 저 나이에 설렘에 들떠 하는 모습도 그렇고. 그러나, 영희의 행복은 오래가지 못했다.

♩♩

어느날, 지혁의 대표실에 영희가 선글라스를 끼고서 들어왔다. 갑자기 라섹 수술이라도 하셨나. 웬 벌건 대낮에 선글라스래.

"무슨 일이에요?"

"아, 저 휴가 좀 쓰려구요."

"무슨 일 있어요?"

"있기는 무슨. 좀 지쳐서, 쉬려고 하죠."

아무리 봐도 무슨 일이 있는 듯한 표정과 말투였다.

"선글라스 벗어 봐요."

"아뇨, 이건 그냥⋯⋯."

"벗어 보래두요."

놀랍게도, 선글라스를 벗은 영희의 한쪽 눈엔 팬더처럼 시퍼런 멍이 들어 있었다. 눈썹 쪽에 약간의 까진 상처와 함께. 지혁은 기함할 수밖에 없었다.

"이거, 이거 누가 그랬어요?"

숨기긴 다 틀렸다 생각했는지, 영희는 소파에 주저 앉아 큰 한숨을 내쉬었다.

"언니 말이 맞았어요."

그말인즉슨?

"그 남자, 쓰레기 맞았어요."

이럴 수가. 제발, 이런 결론은 나지 않기를 바랐는데. 그럼, 지금 그 남자가 영희를 때렸다는 거야?

"그 새끼, 지금 어디 있어요?"

화가 안 날 수가 없었다. 어쨌건, 영희는 지혁의 부하 직원이니까. 아니, 도대체 얼마나 못난 새끼길래, 애인을 패?

"내가, 그렇게 돈이 많아 보였나?"

영희는 자조적으로 웃었다. 도저히 웃음 같지 않아 보이는, 일그러진 얼굴이었다.

"그래서, 접근했던 거래요?"

"그럴 수 있잖아요. 나이 먹어서 돈 쓸 데가 없으니까, 뭐 동년배들보다는 잘 꾸미고 다닌 거였는데. 사업 확장할 건데, 자꾸 돈을 빌려달라고."

지혁은 순간 아찔해졌다. 이건 너무나 뻔한 레퍼토리 아닌가.

"모아놓은 돈은 다 털리고, 더 이상은 없다고 하니까, 갖고 오라고, 더 내라고."

오 마이 갓. 돈을 뜯다 뜯다 결국 데이트 폭력까지 휘둘렀다는 이야기인가. 현기증이 다 나는 소리였다.

심지어 그 남자는 사사건건 함께 살았던 명희와 영희를 비교하며, 영희를 깎아내렸다고 했다. 명희는 더한 것도 해주었다면서. 이것밖에 못하냐면서. 결국, 그녀의 퍼런 눈가에 눈물이 고이고 말았다.

"나이 먹어서 연애하는 거, 적어도 추한 모습은 보이기 싫었는데. 이게 뭐야. 결국 또 실패잖아."

"에잇, 상무님! 울지 마세요."

지혁은 일단 급한 대로 테이블의 휴지를 뽑아주며 그녀를 달랬다.

"휴가 동안 진행 신부들은⋯⋯."

"내가 맡아서 인수인계 할게요. 당분간 좀 쉬셔도 돼요."

"어떻게 대표님한테 맡기고 가요?"

"힘들면, 나랑 이새아 팀장이랑 나눠서 맡을게요."

자기는 이 꼴인데도, 끝끝내 영희는 신랑 신부가 우선이었다. 펑펑 흐르는 눈물을 어쩌질 못하면서도, 이렇게 제 마음이 난장인데도. 끝 간 데 없는 한숨만 뿜어져 나오는 순간이었다.

결국은, 결국은 이렇게 되고 말았구나. 문득, 지혁은 이 사실이 궁금해졌다.

"혹시, 설명희 본부장하고는 연락해요?"

넌 마, 끝났어

지혁의 그 말에 영희에 입가에선 더더욱 일그러진 웃음이 흘렀다.

"이 모양 이 꼴이 되었는데, 어떻게 연락을 해요."

두 사람 다 자존심이 만리장성이다.

"그럼, 한 남자한테 두 쌍둥이 자매가 당한 기념으로 뭉쳐서 술이라도 깔까요?"

둘 중 한 사람이 쉽게 연락할리 없었다.

"쪽팔려서 그렇게 못하죠."

"어휴, 두 분 다 자존심은."

다시 영희의 눈가에 눈물이 주륵주륵 흘러내렸다.

"흑흑 - 언니가 말릴 때 그 말 들을걸."

이미 모두 돌이킬 수 없게 되어버렸다. 언니 명희와의 사이도,
남자 문제도, 결국은 다시 제자리를 찾기 힘들었다. 아마도 오랫
동안, 두 자매는 연락하지 않은 채, 서로 냉랭한 척 지내겠지. 속
마음은 그렇지 않은데도.

답답해지는 속에 지혁은 연신 뜨거운 한숨을 내뿜었다.

"알죠. 이 얘기는 다 오프 더 레코드인 거."

"그럼요."

새아의 말에 효이 기자는 작게 고개를 끄덕였다.

"소식은 알고 있어야, 담번에 우리 상무님이나, 설명희 대표님
만날 때, 다른 얘기 안 하실 것 같아서요."

"그러게요."

이에 효이 기자 역시 작게 한숨을 내쉬었다. 끝끝내 해피엔딩을
봐야 마음이 편해지는 건, 웨딩 바닥 사람들의 공통적인 특성인가
보다. 두 자매의 얘기에 효이 역시 마음이 편치 못해졌다.

"그럼 있잖아요."

"……?"

"혹시, 설영희 상무님한테 남자 소개해주면 어때요?"

"네에?"

"그래도, 설영희 상무님이 연애라도 하고 있어야, 설 대표님 마음이 편해지지 않겠어요?"

이에 지혁과 새아의 눈빛이 다시 서로 맞닿았다. 왜 그 생각을 못했지, 하는 눈빛이었다.

"찾아봐요. 이 웨딩 바닥에, 의외로 싱글남 많아요."

"의외로 돌싱남도 많죠."

"에이, 진짜 괜찮은 사람."

새아와 지혁이 눈알을 양옆으로 굴리면서, 어디 적당한 사람이 없나 고민을 해보았다. 이런 사소한 습관마저 어느덧 꼭 닮아버린 부부였다.

"그분 어때요? 조예찬 스튜디오에⋯⋯."

"조예찬 작가요?"

조예찬의 얘기가 나오자마자 지혁이 펄쩍 뛰었다.

"에이! 말이 돼요? 나이 차이가 있지?"

"아뇨, 그분 말고. 실질적으로 스튜디오 운영하시는 분 있잖아요."

"아, 이승휴 실장님?"

새아가 이름을 기억해내자, 지혁은 조금 뻘쭘해졌다. 조예찬이라는 그 이름 하나에 너무 흥분을 하면서 목소리를 높인 것 같아서. 이에 새아는 피식- 코웃음을 터뜨렸다.

"에이, 아무리 조예찬 작가님이 솔로라지만 설영희 상무님하고는 너무하지."

"그러니깐! 그 작가님은 왜 아직까지 장가를 안 가고 그러고 산대? 결혼할 여자만 데려오면 내가 로안에서 일사천리로 결혼시켜 준다니까."

"그러다 나한테 컨설팅 맡기겠다?"

"에잇, 절대 안 돼. 절대로, 다시 엮이지 마."

"이미 지혁 씨랑 나랑 혼인 신고서 도장 찍었거든요?"

"그래도 불안해, 안 되겠어."

지혁의 조예찬에 대한 쓸데없이 삼엄한 경계에, 이번엔 두 여자가 웃음을 터뜨렸다.

"근데, 이승휴 실장님이 솔로였어요?"

"의외로, 장가 가신 적 없다는데요?"

흐음, 실장님이라면…… 설 상무님이 조금 누나처럼 보이긴 하지만, 그래도 대충 나이대가 맞는 것 같은데? 한번 두 사람 붙여 봐 볼까? 추진을 좀 해볼까? 그래, 좋은 생각인 것 같애.

다시 맞부딪힌 지혁과 새아의 눈빛이 작게 빛났다.

"어? 사진 올라왔어요?"

이때, 무심코 휴대폰을 보던 효이 기자의 목소리가 한 뼘쯤 높아졌다.

"정말요?"

유준과 다람의 계정에, 민스튜디오에서 찍은 뉴 샘플 웨딩 사진이 올라온 것이었다.

"어머! 너무 예뻐, 너무 잘 어울려, 어떻게 해!"

"와, 민스튜디오 대박 나겠는데?"

프로 웨딩 모델 못지 않세 두 사람은 정말 정말 아름다웠다. 아기자기하게 장난을 치는 포즈부터 시작해, 정색하고 카메라를 바라보는 모습, 사랑스럽게 서로를 바라보는 모습까지, 정말이지 이번 웨딩 뉴 샘플의 최강자로 등극할 만했다.

실제 결혼 준비하는 게 아니라 웨딩 스튜디오 샘플 촬영에 모델로 선 것이라는 코멘트에도 둘이 너무 잘 어울린다며, 이참에 결혼하라는 댓글이 아주 많았다. 이건 정말 누가 보기에도 귀엽고 사랑스러운 선남선녀 커플이었다.

이 스튜디오로 결정해야겠다는 신부들의 댓글도 많았다. 와, 이러다 민스튜디오, 정말 대박 나겠는데? 그렇게 새로고침을 누르면서, 올라오는 웨딩 사진들을 보고 있는데. 동그란 반지 사진이 올라왔다. 어? 이 반지는 뭐지?

♪

퇴근 후, 로안 근처의 한 카페.

다람과 유준은 스튜디오 앨범을 한 장 한 장 넘겨가며 보고 있었다. 컴퓨터로 보정 전 사진은 한 번 모니터링 했어도, 이렇게 앨범으로 나온 사진을 보는 건 처음이었다. 한 장 한 장, 다람이 보기에도 너무 사랑스러운 사진이었다.

"아쉽다. 이런 거 프사도 못하고."

다람의 말에, 유준이 살짝 고개를 까닥였다.

"왜 못해?"

"친구들이 오해할 거 아니예요. 친척들도 진짜 결혼하는 거 아니냐고, 연락 올 거고. 프사했다간, 오해만 사지."

"그럼, 난 어떻게 해?"

유준은 아무렇지도 않게 휴대폰을 꺼내어 제 프사를 보여주었다. 거기엔 웨딩드레스를 입은 다람과 턱시도를 입은 유준의 베스트 컷이 떡하니 들어가 있었다.

"허억?! 이러다 오해 사면 어떻게 해요? 진짜 웨딩 사진도 아닌데?"

"뭘 상관이야."

"상관 있죠. 이러다 내 혼삿길 막히면요."

"막은 내가 책임져야지."

"어어? 말 또 헷갈리게 한다?"

다람은 눈을 한번 흘기고는, 다시 웨딩 사진을 넘기는 척 고개를 숙였다. 말은 그렇게 했지만, 어쩐지 아까처럼 사진에 집중이 되지 않았다.

'저, 저, 헷갈리게 하는 말에 내가 또 당하는 거지. 그냥 한 말이니까 너무 의미 두고 그러지 말아야 해. 안 그럼, 기대했다가 또 실망하니까.'

그렇게 혼자 마음을 다잡기 바빴기 때문이었다. 누가 봐도 너무

찰떡궁합으로 잘 어울리게 나온 사진. 사실, 다람도 욕심이 났다.

나도 우리 로안에서 결혼하는 신랑 신부들처럼, 예쁘게 결혼하고 싶어. 이렇게 예쁜 드레스 입고서, 유준과 함께.

로안에 입사하기 전, 결혼이란 건 머나먼 단어로만 느껴졌었다. 이제 사회생활 처음 시작한 거고, 나는 아직 어리니까. 그런데, 샘플이긴 하지만 이렇게 웨딩 사진까지 찍고 나니까, 자꾸 욕심이 올라온다.

미래 따윈 생각하기 싫었는데, 그냥 밤비 덕질이나 하면서 현생에 만족하려고 했는데, 지금 이 웨딩 사진이 가짜가 아니라 진짜면 어떨까, 자꾸 그런 생각을 하게 된다. 그런 마음이 들 때마다 자꾸 입술이 비죽여지고, 괜히 심통이 나는 건 왜인 걸까. 아마 내 마음만 그럴 것 같다는 생각 때문이었다.

우리, 미래에 대해선 얘기하지 않기로 했잖아. 유준도 워낙 그런 얘기하는 걸 싫어했고. 그 얘기 하다가 또 나랑 헤어지는 걸로 결론이 나면 어떻게 해. 또 저 남자가 철벽을 치면 어떻게 해.

"다람아, 다람아?"

다람이 고개만 처박고, 사진을 보는 데만 집중하자 유준이 안색을 살폈다.

"아니, 잘 나왔나 보려구요."

다람은 서운해진 마음을 감추려, 더더욱 고개를 숙였다. 그리고 잠시 후, 앨범의 마지막 페이지가 펼쳐졌다.

아, 이 사진. 유준이 프로포즈하듯 다람에게 무릎을 꿇고 있는 장면이었다. 웨딩 소품이었던 반지를 그녀에게 보여주고 있었다. 이때도 느낌 이상했었지. 아마, 현실에선 일어나지 않을 일 같아서. 그런데도 진짜 프로포즈 받는 느낌이어서.

오른쪽 페이지엔 그 반지가 클로즈업된 사진이 있었다. 어? 이 사진은 언제 찍었지? 근데, 사진이 이상한데? 놀랍게도…… 반지 보관함이 클로즈업된 사진에 홈이 파져 있고 거기엔 진짜 반지가 끼워져 있었다.

어? 뭐야?! 이거 진짜 반지야?

이게 도대체 뭔가 싶어서 다람이 그 반지를 툭, 건드려보았다.

어? 진짜 반지다. 실물이잖아? 이거 뭐지?

고개를 푹 숙이고 있던 다람이 그제야 퍼뜩 고개를 들었다. 눈앞에 유준은 천천히 왼쪽 사진과 같은 포즈를 취하고 있었다. 살짝 무릎을 꿇고서, 그 반지를 집어올린다.

어? 이 상황 뭐지?

그리고, 천천히 그 반지를 들어 다람의 손에 끼워준다. 그리고 하는 한마디.

"넌 마, 끝났어."

에엥? 이거 뭐야? 이거, 혹시?

"이 반지, 무슨 의미예요?"

눈이 튀어나올 듯 커진 다람이 유준에게 되물었다.

"뭐, 그냥 커플링!"

"무슨 커플링을 무릎 꿇고 줘요. 일어나요, 그냥."

하지만 유준은 피식피식- 웃기만 하고, 별 말이 없다.

"넌 마, 끝났다니. 그게 무슨 소리예요?"

"말 그대로인데?"

아오, 이 남자 항상 이런 식이다. 왜 또 사람 헷갈리게 이래? 끝났다니, 뭐가, 도대체?

그리고 일어나 다람의 앞머리를 자연스럽게 흩트리는 유준. 옆에는 어느새 유준의 카메라가 이 모습을 동영상으로 찍고 있었다.

"에엥? 이게 뭐람?"

뭐, 몰래카메라 같은 걸로 틱톡이나 릴스 같은 거에 올리는 건가? 이 남자가 이제는 그렇게 인플루언서가 되려고 하는 건가?

"반지 봐봐."

에엥? 무슨 커플링에 이렇게 알이 굵어? 이렇게 두꺼운 알이 박혀 있을 리 없잖아?! 어어? 이 남자 끝까지 제대로 얘기 안 하지?

"뭐, 단순한 커플링은 아닌 것 같지 않아?"

"제대로 말 안 해요?"

여전히 유준은 제대로 답도 하지 않은 채, 방금 찍은 영상을 보며 훗훗- 웃고 있다. 그러고는 그 영상을 SNS에 올리려 하고 있다. 코멘트는, '프로포즈 성공!'

뭐어어어엇!? 누구 맘대로 성공인가? 이게?

여전히 다람의 눈이 땡그래진 가운데, 유준은 그저 재미있다는 그녀를 보며, 조용히 '하나, 둘, 셋'을 센다. 그 박자에 맞춰, 그녀에게 눈물이 팡- 터지고 만다.

"이런 게 어딨어요!? 이게 무슨 성공이야?"

"반지 끼면 끝난 거야."

"그건 내가 하도 얼떨떨해서……. 물어봤어야죠, 나한테. 예스
인지, 아닌지?"

"내가 권 대표님께 노하우를 물어봤는데?"

"……?"

"그런 거 물어보지 말래. 괜히 생각할 시간 갖는다고. 이 팀이
'노'라고 말해서, 권 대표님 마음 고생 엄청 했었잖아."

"그렇다고 물어보지도 않는다구요?"

"물어봤어, 내가. 너 잘 때. 니가 알겠다고 하던데?"

이노무 자식아! 결국, 다람은 폭발하듯 울어버리고 말았다. 그,
그, 그런 게 어딨어? 이 자식은 항상 이런 식이네?! 울지 마, 울지
마 달래주면서도 유준은 이 상황이 재미있는 듯, 계속 웃음기를
머금고 있었다.

"그럼, 딱 한 번만 물어볼게."

다람이 계속 울자, 유준이 달래듯 물었다.

"나랑, 결혼해줄래?"

이씨, 이렇게 나올 거야? 너, 이렇게 나오면 내가, 내가 노! 라
고 말해버릴 거야! 너도 한번 마음 고생 좀 해봐앗!

이렇게 속마음은 부글부글한데…… 바보 같이 고개가 끄덕여진
다. 왜 나년은 여기서 좋다고 이러고 있는 거야. 으헝헝. 왜 또 웃
음이 나와. 바보같이. 이러지 마, 신다람. 이러니까 내가 쉽게 보

이는 거 아니야? 으헝헝.

하지만 반지는 너무 예뻤고, 뭔가 억지스럽긴 하지만, 그래도 프로포즈란 건 너무 감동이었고, 사실 나두 이 사진들 부면시 결혼 생각이 들었던 걸 어떻게 해. 왜 나는 여기서 너무 쉽게 고개를 끄덕이고 있냐고, 바보같이.

유준은 우는 다람을 한참 안아주며 달랬다. 알았어, 알았어. 아유, 참, 그만 울어.

결국은 그날, 그녀의 프사도 바뀌었다. 둘이 함께하고 있는 웨딩 사진으로.

41

어바웃 타임

어느덧 전원주택의 밤은 더욱 깊어져가고, 달은 유난히 선명해져, 그들을 밝게 비추고 있었다. 시간이 너무 늦었다. 이제는 이 질문으로 효이 기자는 인터뷰를 마무리해야 했다. 오늘 하루 종일 미루어왔던 그 질문. 도대체 두 사람의 결혼식은 어떻게 되었냐는 것.

"두 분 본식 앨범 좀 보여주세요!"

여기에 새아의 얼굴에서 살짝 곤란한 빛이 보여졌다. 그러면서 슬쩍 지혁의 눈치를 보는 것이었다.

"왜요? 보여주면 안 돼요?"

"아뇨, 그런 건 아닌데."

"본식 앨범이 있기는 하죠?"

"그, 그럼요."

그럼, 그때의 그 결혼식이 완전히 취소되었다는 건 아닌데.

"왜, 사진 보여드려."

지혁이 어쩐지 대인배 같은 웃음을 지으며 포즈를 바꾼다. 이 상황 무엇이지? 왜 결혼 사진 보여달라는데, 새아가 지혁의 눈치를 보지? 정말, 그날 결혼식 못한 거 아니야? 그래서 본식 사진까지 엉망으로 나와서, 못 보여주고 있는 거 아니야? 내가 괜한 질문을 했나?

그런 생각까지 미치고 있는 가운데, 새아가 저편에서 커다란 앨범을 가져와서, 가운데 테이블에 펼쳤다. 그 표지를 보고서야, 효이는 왜 새아가 지혁의 눈치를 보았는지 알 것 같았다. 앨범 표지엔 '조예찬 스튜디오'라고 각인이 되어 있었다.

아아, 이 세 사람의 삼각 관계는 대충 들어 알고 있지. 이 웨딩 바닥이 워낙 좁아서. 그래도 그렇지, 조예찬한테 웨딩 사진을 맡겼단 말이야? 권지혁 씨, 생각보다 대인배인데?

눈 앞의 지혁 역시 평소보다 훨씬 더 호탕한 척을 하며 앨범을 펼치고 있었다.

"보세요. 저희 결혼식 사진."

새아와 지혁이 메이크업실에서 메이크업을 하는 사진, 드레스로 갈아입고 나오는 사진 등의 스냅은 다른 웨딩 사진과 다를 바가 없었다. 심지어, 신부 대기실에서 손님들을 맞고 있는 모습까지도.

그런데, 뭔가 분위기가 달라진 건, 새아가 홀에 입장하기 위해 그 앞에 섰을 때부터였다. 하객들의 표정도, 새아의 표정도, 그저 그악스럽게 변해 있었다. 홀에 흩뿌려지고 있는 엄청난 양의 스프링클러 비. 그 옆에 선 신랑의 지혁 역시 얼굴이 하얘져 있다.

내 결혼식은 야외도 아닌데, 항상 비 소식을 피해가지 못하는 건가. 마치 웹툰처럼 스토리가 이어지는 결혼식 사진. 이 다음이 어떻게 되었는지, 효이는 정말 너무너무 궁금했다.

♪

유준은 알고 있었다. 새아의 결혼식 며칠 전부터 그랜드홀 소방 점검이 있었던 것. 지혁과 세련의 물바다 웨딩 때 스프링클러가 터진 이후로, 화재 감지기가 뭐가 어떻게 잘못되었는지 몰라도 뜬금없이 그랜드홀에 국지성 호우가 쏟아질 때가 있었다. 설영희 상무도 어떻게든 두 사람의 결혼식 전에 이를 고치려고 했지만, 전문가도 이게 왜 이러는지 이유를 알 수 없다는 반응이었다. 계속 이러면 아예 싹 뜯어내고 고쳐야 할 수도 있다고. 하지만, 결혼식이 내일 모레인데 조명이며 뭐며, 하나도 쓸 수 없게 천장을 싹 뜯어낼 수는 없지 않은가.

영희와 유준과 다람이 불안하게 웨딩홀 천장을 올려다보았다.

지금 상황으로는 둘의 결혼식 날 스프링클러가 터지지 말라고, 제를 올리며 기도를 하는 것 말고는 방법이 없었다. 결혼식 끝나고서야 천장 뜯어내고 공사라도 할 텐데, 지금은 그럴 수주차 없으니. 지혁은 상황은 알고 있었지만, 새아에게는 말하지 않기로 했다. 확률은 반반, 터지거나 터지지 않거나.

하지만 완벽주의자인 새아가 이 사실을 알면 잠도 자지 못하고 괴로워할 것이다. 그러나, 유준의 생각은 달랐다. 지금껏, 우리가 준비해주는 신랑, 신부의 결혼식은 완벽에 완벽을 기해야 한다고 배웠다. 만에 하나, 정말 결혼식 도중에 천장에서 스프링클러가 터진다면, 이건 진정 대재앙이 아닌가.

안 되겠다, 싶어 유준은 뭔가 아이템을 구비해놓기로 했다. 정말 정말 최악의 상황을 대비하기 위해서.

♩

신부 대기실, 분위기는 너무나 화기애애했다. 새하얀 웨딩드레스를 입고 대기실 가운데 앉은 새아는 정말 너무너무 아름다웠고, 그녀의 친한 친구들 모두가 진심으로 결혼을 축하해주고 있었다. 어느덧 그녀가 버진 로드를 걷기 위해, 홀 앞에 섰을 때였다. 그러나, 무전기에서의 그 한마디에 다람은 그야말로 사색이 되었다.

"팀장님, 어쩌죠?"

그때의 새아는 전혀 눈치채지 못했다. 로안 그랜드홀에서 무슨 일이 벌어졌는지.

"결혼식, 취소해야 할 것 같아요."

그리고, 그동안 로안 직원들이 자기한테 쉬쉬해왔던 그 일이 무엇이었는지.

저편에서 홀 내부를 둘러보던 지혁이 얼굴이 새하얘져 돌아왔다.

"결혼식 취소해야 한다니, 그게 무슨 소리야?"

"그게 말이야……."

지혁의 표정을 보아하니, 그는 진작 여기에서 무슨 일이 있었는지 알고 있는 것 같았다.

"왜, 무슨 일인데?"

까아아ㅡ 홀 안에 있던 사람들이 마치 좀비라도 발견한 듯 비명을 지르면서 갑자기 밖으로 탈출하고 있었다. 그 사람들의 쫄딱 젖은 몰골을 보아하니…… 이건 한 번 겪었던 재앙이었다. 로안 그랜드홀에 스프링클러가 터진 것이었다. 예식을 십 분 앞둔 그녀는 그만 턱이 빠질 뻔했다.

"지금껏 나한테 숨긴 게 이거였어?"

저번 물바다 워터파크 웨딩 이후, 지금껏 이곳 그랜드홀에선 크고 작은 공사들이 있었다. 전기 공사도 다시 했고, 소방 공사도 다시 했고, 그런데 저번에 마무리한 소방 공사에 문제가 생겨 천장에서 한두 방울 물이 떨어진다는 얘기는 들었다.

하지만, 오늘의 상황은 한두 방울 물이 떨어지는 정도가 아니었다. 스프링클러가 완전히 오작동하고 있었다. 여기는 가랑비처럼,

저기는 소나기처럼, 제멋대로 물이 쏟아지고 있었다.

"괜히 신부 불안하게 이런저런 얘기 하지 말라고 하셔서……."

옆에 있던 다람이 울먹거렸다. 시장에 스프링클러가 예식 바투가 났던 것. 모두가 한 번 겪어봤던 비극이었다.

특히나 지혁은 더더욱 괴로워했다. 이런 일이, 다시 한번 벌어지다니 하필 오늘, 왜 하필 오늘. 망연자실, 식장에서 떨어지는 물을 보며 말도 못 할 정도의 허탈감에 얼이 빠져 있는 그 순간에…….

저편에서 유준이 나타났다. 웬 수레를 이끌고서.

"……?!"

"이게 뭐예요?"

"진 실장?!"

그 수레에 담긴 물건에 모두가 경악했다. 그것은, 수백 개의 투명한 비닐 우산이었다.

이 비밀 우산을 쓰고서, 여기 그랜드홀로 입장하라고? 웨딩드레스를 입은 새아는 그대로 벙찌고 말았다. 오, 신이시여. 왜 저에게 이런 시련을 주시나이까.

"그럼, 이렇게라도 해야지, 어떻게 해."

새아는 절박한 얼굴로 지혁을 쳐다보았다. 정말, 웨딩 플래너로서 남의 결혼 준비는 수만 번 해주었었지만 이런 적은 처음이었다. 이건 진짜 상상치도 못했다. 내 결혼식장에 스프링클러가 터지다니. 이런 재앙이 닥치다니. 오 마이 갓.

그런데, 이 물난리 식장에서 생각보다 선뜻 투명 비닐 우산을 집어 든 건 하객들이었다.

"식, 예정대로 할 거죠?"

"네?!"

"결혼식 안 할 거예요?"

손희와 서환이 투명 우산을 들고 식장 안으로 들어갔다. 스프링클러 비는 쏟아지는데, 둘은 세상 누구보다도 낭만적으로 식장을 걷고 있었다. 이들 부부가 안으로 들어가자 로비에서 주춤하고 있던 하객들도 하나둘씩, 우산을 펴고 식장 안으로 들어갔다.

"......!"

이 사건으로 실의에 빠질, 신랑 신부를 부러 응원해주는 것이었다.

잠시 후, 굳은 얼굴로 이 모습을 지켜보고 있던 권석범 회장도 우산을 집어 들었다.

"뭐 해, 저번처럼 쫄딱 젖기 싫으면, 우산 쓰고 들어가!"

그렇게 지인들을 독려해, 그가 먼저 식장 안으로 들어갔다. 한 명 한 명, 하객들이 식장 안으로 들어가면서, 그들이 오히려 신랑, 신부인 새아와 지혁을 향해 웃어주었다. 이런 거에 좌절하지 말라는 듯이. 이런 건 아무 일도 아니라는 듯이. 또다시 코끝이 찡해지고 마는 새아였다.

새아가 고개를 돌려 지혁을 바라보았다. 지혁은 이제 입장하지 않을 이유가 없다는 듯, 새아에게 손을 내밀었다. 바로 저기서 우산을 든 상후가 사회를 보고 있었다.

"하객 여러분들께서는 신랑, 신부의 입장을 큰 박수로 환영해주시기 바랍니다."

지혁은 새아와 한 우산을 쓰고서, 나란히 앞으로 걸어나갔다. 스프링클러 비는 정말 제멋대로라서 어디는 구멍 뚫린 소나기처럼, 어디는 보슬비처럼 보슬보슬 내려왔다. 그 비를 헤치고 단상에서 돌아서서 하객들을 보는 순간의 감동은 이루 말할 수가 없었다.

그 따뜻한 빗속에 서서 모두가 새아와 지혁을 축복해주고 있었다. 빗속에서 어깨가 젖어가는 내 남편 지혁은 믿기 어려울 정도로 듬직하고 멋있어 보였다.

우습지만, 그렇게 빗속에서 결혼식은 순서대로 진행이 되었다. 어쩌다보니, 의도하지 않은 스몰 웨딩이 완성되고 말았다. 이 비를 뚫고 두 사람을 축복해주고 있는 사람은 정말 친한 지인들뿐. 어중이떠중이들은 이미 비를 피해 도망쳤고, 이곳에서는 누구보다도 진심으로 두 사람의 결혼식을 축하해주고 싶은 사람들만 남았다.

오히려 이런 소담스러운 분위기가 좋았다. 다른 결혼식처럼 하객들이 제멋대로 웅성거리지 않았고, 투명 우산 아래 스프링클러 비를 맞으면서도, 그 물기를 닦아가면서도, 진심으로 두 사람을 응원해주고 있었으니까.

권석범 회장도 꿈쩍도 하지 않은 채, 처음부터 끝까지 굳건하게 자리를 지켜주고 있었다. 새아의 부모님 역시 마찬가지였다. 앞으로 두 사람이 함께 헤쳐나가야 할 일에 비하면, 이 비는 아무것도 아니라는 걸 보여주고 있었다. 더한 일이 있어도, 두 사람은 저렇게 긍정적인 웃음으로, 둘이 함께라는 믿음으로 헤쳐나갈 것이었다. 그래, 이 비는 정말 아무것도 아니었다.

모두가 우산을 들고서, 하객 사진을 찍을 때였다. 정말 두 사람을 축복해줄 사람들만 남아 쏟아져 내리는 빗줄기 아래 섰다. 생애 가장 잊지 못할 순간은 찾아왔다. 그 순간을 찰칵ー 사진으로 담아주는 사람은, 다름 아닌 예찬이었다.

여기에 담긴 사람들의 웃음은 진심이었다. 너무 어이없어서, 혹은 이 상황이 재미있어서라고 할지라도 카메라를 보고 억지로 웃는 사람은 없었다.

지혁과 새아의 표정 역시 그러했다. 엉망진창 최악이었지만, 죽어도 잊을 수 없는 순간이었다. 울면서 웃고 있는 순간이었다. 끔찍하도록 아름다운 순간이었다.

 42

사랑하는 사람과
함께 산다는 것

늦은 시간에야 촬영팀이 철수를 했다. 드디어 원하던 질문에 대
한 답을 얻은 효이 기자도, 웃으며 손을 흔들었다.

'안녕히 가세요.'

북적이던 사람들이 썰물처럼 빠져나가고 나니, 갑자기 이 집이
적막하게만 느껴진다.

"너무 자랑에 심취했나."

새아는 뒤늦게서야 그런 걱정이 들었다. 사실, 집에 대해서 소
개를 하는 게 다 우리 자랑처럼 느껴지면 어떡하나 싶어서.

"있는 사실을 말한 건데, 뭐 어때."

지혁은 어깨를 가볍게 끄덕였다. 그렇기 한데, 인터뷰가 또 어떻게 나올지 모르겠네. 부디 효이 기자에게 보답을 한 거였음 좋겠다.

그렇게 둘만 남자, 이 주택에 아주아주 조용한 고요가 찾아왔다. 지혁이 그녀에게 사부작사부작 걸어오는 소리조차 예민하게 느껴질 만큼. 그는 새아의 어깨를 조용히 뒤에서 끌어안았다.

"오늘 고생 많았어."

하루 종일 촬영 협조하느라, 새아가 고생한 걸 알고 있다. 그걸 알고서 안아주는 것이다.

"자기도 퇴근하자마자, 인터뷰 하느라 고생 많았어."

새아가 몸을 뒤집어, 다시 지혁을 안아주었다. 그렇게 서로가 서로의 품에서 잠시 쉬고 있는 두 사람이었다.

"우습지, 우리가 그렇게 결혼을 했다는 게."

다시 생각해봐도, 우리의 결혼식은 웃음밖에 나오지 않았다. 결혼식 십 분 전에 스프링클러가 터져 물바다가 되다니. 권지혁이 전세련과 결혼을 했을 때처럼.

"자기는 워터파크 웨딩이 운명인가봐."

"예전이랑은 다르지. 예전엔 신부가 도망을 갔었고, 우린 무사히 치렀었잖아."

묘하기는 했다. 파투 난 결혼식, 두 번 모두 터진 스프링클러. 그러나, 이번에 둘의 선택은 예전과 달랐다. 이미 우리의 결혼식은 몇 번이나 엎어질 뻔 했었다. 고작, 스프링클러가 터진 것 때문에, 우리의 결혼식을 취소할 수 없다. 결국 어떤 상황이든, 결혼식을 쟁취해내고야 만 것이었다. 여기에 하객들도 진심 어린 박수를 쳐줬었고.

"시작이 그래서, 우리의 앞날도 진창일 거란 생각은 한 번도 안 해봤어. 이런 상황에서도 웃을 수 있는 우리라면, 그 어떤 상황에서도 웃을 수 있을 거다, 긍정적으로 헤쳐 나갈 수 있을 거다, 그렇게 생각했지."

그녀를 꼭 안고 있는 지혁, 그의 목소리가 귓가에 가만히 울려 퍼진다.

"결국은 그렇게 되었네."

우리 이렇게 예쁘게, 잘 살고 있잖아.

정말 수많은 사건 사고 끝에, 이렇게 남들이 부러워할 만큼 예쁜 곳에서, 누구보다도 행복하게 살고 있잖아.

"혹시, 빚 갚는 게 힘들어?"

처음부터 벅차지 않았다면 거짓말이다. 정말, 이 집에 관련된 모든 게 다 대출로 시작해서 대출로 끝났으니까. 지금도 둘이 벌어온 돈 중 많은 비율을 대출 원금과 이자로 쏟아붓고 있으니까.

"잘못됐다고 생각해. 이 사회가 신혼부부에게 이렇게나 많은 빚을 떠안고 시작하라고 하는 게."

하지만, 불평해서는 답이 없었다. 우린 이미 자본주의 사회에 살고 있으므로. 무언가를 얻기 위해선, 그만큼의 대가가 필요한 거니까.

"언젠가, 우리의 노동으로 이 빚을 다 갚아내는 날, 그때 정말 뿌듯할 것 같아. 그땐 진짜 축배를 들어야지."

신혼부부의 낭만은 그런 게 될 수도 있었다. 언제가 우리 함께 열심히 노력해서 이 빚을 갚아내자. 그때 우리 빚 없이 행복하자. 열심히 달려가다 보면 힘든지도 모를 거야.

"하지만, 선불로 이 집을 가진 건 정말 잘한 거라고 생각해. 우린 이미 여기서 좋은 시간을 보내고 있잖아?"

신혼의 시간은 다시 돌아오지 않는다. 이 집을 얻기 위해서 몇 개월간의 원룸 생활을 버텼지만, 그때도 행복했고 지금도 행복했다. 우리가 더 좋은 날로 가기 위한 노력인 거니까.

새아를 안고 있던 지혁이 소파로 다가가 풍덩 몸을 던졌다. 문득, 지혁이 새아를 물끄러미 바라본다. 새아 역시 내 남편, 지혁을 가만히 바라본다.

"멋있네, 내 남편."

자기도 모르게 터져 나온 말이었다. 새아는 그의 볼을 가볍게 쓰다듬었다.

뭐니 뭐니 해도 가장 큰 행복은 이거다. 내가 사랑하는 사람과 함께 산다는 것. 언제나 함께하고 있다는 것. 더 이상 어디 있을지 모르는 내 반쪽을 찾아 이 세상을 헤매지 않아도 된다는 것. 눈을 뜨면 언제나 내 반쪽이 내 곁을 지키고 있다는 것.

새아는 장난스럽게 웃으며 지혁의 셔츠 단추를 풀어내렸다.

"어어? 피곤하다더니, 여기서?"

"눈치볼 게 뭐야. 여긴 우리 집이고 우리는 부부인데?"

새아가 먼저 다가가 그에게 키스했다. 지혁도 망설일 것 없이, 새아를 받아주었고.

♪♪

부부가 된 다음 키스의 맛은 달라졌다. 연애 때는 팡팡 터지는 배스킨라빈스의 '슈팅스타'와 같은 맛이라면, 이제는 '뉴욕치즈케익'의 맛이랄까. 그때처럼 정신 못 차리게 자극적이지는 않았지만, 한 입 한 입 계속 떠먹고 싶은 맛이었다. 여전히 정성스레, 천천히 녹아드는 그의 입술을 음미하고 있을 때.

"엄마야?!"

아까 그 베란다에서 시커먼 그림자가 나타났다. 헉?! 효이 기자였다. 반쯤 셔츠를 벗은 지혁이 후다닥 자리에서 일어나고, 그 밑에 깔려 있던 새아 역시 후다닥 일어나려다 소파에서 구르며 난리법석을 떨게 되었다.

"어떡해, 미안해요! 제가 휴대폰을 두고 와서!"

효이 기자가 아까 인터뷰를 하던 베란다 창문으로 다시 들어온 것이었다.

"아니, 이제 두 분, 제 앞에서 안 그러셔도 돼요."

마치 제주도 호텔방에 갑작스레 효이 기자가 닥쳤던 것처럼, 두 사람은 굉장히 민망해했다. 이거 이상하네 그려. 이제 우리는 떳

떳한 부부고, 여긴 우리 집인데, 왜 우리가 이렇게 안절부절못하게 되는 거야?

"미안해요, 미안해요!"

효이 기자의 상황도 예전과는 달라졌다. 예전에는 배신감에 가득 찬 비명을 질렀다면, 이번엔 연신 미안하다는 소리와 함께 고개를 아래로 숙여 제 휴대폰만 찾고 있다. 뒤에서 두 부부가 연신 머리를 긁으며 함께 휴대폰을 찾아주는 척했다. 결국, 바닥에 떨어진 휴대폰을 찾은 효이 기자가 어색하게 고개를 숙이며, 이 소리를 외치고서 사라졌다.

"죄송해요! 그럼 두 분 좋은 밤 되세요!"

허잇 참, 이상하네. 차가 유턴을 해서 돌아왔으면 무슨 소리라도 들렸을 텐데. 어쩜 이렇게 소리 없이 돌아왔을까.

"들어가세요. 기자님."

"네, 조심히 가세요."

그렇게 뻘쭘하게 효이 기자를 보내놓고, 결국 부부는 마주 보고 크게 웃음을 터뜨려버렸다.

"아니, 이제 우리 안 민망해 해도 되는 거 아니야?"

"그러니까, 왜 이렇게 뻘쭘해지는 거야?"

지혁은 어색하게 다가오며, 뻣뻣하게 손을 올렸지만…….

"우리 그럼 하던 거 마저 할까?"

새아는 이미 웃음이 터져버려, 아까와 같은 분위기가 잡히지 않았다.

"아이, 심 기자 진짜."

결국 지혁은 효이가 사라진 쪽으로 눈을 흘길 수밖에 없었다. 아, 분위기 다 깨고 말이야.

"그러지 말고, 우리 오늘 웨딩 비디오 볼래?"

예찬이 찍어준 웨딩 앨범도 있지만, 영상업체에서 찍어준 웨딩 영상도 있었다. 이미 TV에 USB로 연결을 해놓아서 쉽게 틀 수 있었지만, 그렇다고 어쩐지 자주 보게 되는 영상은 아니었다.

"그럴까?"

결국, 두 사람은 거실을 깜깜하게 해놓고, 함께 웨딩 영상을 시청했다. 다시 봐도 웃음만 나오는 영상이었다.

"저기 저기 자기 표정 좀 봐. 알면서도 저런 표정이 나와?"

"이새아 씨 표정이 더 웃기거든요? 지금 찐당황했어, 키킥."

스프링클러 비에 좌절하는 장면은 다시 봐도 너무 웃기다. 모든 것은 지나고 나면 추억이 된다. 왜 그때는 그걸 모르고, 그렇게 우왕좌왕 당황하기만 했는지. 지나고 나면 힘든 일은 잘 기억도 나지 않는다. 결국 우리는 좋은 기억만 담고 가려고 하기에. 혹은, 좋은 날이 오면 힘든 기억조차 아름답게 미화가 되기에. 신기하게도 그랬다.

예전엔 지혁이 전세련과 결혼해야 한다는 사실을 알았을 때, 그 얼마나 충격적이었던가. 심지어 나는 왜 그 결혼식의 웨딩 플래너를 해주고 있었던가. 하지만, 지금은 그 사실이 그리 특별하게 느껴지지 않는다. 결국, 우리가 이어지기 위했던 과정이기에.

나를 배신했던 윤경훈의 결혼도 이제는 데미지가 크지 않았고, 염치없게도 그때 죽네 사네 하던 그 감정들이 과거에 묻혀져 버렸다. 지나간 모든 것들이 이젠 추억으로만 느껴진다.

앞으로 올 일도 그러할 거야. 지금은 이게 큰 파도처럼 느껴져서 이리 휘둘리고 저리 휘둘려 정신이 없더라도, 나중엔 그냥 별일 아니었지, 하고 괜찮아질 거야. 그러니 너무 끙끙댈 필요 없다는 걸, 그러니 우리에겐 반드시 좋은 날이 온다는 걸, 믿어야 했다.

두 부부는 결혼식 비디오를 보며 아웅다웅하다가, 소파에서 그대로 잠이 들어버렸다.

'들어가서 자야지.'

설핏 깬 누군가의 이끌림에 비몽사몽 중에 침대로 자리를 옮긴다. 그 와중에도, 아기자기하게 서로의 품으로 파고드는 두 사람이다. 잠결에도 쪽- 입을 맞춰주고, 서로를 쓰다듬어주는 게 버릇이 되었다. 잠에 든 와중에도 상대방의 손길이 느껴져, 스윽- 미소 짓게 된다면, 그게 사랑이었다.

이제 우리가 평생 아끼고 가꾸어 나가야 할, 소중한 사랑이었다.

오늘은 로안에서 작은 파티가 예정되어 있다. 로안의 창립 기념일, 작은 홀을 잡아 스탠딩 파티 형식으로 즐기는 것이었다. 직원들만 참석하는 파티가 아니었다. 그동안 함께 고생해준 협력업체 직원들도 감사의 인사를 전할 겸, 이곳에 초청했다.

모두 함께 즐기자는 게 목적이었지만, 새아는 어쩐지 그럴 수가 없었다. 이것 또한 행사이니만큼, 예식만큼이나 완벽을 기해야 한다는 강박이 있었다. 그래서, 또 남들 모르게 디테일을 챙기고 흐트러진 어딘가를 정리하다가 지혁에게 덜미를 붙잡혔다.

"제발, 오늘은 좀 놀아, 응?"

"그게 잘 안 되는 걸 어떻게 해."

지혁의 말에 새아는 뜨뜻미지근한 웃음을 지었다. 그리고선 입을 움직이지 않고 말하는 복화술을 시전했다.

"오늘 작전 알지? 절대 실수하면 안 돼!"

"당연하지, 오늘을 얼마나 노렸는데."

엇? 저기 타깃, 아니 손님이 온다. 새아가 그에게로 먼저 다가가 환한 웃음을 짓는다.

"어머, 이승휴 실장님 오셨어요?"

그가 바로 오늘의 목표물이었다.

"예찬이는 아직 외국에 있어서 못 왔어요. 저만 와서 어떡해요?"

어쩌긴요. 상관 없어요. 원래 실장님이 목적이었는걸요. 누가 봐도 애 둘쯤은 딸려 있는 가정적인 아빠상. 그런데 아직 솔로란 말이지. 그것도 장가 한 번 안 간, 능력 있는 노총각. 그래, 좋았어. 오늘 어떻게든 설영희 상무랑 이어주는 거야.

"아, 안 그래도 실장님하고 할 말이 많았어요. 이제 스튜디오에 조예찬 작가님 말고도 포토그래퍼 많이 뽑았다면서요. 본식 스냅

쪽으로 저희랑 정식으로 제휴하시는 게 어떨까요?"

새아는 자연스럽게 일 얘기를 시작하며, 승휴를 지혁에게 토스했다.

"아, 제휴 얘기는 저랑 하시죠."

승휴는 일말의 의심도 없이, 지혁과 대화를 나누기 시작했다. 이제 그녀의 역할은 설영희 상무를 끌어다가 그 대화에 참여시키는 것. 가만히 있자. 우리 상무님이 어디에 계시나? 하는 순간! 저편에, 설영희 상무와 똑같은 얼굴이 나타났다. 새아는 알고 있었다. 오늘 설영희 상무가 이 옷을 입고 온 게 아님을.

"설 대표님?"

뜻밖에도 명희가 파티에 등장한 것이다.

"왜 이렇게 놀래? 오늘 나도 초대받고 왔어."

아, 초대장 관리는 유준이가 했었다. 아무래도 유준은 오늘 명희와 영희의 화해에 더욱 초점을 맞춘 모양이었다. 그럼 오늘 우리의 추진 일정에 변수가 생기는데. 이때, 아무것도 모르는 지혁이 환하게 웃으며 명희에게 다가온다.

"아이, 어디 계셨어요. 한참 찾았잖아요."

명희를 영희로 착각한 것이다. 새아가 뭐라 말릴 새도 없이, 지혁이 이승휴 실장 앞에 명희를 데려다 놓는다.

"혹시, 아셨어요? 우리 이승휴 실장님 솔로인 거?"

순간, 명희의 눈빛이 맹수가 먹잇감을 발견한 듯 반짝거린다.

'어머, 이런 훈남이 싱글이었단 말이야?'

안 돼, 이런 상황은 더 이상 안 돼. 새아가 고개를 흔들며 경악을 하고 있을 때,

"이 팀장 나 찾았다며?"

영희가 해맑게 다가와 새아를 건드렸다.

"으악! 상무님?!"

## 43

천 분의 일 초,
그 타이밍

그야말로 당황스러운 상황이었다. 사실, 새아는 어제 영희에게 엄청 약을 쳐놨었다. 알고 보니, 이승휴 실장님 엄청 진국이더라. 지금까지 장가 한 번 안 간 솔로더라. 두 분이 너무 잘 어울리실 것 같다……. 내일 파티에 이승휴 실장님이 올 예정이니, 어떻게 한번 잘해봐라. 우리가 자연스럽게 자리를 마련해주겠다…….

그 말에 아닌 척해도 영희의 입꼬리가 실룩실룩 올라갔었다. 그래서 오늘 그녀도 패션과 메이크업에 한껏 힘을 주고 온 것이었다. 그런데, 바로 지금 이 순간!

"어머? 저, 저, 저?"

영희의 눈에 명희의 모습이 포착되었다. 그것도 이승휴 실장 앞에서, 한껏 예쁜 척을 하고 웃고 있는 모습을. 지혁은 자기가 데려온 사람이 명희인 줄도 모른 채 하하호호, 웃으며 열심히 접붙이기에 나서고 있었다.

새아는 속으로 절규했다. 안 돼에─ 이런 상황, 더 이상은 안 돼에─! 영희의 눈이 순식간에 세모꼴이 된 건 물론이었다. 저, 저, 저 언니가 끝까지 내 인연을 방해해?

새아가 말릴 새도 없이, 영희가 그들을 향해 성큼성큼 걸어갔다. 난데없는 영희의 등장에, 가장 기함한 건 지혁이었다.

자, 자, 잠깐? 여기서 왜 또 한 사람이 더 등장해? 잠깐? 내가 데려온 사람은, 그럼 누구람?

명희는 상황도 모른 채, 농담으로 영희를 맞이했다.

"나도 초대받고 온 거야? 쫓아내기 없기다."

하면서 다시 승휴와의 대화를 이어나가려 하는데, 어쩐지 영희의 표정이 심상치가 않다.

"언니 지금 뭐하는 거야?"

"엥? 너 또 얼굴이 왜 이래? 남자 뺏긴 것처럼?"

"언니가 너무하는 거지, 이건 지금?"

"얘가 또 왜 이래? 둘이 뭐 사귀는 사이야?"

승휴 입장에서는 명희도 영희도 낯설긴 마찬가지였다. 그가 어설프게 고개를 젓자, 명희는 한층 더 당당해졌다.

"내가 뭐 또 너한테 잘못한 거 있니? 전남편 양보했음 됐지, 더 바라는 거 있어?"

이겸의 얘기에 영희의 얼굴은 한층 더 붉으락푸르락해졌다. 뒤에서는 지혁과 새아가 참담하게 눈을 질끈 감았다.

이제 평화 좀 찾나 했더니, 또 이 모양 이 꼴이야?

"잠깐? 너 혹시?"

순간 보이는 영희의 반응에 명희는 뭔가 눈치를 챘다. 내가 양보한 전남편, 이겸과 뭔가 문제가 있는 모양이었다.

"그 남자 또 돈 뜯니?"

영희는 아니라는 말도 못하고, 암팡지게 팔짱을 끼고서 고개를 옆으로 휙 – 돌렸다.

"그 개새끼가 또오오오?"

이제 영희보다 얼굴이 더 붉으락푸르락해진 건 명희였다.

"잠깐, 너 눈에 이거 뭐야? 메이크업으로 가린 거."

눈치도 좋으시지. 어느새, 명희는 영희가 눈가 멍을 두꺼운 컨실러로 가렸다는 것 또한 알아차리고 말았다. 명희의 분노는 순식간에 임계점에 다다랐다.

"이 씹어먹을 개자식을 그냥?!"

용이 불을 뿜듯, 버럭 화를 내는 명희에 승휴가 움찔 몸을 웅크렸다. 어우, 깜짝이야. 영희 역시 명희가 이렇게까지 반응하자, 조금 당황스럽다는 반응이었다.

"너 일로 와, 따라 나와."

명희는 다짜고짜 영희의 손목을 잡고서, 밖으로 끌고 가려 했다. 또 무슨 일이 벌어질새라, 일단 지혁과 새아가 명희를 막았다.

"아이, 왜 이러세요?"

"그럼, 내 동생 이렇게 만든 놈을 그냥 냅둬요?"

"아니, 그래도 지금은 파티 중인데."

"파티가 뭔 상관이야? 내 그놈, 설마설마 너한테까지 그럴까 싶었다."

아니, 뭐 언니가 그렇게까지 화를 내고 그래. 지금은 오히려 영희가 명희의 눈치를 보고 있었다.

"에이, 그러고 나서 잘 헤어졌어. 언니까지 화낼 필요 없어."

"지금 화 안 나게 생겼어? 동생이 얻어터지고 왔는데에에?!"

화르륵— 그라데이션 분노에 이어 어느덧 눈가에 글썽거리는 눈물. 이에 지혁과 새아는 그녀를 잡던 손을 스르륵 놓고 말았다.

"나, 말리지 마요. 나 오늘 어떻게든 그놈 절단 내고 올 테니까."

결국 꽈이야— 불타오른 명희가 영희의 손목을 잡고 밖으로 끌고 나갔고, 지혁과 새아, 그리고 승휴까지 세 사람은 그 뒷모습을 멍하니 바라볼 수밖에 없었다.

"다행이네요."

뒤에선 뜻밖의 목소리가 들렸다. 오늘 명희를 파티에 초대한 유준의 목소리였다.

"저러다 무슨 사달이 날 줄 알고 다행이래?"

새아는 핑 돌아서 유준을 째려보았다. 이 나쁜 노무 자식! 너 땜에 오늘 우리의 계획이 모두 다 틀어졌잖아.

"지금 설 상무님한테 필요한 게 남자 같애요?"

그럼, 남자가 필요한 게 아니면…….

"이 상황에서 무조건 제 편 들어주는 언니보다 든든한 사람 있어요?"

끄응응. 맞는 말이다, 그것도.

유준의 말에 새아는 오히려 할 말이 없어졌다. 결국은 새아의 계획과 유준의 계획 중, 유준이 성공한 것이었다. 두 쌍둥이 자매를 화해시키려는 계획.

결국, 이들의 입가에선 피식- 웃음이 터져나오고 말았다. 둘이 제대로 한번 싸우러 나가는 건 봤어도, 한 남자 패주겠다고 저렇게 나가는 건 처음 봤다. 어떻게 사달이 나든, 자매의 의가 상하지는 않겠지?

"그래요, 이제 제발 싸우지 좀 마세요, 자매님!"

새아의 사라지는 그들의 뒷모습에 이렇게 외쳤다. 지혁은 파하하핫- 한번 호탕하게 웃고 나서, 새아의 어깨에 제 팔을 걸쳤다.

"그럼 우리는 뭐, 파티나 즐기지 뭐."

그래, 이 쌍둥이 자매의 오랜 앙금이 풀리는 날. 그게 바로 파티 날이다.

♪

오랜만에 한국에 돌아왔다. 돌아온 공항, 예찬이 거칠게 선글라스를 벗었다. 어느새 예찬의 눈빛이 예전과는 많이 달라져 있었다. 교회 오빠 같은 순둥함은 사라지고, 뭔가 반항적인 기운이 흘렀다. 한국을 보는 시선 자체가 삐딱해진 것 같았다. 여기로 돌아온 게 마음에 안 드는 것 같았고. 단정하게 훈남 분위기를 풍기던 패션도 온데간데없이, 검은 티셔츠 한 장에 청바지가 전부다. 다시 모자를 깊게 눌러쓴 채, 예찬이 캐리어를 끌고 공항 밖으로 빠져나가 택시를 탄다.

달갑지가 않았다. 이곳에 돌아오면 가장 먼저 생각나는 사람이 있기에. 이곳, 한국에 돌아오면 망해버린 내 사랑이 먼저 떠오르기에.

그때의 전시를 마지막으로, 예찬은 웨딩 관련된 일에 관심을 끊었다. 한 번 센세이션했으면 됐다. 지방 아트홀마다 전시를 더 해달라는 요청이 있었지만, 관련된 인터뷰가 계속 나가는 것도 귀찮아 모두 거절했다.

그는 호주로 다시 넘어가 사진에 몰두했다. 사람이 한 명도 없는 곳에 가서, 웅장하고 거대한 대자연을 찍는 일에만 집중했다. 하루 종일 한마디 말도 없이 고독하게 사진을 찍으면서 드는 생각은 하나였다. 생각하지 않으려 할수록, 자꾸만 떠오르는 후회였다.

왜 나는 포토그래퍼인데, 타이밍을 맞추는 데 실패했을까. 만약, 맨 처음 로안에서 새아를 보자마자 타이밍을 잡았더라면, 그 찰나의 순간을 놓치지 않았더라면, 결과는 달라지지 않았을까. 내 인생의 그림은 지금과는 다르지 않았을까. 그 후회는 떨쳐내려 할 수록 떨어지지 않고, 더더욱 진득하게 달라붙고만 있었다.

어느 날, 오래된 여사친이 한국에서 결혼을 한다고 예찬을 초청했다. 멀리서 온 메시지에,

'그 결혼식 못 가. 축의금만 보낼게.'

예찬은 까칠하게도 답했다. 이제 결혼식이고 웨딩 관련된 것, 그 무엇도 다시 보고 싶지가 않았기에.

'그래? 너한테 웨딩 사진 부탁하고 싶었는데.'

그 말에, 예찬은 묘하게 마음이 철렁하는 걸 느꼈다.

'나 웨딩 사진 안 찍어.'

퉁명스러운 답을 찍으면서도 예찬의 마음은 어딘지 모르게 묘해졌다.

'그럴 줄 알았어. 억만금을 줘도 안 되겠지? 세계적인 작가님인데.'

그 말에 또 알 수 없는 반항심이 들었다. 내가 또 못 찍어줄 건 뭐야. 예니도 찍어줬는데. 오래된 친구인데, 내가 그거 하나 못 해줘?

'아니다, 마침 그때 한국 갈 일 있어. 찍어줄게. 돈은 필요 없고, 밥이나 한번 사.'

예찬은 방금 전의 말을 뒤집었다. 자기도 이해할 수 없는 충동에서였다.

'진짜? 너무너무 고마워! 주변에 엄청 자랑해야겠다! 정말 고마워!'

잠깐, 내가 지금 한국 가겠다고 한 거야? 사실 한국 갈 일 같은 건 없었다. 근데 내가 애 하나 때문에 한국 가겠다고? 굳이 남의 결혼식 사진 찍어주러?

그 뒤로도 예찬은 한국에 도착해 이 땅을 밟는 순간까지, 그때의 알 수 없는 호의를 후회했다. 내가 도대체 무슨 귀찮은 일을 벌인 걸까. 왜 내키지도 않게 웨딩 사진을 또 찍어준다고 한 걸까. 스스로 여러 번 머리를 쥐어뜯으며, 후회했지만……. 바로 지금 이 순간, 예찬은 그 이유를 알 것 같았다.

신부 대기실, 그녀가 웨딩드레스를 입고 가운데에 앉아 있다. 그저 새하얗게 웃으며 정말 너무너무 고맙다며 그를 맞아주고 있다. 가슴이 순식간에 묘해졌다. 친구로 산 세월이 하루 이틀이 아닌데, 그녀가 남의 신부가 되는 날 왜 이렇게 가슴이 시큰해지는 걸까.

예찬은 오히려 어색해지고 말았다.

"아, 우리 신랑이야. 멋있지?"

꽤나 운동을 오래했을 것 같은 남자가 안으로 들어와 신부에게 뭐라 뭐라 거친 말을 속삭인다. 긴 말도 안했는데 삽시간에 분위기가 험악해지고 만다.

"미안한데, 예찬아. 잠깐 나가줄래?"

카메라를 세팅하고 있던 예찬의 눈빛이 묘하게 번뜩였다. 이거 무슨 분위기지? 그녀의 부탁에 밖으로 나가긴 했지만 느낌이 싸했다.

밖에서도 신랑이 하는 얘기는 다 들렸다. 결혼식에 남자가 왜 이렇게 많이 왔냐고. 너랑 잤던 남자 다 부른 거 아니냐고. 예찬은 듣고도 제 귀를 의심했다. 이게 결혼식 날, 신랑이 신부에게 할 소리인가?

"나가서 얘기해. 다 가라 그래."

"무슨 말이야, 자기야. 그게."

"이대론 기분 나빠서 결혼 못하겠으니까, 알아서 정리하라고!"

"다 그냥 친구들이야. 그냥 직장 동료! 자기는 여사친 아무도 안 왔어?"

"지금 그거랑 그거랑 같애?"

"그러지 말고, 얼른 나가서 손님 맞아. 손님들 기다리잖아."

"이대론 결혼식 못하겠다는 소리 못 들었어?"

신랑의 억지에 예찬은 숨이 턱— 막혔다.

'지금 저 새끼가 뭐라는 거야.'

평소답지 않게 욱해 신부 대기실 안으로 들어가는데, 그 광경을 목격하고 말았다.

차악— 신랑이 신부의 뺨을 때리고 있었던 것.

예찬은 그 자리에서 하얗게 굳어버리고 말았다. 이유를 불문하든, 어떻게 신랑이 신부를 때린단 말인가. 그것도 결혼식 날에.

그러나, 더욱 경악할 만한 건 여자의 반응이었다.

"어, 괜찮아, 별거 아니야. 이 사람이 좀 다혈질이어서. 좀 가라앉으면 괜찮아."

이미 오랫동안 그에게 맞아온 듯했다. 벌겋게 부어오른 뺨은 아랑곳하지 않고서, 깜짝 놀란 예찬을 달래려는 데만 집중하고 있었다.

예찬은 순간, 뭔가 웅장한 기운을 느꼈다. 인생에 단 한 번만 찾아올 것만 같은 타이밍의 순간. 일생일대 단 한 번의 결단. 더 이상 일 분 일 초도 망설이지 말아야 할 순간이 찾아왔다면, 바로 지금인 것 같았다.

예찬은 이 강한 느낌을 무시하지 않기로 했다. 제 촉이 시키는 그대로 하기로 했다. 평소의 자신이라면 절대 하지 않을 짓을 한 것이다.

"너 나와."

예찬이 신부의 손목을 잡았다.

"지금 뭐하는 거야?"

바로 신랑의 험악한 목소리가 들려왔다.

"방금, 니가 얘기하지 않았나? 결혼식 못하겠다고?"

신랑이 예찬을 막으려 하자, 그가 바로 신랑의 얼굴에 주먹을 날렸다.

"이건 방금 내 친구 때린 거, 갚은 거다."

그리고 예찬은 정말로 신부의 손목을 잡고서, 신부 대기실 밖으로 뛰쳐나왔다. 결혼식장은 순식간에 난리법석이 되었다. 웬 남자가 신부 손목을 잡고 어디론가 끌고 가고 있으니 그럴 만도 했다. 몇 개의 휴대폰 카메라가 두 사람을 찍었다.

그러나, 예찬은 아랑곳하지 않고, 멈춰서서 신부에게 질문했다.

"마지막으로 딱 한 번만 물어볼게."

"……!"

"내 눈 똑바로 보고 말해."

"……!"

"너, 이 결혼 할 거야?"

신부의 눈빛이 가파르게 흔들린다. 지금 예찬은 너무나도 진지했다. 니가 아니라고 말하면, 나 너 이대로 끌고 갈 거다. 그 의지가 너무나도 선연하게 느껴진다.

"아니……!"

신부는 결국 고개를 내젓고 말았다. 그 말과 동시에 그녀의 두 눈가에서 두 줄기의 눈물이 흘러내린다. 사실 그녀도 확신이 없었던 것이다.

"그럼 됐어."

그는 그렇게 신부의 손목을 이끌었다. 식장을 나온 그들에게 눈부시게 새하얀 햇빛이 맞닿는 순간, 예찬은 확신했다.

'이 사람이다.'

아주 찰나의 순간 다가왔던 천 분의 일 초, 그 타이밍을 잡은 걸 앞으로도 평생 절대 후회하지 않겠다고.


〈完〉

# 밀당의 요정 3

**1판 1쇄 인쇄** 2021년 12월 1일
**1판 1쇄 발행** 2021년 12월 10일

**지은이** 천지혜

**발행인** 양원석 **편집장** 정효진 **책임편집** 차지혜
**디자인** 정세화, 김미선 **영업마케팅** 양정길, 강효경, 김보미

**펴낸 곳** ㈜알에이치코리아
**주소** 서울시 금천구 가산디지털2로 53, 20층(가산동, 한라시그마밸리)
**편집문의** 02-6443-8862 **도서문의** 02-6443-8800
**홈페이지** http://rhk.co.kr
**등록** 2004년 1월 15일 제2-3726호

ISBN 978-89-255-7906-1 (03810)